Schon seit frühester Kindheit war die österreichisch-amerikanische Autorin begeistert von romantischen Liebesgeschichten, die Tiefgang bewiesen. Stundenlang erträumte sie sich selbst unterschiedlichste Geschichten und schrieb diese immer wieder gerne auf.
Mit zwölf Jahren wusste Jessica, sie würde eines Tages selbst
Bücher schreiben und diesen Traum vergaß sie auch über die Höhen und Tiefen der Jahre nicht.
Heute lebt Jessica mit ihrem Mann im Großraum Linz, liebt nach wie vor ihren Beruf als Sonderpädagogin und genießt es abends und nachts, ihre endlosen Ideen auf Papier zu bringen und ihren Figuren mit unterschiedlichsten Hintergründen und Lebensumständen Stimmen zu verleihen.
„Bis du wieder atmen kannst" ist ihr erstes veröffentlichtes Buch.

Mehr zur Autorin: *www.jessica-winter.com*
www.facebook.com/AutorinJessicaWinter

Jessica Winter

Bis du wieder atmen kannst

1. Band

Roman

1. Auflage, August 2015

Lektorat: Antonia Barboric, www.antoniabarboric.info
Umschlaggestaltung: Alexa Zwölfer, www.schmetterlingsfabrik.at
Umschlagfotos: © Anna Taitl

Jessica Winter
c/o AutorenServices.de
König-Konrad-Str. 22
36039 Fulda

Taschenbuch ISBN: 978-1515340225

www.jessica-winter.com

Für Ihn,
der meine Kraft ist,
gerade wenn ich schwach bin.

PROLOG

Julia

Es heißt, es gäbe verschiedene Stadien der Trauer, die man durchlaufen müsse, nachdem man einen geliebten Menschen verloren hat. Diese Phasen seien normal und würden unterschiedlich viel Zeit erfordern. Es existieren mehrere Theorien darüber, wie viele Stadien es tatsächlich sind, doch Experten schwanken zwischen vier und sieben solcher Phasen.

Hier sind meine fünf: Schock, Wut, Depression, Regression und Anpassung.

Du glaubst gar nicht, wie oft sie mir sagten, dass du tot wärst, mir ihr Beileid aussprachen, damit ich deinen Tod endlich akzeptieren würde. Dabei war ich doch selbst anwesend. Ich sah dein Gesicht. Ich wusste, dass es wahr sein musste, und trotzdem konnte ich es einfach nicht glauben, denn die Realität schien nicht durchdringen zu können. Je öfter ich es aussprach, desto unwirklicher erschien es mir. Manchmal wache ich noch heute auf, in der festen Annahme, der Erwartung, der Hoffnung, dich neben mir zu finden, sobald ich mich umdrehe. Als wäre all das hier nur ein langer, grausamer Traum, aus dem ich doch irgendwann endlich aufwachen müsste. Doch alles, was ich vorfinde, wenn ich neben mich greife, ist die Leere.

Dann übermannte mich die Wut. Oh Gott, wie wütend ich war. Auf mich selbst, weil ich nichts tun konnte.

Auf dich, weil du aufhörtest zu kämpfen.

Auf Gott, weil er uns kein Wunder schenkte.

Auf die Schuldgefühle, die ich hatte, weil ich so wütend war.

Schließlich begann die volle Wucht des Schmerzes und der Verzweiflung auf meinen Körper einzuwirken. Er geriet aus dem Gleichgewicht. Ich konnte nicht schlafen, nicht aufstehen, nicht essen. Alles erschien so unendlich sinnlos, und meine Gedanken kreisten ständig darum, was wir nie mehr gemeinsam erleben werden. Ich fühlte mich wie unter einer Glaskuppel, abgeschnitten vom Rest der Welt.

Obwohl ich mir so dringend Hilfe wünschte, verhielt ich mich gleichzeitig unglaublich abweisend. Hohe Emotionalität, Aggressivität und Hilflosigkeit wechselten einander immer wieder ab. Ich war nie sicher, ob ich schon bereit war, wieder zu den Lebenden zu gehören oder weiterhin versuchen sollte, an der Vergangenheit festzuhalten.

Die letzte Phase ist die Rückkehr ins Leben. Die Trauerarbeit ist beendet und die Trauer verarbeitet. Man findet sein Herz wieder und fühlt sich trotz vergangener Verluste bereit dazu, es eines Tages erneut verschenken zu können.

Diese letzte Phase habe ich noch nicht vollständig erreicht und bin auch nicht sicher, ob ich sie je erreichen werde. Ich muss täglich mit mir ringen, kämpfen, mache oft Fortschritte und ebenso oft Rückschritte.

Denn die Wahrheit ist: Jeden Tag, an dem du nicht bei mir bist, sterbe ich ein Stück mit dir.

Kapitel 1

Jeremy

Müde betrete ich die Küche, lasse meinen Rucksack geräuschvoll neben die Türe fallen und gähne laut, damit Dad, der mit dem Rücken zu mir sitzt, weiß, dass ich endlich wach bin. Morgens bin ich, wie wahrscheinlich jeder Teenager auf der Welt, nicht gerade gesprächig. Deswegen nervt es mich jedes Mal aufs Neue, wenn Dad anfängt, mit mir über – seiner Meinung nach – wesentliche Dinge zu sprechen, die für mich, vor allem um diese Uhrzeit, absolut unwichtig sind.

„Die Scouts sind gerade unterwegs an euren Highschools –wusstest du das?“, fragt er mich, während er mit der einen Hand seine Kaffeetasse zum Mund führt und mit der anderen in der Zeitung blättert. Mann, wie ich es liebe, wenn er etwas immer direkt auf den Punkt bringt, ohne ein „Guten Morgen“ oder „Wie geht's dir heute?“. Ich muss aber zugeben, dass er sich die letzte Frage sowieso sparen könnte, weil die Antwort an Schultagen nicht allzu originell wäre. Die Einzigen, die in diesem Haus wirklich viel und gerne reden, sind die Haushälterin, die dreimal die Woche kommt, und natürlich Claire. Claire scheint es oft auch egal zu sein, uns zehn Minuten lang etwas zu erzählen, ohne dass zwischendurch einer von uns dazu Stellung nimmt oder ein „Wirklich?“ oder „Aha!“ äußert. Alles, was sie braucht, ist zustimmendes Nicken mit hin und wieder dazu passenden Lauten – dann redet sie endlos. Morgens ist das ganz angenehm, weil ich so, meist ohne auch nur ein Wort zu sagen, am Frühstückstisch sitzen und mich auf meinen Kaffee konzentrieren kann. Kaum ist sie nicht da, glaubt Dad wohl, ihren Part übernehmen zu müssen.

Wo ist sie überhaupt?

Ich stütze mich an der Mittelinsel in unserer Küche ab und beuge mich dann langsam hinunter, um meine Arme zu strecken. Dabei gähne ich noch mal. Diesmal tue ich es, um Dad zu zeigen, wie interessant ich seine Themenwahl finde. Wir haben bestimmt schon hundertmal darüber gesprochen. Ausatmend drehe ich mich um, um mir auch einen Kaffee zu machen, als ich plötzlich entsetzt ins Leere starre.

„Wo ist mein Energielieferant?“, frage ich gereizt und meine damit die Kaffeemaschine. So nennen wir sie liebevoll, weil unsere Familie aus lauter Junkies besteht, die ohne ihre tägliche Dosis Kaffeebohnen nicht überleben kann. Umso mehr nervt es, jetzt überhaupt nach ihr fragen zu müssen.

Dad beißt gemächlich von seinem Toast ab, bevor er antwortet. „Claire bringt die Maschine gerade zur Reparatur, nachdem sie heute Morgen eine ganze Bohne in ihrer Tasse vorfand.“

Mit offenem Mund stiere ich immer noch auf die verwaiste Stelle neben der Mikrowelle. „Und wie soll ich dann bitte jetzt zur Schule fahren?“

Dad blättert erneut um. „Du bist siebzehn, du solltest sowieso noch nicht so viel von dem Zeug trinken. Das ist ungesund.“ Er könnte mir genauso gut gerade erklärt haben, dass ich ab jetzt auf Essen verzichten soll. Ohne Koffein bin ich morgens zu nichts zu gebrauchen.

Dad ist Arzt, ein ziemlich prominenter noch dazu. Er hat mehrere Bücher geschrieben und ist sogar schon zu kleineren Talkshows eingeladen worden. Zu seinen Spezialthemen gehören die Süchte. Umso ironischer finde ich die Tatsache, dass er raucht und sein Körper zu 60 Prozent aus Kaffee statt aus Wasser besteht.

„Ich gehe zurück ins Bett. Weck mich, wenn die Maschine wieder auf ihrem Platz steht.“ Durch die Vorstellung zurück in mein Bett kriechen zu können, etwas motivierter, gehe ich in Richtung Treppe.

„Du gehst nirgendwo, hin außer in die Schule. Hast du überhaupt gehört, was ich vorhin zu dir gesagt habe?“, fragt Dad, bevor ich die Treppe erreicht habe. Das hatte ich befürchtet. Wieso habe ich nicht einfach den Mund gehalten? Ich bin sicher, ich hätte mindestens noch eine halbe Stunde schlafen können, bis Dad gemerkt hätte, dass ich noch nicht weg bin. Seufzend bleibe ich stehen und hake meine Finger in den oberen Türrahmen ein. Ich mache zwei Klimmzüge – ziemlich unwürdig, denn normalerweise schaffe ich davon deutlich mehr. Dann gehe ich schlurfend zurück in die Küche, nehme mir eine Hälfte eines Bagels und setze mich damit zu Dad an den Tisch. Unfähig, das Gebäck ohne das dazugehörige Getränk zu essen, lasse ich meinen schweren Kopf auf den Tisch sinken. Dad ist sehr geduldig, wenn es um Antworten geht. Immerhin kennt er mich lange genug, um zu wissen, dass alles andere sinnlos wäre. Nuschelnd bringe ich nach einiger Zeit endlich eine Entgegnung hervor.

„Ja, Dad, aber die Scouts sind nicht bei uns unterwegs, sondern dort, wo Football ernsthaft eine Rolle spielt.“

„Was meinst du denn damit? Ich denke, wir haben schon genug Geld in eure Schule investiert, um das Team zu fördern.“ Ich verdrehe die Augen. Dads Meinung nach ist mit der richtigen Summe an Geld alles möglich.

„Darum geht's nicht. Massachusetts ist neben New Jersey der einzige Staat, in dem es bisher nicht einmal Staatsmeisterschaften gab. Glaubst du allen Ernstes, dass sich irgendeines *deiner* auserwählten Colleges für den Amateurfootball interessiert, den wir in der Schule spielen? Da hätten wir schon in einen anderen Bundesstaat ziehen müssen“, erläutere ich, selbst verblüfft darüber, wo ich gerade die Energie hergenommen habe, so viele Wörter sinnvoll aneinanderzureihen.

Diesmal ist Dad derjenige, der auf eine Antwort warten lässt. Ganz in Ruhe höre ich ihn zweimal von seinem Toast abbeißen und dann gemütlich kauen. Dad würde nie mit vollem Mund sprechen, also habe ich noch gut eine Minute, bis er reagiert. Weil mein Hirn, wie gesagt, um diese Zeit noch im Energiesparmodus läuft, fällt mir erst jetzt auf, dass mein Vater eine halb volle Tasse mit schwarzem Gold vor sich stehen hat. Bei dieser Erkenntnis schnellt mein Kopf hoch und ich sehe Dad mit zusammengekniffenen Augen an.

„Wo hast du *den* eigentlich her, wenn die Maschine Schrott ist, wie du sagst?“ Nach wie vor sieht er nicht von der Zeitung auf, als er endlich antwortet. „Claire war so nett und hat mir schnell einen von Barney's geholt, ehe sie in die Arbeit gefahren ist.“ Erneut fällt mir in Anbetracht dieser Gemeinheit die Kinnlade herunter. „Toll. Und an euren Sohn hat wieder mal keiner gedacht. Vielen Dank auch!“ Zum ersten Mal legt er die Zeitung aus der Hand und greift stattdessen nach seinem Portemonnaie. „Sei nicht so dramatisch. Hier sind zehn Dollar, das sollte deine tägliche Ration abdecken, oder?“

Das Kontingent an Worten ist für heute Morgen definitiv überschritten, deswegen antworte ich einfach nur mehr mit einem Schulterzucken und greife nach dem Geldschein.

„Du solltest dich im Team trotzdem weiter anstrengen. Du weißt, ich mache die Wahl deines Colleges nicht davon abhängig, ob du nun ein Stipendium bekommst oder nicht, aber deine Noten sind nicht gerade die besten, also wäre es für dich von Vorteil, wenn du …“ Weil ich es nicht mehr aushalte, schon wieder das alte Lied hören zu müssen, unterbreche ich ihn genervt. „Dad, ich weiß! Ich kenne mich aus, okay? Du erklärst es mir alle fünf Minuten.“

Ich stehe auf und betrachte das trockene Stück Gebäck in meiner Hand. Unbeeindruckt trinkt Dad einen weiteren Schluck dessen, was für mich bestimmt sein sollte.

„Vergiss nicht, ich bin die nächsten zwei Tage auf einem Kongress, also pass auf meine liebe Frau auf. Zu deinem Spiel bin ich wieder rechtzeitig da.“ Gott sei Dank, ein Themenwechsel. Von dem Kongress hat er mir schon vor Ewigkeiten erzählt. Er bereitet sich auch seit Wochen darauf vor, denn er wird ihn leiten.

Weil mein Vater sich in den vergangenen Jahrzehnten mit harter Arbeit einen guten Namen aufgebaut hat, spielt Geld nun keine Rolle mehr. Er hat genug davon. Ich sage absichtlich nicht *wir*, weil er mir deswegen nicht einfach alles kauft, was ich will. Ich muss dafür arbeiten. Eigentlich sollte mir das auf die Nerven gehen, denn welcher Jugendliche will schon für irgendetwas arbeiten?! Ich muss aber zugeben, dass ich ihm in Wahrheit dankbar dafür bin, dass ihm meine Erziehung trotzdem immer wichtiger war, als Geld alleine. O'Mally ist zum Beispiel die Hälfte des Jahres mit seiner Schwester alleine zu Hause, weil die Eltern weiß Gott wo unterwegs sind. Aber Hauptsache, sie fliegen dreimal im Jahr auf die Seychellen oder sonst wohin, wo sie dann trotzdem kein Wort miteinander wechseln. Kein Wunder, dass er so ein Arsch ist. Mitleid hab ich trotzdem keines. Das weiß ich übrigens alles von O'Mallys Schwester, die bei Weitem nicht so dämlich ist wie er. Ich rede mit dem Typen wahrscheinlich genauso viel, wie seine Eltern es tun. Seine Schwester ist gerade mal fünfzehn geworden. Sie hat mich über Facebook gefragt, ob ich mit ihr zusammen sein möchte. Ich habe dankend abgelehnt. Nicht nur, weil sie zu jung ist und ich im Moment keine Freundin will, sondern auch, weil ich ganz bestimmt nicht meine Freizeit mit ihrem mühsamen Bruder verbringen möchte. Wahrscheinlich hasst er mich dafür, dass ich sie abblitzen habe lassen jetzt noch mehr. Kümmert mich aber nicht. Eigentlich sollte er mir ja dankbar sein, dass wir uns nicht ständig in die Quere kommen müssen. Seine Schwester hat laut Facebook mittlerweile offensichtlich schon Ersatz für mich gefunden. Das geht in dem Alter ja rasend schnell. Deswegen reagiere ich auf die anderen Vierzehn- und Fünfzehnjährigen aus meiner Schule und Umgebung erst gar nicht mehr, wenn sie mir Freundschaftsanfragen oder Nachrichten mit dem Inhalt schicken, sie bitte hinzuzufügen. Ich stehe nicht auf diese Teenie-Dramen, und sie interessieren mich auch nicht.

Meine Familie leistet sich jedenfalls nicht alles, was sie könnte. Klar, unser Haus ist riesig und so, aber ich finde, man kann uns bestimmt nicht vorwerfen, dass wir Snobs wären. Dafür hat Claire sowohl in meiner als auch in Dads Erziehung gesorgt. Ja, richtig gehört. So, wie die meisten Frauen es tun, musste auch Claire meinen Dad erst erziehen, bevor das Zusammenleben so harmonisch wurde, wie es jetzt ist. Aufgrund ihrer Erzählungen bin ich mir sicher, dass Dad ohne sie niemals dort wäre, wo er heute ist.

„Viel Spaß!“, wünsche ich ihm und klopfe ihm auf die Schulter, wie er es sonst immer bei mir tut. Der Duft von Kaffee steigt mir erneut in die Nase und benebelt meine Sinne. Nicht mehr in der Lage, widerstehen zu können, greife ich nach Dads Tasse und trinke sie mit einem großen Schluck leer. Zufrieden stelle ich sie dann wieder auf seinen Teller und grinse diabolisch. Zum ersten Mal am heutigen Morgen habe ich es geschafft, Dads Blick auf mich zu ziehen. Grinsend beiße ich vor seinem strengen Gesichtsausdruck von meinem Bagel ab und zwinkere ihm selbstgefällig zu.

„Solltest du nicht bereits in der Schule sein?“, fragt Dad, nachdem er mir nun ja endlich seine Aufmerksamkeit geschenkt hat. Kauend nicke ich, als ich auf die Küchenuhr sehe. In fünf Minuten beginnt der Unterricht. Bei der morgendlichen Verkehrslage brauche ich aber mindestens fünfzehn Minuten bis zur Schule. Was soll's, wäre ja nicht das erste Mal, dass ich zu spät komme.

„Bye!", sage ich mit vollem Mund, weil ich weiß, dass ihn das nervt. Dann werfe ich meinen angebissenen Bagel wieder zum Toaster, schnappe meinen Rucksack und die Autoschlüssel und lasse die Türe hinter mir zufallen.

Julia

Die Zeit heilt alle Wunden.

Eine interessante Redensart, die man in Zeiten der Not oder Trauer immer wieder zu hören bekommt. Nicht, dass sie in irgendeiner Weise helfen würde, aber wenigstens hat derjenige, der sie verwendet hat, auf eine Art Anteil genommen. Ich frage mich nur öfter, wer entscheidet, wie viel Zeit man braucht, oder eher: wie viel Zeit einem zusteht, bis man über einen Schicksalsschlag hinweg sein *muss* und sein Leben wieder meistern soll. Kann eine derart tiefe Wunde überhaupt jemals heilen? Verschwindet der Schmerz eines Verlustes tatsächlich irgendwann? Ich habe die Erfahrung gemacht, dass man ihn irgendwie immer mit sich trägt. Es gibt gute Tage, an denen man ihn leichter ausblenden kann, und jene, an denen der Schmerz so intensiv wird, dass man kaum aufstehen kann. Es ist möglich, etwas zu akzeptieren oder vielleicht sogar damit ins Reine zu kommen und zu lernen, damit umzugehen. Aber man vergisst es nicht. Meistens holen einen Erinnerungen genau dann wieder ein, wenn man es am wenigsten erwartet.

Die Frage ist: Ist man stark genug, um wieder vom Boden aufzustehen und den Prozess von Neuem zu beginnen, weil man ein Ziel vor Augen hat – oder eben nicht?

Der Unterricht hat vor zehn Minuten begonnen, und ich habe noch kein einziges Wort von dem mitbekommen, was unser Geschichtelehrer, Mr. Bernstein, von sich gegeben hat. Ich glaube, er wiederholt noch den Stoff der letzten Stunde. Das Thema wäre an und für sich sehr interessant. Es ging darum, politische und militärische Wendepunkte des Ersten Weltkrieges zu identifizieren und ihre Bedeutung für den Ausgang des Krieges zu bestimmen. Ich habe bereits einige Bücher zu den zwei Weltkriegen gelesen, deswegen konnte ich viel zum Unterricht beitragen. Einmal habe ich Mr. Bernstein jedoch korrigiert. Das hat ihm leider nicht besonders gefallen. Er hatte nämlich gemeint, dass die Wende des Krieges erst kam, als die USA ihren Kriegseintritt erklärt hatten, und das, obwohl Präsident Wilson unser Land zuvor drei Jahre lang als neutral bezeichnet hatte, weil er nur den Frieden wahren wollte. Bei Kriegseintritt rechtfertigte dann auf einmal der Slogan „Recht ist wichtiger als Frieden“ das Ende dieser Neutralität, obwohl bis dahin bereits Tausende der Soldaten der Entente gefallen waren. Patriotismus ist ja schön und gut, doch was Mr. Bernstein nicht erwähnte, war, dass die USA als Hauptfinancier Großbritanniens und Frankreichs für den Krieg nicht allzu neutral waren, zu deren Verzweiflung jedoch zögerten, bis ein absoluter Kriegsgrund gegeben war. Dieser war schließlich der totale U-Boot-Krieg, den Deutschland trotz Annäherungsversuchen Amerikas angefangen hatte, und die Tatsache, dass die Deutschen sich mit den Mexikanern gegen Amerika hatten verbünden wollen, um Gebiete für Mexiko zurückzugewinnen, wenn sie Amerika als Gegenleistung den Krieg erklärten. Zumindest wurde dies als Anlass verwendet. Unser Land hatte aber auch verständlicherweise einfach Panik, dass all das Geld, das wir der Entente hatten zukommen lassen, verloren war, weil der Krieg bereits zu lange gedauert hatte und immer noch kein Ende in Sicht war.

Manchmal habe ich das Gefühl, dass das Recht auf eigene Meinung nicht gerade willkommen ist, vor allem dann nicht, wenn es bestimmte Ideologien oder Entscheidungen unseres Heimatlandes infrage stellt. Zumindest hat Mr. Bernstein mich nach dem Unterricht noch zu sich zitiert, um mir zu erklären, dass das alles nur Verschwörungstheorien wären, um die USA schlecht aussehen zu lassen, und ich nicht alles glauben sollte, was ich hörte. Ich verstehe zwar nicht ganz das Problem, dabei zuzugeben, dass Wilson aus interessenbezogenen Motiven handelte – das tun ja die meisten –, trotzdem finde ich, dass die Wahrheit nicht unter den Teppich gekehrt gehört.

Jedenfalls habe ich daraus gelernt, meine Gedanken für mich zu behalten. Heute hätte ich aber ohnehin nicht ansatzweise die Kraft dazu, mich auf eine weitere Diskussion mit dem Lehrer einzulassen. Deswegen sehe ich lieber aus dem Fenster, was ich in langweiligen Stunden oft tue. Extra habe ich zu Beginn des Schuljahres um diesen Platz in der drittletzten Reihe direkt beim Fenster gekämpft. Am liebsten würde ich ganz hinten außen sitzen, doch die „coolen Kids" hatten die letzten zwei Reihen bereits für sich beansprucht. Das ist wie ein ungeschriebenes Gesetz an der Schule, an das man sich besser halten sollte, wenn man nicht dazu gehört. *Meinen* Platz hatte daher schon Jeremy Houser besetzt, der heute, wie es aussieht, mal wieder zu spät zum Unterricht kommt. Es kursiert das Gerücht, dass er unpünktlich ist, weil er noch mit einem der vielen ihn anhimmelnden Mädchen irgendwo unter der Tribüne knutscht. Dabei ist die Wahrheit schlicht, dass er spät dran ist, weil es ihm egal ist, ob er pünktlich ist oder nicht. Den Lehrern ist es mittlerweile auch egal, weil Jeremys Vater ihm ohnehin immer irgendeine Entschuldigung für das Zuspätkommen ausstellt und er einer der Hauptsponsoren dieser Schule ist. Ansonsten sitzen hinter mir andere Jungs vom Football- und einige vom Basketballteam, ebenso wie Cheerleader, die mit den gerade genannten Jungs zusammen sind.

Ehrlich, diese Schule ist voller Klischees.

Obwohl ich müde bin, kann ich mich auf dem Stuhl nicht zurücklehnen, dafür schmerzt mein Rücken viel zu stark. Stattdessen stütze ich mich auf einem Arm ab und lasse den anderen hinunterbaumeln. Mom hat mich letzte Nacht nicht besonders lang schlafen lassen. Sie war zu beschäftigt damit, mich anzuschreien, weil ich den Geschirrspüler nicht richtig eingeräumt hatte.

So starre ich jetzt gebannt auf die große Schuluhr draußen vor dem Haupteingang und beschwöre die schleichenden Zeiger, sich schneller zu bewegen, damit ich mich nachher in der Mittagspause irgendwo hinlegen kann, wo mich keiner findet. Bei tausend Schülern und achtzig Lehrern ist es jedoch sehr schwierig, so einen Ort überhaupt zu finden.

Die Sonne ist vor zwei Stunden aufgegangen, sodass ich sogar hier drinnen langsam ihre Wärme spüren kann. Umso größer wird das Verlangen in mir, mir draußen ein gemütliches Plätzchen zu suchen, um mich zu sonnen. Ich bin sicher, dass dieser Tag ein wunderbarer Spätsommertag wird. Ich beobachte zwei Meisen, die allem Anschein nach beide Männchen sind, denn eine versucht wie wild, ihr Revier zu verteidigen. Heftig schlagen beide mit den Flügeln, während sie das Kopfgefieder aufgestellt haben und unmelodische Laute von sich geben, bis eine der beiden aufgibt und davonfliegt.

Wie passend, dass ich ausgerechnet in diesem Moment Jeremys blauen 1969er Camaro, auf den seit dem Film „Transformers“ ungefähr alle männlichen und einige der weiblichen Schüler, die denken, Jungs damit beeindrucken zu können, abfahren, in *seine* Parklücke – nah am Haupteingang – einparken sehe. Das ist wie mit den Sitzplätzen. Jeder weiß, wo er sich platzieren darf und wo es tabu ist. Die vordersten zwei Parkreihen sind für die Lehrkräfte reserviert, und je nach Hierarchie innerhalb der Highschool sind alle weiteren Parklücken vergeben. Jedoch haben jene im unteren Teil der Nahrungskette, wie zum Beispiel ich, meistens sowieso kein eigenes Auto.

Weil sein Anblick trotz allen Unmutes, den ich oft gegen Jeremy hege, bei Weitem interessanter ist als die beinahe rückwärts tickenden Zeiger der Uhr, lasse ich meine Augen für einen Moment auf ihm ruhen. Er wirft gemächlich seinen dunkelblauen Rucksack über eine Schulter, verschließt die Autotür und setzt sich Richtung Eingang in Bewegung. Er trägt locker sitzende Jeans und ein schwarzes, weites T-Shirt, auf dem etwas in grünen Buchstaben steht, was ich jedoch von hier oben nicht lesen kann. Seine dunkelbraunen Haare sehen aus, als hätte er heute nicht einmal in den Spiegel gesehen, bevor er außer Haus gegangen ist. Genau das ist aber scheinbar der Look, auf den die Mädchen hier stehen. Meine Theorie ist ja, dass ein Junge, der beliebt ist, auch mit einem Rock in die Schule kommen könnte und dadurch wahrscheinlich noch als sensibel bezeichnet und noch mehr geliebt werden würde.

Mittlerweile ist Jeremy im Gebäude verschwunden und ich lasse meinen Blick zurück zur Uhr wandern. Obwohl ich den Sekundenzeiger eigentlich ganz genau beobachte, kann ich nicht sagen, wie viele Sekunden oder Minuten vergehen, bis ich mir einbilde, Gracies Stimme neben mir meinen Namen rufen zu hören. Ich bin so müde, dass ich einfach keine Lust habe, mich umzudrehen. Bestimmt will sie sich wieder meine Mitschriften ausborgen. Gracie ist seit Beginn der Junior High meine beste und einzige Freundin. Sie ist der liebste Mensch auf der ganzen Welt. Nicht größer als eins sechzig. Ihre blonden Haare, die sie meistens zu einem seitlichen Zopf geflochten hat, reichen ihr bis zum Bauchnabel. Ihre babyblauen Augen strahlen meiner Meinung nach vollkommene Aufrichtigkeit aus. Seit sie hergezogen ist und wir uns angefreundet haben, wechseln wir uns täglich mit dem Mitschreiben ab und tauschen diese Notizen dann aus, weil es uns sinnlos erscheint, alles doppelt aufzuschreiben, wenn wir ohnehin immer zusammen sind. Den einzigen Kurs, den wir nicht gemeinsam belegt haben, ist Englisch, weil sie da einen anderen Schwerpunkt gewählt hat als ich. Erst als mich die Spitze eines aus Gracies Richtung geworfenen Bleistiftes am Oberarm trifft, erwache ich aus meiner Trance, drehe mich zu ihr um und sehe sie verärgert an.

„Was?", forme ich mit den Lippen und reibe die stechende Stelle mit meiner Hand. Während Gracie mit aufgerissenen Augen den Kopf zum Lehrer kippt, bemerke ich leises Kichern und belustigte Blicke rund um mich. Dann sehe ich endlich nach vorne zu Mr. Bernstein, der mit verschränkten Armen hinterm Lehrertisch steht und wiederholt ungeduldig mit einem Fuß auf den Boden tippt.

„Ms. Carter, wenn der Unterricht zu uninteressant für Sie ist, dass Sie es verabsäumen, mir auf meine Fragen zu antworten, dann würde ich Sie bitten, ihn statt mir in spannenderer und ansprechenderer Weise fortzuführen. Was halten Sie davon?"

Meine Mitschüler lachen, die vorderen verhalten, jene hinter mir offensichtlicher. In solchen Momenten frage ich mich ja, ob derartige Aussagen eines Lehrers im Hinblick auf seinen Unterrichtsstil nicht eher kontraproduktiv sind. In Wahrheit hat er nämlich genau das ausgesprochen, was sich in dieser Klasse jeder über seinen Unterricht denkt.

Gerade als ich meinen Mund zur Antwort öffnen will, klopft es einmal laut und Jeremy öffnet die Klassentür. Dies löst bei den Schülern wieder allgemeine Erheiterung aus, während Mr. Bernstein noch irritierter wirkt.

„Mr. Houser! Schön, dass Sie uns nun auch endlich mit Ihrer Gegenwart beglücken. Dürfte ich den Grund Ihrer neuerlichen Verspätung erfahren?“ Mr. Bernstein ist einer der wenigen Lehrer, der uns mit unseren Nachnamen anspricht.

Jeremy fährt sich durch die zerzausten Haare, als würde das die Unordentlichkeit irgendwie bändigen, bevor er mit beiden Händen vorne an seinem T-Shirt zieht, um Mr. Bernstein und die anderen Schüler auf den Spruch aufmerksam zu machen: *Letztes sauberes T-Shirt*, kann ich jetzt darauf lesen.

„Das habe ich noch schnell drauf schreiben müssen, damit meine Mom nachher weiß, dass es wieder mal Zeit zum Waschen wird“, setzt er nach und lächelt schief. Die Klasse lacht lauthals los, wahrscheinlich vor allem um den Lehrer zu nerven und weil es Jeremy war, der den Witz gemacht hat. Als ich zuerst augenrollend zu Gracie und dann wieder zum Fenster sehe, merke ich aber, dass selbst mir ein Lächeln auf den Lippen liegt. Jeremy ist nie frech oder unfreundlich zu den Lehrern, trotzdem schafft er es, bei so gut wie jedem in irgendeiner Form aufzufallen.

„Setzen Sie sich!“, befiehlt Mr. Bernstein und gibt sich dabei Mühe gelassen zu wirken. Jeremy zwinkert ihm zu, ehe er sich grinsend auf den Weg durch die Reihen zu seinem Platz macht. Dabei würdigt er mich wie immer keines Blickes. Nicht, dass es mich stört. Ich finde es nur jedes Mal aufs Neue faszinierend, dass er mich in der Klasse wie Luft behandelt, in der Pause aber ständig verhöhnt.

Ich reibe meine Augen und lehne mich zurück, nur um kurz darauf wieder zu spüren, weshalb das keine gute Idee ist. Hinter mir macht Aaron, einer von Jeremys engsten Freunden, kein Geheimnis daraus, dass er über mich lästert.

mich zu belügen, weil sie der Meinung war, dass ich irgendwann ohnehin draufkäme und sie dann beide dafür hassen könnte. Ich finde es gut so, wie es ist, und hatte nie das Gefühl, wegen all dem einen Nachteil im Leben zu haben. Ich glaube auch nicht, dass Claire mich nur aus Mitleid so behandelt oder meine *Ersatz*mutter sein will. Für mich ist sie einfach meine Mutter, die ich Claire nenne, weil ich damit Positiveres verbinde als mit dem Wort „Mom".

Ich gehe schnell duschen, bevor ich mich wieder ins Auto schmeiße und zu Max fahre. Im Prinzip könnte ich auch locker mit dem Rad zu ihm fahren. Das wäre wahrscheinlich sogar schneller, doch wer macht das schon, wenn er endlich ein Auto hat?! Für dieses Auto habe ich meine vorletzten Sommerferien in Dads Praxis schuften müssen, indem ich den ganzen Tag lang Akten durchwühlt, sortiert und hin- und hergetragen habe. Es war ein Krampf, deswegen werde ich dieses Auto jetzt auch so lange fahren, bis es unter mir zusammenbricht.

Wie immer spaziere ich bei Max einfach ins Haus hinein, ohne vorher anzuklopfen oder mir etwas dabei zu denken. Wir kennen alle nichts anderes, denn Max ist seit der Grundschule wie ein Bruder für mich. Wenn ich nicht bei ihm bin, ist er bei mir. Wahrscheinlich ist unser Verhältnis sogar besser als jenes von Geschwistern, denn wir haben uns bisher noch nie gestritten. Jeder von uns kann sich immer sicher sein, dass wir einander den Rücken freihalten und füreinander einstehen, egal, ob der andere im Recht ist oder nicht. Unser Footballtrainer beharrt zwar immer darauf, dass wir das Team als Familie, als Einheit, sehen, aber Max ist und bleibt der Einzige, dem ich mein Leben anvertrauen würde.

Max' Schwester spielt gerade Klavier und nimmt nicht einmal zur Kenntnis, dass ich da bin. Mit einem Nicken grüße ich im Vorbeigehen Pete, Max' Vater, als er kurz von seinen

Unterlagen an seinem Bürotisch aufsieht, über denen er brütet. Als ich das Wohnzimmer erreiche, finde ich Max wie gewohnt mit ausgestreckten Beinen vorm Fernseher sitzen. Wie immer spielt er NCAA Football auf der Playstation. Dabei ist er so konzentriert, dass er wie ein Kleinkind die Zunge aus seinem Mundwinkel heraushängen lässt. Wortlos grinsend greife ich nach einem Controller und setze mich zu ihm auf den Boden vor die Couch. Selbstverständlich muss ich warten, bis er dieses Spiel beendet hat. Seinem Gesichtsausdruck zufolge hat er ohnehin bald verloren. Im Gegensatz zu mir lebt und atmet Max für Football. Max ist Wide Receiver und der Schnellste und Agilste von uns allen im Team. Seine Reaktionsgeschwindigkeit ist der Wahnsinn. Er hat wirklich Talent für diesen Sport und sein Traum ist es, einmal in der Profiliga zu spielen. Leider wirkt sich dieses Talent nicht auf sein Videospielkönnen aus, weshalb er ohne mich so gut wie immer verliert. Er spielt einfach drauflos, ohne wirklich darüber nachzudenken, was genau er tut. Er hat keine Taktik. Im echten Spiel ist es seine Aufgabe, den Ball zu fangen, nachdem ich ihn ihm zugeworfen habe und ihn so weit wie möglich Richtung Endzone zu bringen, bevor er getackelt wird. Noch besser ist es, wenn er dabei einen Touchdown schafft. Dabei kommen ihm Flexibilität und Geschwindigkeit zugute. Von mir wird nur erwartet, dass ich gut passen kann, dass ich die Nerven behalte, wenn die gegnerische Defense Druck macht, und das ich mein Team auch in kritischen Situationen motivieren kann. Na gut, ein wenig mehr gehört schon dazu, aber vor allem geht es beim Spiel in erster Linie um Taktik. Weil Max und ich uns eben schon ewig kennen, sind wir auch beim Football ein eingefleischtes Team. Wir müssen nicht reden, um die Zeichen und Blicke des anderen zu verstehen, und das erleichtert unserem Coach so einiges.

Das Spiel ist verloren, und Max wirft seinen Controller fluchend von sich. „Hoffen wir mal, dass du am Freitag besser spielst als eben."

„Du weißt, wo die Tür ist, oder?", kontert Max und boxt mich in die Seite. „Hab gar nicht gehört, dass du reingekommen bist."

„Wie denn auch, gefangen in deiner virtuellen Welt?"

„Bla, bla. Du klingst wie meine Mom. Oder meine Schwester. Mit anderen Worten: wie so ziemlich alle Frauen in meinem Leben." Ich lache, während er ein neues Spiel einstellt.

„Ohne Scheiß jetzt. Irgendwie hab ich Respekt vor dem Spiel am Freitag", gesteht er nach einer Pause. Wenn Max Respekt sagt, dann meint er Angst. Ich zucke kopfschüttelnd mit den Schultern.

„Wieso gerade vor *dem* Spiel?"

„Weil unser Team die letzten zwei Jahre immer gegen diese Gegner verloren hat, Dad aber gelesen hat, dass sich Scouts jetzt an Schulen nach Potenzial fürs College umsehen."

Erneut zucken meine Schultern. „Ja, hat mir mein Dad heut Morgen auch schon gesagt."

„Eben, und deswegen wäre es schlecht, wenn wir verlieren, weil uns dann sicher keiner mehr Beachtung schenken wird."

Diesmal zucke ich nur mit den Schultern und spare mir jeglichen Kommentar.

„Was soll das ganze Achselzucken? Hast du ein nervöses Leiden oder so?", fragt er genervt und schleudert mir den Controller aus der Hand. Ein letztes Mal zucke ich mit den Schultern, vor allem, um ihn damit zu ärgern. „Du kennst meine Meinung dazu. Falls wirklich irgendwelche Scouts an unserem Spiel interessiert sein sollten, dann kommen die sowieso nicht von irgendwelchen Colleges mit wahnsinnig berühmten Footballteams. Für die besseren Colleges suchen die ihre potenziellen Spieler woanders."

„Das ist mir ehrlich gesagt ziemlich gleich, solange ich an irgendein College komme, ohne zur Army gehen zu müssen."

Max' Familie ist nicht arm, aber gute Colleges sind teuer, und so viel Geld haben seine Eltern nicht dafür. Seine Schwester Lucy wohnt auch aus dem Grund noch zu Hause, weil sie nicht gleichzeitig eine Wohnung und die Studiengebühren bezahlen kann. Dabei bekommt sie einen Zuschuss von ihren Eltern und geht vier Tage die Woche arbeiten. Doch mehr ist bei ihrem Medizinstudium nicht drin.

Ich bin ein bisschen neidisch auf Max, weil er bereits eine solch konkrete Vorstellung von seinem Leben hat. Er weiß genau, was er will, und er ist bereit, mit allen Mitteln dafür zu kämpfen. Ich bewundere das an ihm. Trotzdem stelle ich mir in solchen Momenten immer die Frage, was nach der Highschool aus *mir* werden soll. Ich habe keinen speziellen Plan, nicht einmal einen bestimmten Wunsch, was ich später machen oder werden will. Ich habe das Gefühl, ich schwimme einfach mit dem Strom und tue – oftmals widerwillig –, was von mir erwartet wird. Meine Einstellung zu Football ist überhaupt äußerst dämlich, wenn man bedenkt, wie viel Zeit wir in diesen Sport investieren. Wir beginnen schon im August mit dem Training für die Saison, während andere noch am Strand oder Pool liegen.

Von Montag bis Donnerstag haben wir nach der Schule bis zu vier Stunden Training und anschließend heben einige von uns noch ein paar Gewichte im kleinen Fitnessraum neben der Sporthalle. Das bedeutet, ich komme meistens nicht vor sechs oder sieben am Abend nach Hause. Freitags sind Spiele, und samstags haben wir ein verkürztes Training. Es ist nicht so, dass es mir keinen Spaß machen würde, aber ich sehe darin einfach absolut nicht meine Zukunft.

„Wenn ich erst mal auf dem College, wo immer das dann sein mag, meine Wahnsinnsqualitäten unter Beweis stellen kann, kann mich immer noch einer der anderen College-Scouts abwerben. Ich bin da nicht so“, erklärt Max und klingt dabei völlig überzeugt von sich selbst. Ich kenne ihn jedoch gut genug, um die harte Schale vom weichen Kern unterscheiden zu können. Innen drin ist er ziemlich unsicher, obwohl wir beide wissen, dass er der Talentierteste von unserem Team ist. Aber leider wartet man eben nicht auf ihn. Wenn *ihn* keiner findet, finden die Scouts wen anderen.

Ohne rührselig klingen zu wollen, weiß ich, wie viel Bestätigung Max immer wieder braucht, deshalb überspiele ich meine trübsinnige Stimmung und lenke ein.

„Du hast recht. Oft kommen Scouts extra zu Spielen niedrigerer Ligen, um erfolgversprechende, unbekannte Spieler zu suchen. Und wenn nicht, kriegen sie vielleicht einen Tipp von jemandem, dich mal unter die Lupe zu nehmen.“

Er nickt, doch seine Augenbrauen sind dabei zusammengezogen. „Auf jeden Fall müssen wir uns am Freitag ordentlich anstrengen. Und bei allen anderen Spielen dieses Jahr auch.“

Ich lächle, weil ich es cool finde, dass er mich in solchen Momenten motivieren kann, Dinge zu tun, die für mich gar nicht so von Bedeutung sind. Weil sie ihm aber wichtig sind, werden sie es auch für mich, und ich gebe mein Bestes dafür. „Du bist sooo *süß,* wenn du nervös bist“, verarsche ich ihn in einem mütterlichen Ton – als Revanche für seinen Spruch von vorhin – und raufe ihm die Haare.

„Mann, halt die Klappe und spiel!“, gibt er zurück und stößt mir seinen Ellbogen in den Bauch.

Zwei Stunden später verlasse ich ebenso unbemerkt, wie ich gekommen bin, das Haus und pfeife die Titelmelodie von der Gummibärenbande, die mir seit meiner Kindheit immer im Kopf herumgeistert, während ich zur anderen Straßenseite laufe, wo mein Auto steht. Wieder einmal hat irgendjemand eine Visitenkarte an das Fenster gesteckt, weil jemand das Auto zu einem verhandelbaren Preis kaufen möchte. „Egal, ob kaputt, Unfallauto oder neuwertig. Ich kaufe alles“, steht darauf. Ich frage mich, ob es tatsächlich Leute gibt, die auf so etwas Unseriöses antworten.

„Nur über meine Leiche“, töne ich, als ich das Papier neben mir hinuntersegeln lasse. Bevor ich die Türe aufmache, blicke ich noch mal zu Max’ Haus, wo langsam ein Licht nach dem anderen ausgeht. Seine Eltern gehen immer sehr früh schlafen, weil Pete schon um sieben Uhr morgens in seinem Büro in Boston sein muss und täglich locker mit einer Stunde Fahrtzeit rechnen muss. Sandra legt Wert darauf, mit ihm gemeinsam schlafen zu gehen und aufzustehen, was ich irgendwie nett finde. Sie fängt morgens nämlich erst um einiges später in ihrer Apotheke an.

Das einzige Licht, welches jetzt noch leuchtet, ist das Flimmern des Fernsehers im Wohnzimmer, wo Max und Lucy sich sicher schon darüber streiten, wer heute das Programm bestimmen darf. Das wird wieder ein unerbittlicher Kampf zwischen „America’s got Talent“ und „Game of Thrones“. Unwillkürlich muss ich bei diesem Gedanken grinsen. Ich habe mir oft Geschwister gewünscht, aber ich bin froh, dass ich übers Fernsehprogramm mit niemandem diskutieren muss. Andererseits hätte ich ohnehin meinen eigenen Fernseher im Zimmer, auch wenn ich ihn nur selten aufdrehe.

Ich steige ins Auto und fahre los. Beschäftigt damit, die richtige CD aus meiner Sammlung im Handschuhfach herauszusuchen, fällt mir gar nicht auf, dass ich meine Scheinwerfer nicht eingeschaltet habe. Auf dieser Straße ist um diese Uhrzeit nichts los, deswegen macht es nichts, dass ich abgelenkt bin. Trotzdem fahre ich nicht schneller als sechs Meilen die

Stunde, bis ich endlich die CD von M83 finde, einlege und laut aufdrehe. Als ich mit nickendem Kopf meine Aufmerksamkeit wieder auf die Straße richten kann, sehe ich aus dem Augenwinkel eine dunkel gekleidete Gestalt über die Straße rennen, die mich jedoch wegen ihrer viel zu großen Kapuze offensichtlich nicht sieht. Sofort trete ich auf die Bremse, hupe aus Reflex und schalte meine Scheinwerfer ein, um auf mich aufmerksam zu machen. Die Gestalt fährt herum und bleibt abrupt vor meinem Auto stehen. Ihre Hände auf meiner Motorhaube zeigen, dass ich sie um ein Haar erfasst hätte. Mit weit aufgerissenen Augen starrt Julia mir entgegen, während sich ihr Brustkorb rasend schnell hebt und senkt.

Na toll, das hat mir gerade noch gefehlt, ausgerechnet in *ihrer* Schuld zu stehen. Die wird mich wahrscheinlich nie vom Haken lassen. Ich glaube, das ist das erste Mal, dass ich in ihrer Gegenwart auf den Mund gefallen bin. Sie setzt einen Schritt zurück, während ich mich schon mental auf die Vorwürfe vorbereite, die sie mir gleich entgegenschleudern wird, gemeinsam mit all den blöden Antworten, die ich für sie bereithalte. Stattdessen reißt sie aber ihren Kopf hoch zu ihrem Elternhaus, zieht sich die Stöpsel aus ihren Ohren und verzieht fast unmerklich den Mund. Mit zusammengezogenen Augenbrauen hebt sie eine Hand in meine Richtung und läuft dann weiter, ohne mich dabei noch einmal anzusehen. Keine Ahnung, ob das Handheben eine Verabschiedung sein sollte oder ob sie sich bei mir entschuldigen wollte, obwohl es eigentlich meine Schuld war. So oder so finde ich es schräg.

Julia lässt mich in der Schule nie mit einem blöden Spruch davonkommen, ohne ihren Senf dazuzugeben. Klar, die Situation hat uns gerade beide überrascht. Vielleicht hat sie mich nicht erkannt und hatte einfach Angst, alleine mit irgendeinem Typen auf der Straße zu reden. Das kann ich mir aber bei Julia nicht wirklich vorstellen, so resolut wie sie immer ist. Außerdem bin ich fast sicher, dass sie mein Gesicht gesehen hat – und mein Auto ist natürlich auch unverwechselbar.

Kurzzeitig spiele ich mit dem Gedanken, auszusteigen und zu fragen, ob alles in Ordnung ist, entscheide dann aber doch, lieber sitzen zu bleiben. Wäre sie nicht okay, hätte sie es mich spüren lassen. Ich bücke mich ein wenig vor, um ihr durchs Fenster nachsehen zu können. Erst kurz vor ihrer Veranda hört sie auf zu laufen und geht stattdessen langsam und auf Zehenspitzen die Treppe hinauf. Behutsam sperrt sie die Haustüre auf und macht sie auch ganz vorsichtig wieder zu, als sie drinnen ist. Wahrscheinlich schlafen ihre Eltern schon. Deswegen das Theater. Ich kann jedenfalls kein Licht mehr im Haus brennen sehen.

Wie auch immer. Ich habe sie nicht verletzt, sie hat mein Auto nicht verletzt, und der Rest kann mir egal sein. Trotzdem geht mir auf dem Heimweg ihr verstörtes Gesicht irgendwie nicht aus dem Kopf. Sie hatte wohl Angst, dass ihre Eltern die Szene mitbekommen haben könnten.

Warum sollte das so eine große Sache sein? Meine Güte, dann werden sie eben kurz wach. Vielleicht habe ich das Ganze aber auch nur falsch interpretiert, weil Julia eben schlicht und ergreifend ein seltsames Mädchen ist.

Dadurch, dass sie nur ein paar Häuser weit von Max wohnt, sehe ich sie manchmal, meistens, wenn ich schon nach Hause fahre. Sie dürfte mehrmals die Woche irgendein Sporttraining haben, weil sie oft erst ziemlich spät in ihrer Jogginghose nach Hause kommt. Sie hat kein Auto und anscheinend auch kein Fahrrad, also geht sie dort entweder zu Fuß hin, oder sie fährt mit dem Bus. Keine Ahnung, welche Sportart das sein soll, denn in der Schule sitzt sie beim Turnunterricht oft auf der Bank. Mel hat mal erwähnt, dass sie immer eine Entschuldigung aufgrund starker Regelschmerzen hätte. Ihrer Meinung nach sei das jedoch auffallend häufig.

Kopfkino! Widerlich! So genau wollte ich das Ganze auch nicht wissen. Im Grunde interessiert mich solches Gequatsche generell kein bisschen, genauso wenig wie die meisten Gerüchte und Geschichten über irgendwelche Schüler meiner Schule. In Wirklichkeit weiß ich gar nicht so genau, was Julia gemacht hat, um unbeliebt zu werden, aber wie gesagt: Ich muss es auch nicht unbedingt wissen. So richtig verarscht wird sie ja nicht. Sie und Grace sind eben schräge Einzelgänger.

Ich gehe Julia eigentlich nur deswegen auf den Wecker, weil ihre Reaktionen und Antworten einfach witzig sind. Dadurch, dass sie sich oft in schlabbriges Gewand kleidet, anders als alle anderen Mädchen unserer Schule, bei denen es enger kaum mehr möglich ist, ist es auch ziemlich leicht, blöde Sprüche über sie zu machen. Ich habe außerdem echt nicht den Eindruck, dass sie das sonderlich stört. Ihre Sprüche sind sowieso meistens die besseren, selbst wenn ich das vor jemand anderem niemals zugeben würde.

Als ich in unsere Einfahrt biege, beschließe ich, die Gedanken über Julia aus meinem Kopf zu verbannen. Ich sehe sie ohnehin morgen wieder.

Julia

Mein Puls ist immer noch auf hundertachtzig, als ich ins Vorzimmer gelange. Ich schließe die Türe, so schnell ich kann, damit Jeremy nicht vielleicht doch noch auf die Idee kommt, mir zu folgen, weil er mir unter Umständen sagen will, dass ich seine Stoßstange ruiniert habe oder so. Das Letzte, was ich brauchen kann, ist, dass Mom genau in dem Moment runterkäme und die Situation komplett falsch interpretiert. Abgesehen davon, dass ich wahrscheinlich für den Rest meiner Schulzeit Hausarrest bekäme, würde sie Jeremy zur Schnecke machen, wie er es wagen könne, zu solch einer Uhrzeit vor dem Haus einer Minderjährigen zu stehen; ob er keinen Anstand hätte, würde sie fragen, und hinzufügen, dass er sich nie wieder blicken lassen soll.

Das wäre jedoch das geringste meiner Probleme, denn bei so einer Szene, gerade mit Jeremy, wäre der letzte Nagel in meinen Sarg geschlagen. Dann könnte ich gleich die Schule wechseln.

Warum steht er draußen noch so lange herum und fährt nicht einfach endlich weg? Worauf wartet er?

Ich habe das Gefühl, dass meine Knie gleich nachgeben, wenn ich mich nicht sofort wo anlehne. Immer wieder zerknülle ich meinen grauen, übergroßen Pullover am Saum und ziehe ihn dann wieder in die Länge. Mit dem, was ich heute anhabe, mache ich Jeremys Sprüchen erneut alle Ehre. Der Pulli stammt tatsächlich aus dem Kleiderschrank eines Jungen, doch er ist bequem und gibt mir Sicherheit. Für wen sollte ich mich denn außerdem schöner kleiden? Darin sehe ich weder Sinn noch Notwendigkeit.

Mit dem Rücken gegen die Türe lausche ich, wie sein lauter Motor, der sich mit der dröhnenden Musik ein Gefecht liefert, endlich beginnt, in die Ferne zu rücken, bis ich gar nichts mehr höre. Erst dann bewege ich mich wieder, und meine Muskeln entspannen sich. Mit immer noch zitternden Händen sperre ich die Türe ab und lege den Schlüssel lautlos auf den Schuhkasten neben mir.

Wieso musste es unbedingt er sein, der mich beinahe über den Haufen fuhr? Wahrscheinlich wird er mir ab morgen auch noch damit auf den Geist gehen und die Theorie aller untermauern, was ich doch für ein Loser bin, weil ich nicht einmal alleine über die Straße gehen kann.

Mom hätte mich umgebracht, wenn unsere Versicherung für einen Schaden hätte aufkommen müssen. Für einen kurzen Moment habe ich tatsächlich befürchtet, dass sie uns vom Schlafzimmerfenster aus gesehen hat. Das hat mich im ersten Augenblick sogar mehr erschrocken als der Beinahe-Unfall.

Jeremy hat mich irgendwie damit verblüfft, kein einziges Wort zu sagen und weder verärgert noch spöttisch zu reagieren. Ich glaube, ich habe ihm auch einen Schrecken eingejagt. Es war neu für mich, seine Blasiertheit nicht in voller Pracht zu erleben, sondern zu sehen, dass auch er durch etwas betroffen sein kann. Mal sehen, was mich morgen erwartet.

Ich streife meine Schuhe neben der Haustüre ab und schleiche auf Zehenspitzen hinauf in den Vorraum. Dabei bete ich, dass ich weder Mom noch Dad aufwecke, weil ich gerade keine Lust habe, wieder einmal erklären zu müssen, weshalb ich erst so spät nach Hause komme. In Wahrheit interessiert es die beiden ja gar nicht, wo genau ich mich herumtreibe. Sie haben aufgehört, mich danach zu fragen. Ihre größte Angst ist nur, dass ich dem Image unserer Familie schaden könnte, weil es sich nach ihrer Ansicht für ein Mädchen meines Alters nicht gehört, abends unterwegs zu sein. Deswegen bekomme ich nur dann eine Strafe, wenn ich nicht zur abgemachten Uhrzeit erscheine und sie mich dabei erwischen.

Heute hatte der Bus wieder einmal Verspätung, die ich selbst durch den Sprint von der Haltestelle zu unserem Haus nicht mehr wettmachen konnte. Dann kam auch noch die Sache mit Jeremy dazwischen, sodass ich jetzt eben acht Minuten zu spät bin. Zu meinem Glück schlafen beide wohl schon fest. Zumindest höre ich Dad schnarchen, und Mom stünde schon längst vor mir, wenn sie noch wach wäre.

Obwohl ich daher zusehen sollte, meine Tür so bald wie möglich hinter mir zu schließen und bis morgen nicht mehr herauszukommen, sticht mir *seine* Zimmertüre ins Auge, die zum ersten Mal seit Monaten offen steht. Unschlüssig darüber, ob ich daran etwas verändern sollte, bleibe ich stehen und sehe, vor meiner Zimmertür stehend, erneut zu seinem Zimmer hinüber. Ich gehe einen Schritt näher, wage es aber weder, die Tür zu berühren, noch das Licht anzumachen. Weil es so dunkel ist, sehe ich nur Umrisse seines ungemachten Bettes, einige Kleidungsstücke, die lieblos auf den Boden geworfen wurden, und das enorm große Poster von „Ill Niño" auf seiner Schranktüre. Ich weiß noch, wie er mich mit dieser Band ständig zur Weißglut trieb, weil die Lautstärke, die er eingestellt hatte, unerträglich war, wenn nur wir beide zu Hause waren. „Das ist die einzige Zeit am Tag, in der ich so laut hören kann, wie ich will. Wenn Mom nach Hause kommt, wirft sie meine CDs sowieso wieder aus dem Fenster – also halt mal die Luft an und entspann dich ein bisschen, Schwesterchen", sagte er immer zu mir, wenn ich in sein Zimmer gestürmt kam und ihn über die ohrenbetäubende Musik hinweg bat, sie leiser zu drehen, damit ich lernen konnte. Natürlich verärgerte mich seine Antwort wahnsinnig, weil er in dieser Hinsicht nie Rücksicht auf mich nahm. Aber er hatte recht. Uns stand meistens genau eine Stunde am Tag zur Verfügung, um das zu tun, was wir wollten, bis wir uns wieder an die herrschenden Regeln halten mussten. Wir hatten nie besonders viel Zeit, die Dinge zu tun, die wir gerne gemacht hätten. Moms Erziehungsstil war immer ziemlich streng. Wir durften nie bei Freunden übernachten, und selbstverständlich waren Freunde auch nicht bei uns erwünscht. Viermal die Woche verbrachte ich meine Nachmittage im Ballettunterricht, die verbleibenden Tage spielte ich Klavier, während er das

Baseballtraining über sich ergehen lassen musste, obwohl er jegliche Form von Sport verabscheute.

Mom ließ mich zu Hause nie aus den Augen, während ich Klavier übte, und erlaubte mir auch nicht, eher aufzustehen, bis ich eine volle Stunde gespielt hatte. Ich werde niemals das unerbittliche Geräusch ihres Eheringes auf der Glasplatte vergessen, mit dem sie sozusagen mein Metronom ersetzte. Ich erinnere mich noch daran, dass Mom einen Tag vor meiner ersten Klavieraufführung immer noch Fehler in meiner Spielweise fand und mich nicht ins Bett gehen lassen wollte, bis ich das Stück endlich beherrschte. Als ich bereits vor Erschöpfung weinte und durch die Tränen in den Augen die Noten nicht mehr lesen konnte, drohte sie mir damit, mir meine Stofftiere wegzunehmen und sie zu verbrennen, wenn ich mir nicht endlich mehr Mühe geben würde. An dem Abend konnte ich es schließlich perfekt spielen, doch am Tag darauf brach ich eine Stunde vor der Aufführung zu Hause zusammen und musste mich stundenlang übergeben. Damals war ich fünf.

Klavier spiele ich überhaupt nicht mehr, seit *er* nicht mehr da ist. Vorher führten Mom und ich etliche unerbittliche Kämpfe, weil ich mit den Klavierstunden aufhören wollte, um mehr Zeit für Ballett zu haben, denn dem Tanz gehört meine Leidenschaft. Nur um mir ihre Überlegenheit zu beweisen, meldete sie mich deshalb vom Ballettunterricht ab und verdoppelte die Anzahl meiner Klavierstunden.

Heute hat sie weder Interesse an dem einen noch an dem anderen. Ich verheimliche ihnen aber, dass ich noch tanze, denn sonst würden sie es mir wohl verbieten, nur um mir wehzutun.

Mit *ihm* trieben sie es sogar oft noch weiter, wenn auch auf andere Weise. Dad wollte zwar unbedingt, dass er Baseball im Team spielte und versicherte sich in gewissen Abständen bei seinem Trainer, dass er regelmäßig zum Training erschien und sich überdurchschnittlich vom Team abhob; bei einem seiner

Spiele erschien jedoch keiner der beiden. Er wollte mir immer weismachen, froh darüber zu sein, denn ohne ihre kritischen Blicke könne er ohnehin viel besser spielen. Generell waren es eher Machtkämpfe und Psychospielchen, die sie an ihm vollzogen, um sein Temperament zu zähmen.

Er wollte mich immer beschützen, das war wie seine Lebensaufgabe. Wenn ich nachts einen Alptraum hatte und weinte, war er derjenige, der zu mir in mein Bett kroch und mich tröstete. Mom vertrat jedoch den Standpunkt, ich müsse selbst lernen, meine Ängste zu bewältigen, und verbannte ihn aus meinem Zimmer. Als kleines Kind heulte ich oft die Nächte durch, was für ihn, den nur eine hauchdünne Wand von mir trennte, eine Qual gewesen sein musste. Man konnte beobachten, wie die Schatten unter seinen Augen von Tag zu Tag dunkler wurden. Schemenhaft erinnere ich mich an die Streitgespräche, die er mit Mom führte, weil er es als falsch empfand, dass sie mich mit meinen Nöten alleine ließ. Wenn er sich ihren Anweisungen jedoch widersetzte, strafte sie uns oft beide mehrere Tage lang mit Schweigen. Doch nicht nur Dad und sie ignorierten uns vollständig, sondern auch wir durften kein Wort miteinander wechseln, sonst folgten weitere Konsequenzen. Am schrecklichsten waren die Wochenenden, als wir fast nur zu Hause waren, denn unter der Woche konnten wir wenigstens in der Schule die Regeln für ein paar Stunden vergessen.

Als ich älter wurde, waren die Ängste natürlich immer noch da, weil ich nie gelernt hatte, darüber zu sprechen, was mich so sehr peinigte. Was ich gebraucht hätte, wären Geborgenheit und Halt durch meine Eltern gewesen, stattdessen wurde ich gezwungen, meine Gefühle zu unterdrücken und zu verdrängen.

Weil ich kein Nachtlicht in meinem Zimmer haben durfte, nahm ich mein Bettzeug und schlief auf der Fensterbank, um mich vom sanften Licht des Mondes beruhigen zu lassen. Ich trainierte mir an, kurz vor dem Läuten des Weckers meiner Eltern zurück in mein Bett zu krabbeln und so zu tun, als hätte ich dort geschlafen. So konnte ich *ihn* wenigstens entlasten.

Das mulmige Gefühl bei kompletter Dunkelheit ist mir trotzdem bis heute geblieben. Seit ich weiß, dass nicht einmal mehr *er* nebenan ist, um im Notfall die Regeln zu brechen und mich zu beschützen, ist es sogar noch schlimmer geworden.

Überwältigt von all den Erinnerungen, die aufgrund einer geöffneten Türe auf mich einprasseln, versuche ich meinen regelmäßigen Puls wiederzufinden. Mein Brustkorb fühlt sich an, als wäre ich in einem Korsett gefangen, und meine Beine werden immer schwerer. Ich zwinge mich, die Finger von seiner Türe zu lassen, und ziehe mich in mein Zimmer zurück. Erst als ich mit dem Rücken gegen meine schützende Wand lehne, habe ich das Gefühl, wieder atmen zu können. Ich kann nicht glauben, dass es bald zwei Jahre her ist. Ich kann es gar nicht in Worte fassen, wie sehr ich diesen Jahrestag fürchte.

Kapitel 2

Jeremy

Heute war ich tatsächlich pünktlich in der Schule. Claire hat mich extra eine Viertelstunde vor meiner normalen Zeit aus dem Bett gezerrt und mir dieses Mal sogar auch einen Kaffee von Barney's besorgt, weil unsere Maschine noch immer bei der Reparatur ist. Mit einem angedeuteten Tritt in den Hintern hat sie mich eine halbe Stunde vor Schulbeginn aus dem Haus gejagt, sodass ich sogar noch eine Extrarunde um den Block drehen musste, um nicht so früh in der Schule anzukommen. Diese Blöße kann ich mir nicht geben. Es ist sowieso das erste und letzte Mal, dass ich das mit mir machen lasse. Wenn es um Claires Wünsche geht, werde ich langsam echt zum Weichei, und das geht gar nicht.

Jedenfalls geht mir diese Viertelstunde Schlaf natürlich schrecklich ab. Die ersten zwei Stunden, Mathematik und Chemie, habe ich mehr oder weniger verschlafen. Max ließ mich die meiste Zeit pennen, wofür ich ihm sehr dankbar bin. Erst als Mr. Scott uns aufgefordert hat, uns rund um den Experimentiertisch zu stellen, hat er mich angerempelt, sodass ich dabei fast vom Stuhl gefallen wäre. Selbst jetzt in der dritten Einheit kommt es mir vor, als hätte man mich um vier Uhr morgens aus den Federn geschmissen. Ms. Ferguson versucht uns gerade irgendwas aus der Molekularbiologie zu erklären, aber wenn ich mich so umsehe, scheint niemand so richtig zu schnallen, was sie eigentlich von uns will. Mir ist unglaublich langweilig, aber leider kann man in Ms. Fergusons Stunden nicht schlafen. Ihre zehn Zentimeter hohen Bleistiftabsätze hindern einen daran, weil sie ständig darauf durch den Raum klappert. Mein Blick ist deshalb nach vorne gerichtet, wo ich vorbei an O'Mally auf Julias leicht geneigten Hinterkopf sehe. Wir sind uns heute bereits zweimal auf dem Gang über den Weg gelaufen, aber keiner von uns hat ein einziges Wort über gestern verloren. Genau genommen haben wir gar nichts zu- oder übereinander gesagt, was für uns beide sehr ungewöhnlich ist.

„Damit dieses Thema verständlicher und praktischer für euch wird, werde ich euch jetzt gruppenweise einem dieser Teilbereiche zuordnen, damit ihr daran arbeiten könnt", erklärt sie neben mir stehend. Allgemeines Raunen geht durch die Bänke, doch sie lässt sich davon nicht abbringen und beginnt mit der Einteilung. „Fensterreihe: genetisches Fingerabdruckverfahren. Nächste Reihe: DNA-Sequenzanalyse …"

In all den Jahren hier auf der Highschool kann ich diese Art der Gruppeneinteilung an einer Hand abzählen. Normalerweise teilen wir uns selber ein, oder es wird wenigstens gelost. Da ist zumindest die Wahrscheinlichkeit höher, nicht ausschließlich nervige Leute im Team zu haben. Jetzt besteht meine Gruppe aus O'Mally, Julia, Marc und Kevin, von denen die letzten beiden vom Unterricht meistens in etwa genauso viel mitbekommen wie ich, und O'Mally, wie gesagt, einfach ein Idiot ist, der sowieso gleich aufs Klo verschwindet, bevor es überhaupt losgeht. Normalerweise sitzt vor Julia noch Samantha, aber die ist heute nicht anwesend. Frustriert lasse ich meinen Kopf nach vorne kippen und sehe dann seitlich hilfesuchend zu Max. Der grinst nur blöd und hebt blitzschnell seine Augenbrauen hoch und senkt sie wieder, weil er mit lauter Mädchen in der Gruppe beisammen sein darf. Ich hebe die Hände zum Kopf und reibe mir das Gesicht, bevor ich mich strecke und dann ruckartig wieder aufsetze.

Anhand meiner Haltung erkennen die anderen schnell, dass ich nicht vorhabe, mich nur einen Zentimeter von der

Stelle zu bewegen. Ich sehe auch niemanden an, als sie ihre Stühle rund um meinen Tisch platzieren. Marc setzt sich direkt neben mich, gefolgt von Kevin, der so tief im Stuhl sitzt, dass sogar Julia größer aussieht als er. Sie hat sich gegenüber von mir ans Eck neben dem Fenster gesetzt und starrt an mir vorbei. Mit verschränkten Armen, ausgestreckten Beinen und über den Kopf gezogener Kapuze signalisiere ich gekonnt mein Desinteresse. Ich kann mir vorstellen, dass sich die anderen drei in diesem Setting ebenso unwohl fühlen wie ich, deswegen sagt die ersten paar Minuten keiner etwas; nicht einmal Julia. Erst als Ms. Ferguson sich auf den Weg zu unserer Gruppe macht, um zu sehen, wie wir arbeiten, bricht Marc endlich das Schweigen. „Ich hab keinen Schimmer, was wir hier eigentlich machen sollen. Ihr?“

Aus Anstand ziehe ich kurz die Schultern hoch und lasse sie wieder fallen. Aus dem Augenwinkel sehe ich, wie Marc sich verzweifelt umschaut, um vielleicht erspähen zu können, was die anderen machen, während Julia die Augen verdreht und seufzt.

„Wir sollen ein Referat zur Methodik und über die Anwendungsgebiete des genetischen Fingerabdruckverfahrens halten. Für die Vorbereitung haben wir drei Biologiestunden Zeit.“ Kurz sehe ich zu Julia auf, dann rüber zu Marc, der offensichtlich nur Bahnhof verstanden hat, und schließe die Augen, um bei seinem verdutzten Blick nicht laut loszulachen.

„Sehr gut, dann fang mal an, Carter“, sagt er und lehnt sich ebenfalls zurück. Kevin spielt unterm Tisch mit seinem Handy und hält sich völlig aus dem Gespräch heraus. Julia lehnt sich ebenso provokativ zurück, doch kommt mir ihre Position etwas angespannt vor.

„Vergiss es! Ich mach das hier sicher nicht alleine.“

Ich glaube, Marc hat deswegen so einen Stress, die Arbeit zu erledigen, weil er letztes Jahr in Biologie und fünf anderen

Fächern fast durchgefallen wäre, da er das ganze Jahr über keine einzige positive Leistung erbracht hat. Jetzt, im letzten Jahr, möchte er das verständlicherweise vermeiden. Sein Dauerrauschzustand hat ihn schon einige Gehirnzellen und viele seiner früher einmal guten Noten gekostet.

„Du bist die einzige Frau hier, Carter. Das Schreiben überlassen wir also auf alle Fälle mal dir", erklärt er ihr. Nach ein paar Sekunden sehe ich auf, weil ich verwundert darüber bin, dass sie ihm nicht widerspricht.

Alle Blicke sind stattdessen auf mich gerichtet. Richtig, sie erwarten meine übliche Reaktion auf solch eine Aussage Julia gegenüber. Ich sollte etwas sagen, etwa, dass ich nicht weiß, wo er an unserem Tisch eine Frau sieht, oder dass sie hoffentlich schöner schreibt, als sie aussieht. Jeder hier denkt ganz klar das Gleiche, und Julias Kommentar lässt nicht lange auf sich warten. Sie beugt sich vor und kneift die Augen misstrauisch zu kleinen Schlitzen zusammen.

„Was? Heute keine dämlichen Sprüche? Was ist los mit dir? Bist du krank?"

Dezent grinsend verlagere ich mein Gewicht ein wenig in ihre Richtung. „Tut mir leid, ich habe ganz vergessen, dass du von den kleinen Krümeln lebst, die ich dir zuwerfe. Aber ich muss dich leider enttäuschen. Heute bin ich nicht in der Stimmung, *Sir.*" Selbstverständlich kann ich mir diese kleine unterschwellige Bemerkung am Rande nicht verkneifen. Julias braune Augen blitzen kurz auf, dann stützt sie ihren Ellbogen auf dem Tisch ab und lehnt den Kopf gegen ihre Faust. Kevin merkt, dass es langsam auch für ihn amüsant werden könnte, deshalb steckt er sein Handy zurück in die Hosentasche und zieht belustigt ein Bein auf seinen Stuhl, um seinen Kopf aufs Knie legen zu können. Gerade als Julia antworten will, stellt O'Mally, der eben vom Klo zurückgekommen ist, seinen Stuhl lautstark zwischen Julia und Kevin, um sich dann mit der

Brust auf die Lehne fallen zu lassen. Weil er es nicht ertragen kann, nicht der Mittelpunkt des Geschehens zu sein, zieht er wie immer sofort die Aufmerksamkeit auf sich.

„Ich hätte da eine Frage, die zum Fach passt. Ich wollte nämlich immer mal wissen, wieso Mädchen wie du eigentlich BHs tragen. Du hast doch sowieso nichts zum Reingeben." Typisch O'Mally. So etwas ist die einzige Art von Humor, die er kennt. Marc und Kevin prusten jedenfalls los und schlagen ihm gegen die Faust. Ich finde nicht viel Witziges daran, vor allem weil der Spruch von ihm kommt. Julia dreht erst jetzt ganz langsam ihren Kopf zu ihm und kräuselt dabei verächtlich die Lippen.

„*Du* trägst Unterhosen, oder?", kontert sie, was Marc und Kevin mit einem langgezogenen „Oh!" kommentieren. Jetzt schmunzle auch ich, weil es mir sehr willkommen ist, wenn ihm mal jemand anderes außer mir Stoff liefert.

„Alter, wenn du so klein wärst wie deine Brüste, könntest du unterm Teppich Fallschirm springen."

„Wenn dein Gehirn Schokolade wäre, würde es in ein M&M passen. Aber probiere ruhig weiter, etwas Intelligentes zu sagen, irgendwann gelingt dir vielleicht ein Glückstreffer." Marc krümmt sich vor Lachen, und Kevin boxt leicht Julias Schulter, um damit seine Anerkennung auszudrücken. Die scheint davon irgendwie überrascht zu sein, denn mit Unterstützung hat sie wohl nicht gerechnet. Ms. Ferguson ermahnt uns zur Ruhe, obwohl der Lärmpegel in der Klasse durch uns kaum übertönt werden könnte. O'Mally merkt, dass er in diesem Gefecht nicht mehr die Oberhand hat. Seine Ohren werden leicht rot, seine Augenbrauen verengen sich, und auch seine Lippen verziehen sich. Er beugt sich vor und schlägt vor Julia mit der Faust auf den Tisch. Sie weicht nicht einen Millimeter zurück und sieht ihm stattdessen weiterhin frostig in die Augen.

„Halt deine …“, beginnt er, und irgendetwas in mir drängt mich dazu, ihn zu unterbrechen, bevor er sich weiter in Rage reden kann.

„Vielleicht hältst du mal besser *deine* Klappe, O'Mally, und machst dich stattdessen irgendwie nützlich, anstatt wie immer nur Müll zu reden.“ Julia sieht immer noch O'Mally an, wirkt aber wegen meines Eingreifens doch ein bisschen perplex. Sein verärgerter Blick gilt nun mir, den ich mit noch immer verschränkten Armen und provokantem Lächeln überheblich erwidere. Wenn er glaubt, mich damit einschüchtern zu können, kann ich ihn nur auslachen. Trotzdem ist der wahrscheinlich einzige Grund, warum er nicht aufsteht und mir eine reinhaut, der, dass Ms. Ferguson an unseren Tisch kommt und uns zurechtweist, weil wir zu laut sind und noch immer nicht mit der Arbeit begonnen haben. Dann erklärt sie uns noch mal lang und breit, was wir zu tun haben, und sieht uns auch die restlichen zehn Minuten dieser Stunde prüfend über die Schulter, bis es endlich läutet und sie wieder nach vorne stöckelt. Jeder von uns fünf verharrt in seiner Position, weil keiner der Erste sein will, der den Ring verlässt. O'Mally und ich tauschen eisige Blicke aus, wobei ich absolut nicht einschätzen kann, ob er sich gerade im Griff hat oder versuchen wird, sich mit mir anzulegen, sobald Ms. Ferguson den Raum verlassen hat. Im Grunde ist er mir mittlerweile meistens egal. Ich versuche, ihn so wenig wie möglich zu beachten. Das ärgert ihn am meisten. Was ich nur nicht leiden kann, ist, dass er weiterhin ständig glaubt, sich mit mir messen zu müssen. Und dabei ist ihm jedes Mittel recht. Natürlich mache ich es ihm auch nicht unbedingt leichter, denn ich bin nicht bereit, gegen ihn zu verlieren.

Max erscheint hinter mir, weil er mitbekommen haben muss, wie angespannt die Situation ist. O'Mallys Augen wandern von mir hinauf zu Max, und er verzieht den Mund.

Ruckartig springt er vom Stuhl und stößt dabei schnaubend mit einer Hand unsere Unterlagen vom Tisch, sodass die meisten auf Julias Schoß landen, der Rest davon fliegt auf den Boden. Meine Muskeln spannen sich an, und ich bin kurz davor aufzustehen und ihm nachzugehen. Max legt seine Hand auf meine Schulter, wissend, was in meinem Kopf vor sich geht. Julia wirkt hingegen ziemlich unbeeindruckt von O'Mallys Verhalten. Andere Mädchen sind durch seine sich schnell ändernden Launen meistens eher verunsichert. Unbeirrt davon, hebt sie stattdessen die Sachen von ihrem Schoß und legt sie wieder auf den Tisch, bevor sie mir für eine Sekunde direkt in die Augen sieht, dabei leicht einen Mundwinkel hebt und sich dann mit ihrem Stuhl bewaffnet von meinem Platz entfernt. Erst jetzt verschwinden auch Marc und Kevin an ihre eigenen Tische.

„Alles klar, Mann?", fragt Max ruhig, die Hand immer noch auf meiner Schulter. Ich nicke und stehe ebenfalls auf, um meine Sachen zu packen und zum Sportunterricht zu gehen.

O'Mally versteht nicht viel Spaß, wenn der auf seine Kosten gemacht wird. Das habe ich vor einem Jahr bereits am eigenen Leib erfahren. Ich hatte mich vor anderen darüber lustig gemacht, dass er beim Footballtraining Tackles häufig aus dem Weg ging, anstatt zu lernen, ihnen standzuhalten. Irgendwer muss es ihm erzählt haben, denn am Tag darauf, ging er *mich* so hart an, dass er mir die Hand brach. Wenn ich mich nicht so schlimm verletzt hätte, wäre das Ganze daraufhin höchstwahrscheinlich eskaliert. So war Max derjenige, der O'Mally derart fest von mir stieß, dass dieser selbst auf dem Boden landete. Der Coach ging dazwischen und zwang mich, das ganze Vorkommnis zu vergessen, weil wir ein Team seien und O'Mally natürlich behauptete, es wäre ein Versehen gewesen. Seinetwegen konnte ich jedenfalls fünf Wochen lang nicht spielen.

Und dann war da noch die andere Sache mit meiner Exfreundin Melanie – aber auch das lässt mich inzwischen kalt. Trotzdem schenken O'Mally und ich uns vor allem beim Training nichts. Glücklicherweise teile ich neben den Nachmittagen nur diesen Kurs und den normalen Sportunterricht mit ihm.

Das alles ist aber nicht der Hauptgrund, wieso ich vorhin dazwischengegangen bin. Obwohl ich mir gestern eingeredet habe, dass Julia mir egal ist und ich mir über die ganze Sache nicht den Kopf zerbrechen müsste, dachte ich heute Morgen wieder an die Szene von gestern, als ich mit dem Motor auch gleichzeitig meine Musik wieder anstellte. Ihr verängstigter Blick beschäftigte mich doch mehr, als ich gedacht hatte. Ich kann mich selbstverständlich nicht bei ihr entschuldigen, denn ich bin sicher, dass sie das gegen mich verwenden würde, wenn es drauf ankäme. Auch wenn ich sie eben mehr aus einem Reflex vor Schlimmerem bewahrt habe, ist mir klar, dass es aus dem Beweggrund geschah, das Gefühl zu haben, die Aktion von gestern wiedergutmachen zu müssen. Eigentlich wollte ich sie heute einfach nur vom Haken lassen und mir meine Kommentare sparen, aber so ist's noch besser, und wir sind quitt.

Julia

Gracie und ich verbringen wie üblich unsere Mittagspause nicht in der Cafeteria, sondern draußen hinterm Basketballplatz. Seit Jahren kommen wir hierher, wenn es das Wetter erlaubt. Wir genießen einerseits die Ruhe, die nur hin und wieder von Schülern gestört wird, die entweder ein ruhiges Plätzchen zum Knutschen brauchen oder nicht einmal in der Mittagspause auf Sport verzichten können. Der Hauptgrund, weshalb wir uns hier aufhalten, ist jedoch, dass Gracie und ich nicht allzu gern Menschenmengen um uns herum haben. In der Cafeteria bekommt man ohnehin keinen Sitzplatz, weil niemand neben Außenseitern sitzen will, oder man muss sich zum Tisch der „Unberührbaren“ setzen und wird mit Essen beworfen. Da ist das Sitzen hier draußen die deutlich angenehmere Methode, unser Mittagessen zu genießen.

„Es ist ziemlich ungewöhnlich für Jeremy, dich zu verteidigen, oder?“, merkt Gracie an, nachdem sie von ihrem Apfel abgebissen hat. „Ich meine, sonst ist *er* immer derjenige, der dummes Zeug über uns redet.“

„Ich weiß. Ich würde dem aber nicht allzu viel Bedeutung beimessen. Jeder weiß, dass er und Sebastian Erzfeinde sind. Wahrscheinlich wollte er ihm einfach eins reinwürgen.“

„Oder er hat ein schlechtes Gewissen, weil er dich fast überfahren hat“, überlegt sie laut. Ich habe Gracie heute natürlich schon von meiner gestrigen Begegnung mit Jeremy berichtet. Hätte ich es nicht getan, wäre sie sauer auf mich gewesen, aber ehrlich gesagt weiß ich nicht genau, was ich noch dazu sagen soll. Für mich ist das Thema durch.

Ich habe ihr auch von der offenen Zimmertüre in unserem Haus erzählt, weil mich das – im Gegensatz zu Jeremys Hilfe, Pflichtübung oder wie immer man sein Verhalten auch nennen mag – stark beschäftigt. Meine Eltern habe ich in der Früh zum Glück nicht angetroffen. Als ich aufstand, war seine Tür bereits wieder verschlossen, doch ich brauchte fast zwei Minuten, um den Wunsch in mir zu unterdrücken, hineinzugehen und mich darin einzusperren.

„Er hat mich nicht fast überfahren, Gracie. Wenn überhaupt, ist er mit acht Sachen die Stunde gefahren. Ich hätte eher erwartet, dass ich mir von ihm irgendwas anhören muss, weil ich sein Auto fast ruiniert hätte."

Gracie rümpft die Nase. „Also das wäre doch wirklich das Letzte."

Vielleicht schätze ich Jeremy tatsächlich falsch ein. Er hat wegen gestern weder zu mir ein Wort darüber verloren, noch irgendwem anderen davon erzählt. Hätte er es getan, bin ich sicher, dass mich bereits irgendjemand darauf angesprochen hätte. Keine Ahnung, wieso er heute so „nett" war. Nicht einmal als ich ihm eine Gelegenheit geboten habe, mich vorzuführen, hat er es getan. Vielleicht hat Gracie recht, und er hat tatsächlich ein schlechtes Gewissen. Ich nehme aber nicht an, dass das besonders lange anhalten wird.

„Sebastian ist so ein Arsch", wechselt Gracie das Thema. „Ich hätte bestimmt angefangen zu heulen, wenn er so etwas zu mir gesagt hätte", gesteht sie und kämmt sich eine Haarsträhne hinters Ohr. Das hätte sie bestimmt, deswegen bin ich froh, dass er sie in neunundneunzig Prozent der Fälle in Ruhe lässt. Gracie hat es zu Hause zwar auch nicht leicht, aber Worte verletzen sie hundertmal mehr als mich. Bei ihr gehen solche Dinge nicht einfach bei einem Ohr rein und beim anderen wieder raus – was oft der einzige Weg ist, an so einer Schule zu überleben; stattdessen denkt sie über jedes Wort so lange nach, bis sie fast daran zerbricht, weil sie sogar noch mehr hineininterpretiert, als eigentlich gesagt wurde. Das ist Gracie.

Dennoch wäre es gelogen zu behaupten, dass ich vorhin nicht geschluckt habe, als O'Mally in dieser primitiven Art mit mir gesprochen hat. Ich bin vieles gewohnt. Meine Mutter hat mir schon oft gesagt, dass ich hässlich und unweiblich bin. Die Cheerleader und auch so manch anderes Mädchen an der Schule machen ebenfalls kein Geheimnis daraus, dass ich in ihren Augen ein Nichts bin. Das verletzt einen natürlich.

Jeremy und seine Freunde reißen auch immer wieder Witze über meine Unweiblichkeit, doch alle hatten bisher immerhin den Anstand, nicht dermaßen persönlich zu werden. Ich meine, niemand ist dabei auf einen bestimmten Bereich meines Körpers losgegangen. Ich glaube, keinem Mädchen auf diesem Planeten wäre es egal, wenn ein Junge es wegen etwas verspottet, von dem es weiß, dass es wahr ist. Noch dazu vor lauter anderen Kerlen.

Ich verdränge meine negativen Gefühle und sehe geradeaus auf die leichten Erhebungen der von den Herbstfarben bunt bemalten Hügel in der Ferne. Energisch schüttle ich den Kopf, um auf andere Gedanken zu kommen.

„Themenwechsel! Sag mir lieber, worüber du vorhin so erfreut warst." Ich habe heute Morgen so lange über meinen eigenen Kram gesprochen, dass Gracie vor Unterrichtsbeginn keine Zeit mehr hatte, mir ihre guten Nachrichten zu erzählen. Zwischen Tür und Angel wollte sie es selbstverständlich dann nicht mehr sagen. Als ich es nun wieder erwähne, beginnt Gracie augenblicklich zu strahlen, und es tut so gut, sie so zu sehen. Diese Unbeschwertheit zeigt sich in ihrem Leben leider nicht sehr oft.

„Greg ist die nächsten drei Tage in Connecticut auf einer Schulung", erklärt sie und grinst verlegen. Gleichzeitig zerpflückt sie ein Gänseblümchen zwischen ihren Fingern. Ich lege meine Hand auf ihr Knie.

„Wow, das ist toll, Gracie."

„Ja, ich habe es erst heute Morgen gehört, aber ich werde jede Minute dieser zweiundsiebzig Stunden genießen." Drei Tage mögen sich für die meisten wie eine Kleinigkeit anhören, doch ich weiß, was Gracie diese wenigen Tage bedeuten. Greg ist Gracies angeheirateter Onkel und ein Schwein. Sie lebt seit mittlerweile fünf Jahren bei der Schwester ihres Vaters, Mary, und deren Mann. Gracie verbirgt eine schrecklich leidvolle

Vergangenheit. In ihrem jungen Leben hat sie Dinge erlebt, die sich andere überhaupt nicht vorstellen können, und ich bin sicher, selbst ich kenne nur einen Bruchteil davon. Die Tragik ist, niemand weiß es, und niemand fragt nach. Menschen gehen mit Scheuklappen durch die Welt. Sie rennen an einem vorbei und starren auf den Boden, auf ihr Handy, auf die Landschaft, aus Angst, etwas sehen zu können, womit sie sich befassen müssen. Sie haben Angst, dass sie dann nicht mehr wegsehen können. Was sie nämlich sehen würden, ist eine riesige Anzahl an traurigen Augen, die ihnen entgegenblicken.

Gracie hat die traurigsten Augen, die man sich vorstellen kann, und genau das ist der Grund, warum ich sie beschützen muss. Zumindest dann, wenn es in meiner Macht steht, denn auf das Entsetzlichste, das sich zu Hause abspielt, habe ich leider keinen Einfluss.

Gracies Eltern waren noch sehr jung, als ihre Mom mit ihr schwanger wurde, doch sie freuten sich auf das Baby und liebten es von der ersten Minute an. Zumindest war Gracie immer davon überzeugt gewesen. Jedenfalls heirateten sie erst an Gracies viertem Geburtstag, dem 20. Januar 2000, in Seattle, wo sie damals lebten. Grace trägt das wunderschöne Foto dieser Winterhochzeit immer in ihrer Geldtasche bei sich. Auf diesem Foto trägt ihre Mutter die voluminösen blonden Locken, ähnlich wie Grace sie heute hat, offen. Mit ihren ausgeprägten weiblichen Rundungen sah sie in dem mit Spitzen besetzten Hochzeitskleid aus wie ein Topmodel. Gracies Vater ist in einem hellblauen Anzug zu sehen, weil Gracie es sich als kleines Kind so gewünscht hat. Blau ist bis heute ihre Lieblingsfarbe. Er strahlt in die Kamera, während er seine vom einen bis zum anderen Ohr grinsende Tochter im babyblauen Rüschenkleid auf dem Schoß hält. Für die langersehnte Hochzeitsreise buchten die zwei fünf Nächte in Puerto Vallarta in Mexiko, wo Gracies Vater herkam, während Grace in dieser

Zeit bei guten Freunden der Familie übernachtete. Bedauerlicherweise stürzte ihre Maschine beim Heimflug am 31. Januar vor Los Angeles ins Meer, wodurch Gracies Eltern und sechsundachtzig weitere Passagiere in den Tod gerissen wurden. Die Ursache des Absturzes war mechanisches Versagen der Maschine durch mangelhafte Wartung. Der Flug muss ein Alptraum gewesen sein, da die Maschine kurz vor dem tatsächlichen Absturz bereits einige Meilen in die Tiefe gesunken war, dann jedoch noch einmal von den Piloten abgefangen werden konnte. Die Passagiere müssen mitbekommen haben, dass das ihr Ende sein würde. Etwas Schrecklicheres kann ich mir kaum ausdenken. Das Unglück hinterließ Gracie als Vollwaise.

Die ersten Wochen über blieb sie bei den Freunden ihrer Eltern, doch die hatten selbst vier Kinder und keine Möglichkeit, ein fünftes aufzunehmen. Dann nahm Gracies Großmutter sie auf, bis auch sie drei Jahre später ihrem Krebsleiden erlag. Greg und Mary waren selbstverständlich bereits damals gefragt worden, ob sie Grace zu sich nehmen wollten, denn in solchen Fällen werden immer direkt verwandte Familienmitglieder bevorzugt. Jedoch lehnten sie ab, mit der Ausrede, dass sie zu jung wären, keine Erfahrung mit Kindern hätten, nicht wüssten, wo sie die nächsten Jahre verbringen würden und so weiter. So wurde die siebenjährige Gracie zwischen Kinderheim und Pflegeeltern hin- und hergereicht. Erst als sie dreizehn war, war es plötzlich interessant für Greg, sie zu sich zu nehmen, als hätte er erst durch ihre körperliche Reife Interesse an ihr gewonnen. Seither bedrängt und belästigt er sie nämlich mit anzüglichen Gesten, Kommentaren und Übergriffen. Ich weiß es, weil ich des Öfteren dabei war. Nicht erst einmal wurde ich selbst zum Opfer seiner „zufälligen“ Berührungen, und es macht mich krank, mir vorzustellen, was er sich hinter verschlossenen Türen alles erlaubt. Ich musste Gracie hoch und heilig versprechen, niemandem etwas über Gregs Verhalten zu erzählen, denn das Heim ist keine Alternative mehr für sie.

„Wenn du wüsstest, welche Dinge dort passiert sind, wärst du über seine Aktionen nicht mehr schockiert", hat sie mir mit ernster Miene erklärt. Doch über die Zeit im Heim sprechen wir selten. Sie möchte das hinter sich lassen, und ich muss das respektieren. Im Moment wartet Grace, wie ich auch, die Zeit ab, bis sie achtzehn ist und ausziehen darf. Wie sie sich ihr Leben die letzten Monate dann als Schülerin weiterhin finanzieren wird, ist die andere Frage. Doch ich weiß, wie es ist, nur *einen* Lichtblick am Ende des Tunnels zu sehen, in den man all seine Hoffnungen setzt, um die Gegenwart zu überstehen. Alles Weitere wird sich dann ergeben, wenn es so weit ist.

„Apropos, ich hoffe, du hast vor, am Freitag mit mir zum Spiel zu gehen! Ich möchte es mir gerne ansehen und den letzten freien Tag auskosten."

Verwirrt sehe ich sie an und strecke meine Handflächen fragend von mir, um ihr zu bedeuten, dass ich keine Ahnung habe, worum es geht.

„Hallo? Unser Footballteam spielt gegen die Bombers!"

Fassungslos starre ich sie unverändert verständnislos an. „Das soll jetzt ein Witz sein, oder?"

„Absolut nicht. Ich gehe auf jeden Fall hin. Kommst du nun mit?"

Ungläubig schüttle ich den Kopf und warte darauf, dass sie anfängt zu lachen und mir zu erklären, das Ganze sei bloß ein Scherz gewesen. Doch sie bleibt ernst.

„Ja … Nein. Aber dir viel Spaß", antworte ich zögernd und hebe grinsend beide Daumen.

„Mann, J. Bitte, was soll ich dort ohne dich machen?" Die Frage ist eher, was sie dort überhaupt will. Schulsport fesselt uns beide ebenso wenig wie das Anfeuern eines Schneckenrennens. Zumindest dachte ich das.

„Seit wann willst du zu so einem langweiligen Spiel? Letztes Jahr waren wir doch auch nie dort. Vor allem weil *du* kein Interesse hattest, schon vergessen?“

„Tja, Zeiten und Umstände ändern sich. Wir gehen auf jeden Fall hin.“ Ich frage mich, wann Grace so hartnäckig geworden ist. Normalerweise bin ich diejenige, die sie zu allem überreden muss. Deswegen werde ich misstrauisch.

„Grace, hat das irgendwas mit …“ Ich atme tief ein und schließe kurz die Augen. „… mit dem Datum zu tun?“

Sie sieht mich eine Sekunde mitfühlend an, legt dann aber eine Hand aufs Herz und hebt die andere zum Gelübde.

„Nichts. Versprochen.“ Mit zusammengekniffenen Augen sehe ich sie prüfend an. Sie weiß, was an diesem Tag vor zwei Jahren geschah. Sie hielt mich am Tag darauf beinahe fünf Stunden auf dem Mädchenklo im Arm, als ich mir die Seele aus dem Leib geweint habe. Meine Eltern hatten mir verboten, zu Hause zu bleiben, doch es war unerträglich, von jedem in der Schule darauf angesprochen zu werden, selbst wenn es gut gemeint war.

Jedenfalls möchte ich nicht, dass sie dieses Jahr wieder versucht, mir irgendeinen Gefallen zu tun, indem sie mich irgendwohin schleppt, wo wir beide aber überhaupt nicht sein wollen. So langsam bekomme ich jedoch das Gefühl, dass vielleicht nur ich nicht dorthin will. Grace hält ihre überkreuzten Finger in die Höhe und sieht mich mit dem süßesten, hoffnungsvollsten Gesichtsausdruck an, den ich je bei ihr gesehen habe. Damit bringt sie mich dazu, laut loszulachen.

„Ist-das-ein-Ja?“, fragt sie in abgehackten Silben und hüpft dabei förmlich auf und ab. Während ich immer noch über ihre Reaktion lache, nicke ich langsam, woraufhin sie mich freudig und mit einem langgezogenen „Juhuuuuuuu“ umarmt. Wie könnte man zu so jemandem auch Nein sagen?

Jeremy

Wenn manche Leute an Football denken, verbinden sie damit oft etwas Albernes und Gewalttätiges. Ohne Zweifel kann es gefährlich sein; viele ehemalige Spieler leiden an Gehirnschäden oder anderen wilden Verletzungen. Das lässt sich nicht schönreden. Unfälle passieren, aber richtig gespielt, haben Brutalität und Gewalt bei dieser Sportart keinen Platz. Die Power dahinter, die Athletik, die komplexen Regeln und die Taktik machen jedes Spiel zu einem einzigartigen Spektakel. Wer denkt, dass man dafür nur Muskeln und wenig Hirn braucht, hat keine Ahnung und auch noch nie selbst gespielt.

Ich kann mich daran erinnern, als Dad mir zum Geburtstag drei Tickets für den Superbowl am 3. Februar 2008 im ausverkauften University of Phoenix Stadium in Glendale, Arizona, schenkte. Das war kein billiges Geschenk, da wir ja auch dorthin fliegen mussten. Er erwirkte sogar für den nächsten Tag eine Freistellung von der Schule für Max und mich. Wir waren zwölf Jahre alt und komplett aus dem Häuschen. Nicht eine Minute konnten wir vom Spielfeld wegsehen, nicht einmal in den Pausen, denn selbst da gab es Action. Die Halftime Show hingegen war für uns weniger spannend als für Dad, denn da analysierten wir das Spiel. Obwohl unsere Mannschaft verlor, ist der Quarterback Tom Brady nach wie vor mein absoluter Held, wenn es um Football geht. Der Typ ist mit seinen Patriots schon fünfmal in den Superbowl eingezogen, hat ihn dreimal gewonnen und wurde dabei zweimal zum wertvollsten Spieler des Superbowl und einmal zum NFL-Comeback-Spieler des Jahres gewählt, nachdem er nach einer schweren Knieverletzung eine Saison ausgefallen war. Die New England Patriots sind der Grund, warum Leute wie Max sich überhaupt Hoffnungen machen, dass man auch aus einer vergleichsweise winzigen und unbedeutenden Schule wie unserer groß rauskommen kann, wenn man ein bisschen Glück und viel Talent hat. So wie es eben Brady geschafft hat. Während er an der Highschool nicht einmal Football, sondern Baseball spielte und im College zwei Jahre lang lediglich als Auswechselspieler agierte, konnte er seine Qualitäten im dritten Jahr dann endlich unter Beweis stellen und seine ersten Rekorde aufstellen. Im Jahr 2000 wurde er für sein jetziges Team ausgesucht, damals jedoch nur als vierter Quarterback, und arbeitete sich dann hoch, bis er schon in der ersten Saison als Starter zum wertvollsten Spieler des Superbowl gewählt wurde.

Die NFL ist voll von solchen Geschichten. Davon wagt jeder Junge zu träumen. Nicht nur die Quarterbacks sind Wahnsinn. Dutzende Spieler in der NFL können in weniger als zehn Sekunden einhundert Meter rennen. Das ist faszinierend und physisch gesehen eigentlich beinahe unmöglich, wenn man bedenkt, wie riesig und schwer manche von ihnen sind. Was ich besonders an diesem Sport mag, ist, dass hier alle Platz haben. Egal, ob klein und beweglich oder riesig und dick –jeder ist für das Team wichtig und wertvoll.

Trotzdem kostet es mich an manchen Tagen viel Mühe, beim Training mein Bestes zu geben beziehungsweise meine gesamte Kraft dafür aufzubringen. Heute ist einer dieser Tage. Alle sind wegen des Spiels morgen schlecht drauf, und keiner ist so richtig motiviert. Wir wollen nicht wie letztes Jahr wie die Loser dastehen, und für viele von uns geht es jetzt um

Stipendien. Coach Clay scheint ebenso viel „Respekt“ vor morgen zu haben wie Max, denn er hat uns bereits beim Aufwärmen angekündigt, dass er uns heute nicht eher heimgehen lässt, bis alle genau wissen, was morgen von uns erwartet wird und alle mit hundert Prozent Einsatzbereitschaft bei der Sache sind.

Wir haben jeden Tag unterschiedliche Trainingseinheiten, bei denen zuerst alle gemeinsam Geschwindigkeit, Beschleunigung, Beweglichkeit und Kondition trainieren. Danach teilen wir uns in Gruppen auf und arbeiten an unseren jeweiligen Bereichen. Während die einen Tackle-Übungen machen und versuchen, den Ballträger zu Boden zu reißen, laufen die anderen Passrouten und fangen geworfene Bälle. Wieder andere stellen sich auf die Passverteidigung ein, und so hat jeder Spieler ungefähr zwei Stunden genügend zu tun. Ich übe meistens bei den Passrouten mit beziehungsweise werfe ich natürlich viele Pässe und gehe mit den anderen Spielzüge durch, die wir noch nicht so gut beherrschen. Am Tag vor dem Spiel ist es Coach Clay wichtig, dass wir zwar nicht nur faul herumstehen, uns aber auch nicht übernehmen, um nicht am nächsten Tag müde vom Training zu sein.

„So, das war’s für heute. Wer will, kann noch Gewichte heben, aber übertreibt es nicht. Maximal eine halbe Stunde, verstanden? Geht heute lieber mal früher ins Bett. Wehe, irgendwer erscheint morgen unausgeschlafen.“ Anscheinend ist er trotz allem mit unserer heutigen Leistung zufrieden, sonst würde er uns wirklich nicht gehen lassen.

„Morgen erwarte ich von jedem von euch, dass ihr mehr in den Kontakt geht. Ihr wisst, die Bombers haben uns letzte Saison beim Heimspiel geschlagen. Das können wir uns dieses Jahr nicht leisten. Hier ist kein Platz für Angst. Wer Angst hat, morgen richtig ranzugehen, bleibt am besten gleich zu Hause, klar?“

Manche nicken, andere antworten mit: „Ja, Coach.“ Dabei fühle ich mich immer, als wären wir beim Militär. Schmunzelnd verdrehe ich deswegen die Augen.

„Gut, dann verzieht euch“, schickt er uns mit seinem großväterlichen Grinsen weg. Er würde es nie sagen, aber ich denke, dass er stolz auf seine Spieler ist. Trotz einiger Engpässe im letzten Jahr sind wir weit gekommen und haben dieses Jahr wirklich eine Chance, in der seit heuer zum ersten Mal stattfindenden State Championship einen Platz ganz vorne zu erreichen.

„Bist du fertig für heute, oder gehst du noch mit in die Kraftkammer?“, fragt Max, als er sich auf dem Feld die Montur mitsamt seinem Shirt auszieht.

„Ja, eine halbe Stunde ist immer drin, und wie man sieht, hast du Bauchmuskeltraining mal wieder dringend nötig“, scherze ich und zwicke unsanft seinen nicht vorhandenen Bauchspeck zusammen.

„Saftsack!“, sagt er und stößt mich beiseite. „Geh lieber zu deiner Freundin da drüben. Ich bin sicher, dass sie schon sehnsüchtig auf dich wartet.“

Meine Augen folgen seinem Zeigefinger zum Basketballplatz, wo Julia, durch ihren Dutt unschwer zu erkennen, mit dem Rücken zu uns an die andere Seite des Zaunes gelehnt sitzt und irgendetwas zu schreiben scheint.

„Ja, als ob“, antworte ich schnaubend und schüttle den Kopf.

Als ich eine halbe Stunde später aus dem Fitnessraum komme, sitzt sie immer noch dort, und ich muss an ihr vorbei, um zu meinem Auto zu gelangen. Natürlich kann ich nicht widerstehen, lästig zu sein. Leise gehe ich von hinten auf sie zu und rüttle dann kräftig am Zaun, gegen den sie lehnt, sodass sie erschrocken hochfährt. Ihr Schreibblock und ein Heft fallen dabei auf den Boden. Sieht so aus, als würde sie eine ihrer

Nachhilfestunden vorbereiten. Keine Ahnung, wieso man dafür in der Schule bleibt, anstatt das zu Hause zu erledigen.

Jedenfalls pruste ich bei ihrer Reaktion los. Als sie mich sieht, weicht die Angst aus ihrem Gesicht und verwandelt sich in Verachtung. Sie ballt ihre Hände zu Fäusten, bevor sie die Arme verschränkt.

„Sag bloß, du hast schon wieder von mir geträumt?“, frage ich provokant und halte mich dabei weiterhin am Zaun fest.

„Ja, und dieser Traum endet jedes Mal wundervoll, denn ich darf dir ins Gesicht schlagen. Yay!“, gibt sie zurück, wobei sie endlich den vernichtenden Blick ablegt.

„Zu viel Testosteron in deinem Körper, hm? Erklärt wohl das maskuline Erscheinungsbild.“

„Mhm. Halt diesen Gedanken lieber gut fest, denn es wird schon dunkel, und er sollte nicht allein in deinem Hirn unterwegs sein“, kontert sie und sieht zum dämmernden Himmel auf, um ihr Statement zu untermauern. Ich grinse und kratze mir den Nacken, weil ich diese Gespräche mit ihr wirklich immer amüsant finde. Ich mag es, dass sie sich nicht alles gefallen lässt.

„Kannst du jetzt bitte gehen? Ich bin hier noch nicht fertig.“

„Wieso? Mache ich dich nervös?“, frage ich und versuche dabei, anzüglich zu grinsen.

Umso mehr verblüfft mich, dass sie zu lachen beginnt und einen Schritt näher kommt, um dann zu mir hochzublicken.

„N-e-i-n!“, antwortet sie langgezogen. „Aber du riechst nicht ganz so gut, wie du vielleicht denkst.“ Jetzt grinst sie triumphierend. Ich ziehe mein Shirt an der Brust zu meiner Nase, um daran zu riechen und schauspielerisch darzustellen, wie gut der Geruch ist. Dabei empfinde ich Genugtuung, als ihre Augen zu meinem Bauch wandern und dort kurz verharren, wenn auch nur für einen Sekundenbruchteil.

Natürlich stinke ich. Ich komme gerade vom Training, und wir duschen nie in der Schuldusche. Vor der ekeln selbst wir *Männer* uns.

„Mädchen stehen auf männlichen Duft. Was du natürlich nicht wissen kannst, also sei es dir vergeben."

„Ach ja? Wie auch immer. Alles, was ich davon bekomme, ist Nasenbluten. Also, danke, dass du die Luft jetzt so verpestet hast, dass ich meine Arbeit hier vergessen kann."

Ich lache, während sie ihre Sachen in die Schultasche stopft und diese dann um die Schulter hängt. Gemeinsam gehen wir jeweils an unserer Seite des Zaunes Richtung Parkplatz.

„Jemand, der um diese Zeit auf dem Schulcampus herumhängt, ohne noch sonstigen außerunterrichtlichen Aktivitäten nachzugehen, muss irgendwelche Hintergedanken haben. Was sind deine?"

„Du meinst, so etwas wie die Beschattung des Footballteams für die gegnerische Mannschaft?"

Ich drehe den Kopf in ihre Richtung und heuchle erstauntes Entsetzen. „Ich hatte da eher an die Inspektion einzelner Spieler gedacht, aber, ja, klar, wieso nicht?!", sage ich und setze Teile des Satzes mit meinen Fingern unter Anführungszeichen. Sie lächelt.

„Nein, keine Sorge. Weder, noch. So interessant seid ihr auch wieder nicht."

„Warum bist du dann noch hier?", frage ich, weil es mich tatsächlich interessiert und wir noch ungefähr hundert Meter nebeneinander hergehen müssen, bis sie zur Bushaltestelle abbiegt.

„Jer! Hab vergessen. Du musst mich heute nach Hause fahren. Mein Auto ist mal wieder kaputt, und ich habe keine Lust auf den Bus", ruft Max, als er zu mir joggt. Erst jetzt erkennt er, wer neben mir geht.

„Hey, Julia!“, sagt er, bevor er stirnrunzelnd zu mir sieht. So oft sieht er Jer und mich außerhalb der Klasse nicht alleine zusammen. Wahrscheinlich glaubt er, mich vor ihr retten zu müssen. Ich schüttle unmerklich den Kopf, während Julia lediglich ihre Hand zur Begrüßung hebt. Sie ist nicht blöd. Ich bin sicher, sie kann seinen Blick ebenso deuten wie ich.

„Nehmen wir sie mit?“, fragt Max mit einem Hauch von Skepsis in seinem Ton.

„Nein!“, antworten wir beide gleichzeitig.

Okay! Paradebeispiel einer unangenehmen Situation. Nachdem die beiden praktisch nebeneinander wohnen, wäre es eigentlich dämlich, sie mit dem Bus fahren zu lassen. Aber Max' Frage hat mich gerade einfach überfordert, deswegen schoss diese Antwort aus mir heraus. Unsere Gespräche belaufen sich auf blöde Kommentare, Sprüche und Witze übereinander. Ich hätte keine Ahnung, worüber ich zehn Minuten im Auto mit ihr reden sollte. Offensichtlich will sie es aber genauso wenig, also ist es okay, denke ich. Sie würde mich wahrscheinlich auch nicht mitnehmen. Max zuckt mit der Schulter. Ihm wäre beides egal. Er denkt bei solchen Dingen nicht erst lang und breit darüber nach, sondern tut es einfach.

„Okay, fahren wir dann, oder …?“, fragt er wartend. Ohne sich zu verabschieden, geht Julia an uns vorbei Richtung Bushaltestelle und schiebt ihre Tasche höher auf die Schulter.

„Soll *ich* dich nach Hause fahren, Carter?“, ruft O'Mally ihr plötzlich zu. Er geht nur wenige Meter hinter mir und muss uns wohl eben zugehört haben. „Ich könnte dir helfen, deine Brüste zu suchen“, setzt er nach und grinst eklig. Ich hebe eine Augenbraue und beiße mir auf die Zunge, bevor ich mich angewidert wegdrehe und mit Max zu meinem Auto gehe. Mit O'Mally bekommt das Wort Fremdschämen eine viel tiefere Bedeutung. Es ist echt peinlich, dass er es immer nötig hat, die Mädchen anzuquatschen, die sich gerade in meiner Nähe aufhalten. Das macht er schon seit drei Jahren so, und zwar egal, mit welchen Mitteln. Julia dreht sich um, sieht an mir vorbei und seufzt entnervt.

„Möchtest du, dass ich dir im Gegenzug helfe, deine zweite Gehirnhälfte zu suchen? Denn da sehe ich schwarz. Für mein Problem gibt's wenigstens eine Lösung. Du kannst höchstens versuchen, dein Hirn auf Arbeitsverweigerung zu verklagen."

Er lacht und geht weiter auf sie zu. „Wie es aussieht, habe ich wohl auch meine Haustürschlüssel verloren. Kann ich bei dir schlafen?"

Nachdem ich aufgesperrt habe und neben meinem Wagen stehen bleibe, sehe ich noch einmal zurück, weil ich überlege, was er mit dieser neuen Tour zu bezwecken versucht. Vielleicht denkt er, dass ich vorhin mit ihr geflirtet habe, und startet jetzt eine Gegenoffensive. Julia bläst geräuschvoll Luft aus der Nase, schüttelt den Kopf und geht weiter. „Herzlichen Glückwunsch zu deinem ersten zusammenhängenden Konter. Hat es lange gedauert, ihn einzustudieren?", fragt sie unbewegt. Aus dem Augenwinkel sieht O'Mally flüchtig zu mir. Ihm gefällt es wohl, zu sehen, dass ich den beiden immer noch zuhöre, anstatt einfach zu fahren. Er läuft um sie herum, unwillig aufzugeben. Keine Ahnung, was jetzt plötzlich in ihn gefahren ist.

„Ach, Julia. Du musst für mich nicht die Schwer-zu-haben-Nummer abziehen." Mehr vernehme ich nicht von diesem Gespräch, weil wir ins Auto steigen und die Türe schließen.

„So ein Idiot", merkt Max an, während er seine Schultasche auf den Rücksitz wirft und sich anschnallt. „Wir hätten sie doch mitnehmen sollen."

Als ich rückwärts aus der Parklücke fahre und um die beiden herumlenke, greift sich Julia gerade an den Kopf und lacht.

Dabei wirkt es nicht wie ein Auslachen, sondern irgendwie amüsiert und ausgeglichen. Ich bilde mir sogar ein, dass sie ganz leicht rot wird, bevor sie zu Boden sieht. Er muss etwas Lustiges gesagt haben – oder etwas noch Anzüglicheres als vorhin. Ich weiß nicht genau, weshalb, aber irgendwie stört mich dieses Bild von den beiden unheimlich, deswegen steige ich aufs Gas und fahre davon.

Kapitel 3

Julia

Zum vierten Mal in dieser Nacht auf Freitag erwache ich keuchend und schweißgebadet nach einem weiteren Traum, in dem er auf eine neue schreckliche Art und Weise stirbt. Dieses Mal war es ein Zugunglück, und ich war die einzige Überlebende. Ich musste seinen Körper aus den Trümmern herausziehen und zusehen, wie er in meinen Armen starb. Immer entdecke ich an seinem Körper genau die gleichen Verletzungen, die er tatsächlich hatte.

Ich sitze aufrecht in meinem Bett und balle meine Hände wiederholt zu Fäusten, damit die Blutzufuhr angeregt wird. Die Radiouhr neben mir zeigt 05:47 an. Noch über eine Stunde, bis ich aufstehen muss, doch an Schlaf ist jetzt nicht mehr zu denken. Ich drücke meine Hand so fest gegen meine Brust, als müsste ich mein Herz davon abhalten, herauszufallen, und vergrabe mein Gesicht zwischen meinen Knien. All die Bilder in meinem Kopf werde ich einfach nicht los. Das Bild der blinkenden Lichter des Polizeiwagens, welcher kam, um uns zu berichten, dass er in einen Unfall verwickelt war und in Lebensgefahr schwebte. Jenes von Moms starren, leeren Augen, die mir verrieten, dass sie von nun an vollständig und unwiderruflich gebrochen war.

Das Bild seines blutüberströmten Gesichtes aufgrund der Platzwunde auf seiner Stirn, was in Anbetracht seiner schweren inneren Verletzungen jedoch absolut nebensächlich zu sein schien.

Das Bild seines ansonsten leblosen, bleichen Körpers im Krankenhausbett, nachdem sie ihn doch gerade im OP-Saal stabilisiert hatten, und jenes der Linie, die die Herzfrequenz anzeigen sollte, jedoch nur mehr leichte Wellen schlug und signalisierte, dass er von uns gegangen war.

Es war nicht wie im Film, in dem der Monitor einen Strich anzeigt, ein hässliches monotones Piepen ertönt und die Ärzte mit dem Defibrillator hereingestürmt kommen, um den Patienten wiederzubeleben. Es kam nur ein Arzt, der uns erklärte, dass sie ihn bereits bei der Notoperation dreimal hatten reanimieren und sein Gehirn schon zu lange ohne Sauerstoff hatte auskommen müssen. Meine Eltern akzeptierten reglos die Feststellung seines Todes und mussten meinen wie betäubten Körper aus dem Raum zerren, weil ich mich nicht rühren konnte. Seine Haut fühlte sich schrecklich kalt an, und doch verspürte ich sogar in diesem Moment mehr Wärme von seinem Körper ausgehen als von jenen meiner Eltern.

Auf der Rückfahrt sprachen wir kein Wort miteinander. Keiner weinte, keiner gab auch nur das leiseste Geräusch von sich. Zu Hause angekommen, verschwand Dad im Schlafzimmer, und Mom verschloss sich mit einer Flasche Wodka in *seinem* Zimmer, welches sie die folgenden beiden Tage nur dann verließ, wenn sie flüssigen Nachschub benötigte.

Auch das Bild meines eigenen Gesichtes im Spiegel am Morgen danach sucht mich heim. Ich sah selbst aus wie eine Leiche.

Man wacht auf und stellt fest, dass es nicht nur ein Traum war, sondern bittere Realität, und dann weint man. Man vergießt alle Tränen, die der Schockzustand bisher zurückgehalten hat.

Man weint so lange, bis keine Träne mehr übrig ist, und dann … geht man zur Tagesordnung über und versucht zu überleben.

Keiner von uns hat seinen Namen seither ausgesprochen, nicht einmal bei der Beerdigung. Ich darf nicht über ihn reden, aber ich kann auch nicht schweigen. Ich habe Angst, dass er in Vergessenheit gerät, wenn ich die Regeln befolge, und gleichzeitig läuten alle Alarmglocken, wenn ich dabei bin, sie zu brechen.

Ich weiß, dass ich an diesem Tag alles nur falsch machen kann, deshalb kostet es mich jedes Quäntchen Überwindung und Kraft, das ich aufbringen kann, um aus dem Bett zu kriechen.

Gott, hilf mir bitte, diesen Tag zu überstehen.

Ich ziehe mir meine bequemsten Jeans an, werfe mir ein schwarzes T-Shirt über und packe meine Bürste samt Haargummi und auch meine Zahnbürste in die Schultasche, um mich später in der Schule richtig fertig machen zu können. Das tue ich morgens manchmal, um sicherzugehen, meine Eltern nicht aufzuwecken. Auf Zehenspitzen schleiche ich aus dem Haus, warte aber dieses Mal nicht auf den Bus, denn der früheste käme erst in einer halben Stunde. Stattdessen gehe ich die Dreiviertelstunde zu Fuß in die Schule.

Der kühle Wind, der langsam den Herbst andeutet, und die ersten Blätter, die in prächtigen Farben von den Bäumen geweht werden, helfen mir, wieder zu Sinnen zu kommen. Ich kann es mir in der Schule nicht leisten, Schwäche zu zeigen. Vor allem nicht heute. Er war im Vergleich zu mir beliebter. Viele Mädchen aus meinem Jahrgang schwärmten für ihn, und die Lehrer schätzten ihn sehr. Ich bete, dass keiner von ihnen mich heute auf ihn anspricht. Ich könnte es nicht ertragen. Letztes Jahr flüchtete ich nach zwei Stunden und versteckte mich bis zum Abend im Park, wo ich hoffte, dass es keinem auffallen würde. Natürlich riefen die Lehrer trotzdem meine Eltern an, und mein Schicksal war besiegelt. Wie erwartet, hatten sie kein Verständnis für mein Verhalten.

„Wie kannst du mir das ausgerechnet an diesem Tag antun? Hast du denn überhaupt keinen Anstand?“, bekam ich von meiner Mutter zu hören. Sie dachte, ich hätte es getan, um mich gegen sie aufzulehnen. Ich erklärte ihr nie den wahren Grund. Sie hätte mich ohnehin nicht angehört.

In der Schule angekommen, ist natürlich bis auf den Hausmeister noch keine Menschenseele da. Ich bin froh, dass die Eingangstür überhaupt schon aufgesperrt ist. Weil es mir wirklich peinlich wäre, wenn mich jemand um diese Uhrzeit schon hier drinnen sieht, sprinte ich, so schnell ich kann, die Treppe hinauf und verschwinde gleich in der ersten Mädchentoilette, die ich finde. Ich habe noch gut eine halbe Stunde Zeit, bis die ersten Schüler eintrudeln, die mit dem Schulbus kommen. Der ist nämlich immer schon eine halbe Stunde vor Schulbeginn hier. Das ist der Hauptgrund, warum die meisten Teens jeden Penny, den sie haben, für ein Auto sparen, denn wer möchte schon so früh aufstehen?!

Ich komme mir selbst erbärmlich vor, als ich mich im hintersten Klo einsperre, an der Wand hinuntergleite und meinen Kopf in meinen Armen vergrabe, weil ich vor Müdigkeit fast umkomme. Alles in allem habe ich diese Nacht vielleicht eine Stunde lang wirklich geschlafen, und langsam fordert die Schlaflosigkeit der letzten Woche ihren Tribut. Ich schließe meine Lider, weil sie sich anfühlen wie Blei. Nur fünf Minuten, dann mache ich mich fertig. *Versprochen,* wiederhole ich gedanklich wie in Trance.

„Mach dir nicht immer so viele Sorgen, Kleine. Ich bleibe nicht zu lange weg."

„Willst du nicht lieber bei irgendwem mitfahren, wenn du vorhast zu trinken?"

„Machst du Witze? Ich habe ein Auto, bin endlich achtzehn und darf gesetzlich hingehen, wohin ich will. Natürlich fahre ich selber", sagt er und tätschelt meinen Kopf.

„Ich passe schon auf mich auf, J. Versprochen!"

Das ist das Letzte, woran ich denke, bevor mir schwarz vor Augen wird.

Jeremy

Obwohl ich gestern natürlich nicht früher ins Bett gegangen bin als sonst, war ich heute Früh ausgeschlafener denn je zuvor. Ich wusste nicht, was ich noch in meinem Zimmer tun sollte. Fernsehen wollte ich nicht, deswegen ging ich gleich frühstücken. Claire wusste sofort, was mit mir los war, versuchte mich aber in ein Gespräch zu verwickeln, um mich ein wenig abzulenken. Das war jedoch vollkommen sinnlos. Ich musste mich zusammenreißen, meine Anspannung nicht auf widrige Art an ihr auszulassen. Deswegen ging ich heute auch freiwillig früher außer Haus, damit ich sie nicht doch noch anschnauzte. Das hätte sie einfach nicht verdient, da sie es nur gut mit mir meint. Aber Frauen scheinen oft zu glauben, dass das Reden über Probleme irgendetwas besser macht. Ich finde eigentlich, dass es das Gegenteil bewirkt. Je mehr man darüber redet, umso realer wird es, und lösen kann man dadurch trotzdem nichts. Deswegen genieße ich die Vormittage mit meinen Schulfreunden so, denn keiner von uns will quatschen. Wir halten alle die Klappe und machen unsere Probleme mit uns selber aus, während wir einfach nebeneinander hergehen, anstatt lang und breit zu thematisieren, was wir nicht ändern können.

Aaron, Max und ich biegen gerade um die Ecke Richtung Schulkantine, um uns vor unserem Chemiekurs noch mit reichlich Koffein einzudecken, als die Mädchenklotür rabiat von innen aufgeschwungen wird und mir Julia mit voller Wucht gegen meine Brust knallt. Aaron, der hinter mir geht, rennt ebenfalls in mich hinein und flucht. „Mann, pass auf, wo du hingehst“, murrt Julia, ohne aufzusehen, und geht schnurstracks weiter zum Essensautomaten. Ich reibe mir die Rippen und verziehe verständnislos und verwirrt das Gesicht.

„Sorry“, sage ich zu Aaron und runzle die Stirn, da ich keinen Plan habe, was das eben war.

Verärgert über irgendetwas wirft sie energisch ein paar Münzen in den Automaten und drückt öfter als nötig auf den Knopf. Sie ist heute die Erste, die mich durch ihre unfreundliche und leicht aggressive Art tatsächlich auf andere Gedanken als auf das Spiel bringt. In dem übergroßen Pullover, den sie trägt, verschwinden ihre Arme und Hände förmlich. Nur die Finger sind zu sehen. Als sie mit ihrem Fuß gegen den Automaten tritt, bringt sie mich endgültig zum Lachen, worauf ihr Kopf hochschnellt. Ich finde es witzig, dass sie sauer ist, obwohl sie mich fast über den Haufen gerannt hat.

„Guten Morgen, Sonnenschein“, grüße ich sie freundlich.

„Und der Tag wird immer besser“, faucht sie sarkastisch, ehe sie sich wieder dem Automaten widmet. Sie sieht irgendwie verschlafen aus, und ihre Augen sind kleiner als sonst, sogar ein wenig gerötet. Ihre Stirnfransen hängen unordentlich beinahe in ihre dichten Wimpern und bewegen sich bei jedem Augenaufschlag mit. Erneut schlägt sie mit der Faust gegen die Glasfront, weil die Spirale stecken geblieben ist und ihr Croissant nicht hinunterfallen kann.

„Versuchst du jetzt, auch noch den bewusstlos zu schlagen – so wie mich vorher?“

„Wenn du möchtest, kann ich es gerne noch einmal an dir ausprobieren und es diesmal richtig machen.“

Langsam hebe ich eine Augenbraue. Es ist niedlich, dass sie glaubt, mir tatsächlich wehtun zu können. Das Mädchen wiegt wahrscheinlich nur halb soviel als ich. „Das würde nichts an deinem Angriff auf mich vorhin ändern, für den du dich eigentlich auch einfach entschuldigen könntest“, merke ich scherzhaft an.

„Aber es würde die Gegenwart so viel schöner machen.“ Wie nicht anders zu erwarten, entschuldigt sie sich nicht. Heute lächelt sie nicht einmal, was mich ehrlich gesagt stört, wenn ich an das Lachen denke, das sie O’Mally gestern geschenkt hat.

Häh? Was soll der Gedanke denn jetzt? Ich werde doch wohl nicht auf *den* eifersüchtig sein. Vor allem nicht, wenn es dabei um Julia geht. „Bist du dann bald mal fertig?“, fragt Aaron, der sich auch etwas kaufen möchte, und lehnt sich zu ihr hinüber. Mit zusammengebissenen Zähnen sieht sie entgeistert zu ihm auf und rüttelt dann mit beiden Händen an den Seiten des Automaten, der aber fest im Boden verankert ist und sich natürlich keinen Millimeter bewegt.

„Scheiße!“, zischt sie und tritt noch einmal dagegen, während ich gerade mein Kleingeld zähle.

Max seufzt und drückt mir seinen Kaffee in die Hand, den er sich gerade gekauft hat. Er tritt mit seiner Ferse zweimal gegen die Seitenwand des Essensautomaten, bis sich die verfangene Verpackung aus der Spirale löst und ins Ausgabefach fällt.

„Danke“, sagt sie müde, ruhiger als bis eben. Sie atmet laut aus, als müsse sie sich irgendwie fangen, nimmt dann ihr Essen aus dem Fach und dreht sich zum Gehen um.

„Sag Bescheid, wenn du mal einen neuen Männerpullover brauchst. Vielleicht habe ich noch ein paar ältere Modelle zu Hause“, ruft Aaron ihr nach, was sie bloß mit Hochhalten ihres Mittelfingers beantwortet. Sie muss wirklich schlecht gelaunt sein, wenn sie dazu nichts sagt. Er findet ihre Reaktion wohl ziemlich witzig und will noch etwas anderes hinzufügen, doch Max greift ihm auf die Schulter und dreht ihn leicht von ihr weg.

„Lass sie, Mann“, meint er eintönig und schlürft dann wieder seinen Kaffee. Aaron sieht ihn irritiert an, schüttelt den Kopf und kauft sich seinen Schokoriegel. Wie gesagt, Männer sind da einfach gestrickt. Auch wenn es ihm unter Umständen auf die Nerven geht, dass er nichts mehr nachsetzen konnte, hat er das Ganze spätestens dann wieder vergessen, als er in seinen Riegel beißt. Ich dagegen will es genauer wissen. Max war zwar nie einer, der sarkastische Meldungen von sich gibt, aber meistens lacht er zumindest mit, anstatt uns wie eben davon abzuhalten, Julia weiter zu ärgern.

„Was ist los mit dir? Bist du schon nervös?“, frage ich ihn, als wir in die Klasse gehen, weil das die einzige Erklärung ist, die mir momentan einfällt.

„Nein, ich finde nur, du solltest Julia heute mal in Ruhe lassen.“ Ich bleibe stehen und fühle mich vor den Kopf gestoßen. Damit hatte ich jetzt bestimmt nicht gerechnet. Ich könnte mich auch nicht erinnern, etwas Gemeines zu ihr gesagt zu haben. Trotzdem verteidigt er sie. Er merkt, dass ich sauer werde, und dreht sich zu mir um.

„Heute ist Joshuas Todestag“, erklärt er leise. Es trifft mich wie ein Schlag. Das habe ich wirklich vollkommen vergessen. Heute vor zwei Jahren ist ihr Bruder in der Nacht auf Donnerstag bei einem heftigen Autounfall ums Leben gekommen. Ich glaube, er kam von der Geburtstagsfeier eines Mädchens seiner Klasse. Ich weiß gar nicht mehr, wieso sie damals unbedingt unter der Woche feiern wollte. Woran ich mich noch erinnere, ist, wie einen Monat lang vor der Haustüre der Carters unzählige Blumen lagen und Kerzen standen, weil die ganze Stadt um ihn trauerte. Ich kannte ihn nicht besonders gut, aber er hat Max manchmal zur Schule mitgenommen, nachdem er ein halbes Jahr zuvor sein Auto bekommen hatte.

Es war eine Rostlaube, genauso wie Max' jetziger Wagen, aber er war stolz darauf.

Deswegen hatte Julia also so rote Augen; wahrscheinlich hatte sie auf dem Klo geweint. Plötzlich komme ich mir vor wie ein Arsch. Max zuckt mit den Schultern und klopft mir auf die Schulter, ehe er zu seinem Tisch geht. Julia steht mit Grace bereits bei ihrem Experimentiertisch und beißt winzige Bissen von ihrem Croissant ab. Dabei sieht sie kein einziges Mal auf. Sollte ich mich bei ihr entschuldigen?

Nein! Wofür denn? Ich habe ihr nichts getan, und so, wie ich sie kenne, wäre ihr das nur unangenehm. Jetzt, da Grace bei ihr ist, sieht sie auch schon ein bisschen besser aus als vorhin. Mr. Scott betritt den Raum, und Grace flüstert ihr etwas ins Ohr. Daraufhin kichert Julia sogar kurz.

Im Laufe des Vormittages vergesse ich sie und alles, was mit ihr zusammenhängt, weil das bevorstehende Spiel meine Gedanken vollkommen einnimmt.

Nach dem Mittagessen setzen wir uns als Team noch einmal zusammen, um letzte Details zu besprechen. Danach beginnen wir mit unserer längeren Aufwärm- und Dehnungsphase am Spielfeldrand, während sich rund um uns langsam die Ränge auf den Tribünen füllen. Die Bombers wärmen sich ebenfalls schon auf dem Feld auf und können sich dabei Kommentare über unser letztjähriges Spiel nicht verkneifen.

„So was muss euch kalt lassen", sagte Coach Clay bereits im Vorfeld, weil er damit gerechnet hatte. Einschüchterungstaktik nennt man das.

Nach einer halben Stunde verschwinden wir in unsere jeweiligen Kabinen und versuchen uns möglichst gut zu entspannen und zu konzentrieren. Manche hören dabei Musik, andere beten, wieder andere laufen locker auf dem Stand, um sich warm zu halten. Der Platzsprecher kündigt uns an, und wir machen uns bereit, aufs Feld zu laufen. Die Cheerleader ziehen ihre Show ab, doch das juckt von uns Jungs im Moment keinen. Dad ist wie versprochen zum Spiel erschienen und sitzt mit Claire relativ weit unten auf der Tribüne.

Mein Herz pocht, meine Beine bewegen sich wie von selbst beim Laufen, und mir ist schon im Stehen so heiß, dass ich keine Ahnung habe, wie ich erst das Spiel überleben soll. Ich bin sicher, dass sich im Augenblick jeder so fühlt wie ich. Wir wissen alle, dass es hierbei um etwas geht. Immerhin ist es das erste Spiel der Saison, und dann ist es gleich jenes gegen das stärkste Team des Vorjahres. Das Bild, das wir jetzt hinterlassen werden, wird uns durch die Saison begleiten.

Leider brauchen wir schon beim Start viel zu lange, um ins Spiel zu finden. Das kostet uns Zeit, Yards und Punkte. Die Gegner haben uns in der Hand. Beim ersten geglückten Passspielzug, der uns mehr als zehn Yards einbringt, wird O'Mally von einem Defensive Back niedergeschmettert. Ein Raunen geht durchs Publikum. Das sah böse aus, und O'Mally bleibt liegen. Der Defensive Back mit dem Namen Brooke setzt noch einen nach, als einige unserer Jungs zu O'Mally laufen, um ihn hochzuziehen. „Was für ein Weichei! Kann nicht einmal alleine aufstehen", lacht er und wird dabei von seinen Teamspielern unterstützt. O'Mally, der so eine Meldung wie üblich nicht auf sich sitzen lassen kann, springt auf und stößt mit beiden Händen gegen seinen Rücken.

„Halt dein Maul, du Fettsack, sonst stopfe ich es dir."

Brooke dreht sich um und packt O'Mally an der Schultermontur. Der Typ ist einen Kopf größer als er und doppelt so überzeugt von sich. Max, Logan und ich gehen dazwischen und schieben O'Mally ein paar Schritte weg.

„Komm schon, O'Mally. Eine Strafe ist der Kerl nicht wert", sagt Max in nüchternem Ton.

„Ja, pfeif deine Hunde lieber schnell zurück", amüsiert sich Brooke und schaut mich an.

„Was ist dein Problem, Mann? Fühlst du dich dermaßen von uns bedroht, dass du dich hier so aufspielen musst?“ Er schnaubt und kommt mir so nahe, als ob er mich jeden Moment attackieren wollte. Ich rühre mich jedoch nicht vom Fleck. „Keine Sorge, Houser. Du gehörst mir, und wir haben noch das ganze Spiel vor uns“, erklärt er mir und nickt zufrieden. Der Schiedsrichter tritt zwischen uns und verwarnt uns. „Beim nächsten Mal gibt's fünfzehn Yards Strafe wegen unsportlichem Verhalten, klar? Und jetzt geht in eure Formation!“

Rückwärts gehend entferne ich mich von ihm und behalte Brooke weiter im Auge, ehe ich mich umdrehe und mich mit meinem Team aufstelle.

Die Einschüchterungsversuche funktionieren. Wir spielen, als hätten wir gestern zum ersten Mal trainiert, und machen einen Fehler nach dem anderen; Fehler, die sich in unserer Defense, vor allem aber in der Offense zeigen und entsprechende Resultate ergeben. Mit nur mehr fünfunddreißig Sekunden vor Ende des zweiten Viertels ist es quasi aussichtslos, von unserer Position aus noch Punkte zu erzielen, daher versuche ich dreimal, einen langen Pass zu werfen, um möglichst schnell viel Raum zu gewinnen, doch nur zwei werden gefangen und die Empfänger augenblicklich zu Boden geworfen. Beim letzten Versuch werde ich selbst getackelt und muss einen Sack über mich ergehen lassen, weil ich unkonzentriert war – und das kotzt mich am meisten an. Die Spielzeit geht zu Ende. „Wie versprochen: Du gehörst mir, Loser!“, ruft dieses Großmaul Brooke mir zu, während er wie ein Gorilla seine Hände gegen seine Brust schlägt. Ich lasse mich nicht von ihm provozieren, sondern lache ihn einfach aus. Das bringt Leute am meisten auf die Palme, und alles andere wäre ohnehin sinnlos.

Nach zwei Touchdowns der Bombers mit anschließenden Zusatzpunkten und nur zwei Field Goals auf unserer Seite steht es zur Halbzeit 14:6 für die anderen. Zermürbt und demoralisiert verschwinden wir in unsere Kabine und reden kein Wort. Jeder ist mit seinem eigenen Ärger beschäftigt.

Wie alle anderen Teamspieler sitze ich auf einer Bank und drehe den Helm in meiner Hand. Sie spielen mit uns – und es funktioniert. Wir bewahren keinen kühlen Kopf, wie wir es eigentlich sollten, und sie wissen, dass sie uns in der Hand haben.

Coach Clay erscheint ebenfalls in der Kabine, stellt sich in die Mitte des Raums und lässt den Blick über seine deprimierten Spieler schweifen.

„Hört auf, so auszusehen, als wäre dieses Spiel verloren", sagt er streng.

„Lasst euch von denen nicht irritieren. Ihr seid gut; besser als letztes Jahr. Und ihr seid bereit für dieses Spiel. Bereit zu gewinnen. Keine Alleingänge, keine unnötigen Strafen", befiehlt er und sieht unter anderem O'Mally an, bevor er fortsetzt.

„Keine Angst!" Der Coach pausiert und klopft einigen, die in seiner Reichweite sitzen auf die Schulter. „Ihr wisst, wer ihr seid, und jetzt geht raus und zeigt es denen!"

Es sind keine leeren Worte, die er aneinanderreiht, nur um uns wieder aufs Spielfeld zu treiben, sondern er meint jedes Wort, wie er es sagt. Wenn wir scheiße wären, würde er uns das auch sagen. Er ist jedoch überzeugt davon, dass wir es draufhaben, und das ist es, was uns motiviert.

Die zweite Hälfte beginnt. Nachdem unsere Defense gerade auf dem Feld ist und ich daher überflüssig bin, sitze ich auf der Bank und sehe dabei zu, wie die Bombers kicken und dann Yard für Yard näher an die Endlinie rücken. Verärgert lasse ich meinen Blick über die Tribünen wandern und sehe unter zahlreichen Fremden auch etliche bekannte Gesichter. Viele davon sitzen da, haben uns wahrscheinlich bereits abgeschrieben und sind jetzt mit Gesprächen, Popcorn und illegal mitgenommenen Bierdosen beschäftigt. Dad sieht wie so oft gleichgültig aufs Feld, während ich mir einbilde, dass Claire mich direkt ansieht und mir zuwinkt. Mit den Händen deutet sie mir plötzlich in Gebärdensprache, dass sie stolz auf mich ist. Das macht sie manchmal, wenn sie mir etwas sagen will, was ich entweder in der Öffentlichkeit nicht hören will, weil es peinlich ist, oder ich es, wie bei diesem Spiel zum Beispiel, nicht hören kann, weil sie zu weit weg ist, aber weiß, dass ich es gerade brauche. Sie hat schon als Kind mit mir ein paar Worte und Sätze eingeübt, sozusagen als Geheimsprache. Das fand ich natürlich extrem cool, weil es etwas Besonderes war, das nur wenige verstanden. Ich liebe sie dafür, dass sie mir wirklich in jeder noch so ausweglosen Situation zur Seite steht und mich aufbaut. Ich lächle sie an, auch wenn ich bezweifle, dass sie das unter meinem Helm erkennen kann.

Die Bombers sind gerade auf dem besten Weg, mindestens drei weitere Punkte zu erzielen, deswegen schaue ich mich lieber weiter auf der Tribüne um. Ungläubig senke ich den Kopf, als ich zwei Mädchen sehe, die, soweit ich das behaupten kann, bisher noch nie bei einem Spiel von uns waren. Zumindest sind sie mir noch nie aufgefallen, doch das muss bei mir ja nichts heißen. Vielleicht habe ich sie einfach noch nie bewusst wahrgenommen. Grace und Julia stehen ein wenig abseits von allen anderen, relativ weit oben auf der äußeren Tribüne. Obwohl vor allem Grace ziemlich klein ist, fallen mir die beiden auf, weil Graces blonder Zopf im Scheinwerferlicht schimmert, während ein paar Strähnen von Julias dunkelbraunen Haaren aus ihrem sonst sehr strengen Dutt heraushängen. Unsere Tribünen sind nicht besonders groß, deswegen kann ich ihre angespannten und nervösen Gesichtsausdrücke sogar von hier gut erkennen, selbst unter den dichten Stirnfransen, die das Gefühl vermitteln, ihr Gesicht verstecken zu sollen.

Unwillkürlich bringt es mich zum Schmunzeln, denn ich bezweifle, dass sie überhaupt wissen, was auf dem Spielfeld passiert, oder zu wem sie halten müssen.

Beiläufig höre ich mit, wie der Coach der Bombers entscheidet, den Kicker seiner Mannschaft kein Field Goal schießen zu lassen, sondern verlangt, dass er über die Endlinie läuft. Sie brauchen nur mehr neun Yards für weitere vier Versuche und vierzehn für einen Touchdown. Als Camden jedoch nach acht Yards von unserer Defense ins Seitenaus gestoßen wird, geht ein Jubel durch die Reihen unserer Fanseite, und viele springen vor Freude auf. Am meisten fasziniert mich jedoch, dass Julia kurz aufschreit und sich dann wie peinlich berührt eine Hand vor den Mund hält. Ich weiß nicht, wieso mich ausgerechnet dieses Bild von ihr dermaßen fesselt, aber zu sehen, wie sie sich mit weit aufgerissenen Augen am Eisengeländer vor ihr verkrampft festhält und offensichtlich komplett ins Spiel versunken ist, obwohl sie heute Morgen aus verständlichem Grund mehr oder minder weinend aus der Toilette gelaufen kam, ermutigt mich irgendwie.

Wir rücken wieder aufs Feld und arbeiten uns Stück für Stück vor. Nach einem langen Pass von mir auf Max sprintet er los, wird dabei auf einmal von jemandem von der Seite getackelt, kann sich jedoch Gott sei Dank wieder abfangen und läuft die fehlenden siebzehn Yards zum Touchdown. Alle brüllen vor Freude und Erleichterung auf. Endlich sind wir richtig im Spiel.

„Whoo!“, schreit Max immer wieder, während einer nach dem anderen ihm beim Wechsel zum Special Team gegen die Brust springt.

Leider dauert diese gute Phase nicht lange an. Die Bombers machen einen weiteren Touchdown, und schon beim nächsten Drive kassieren wir mit einem Fehlstart unsere erste Strafe.

„Time-out!“, schreit Coach Clay, woraufhin abgepfiffen wird.

„Wir verlieren, Jer!“, sagt Max kopfschüttelnd, während er neben mir zur Bank läuft. Ich beiße mir auf die Lippe, weil er recht hat. Wir befinden uns schon am Ende des dritten Viertels und brauchen noch mindestens zwei Touchdowns.

„Reißt euch zusammen, Jungs. Verliert nicht die Nerven.“

„Wir brauchen bessere Ideen. Die rechnen mit allem, was wir zu bieten haben“, erklärt Logan entmutigt. Es ist wahr. Wir spielen zwar ganz gut, aber wir brauchen mehr, um zu gewinnen.

„Hört mal zu! Keine langen Pässe mehr. Versucht den Ball durch kurze Würfe …“

„Die gefälschte Freiheitsstatue“, rufe ich und unterbreche damit den Coach. Während ich meinen Einfall und Zwischenruf genial finde, als er in meinem Kopf deutlicher wird, sieht die Mannschaft mich an, als wäre ich verrückt geworden. Max' Miene hellt sich auf, als er zustimmt.

„Ja! Oregon gegen Michigan. Wir machen den Trickspielzug jetzt richtig, und beim nächsten Versuch geben wir nur mehr vor, ihn zu spielen.“

„Das funktioniert bei denen nie. Nach dem Time-out rechnen die doch jetzt nur mit so was“, kontert O'Mally abwertend. Hätte mich auch gewundert, wenn er mit einem meiner Pläne einverstanden gewesen wäre. Coach Clay sieht mich prüfend an.

„Die sind schon so siegessicher. Da blicken die nicht durch. Und wenn doch, haben wir es wenigstens versucht.“

„Wir brauchen das, Coach. Ansonsten ist das Spiel gelaufen“, fleht Max.

„Okay, Houser. Dein Einfall. Wer soll den Ball von dir bekommen?“

O'Mally will etwas sagen, doch ich schneide ihm das Wort ab. So ein Spielzug muss auf Anhieb funktionieren. Dazu braucht man eine Einheit, ein Gefühl für den anderen. Mit O'Mally kann ich das nicht machen.

„Fraser, schaffst du das?" Fraser ist ein Runningback. Er ist eher klein und agil, bewegt sich extrem schnell und behält die Nerven; vor allem auch dann, wenn es um etwas geht. Er kann das durchziehen. Fraser nickt langsam und gleichzeitig erfreut, dass er in diesem Spiel endlich richtig zum Einsatz kommen kann.

„Gut, Jungs. Lasst sie denken, ihr spielt einen Fly-Pass, und behaltet dabei trotzdem eure Mitspieler im Auge, damit sie den Trick richtig ausführen können."

O'Mally funkelt mich böse an, bevor er seinen Helm wieder aufsetzt und aufs Spielfeld rennt. Ich mache das nicht, um ihm eins auszuwischen, aber ich will gewinnen. Es ist fürs Team. Damit muss er klarkommen.

Mein Herz hämmert in der Brust, als ich mich aufstelle. Wenn ich meinen Teil nicht richtig mache, können wir die Sache vergessen. Wegen der Strafe brauchen wir in zwei Versuchen mindestens achtzehn Yards, siebenundzwanzig bis zur Endlinie. Der Schiedsrichter pfeift. Mein Herz hört fast auf zu schlagen.

Nerven behalten, Jeremy! Der Center bringt sich in Shotgun-Position, und die gegnerische Defense macht sich bereit. Während ich mich noch mal ein paar Schritte nach vorn bewege und so tue, als ob ich besonders die rechte Seite der Defense abchecken würde, geht auch ihr Man in Motion zur Defensive Line und erklärt seinen Leuten eilig, welchen Spielversuch er von uns erwartet. Ab jetzt geht alles rasend schnell. Der Center wirft den Ball durch einen Long Snap zu mir, und ich hebe unverzüglich meine Wurfhand in Richtung der linken Spielhälfte, als würde ich Max den Ball zupassen, während er sich bereits Raum zu schaffen versucht. Die Defense richtet ihre Aufmerksamkeit auf Max, der nur wenige

Yards vorankommt, bevor er von fünf Mann getackelt wird. In Wahrheit übergebe ich den Ball jedoch beinahe gleichzeitig hinter meinem Rücken Fraser, der sofort nach rechts über die andere Seite nach vorn läuft. Bevor die gegnerische Verteidigung den Spielzug durchschaut und Fraser hinterherrennt, läuft er bereits über die Endzone und erzielt einen Touchdown. Das Publikum schreit applaudierend auf, und wir jubeln. Das Special Team rückt aufs Spielfeld und erzielt einen weiteren Punkt für uns durch das Field Goal. Es steht 21:20. Auf einmal starrt auch die ganze Tribüne wieder gebannt aufs Feld.

Jetzt sind es die Bombers, die unter Druck stehen. Sie werden nervös und machen nun selbst einen schweren Fehler, indem sie unüberlegt zweimal nach vorn passen, obwohl das unzulässig ist. Dafür verlieren sie einen Versuch und müssen fünf Yards nach hinten rücken. Nur mehr eineinhalb Minuten Spielzeit in diesem Viertel. Der Blick auf den Punktestand bringt sie dazu, beim letzten Versuch – und immer noch neunundzwanzig Yards bis zur Endlinie – ein Field Goal zu schießen. Die Zeit läuft ab, und die letzten zwölf Minuten brechen an.

Nach drei Laufspielzügen und zwei Pässen zu Max und Connor haben wir schon zweiunddreißig Yards zurückgelegt. Beim nächsten Zug gebe ich den Ball an O'Mally, der jedoch erneut so hart von einem Linebacker getackelt wird, dass er den Ball verliert, ehe er selbst zu Boden fällt. Bevor einer von uns den Ball wieder sichern kann, wirft sich ein freier Safety darauf und erzielt dadurch einen Ballverlust gegen uns.

„Scheiße!“, fluche ich laut, weil wir noch zwei Versuche gehabt hätten.

Zum Glück kommen auch die Bombers im nächsten Zug nicht weit, da unsere Defense ganze Arbeit leistet. Weil sie auch beim letzten Versuch noch zu weit von der Endlinie weg sind, kicken sie einen Punt, woraufhin der Ball über die Seitenlinie ins Aus springt, bevor wir ihn fangen können. Wir müssen nun also von der Fünfundzwanzig-Yard-Linie starten.

„So, jetzt geht es um alles, Jungs! Bringt das Spiel zu Ende!“, ruft Coach Clay uns nach, während wir zum letzten Mal für heute aufs Feld laufen. Jeder weiß, was zu tun ist. Wir formieren uns und beginnen den Spielzug ähnlich wie den letzten. Wir spielen so lange nach vorne, bis uns nur mehr sechzehn Yards vom Ziel trennen. Wieder erhalte ich den Ball vom Center und tue, als ob ich ihn werfen würde, übergebe ihn dieses Mal jedoch nicht an Fraser oder einen anderen Spieler, sondern behalte ihn hinter meinem Rücken. Max ist bereits losgerannt, ebenso wie O'Mally, und sie locken die ersten Verteidiger an. Fraser gibt vor, den Ball hinter meinem Rücken zu nehmen, und rennt ebenfalls nach vorn, wo die restliche Defense bereits auf ihn wartet. Ich atme kräftig aus und warte den richtigen Moment ab, in dem alle beschäftigt sind. Einige Spieler der Defense liegen bereits auf dem Boden, andere suchen den Ball, als ich endlich selbst losrenne. Hinter mir beginnen einige Verteidiger, mir nachzulaufen. Manche werden von unseren Spielern abgefangen. Nur mehr fünf Yards bis zum Ziel. Direkt auf der Endlinie springt mich einer von hinten an und greift mit beiden Armen nach meinem Fuß. Ich verliere die Balance, weil er mich wegreißt, und stürze in einer Vorwärtsrolle über die Linie. Aber wen juckt das – der Ball war über der Endlinie, ebenso wie mein Knie, bevor ich zu Fall gebracht wurde. Somit ist der Touchdown gültig. Spätestens als meine Mannschaft sich auf mich wirft, weiß ich, dass er gegolten hat. Um unseren Sieg zu sichern, setzen wir auf die Two-Point Conversion, weil wir statt eines Punktes zwei weitere machen wollen. Selbstverständlich rechnen die Gegner damit und rennen nach dem Snap gleich die größten Gefahrenpotenziale über den Haufen. Womit sie jedoch nicht rechnen, ist O'Mally, der in so einer Situation alle Kraftreserven aufbringt, um sich nachher auf die Schulter klopfen zu lassen. Ich warte, bis unsere Männer ihm einen Weg frei machen, lasse Fraser an mir vorbeiziehen, um die Letzten des anderen Teams zu verwirren, und übergebe den Ball schließlich O'Mally, der wie ein Wiesel die letzten Yards bis ins gelbe Feld läuft. Der Rest unseres Teams rennt auf den Rasen und feiert mit uns den Triumph, weil es in der Zeit, die den Bombers bleibt, unmöglich ist, noch einen Touchdown zu erzielen. Ein Field Goal wäre zu wenig. Wir haben tatsächlich gewonnen!

Julia

„Nicht einmal heute schaffst du es, früher nach Hause zu kommen, was?", schreit meine Mutter mich an, als ich durch die Eingangstüre gehe. Sie steht in der Küche mit dem Kochlöffel in einer Hand und einem Teller in der anderen. Theatralisch hebt sie beides in die Luft und lässt ihre Arme dann resigniert fallen. Ich wusste, was auf mich zukommen würde, sobald ich nach Hause komme. Bestimmt habe ich das Ganze auch deswegen mehr hinausgezögert als notwendig.

Es war schön, heute einfach einmal ein normales Highschool-Mädchen zu sein, das zu einem relativ gut besuchten Footballspiel ihrer Schule geht, die Spieler anfeuert und mitfiebert, wie andere Teenager es eben tun. Auch wenn die Fans des gegnerischen Teams eindeutig in der Überzahl waren, war die Stimmung gut, und letzten Endes haben wir gewonnen. Ich habe sogar geschrien. Im Eifer des Gefechts, schätze ich.

Es war wirklich spannend, und während fast zweieinhalb Stunden habe ich an nichts anderes denken müssen als an das, was auf dem Spielfeld passierte. Erstaunt war ich darüber, dass Gracie mir die meisten Spielzüge erklärte. Mir war gar nicht bewusst, dass sie sich so für Football begeistert. Allerdings hatte ich heute Abend das Gefühl, dass sie sich weniger für das Spiel als vielmehr für einen der Spieler interessiert. Ich kann mir denken, um wen es geht, doch ich möchte sie nicht drängen, es mir zu erzählen. Sie wird es mir sagen, wenn sie bereit dazu ist. Für Gracie sind das Verlieben und dieses Dating-Ding eine ziemlich große Sache. Größer als für die meisten in unserem Alter.

„Es ist wirklich immer das gleiche Theater. Was hatte ich denn von *dir* auch anderes erwartet, frage ich mich. Du bist ein hoffnungsloser Fall. Jetzt geh dir die Hände waschen und setze dich endlich zu Tisch." Alleine durch diesen Satz fühle ich, wie augenblicklich wieder die Taubheit die Kontrolle über meinen Körper übernimmt. Es ist wie ein Schutzmechanismus, um meine Seele vor dem zu bewahren, was heute Abend noch alles auf mich zukommt. Ich kann dieses Gefühl nicht steuern oder beeinflussen. Ich kann mich gar nicht mehr erinnern, wann es anfing. Je älter ich wurde, desto häufiger trat es auf. Mittlerweile ist es ein Teil von mir, das ausgelöst wird, sobald ich die Türschwelle betrete. Ich kann aber froh darüber sein, dass es sich momentan nur auf den familiären Bereich beschränkt, denn es ist ein schreckliches Gefühl der Leere. Einerseits brauche ich es, um nicht zugrunde zu gehen, andererseits ist das aber auch der Grund, weshalb ich mittlerweile kein Gespräch mehr mit meinen Eltern führen kann, ohne dabei abweisend und kalt zu wirken. Dabei ist das nicht meine Absicht – es ist nur eine Reaktion auf die wiederholten Verletzungen.

Ich atme tief ein und tue, wie mir befohlen wurde. Lustlos schleppe ich mich ins Bad und halte meine Hände unter das kalte Wasser, bis sie zu kribbeln und schmerzen beginnen. Es tut gut, weil es mich wissen lässt, dass ich noch hier bin und meine Gefühle nicht vollkommen abgestorben sind.

„Geht das vielleicht schneller? Ich glaube, wir haben schon lange genug auf die Prinzessin gewartet."

Heute funktioniert das mit der Taubheitsmauer nicht so gut wie sonst, weil ich meine Gefühle schon den ganzen Tag unterdrücken muss. Ein paar Sätze von ihr inmitten der negativen Stimmung, die dieses Haus umgibt, und alles, was ich heute erfolgreich zu verdrängen versucht habe, indem ich mich ablenken ließ, bricht wieder über mich herein.

Ich schaffe das jetzt nicht. Bitte gib mir Kraft.

Die Augen schließend, stütze ich mich mit einer Hand am Rand des Waschbeckens ab. Ich gehe in die Knie und lege meinen Kopf auf meine Hände. Die andere platziere ich auf meine heiße Stirn, um sie zu kühlen. Ohne aufzusehen, drehe ich den Wasserhahn zu und atme hörbar aus, ehe ich mich erhebe und ins Wohnzimmer gehe. Mein Vater sieht mich überhaupt nicht an, als ich mich neben ihn setze. Seine Augen sind verquollen. Ich vermute, dass er geweint hat. Ich wünschte mir so sehr, dass wir ein normales Verhältnis zueinander hätten. Eines, bei dem ich seine Hand streicheln könnte, um ihn zu trösten; eines, bei dem er mich in den Arm nehmen würde, um *mich* zu trösten.

Mom stellt unsere drei Teller auf dem Tisch ab und setzt sich dann wortlos dazu. Ich würge einen kleinen Bissen nach dem anderen hinunter, denn ich habe absolut keinen Hunger. Mein Magen fühlt sich an wie ein Stein, aber ich möchte so schnell wie möglich in mein Zimmer. Das geht jedoch nur, wenn ich alles aufgegessen habe. Wie nicht anders anzunehmen, lässt Mom mit dem nächsten Vorwurf nicht lange auf sich warten.

„Ich wette, du warst heute noch nicht einmal bei ihm. Du kommst ja auch so unterm Jahr nie auf die Idee, ihm mal Blumen zu bringen.“ Für mich hört sich ihr Satz wie eine Feststellung an, deshalb verzichte ich auf eine Antwort. Mit meiner Gabel stochere ich weiter im versalzenen Reisfleisch. Mom stößt mit der Faust gegen meine Schulter.

„Hallo? Ich rede mit dir!“ Wieder keine Frage. Egal, was ich jetzt sage, sie wird mir einen Strick daraus drehen.

„Antworte, wenn deine Mutter mit dir spricht“, mischt sich mein Vater ein. Mittlerweile ist es eine Seltenheit, etwas aus seinem Mund zu hören.

„Ich muss nicht vor seinem Grabstein stehen, um an ihn zu denken.“ Mom lässt ihre Gabel auf den Teller fallen und sieht mich mit weit aufgerissenen Augen an.

„Willst du damit behaupten, ich würde nie an ihn denken?“

„Das habe ich nicht gesagt.“

„Denkst du, du bist die Einzige, die ihn vermisst?“

„Nein.“

„Wie sehr ich deine kaltschnäuzige Art hasse, Julia. Du denkst, du bist so heilig, weil du ab und zu in die Kirche gehst. Hat man dir dort vergessen beizubringen, dass du deine Eltern zu ehren hast?“

„Mom, ich habe nicht …“, sage ich mit erhobener Stimme. Im Grunde weiß ich gar nicht, weshalb ich immer wieder vergeblich versuche, mich zu verteidigen. Ich sollte einfach den Mund halten, denn mit jedem Wort mache ich es schlimmer.

„Rede nicht in diesem Ton mit mir, hast du verstanden? Du bist so eine freche Göre. Ich kann nicht glauben, wie du so werden konntest. Was ist mit dir geschehen?“ Es war klar, dass es nicht lange dauern würde, bis meine Mutter heult und tobt. Dad isst teilnahmslos sein Reisfleisch, während Mom so ruckartig aufsteht, dass sie dabei ihren Stuhl umwirft. Äußerlich mag ich cool und desinteressiert wirken, doch innerlich brodelt es. Dennoch sehe ich weiterhin auf meinen Teller. Wenn ich ihr bei ihrer Wutrede in die Augen sehe, sagt sie, ich provoziere sie mit meinem Blick. Tue ich es nicht …

„Schau mich gefälligst an, wenn ich mit dir spreche. Es ist unerträglich mit dir. Seit seinem Unfall bist du einfach nicht mehr zum Aushalten."

Das Wort *Unfall* bringt das Fass zum Überlaufen. „Um Gottes willen, Mom. Redest du dir das denn tatsächlich immer noch ein?"

Wie eine Furie springt Mom mich an, packt mich an den Schultern und zerrt mich vom Stuhl. Mit hervorgetretenen, hasserfüllten Augen und hochrotem Kopf fixiert sie mich drohend. „Ich warne dich, Julia. Halte deinen verfluchten Mund und hör auf, überall deine Unwahrheiten zu verbreiten."

„Nur weil ihr es nicht hören wollt, macht es die Tatsachen noch lange nicht unwahr."

„Ich sagte: Hör auf damit!" Sie schüttelt mich und bohrt mir dabei ihre langen Fingernägel ins Fleisch, doch ich kann nicht mehr aufhören. Ich kann ihr nicht mehr dabei zuhören, wie sie versucht, Ausreden zu finden, um ihre Schuld zu verbergen.

„Jeder weiß es, nur ihr wollt es nicht wahrhaben. Es war kein Unfall."

Sie nimmt eine Hand von meiner Schulter und gibt mir eine Ohrfeige. Ich unterdrücke den Schmerz und nehme die Erschütterung in meinem Kopf, die diesen Schlag begleitet, hin, nutze währenddessen aber die Chance, mich aus ihrem Griff zu lösen. Dabei berühre ich sie nicht, sondern drehe mich nur unter ihrer Hand durch, sodass sie loslassen muss. So schnell ich kann, sprinte ich die Treppe hinauf und laufe vorbei an meinem Zimmer in seines hinein. Hinter mir höre ich bereits ihre stampfenden Schritte. Von innen versperre ich die Türe mit dem Reserveschlüssel, von dem nur ich weiß, wo er ihn versteckt hielt. Alle Zimmerschlüssel im Haus sind Universalschlüssel, doch er hatte seinen eigenen, weil er manchmal einfach dringend die wenigen Momente des Alleinseins brauchte, die er dadurch gewann. Dabei wusste er, dass er das, was danach folgte, so nur verschlimmerte. Ebenso weiß ich, wie dumm es jetzt von mir ist, mich hier drin zu verstecken.

„Komm sofort da raus!“, schreit sie und hämmert dabei mit der Faust gegen die Tür. Es wird nicht lange dauern, bis sie einen Schlüssel aus einem anderen Raum holt, aufsperrt und dort weitermacht, wo sie aufgehört hat. Allerdings um ein Vielfaches schlimmer.

Wie versteinert bleibe ich einen halben Meter von der Türe entfernt stehen. Mein Blick schweift durch sein Zimmer. Es ist fast zwei Jahre her, dass ich einen Fuß hier herein gesetzt habe. Moms zornige Stimme ist auf einmal nur mehr wie aus der Ferne zu vernehmen, während ich in die Erinnerungen gezogen werde. Jeder einzelne Gegenstand weist mich auf Situationen mit ihm hin, auf Gespräche, auf die Zuneigung, die nur wir einander zu geben vermochten. Als könnte ich jemanden mit meinen Füßen verletzen, wenn ich zu rasch gehe, setze ich einen kleinen Schritt nach dem anderen voran und lege dabei schützend meine Arme um meinen Körper. Je weiter ich durch sein Zimmer gehe, umso schwerer fällt es mir, zu atmen. Sein Geruch ist sogar nach zwei Jahren noch so präsent, dass es mir die Brust einschnürt. Vor seinem Bett falle ich auf die Knie, ergreife mit beiden Händen einen Teil seiner Bettdecke und ziehe sie mir auf den Schoß.

„Nicht weinen, Jules. Es war nur ein Traum.“

Ich weiß, dass er recht hat. Ich kann mich nicht einmal mehr an Details erinnern. Ich weiß nur, dass dieser Traum zu real war. Einundzwanzig Tage habe ich es seit dem letzten

Mal geschafft, nicht zu weinen, nachdem ich aus solch einem Traum erwacht war. Stattdessen habe ich es immer selbst geschafft, mich zu beruhigen, worauf ich stolz war. Aber dermaßen schlimm war es sehr lange nicht mehr.

Ich schluchze so heftig, dass es mich schüttelt. Er wickelt seine Bettdecke um mich und zieht mich auf seinen Schoß. „Sch! Ganz ruhig, Kleine! Atme!“, wiederholt er, während er meinen Rücken streichelt, nicht nur um mich zu beruhigen, sondern wohl wissend, dass ich damit unsere Eltern aufwecken werde. „Ich kann nicht“, wimmere ich. „Ich kann nicht atmen. Es fühlt sich an, als wäre ich noch mitten im Traum.“ Sein T-Shirt ist von meinen Tränen bereits durchnässt.

„Dann wach auf und lerne wieder zu atmen!“

Jemand reißt die Tür auf, und unsere Köpfe schnellen hoch. Mom steht wütend im Türrahmen und blickt zwischen uns hin und her.

„Ihr widersetzt euch schon wieder meinen Regeln. Lernt ihr es denn nie?“, schreit sie, woraufhin ich noch mehr zittere und er mich fester an sich drückt. „Sie hat Angst, Mom. Angst ist etwas Unkontrollierbares. Ich kann mir nicht vorstellen, dass sie sich gerne so fühlt. Du etwa?“

„Werde bloß nicht frech, junger Mann. In diesem Haus gibt es Regeln, und an die werdet ihr euch halten.“

„Scheiß auf die Regeln. Sie braucht mich jetzt.“

Ich höre, wie Mom verächtlich schnaubt, während ich nach Luft ringe. „Und sie wird lernen, auch ohne dich zurechtkommen zu müssen. Sie ist schon zwölf und kein kleines Kind mehr!“

Mom kommt auf mich zu, und ich klammere mich noch fester an ihn. Natürlich ist das sinnlos, denn sie nimmt keine Rücksicht darauf. Immer wieder reißt sie seine Arme von mir weg und zerrt dann heftig an mir, doch er gibt nicht auf. Er will mich nicht loslassen, und ich will nicht gehen.

„Nimm deine Hände weg, oder ich schwöre, ihr werdet es bereuen." Durch meine tränenbenetzten, geschwollenen Augen sehe ich seinen gequälten Gesichtsausdruck, weil er mich gehen lassen muss, und ich höre auf, mich zu wehren. Vielleicht kann ich es auf diese Art leichter für ihn machen. Ich darf nicht immer so egoistisch sein.

„Bitte komm zurück! Bitte! Ich brauche dich so sehr …", flehe ich in die Decke hinein, die meine Bitten lediglich ungnädig aufsaugt, als die Türe hinter mir aufgesperrt wird.

Jeremy

Vom Feiern letzte Nacht mit den Jungs und auch ein paar Mädels bin ich beim Training völlig kaputt. Der Coach hat wenig Verständnis dafür und behandelt uns vor allem beim Aufwärmen umso härter. Wir machen die üblichen Dinge, konzentrieren uns aber besonders auf Lauftraining mit Geschwindigkeit und das Werfen und Fangen weiter Pässe, weil das gestern am wenigsten gut geklappt hat. Es ist nicht so, dass ich bei der Party letzte Nacht besonders viel Alkohol getrunken hätte. Das mache ich selten, denn ich will lieber Herr meiner Sinne sein. Trotzdem waren wir bis drei Uhr morgens bei Logan, dessen Eltern ihm freundlicherweise für die Nacht das Haus überlassen hatten. Max übernachtete bei mir, damit drei von uns sich ein Taxi teilen und so Geld sparen konnten. Wir diskutierten noch eine halbe Stunde über das Spiel, besprachen unsere Fehler und Stärken und fragten uns, woran wir unbedingt noch als Team arbeiten müssten. So müssen wir uns etwa mehr aufeinander abstimmen. Vieles war beim Spiel schiefgegangen, weil der eine nicht wusste, was der andere tat. Außerdem machten wir uns über das fassungslose Verhalten unserer Gegner nach dem Spiel lustig, als sie nicht mehr solch eine große Klappe hatten wie davor.

Nach zweieinhalb Stunden Training versammelt Coach Clay alle Spieler rund um sich.

„So, jetzt, da auch ihr gemerkt habt, wie dämlich es ist, Alkohol zu trinken, wenn man am nächsten Tag Training hat, komme ich zur Sache. Mal abgesehen davon, dass ich eure nichtsnutzigen Ärsche wegen Alkoholkonsums Minderjähriger von der Schule werfen lassen sollte …“ Er sieht streng in die Runde. Es ist unschwer zu erkennen, wer über den Durst getrunken hat. Mehr als die Hälfte ist blass um die Nase, sitzt bereits oder stand vorhin mindestens einmal kurz vor einem Kreislaufkollaps. Fraser hat sich sogar im Gras übergeben.

„… werde ich wie bisher jedes Jahr ein einziges Mal darüber hinwegsehen. Und zwar nur deshalb, weil ihr gestern dafür gesorgt habt, dass die Bombers mit eingezogenem Schwanz abziehen mussten.“ Ein Kampfschrei von uns Jungs ertönt. Unser Ego könnte nicht größer sein. Aber wir dürfen es jetzt streicheln.

„Klappe halten. Ich bin nicht fertig“, befiehlt er. Wir lachen, weil er sich jetzt so unnahbar verhält, obwohl er gestern am liebsten selbst mit uns feiern gegangen wäre. „Wovon ich euch gestern nichts gesagt habe, weil ich nicht wollte, dass ihr durchdreht und alles vermasselt, ist, dass ein Scout der UMass im Publikum saß.“ Spätestens jetzt hat Clay die volle Aufmerksamkeit aller. Max packt meinen Arm, während er mit offenem Mund auf die restlichen Worte wartet. Die UMass ist das staatliche Universitätssystem von Massachusetts. Insgesamt gibt es vier weitgehend voneinander unabhängige Uni-Standorte, den größten in Amherst. Woher dieser Scout kam, spielt jedoch gerade keine Rolle. „Bevor ihr einen Herzinfarkt bekommt: Er war gestern nicht euretwegen hier. Er hatte bezüglich eines Spielers der Bombers einen Tipp bekommen."

„Mann, Coach!", rufen einige, die sich verarscht fühlen.

„ABER …", setzt er an. Jetzt ist er es, der mit uns spielt. Es wird augenblicklich wieder still, weil alle hören wollen, was Clay noch zu erzählen hat.

„Anscheinend war er nicht ganz zufrieden damit, was er zu sehen bekommen hat. Wir sind noch zusammengesessen, und er hat sich für das Spiel in drei Wochen gegen die Flounders angekündigt, um euch noch einmal genau unter die Lupe zu nehmen. Wahrscheinlich sollte ich euch das gar nicht sagen, aber er denkt, dass es bei uns viele talentierte Spieler gibt und einiges an Potenzial zu sehen ist. Also reißt euch die nächsten Wochen zusammen – und holt euch ein Stipendium! Vergesst dabei aber nicht: Wir sind ein Team. Wir sind nur so stark wie unser schwächstes Glied. Verliert einer, weil wir nicht zusammenhalten, verlieren alle. Also denkt nicht einmal im Traum daran, euch ab jetzt gegeneinander auszuspielen, sonst habt ihr alle verloren. Ist das klar?"

„Ja, Coach!", antworten wir, und ich hoffe, dass er recht behält und ernst genommen wird. Solche Aussagen können auch wirklich kontraproduktiv sein. So gut wie jeder hier will solch ein Stipendium und wird versuchen, sich in den Mittelpunkt zu drängen. Aber wenn ich es jemandem gönne, dann Max, und ich werde alles in meiner Macht Stehende tun, um ihm dabei zu helfen, es zu bekommen.

Kapitel 4

Julia

In der momentan denkbar bequemsten Pose, die ich finden kann, dem Schneidersitz, sitze ich auf dem geschlossenen Klodeckel im Mädchen-WC, den ich vorher selbstverständlich mit einem Desinfektionstuch abgewischt habe. Für mich gibt es kaum etwas Schlimmeres als öffentliche Mädchentoiletten. Manchmal habe ich das Gefühl, Frauen könnten noch weniger zielen als Männer. Umso schlimmer, dass ich mich hier ungefähr jede zweite Woche, meistens dienstags, weil das die erste Turneinheit nach dem Wochenende ist, verschanzen muss, bis die Mädchen im Turnsaal verschwunden sind und die Umkleidekabine leer ist. Es ist mir ja schon seit geraumer Zeit nicht mehr möglich, mich vor ihnen auszuziehen. Meistens funktioniert es ganz gut, einfach mein Trägerleibchen oder T-Shirt anzubehalten und nur die Hose zu wechseln. Immer wieder kommt es jedoch vor, dass ich zusätzlich zu meinem Oberkörper weder Arme noch Beine herzeigen kann. Im Sommer ist das natürlich besonders beschwerlich. Im Juli kann es hier bis zu dreißig Grad bekommen. Da komme ich mir umso blöder vor, wenn ich in Jeans und langem Shirt umherlaufen muss, während die meisten Mädchen gar nicht wenig genug anziehen können. Ich kann mich überhaupt nicht erinnern, wann ich das letzte Mal am Meer oder sonst wo schwimmen war. Nicht, dass ich mich dort mit meinem hässlichen, alten Badeanzug blicken lassen würde. Einen Bikini besitze ich nicht. Früher hatte ich keinen, weil ich so etwas nicht anziehen *durfte,* zumal es Moms Empfinden nach zu aufreizend war. Heute *könnte* ich ihn nicht anziehen.

Zum Zeitvertreib spiele ich Angry Birds auf meinem Handy, was ich jedes Mal tue, wenn ich auf die vereinbarte Nachricht von Grace warte. Inzwischen habe ich alle Levels dieses Spiels so oft gespielt, dass ich fast überall schon alle zu erreichenden möglichen drei Sterne gewonnen habe. Zum hundertsten Mal beiße ich mir am Level 4-14 die Zähne aus. Es will mir einfach nicht gelingen, den blöden zweiten gelben Vogel so abzuschießen, dass er nicht gegen das schwarze Brett knallt. Im Moment benötige ich für diesen Level alle verfügbaren Vögel, aber dafür bekomme ich nur einen Stern.

Zum Glück vibriert mein Handy, denn ich bin kurz davor, das Spiel zu löschen, weil es mich so frustriert.

Wir gehen jetzt rein.

Ich schmeiße mein Handy in den Rucksack, schnappe meine Sachen und laufe aus dem Klo hinaus und den Gang entlang. Die Treppen springe ich hinunter und nehme dabei drei Stufen gleichzeitig, obwohl mir das Auftreten jedes Mal an diversen Stellen Stiche versetzt. Solange ich schnell genug bin, habe ich meistens das Glück, dass Ms. Marques sich nicht zu meiner Verspätung äußert. Sie denkt einfach, ich brauche beim Umziehen länger als die anderen. Manchmal habe ich Pech, und sie fragt nach. Dann erfinde ich eben irgendeine Notlüge: Ich musste mit einem Lehrer sprechen, mein Nachhilfeschüler hatte noch eine dringende Frage, ich war auf dem WC, so was in der Art. Meistens bleibe ich bei der Klogeschichte. Eine Woche im Monat ist das die einfachste Ausrede, für die die meisten Lehrer viel Nachsicht haben. Ich halte mich am Geländer fest, während ich die letzten vier Stufen der Stiege hinunterhüpfe, biege um die Ecke und stolpere fast über meine eigenen Füße, als ich Miss Marques und Grace auf mich zukommen sehe. Miss Marques sieht ein wenig verärgert aus, während Grace hinter ihr die Nase rümpft und die Lippen aneinanderpresst, als sie mich sieht. Mist, ich war wohl zu langsam.

„Wo kommst du denn her? Ich wollte gerade nach dir suchen lassen. Grace sagte, du wärst noch auf dem WC.“

„Tut mir wirklich leid, dass ich erneut zu spät bin, Miss Marques. Ich hatte wieder so starke Bauchschmerzen.“ Zur Untermauerung lege ich meine Hand auf den Unterbauch, verziehe das Gesicht und bete, dass sie wieder vergessen hat, wie leichtfüßig ich eben die Treppe heruntergelaufen kam.

„Julia, was soll ich bloß mit dir machen? Langsam mache ich mir Sorgen.“

„Das ist wirklich sehr nett von Ihnen, aber das müssen Sie nicht. Ich bin bereits in Behandlung. Bald habe ich es im Griff.“

„Ich hoffe es, denn wenn du weiterhin den Sportunterricht versäumst, werde ich dich nicht benoten können.“ Das hat sie letztes Jahr oft gesagt. Zum Schluss hatte ich trotzdem eine Zwei. Problematisch wird es nur, wenn sie meine Eltern anruft, weil sie eine Entschuldigung für all die summierten Minuten benötigt, die ich zu spät gekommen bin. Ich denke nicht, dass ich erwähnen muss, wie Mom auf mein Zuspätkommen reagieren würde.

„Ich werde mich bemühen, dass es nicht mehr vorkommt. Versprochen.“ Gleich nachdem es ausgesprochen ist, bereue ich, was ich gesagt habe, senke meinen Blick und schlucke. Wieder eine dieser leeren Versprechungen. Wie um alles in der Welt sollte ich das einhalten können?

„Also gut. Grace, wir gehen wieder rein. Und du ziehst dich jetzt schnell um und kommst nach.“ Ich nicke heftig, bis Miss Marques sich umdreht und zurück Richtung Turnsaal geht. Erleichtert seufze ich. Grace sieht mich mitleidig an und wischt sich den nicht vorhandenen Schweiß von der Stirn.

„Beeil dich!“, flüstert sie und läuft dann wieder durch die Besuchertüre in die Halle. Etwas weniger gestresst dadurch, dass die Lehrerin bereits weiß, dass ich zu spät komme, öffne ich die Tür zur Umkleidekabine, nur um eine meiner Mitschülerinnen dort sitzen zu sehen. Mein Herz sinkt in die Hose. Heute geht auch echt alles schief.

„Susan! Was machst du denn hier drinnen?“, frage ich überrascht und versuche dabei meine Frustration zu verbergen, so gut ich kann. Susan sieht von ihrer Zeitschrift auf und fährt sich durch die blonden, schulterlangen Haare. Sie trägt einen kurzen Rock und eine figurbetonte Bluse.

„Ich bin krank. Die Marques will nicht, dass ich alleine in der Klasse bleibe, und ich will nicht dort drinnen sitzen.“ Sie neigt ihren Kopf Richtung Turnsaal und blickt dann auf ihre perfekt manikürten Fingernägel. „Da stinkt's nach Füßen. Also lese ich hier.“ Ihre Lektüre beläuft sich in diesem Fall auf die neue „Vogue“. Ihre Augen schweifen missbilligend über meinen Körper. Ich kann mir vorstellen, dass jemand wie sie mit meinem Kleidungsstil, der nicht einmal einer ist, absolut nicht einverstanden ist, aber sie kann es sich im Gegensatz zu mir auch leisten, freizügige, enge Klamotten anzuziehen.

„Du bist mal wieder spät dran“, kommentiert sie mit leicht zusammengekniffenen Augen. Ich nicke lediglich und suche nach einer Lösung für mein ursprüngliches Problem. Ich kann mich wohl kaum hier vor ihr umziehen, kann aber auch nicht aufs WC gehen. Wie sieht das denn aus? Ich brauche dringend eine Ausrede, um den Raum wieder mitsamt meinen Sachen verlassen zu können. Ich gehe zu einer der Bänke, stelle meine Tasche ab und krame darin.

„Na toll, jetzt habe ich meinen Sport-BH im Spind vergessen. Katastrophe“, seufze ich theatralisch und zeige mit meinem Daumen auf mich selbst. Susan sieht einen Augenblick lang auf meine Brust, als wäre ich wahnsinnig geworden. Bestimmt fragt sie sich gerade, wofür ich einen Sport-BH brauche, aber mir ist eben nichts Besseres eingefallen. Mit geweiteten Augen senkt sie wieder den Kopf, um sich ihrer Zeitschrift zu widmen, und formt dabei ein lautloses, lang gezogenes „Okay“.

Mittlerweile fragt niemand mehr nach, Leute wie Susan tun das sowieso nicht. Was über Oberflächlichkeiten hinausgeht, interessiert den größten Teil der Menschen nicht. Oder es interessiert sie doch, weil sie neugierig oder einfach höflich sind; allerdings können sehr wenige Leute tatsächlich zuhören. Wenn man einen Bekannten im Supermarkt, an der Kasse oder irgendwo auf der Straße trifft, und sie fragen, wie es einem geht, wollen die meisten ein simples „Gut, danke“ hören. Man führt ein bisschen Smalltalk, und jeder geht wieder seiner Wege. Nicht viele können damit umgehen, wenn man ihnen seine wahren Gefühle offenbart. Das ist in diesem Fall nicht wertend gemeint; für mich ist es sogar von Vorteil. In den letzten Jahren bin ich Meisterin darin geworden, gute Miene zum bösen Spiel zu machen; zu lächeln, wenn mir jemand diese obligatorische Frage stellt, und das Thema schnell auf mein Gegenüber zu lenken, wenn derjenige an einem längeren Gespräch interessiert zu sein scheint. Meistens wollen die Leute auch wirklich lieber über sich selbst sprechen, und das ist mir mehr als recht.

Ich werfe mir die Sporttasche wieder über die Schulter und verschwinde ebenso schnell aus der Umkleidekabine, wie ich gekommen bin. Toll, was soll ich jetzt machen? Miss Marques zählt wahrscheinlich schon die Minuten meiner Abwesenheit. Bis ich eine leere, offene Klasse gefunden habe, dauert es zu lange. Unsere Schule hat drei große Turnsäle und acht dazugehörige Umkleidekabinen, vier davon für Damen. Ich laufe von einer zur anderen, aber alle sind versperrt. Das kann doch nicht wahr sein! Wütend schlage ich mit der flachen Hand gegen die Wand. Wieso müssen die einfachsten Dinge für mich so kompliziert sein? Welcher Teenager muss sich Gedanken darüber machen, wo er sich umziehen kann?

Die traurige Wahrheit ist jedoch, dass es wahrscheinlich mehr sind, die dasselbe Problem haben, als ich mir vorstellen kann. Ich schüttle den Kopf und wähle die letzte Möglichkeit, die sich mir jetzt bietet. Die Jungen haben zur gleichen Zeit wie wir Sport. Das bedeutet, ihr Umkleideraum muss ebenfalls offen sein. Sie turnen draußen im Freien. Für die zwei Minuten, die ich zum Umziehen brauche, wird es also reichen.

Langsam öffne ich die Tür und spähe zuerst hinein, um sicherzugehen, dass dort niemand ist. Ich lasse die Tür hinter mir ins Schloss fallen und steige über diverse Schuhe, Socken und andere Kleidungsstücke, die über den Boden verstreut sind. Der Geruch von Schweiß, gemischt mit Deo und Aftershave, liegt in der Luft. Zu viel Aftershave. Dann biege ich bei der Wand zur Toilettentür ein, damit ich, für den Fall, dass jemand hereinkommt, rechtzeitig reagieren kann. Hier strömt mir der nächste Duft entgegen, und ich muss mir die Nase zuhalten, weil er ekelerregend ist. Mädchen können vielleicht nicht zielen, aber zumindest stinken sie nicht so. Es hilft nichts. Ich schmeiße meine Tasche vor der Toilette auf den Boden, ziehe meine Jeans aus und schlüpfe in die lange Jogginghose sowie in die weißen Hallenschuhe. Mir den langen Pullover mit dem engen Kragen über den Kopf zu ziehen, ist extrem unangenehm, denn dafür muss ich mich strecken. Dabei versuche ich so vorsichtig wie möglich zu sein, um die Wunde unter meiner Brust nicht erneut aufzureißen. Irgendwie gelingt es mir dann doch, den Pullover vorgebeugt abzuschütteln, gleichzeitig ärgere ich mich darüber, dass heute alles so lange dauert. Kurz hebe ich mein Trägertop, um den ohnehin bügellosen BH neu zu platzieren, damit er nicht mehr an dem Pflaster reibt. Ich greife nach meinem weiten, langärmeligen Leibchen fürs Turnen, als ich plötzlich Sportschuhe aus dem Augenwinkel erkenne, die bis gerade vorhin noch nicht dort waren. Mein Kopf schnellt hoch, als ich das Schlimmste befürchte. Meine Paranoia erweist sich als zutreffend, denn vor mir steht Jeremy, der mich mit leicht geöffnetem Mund anstarrt. Reflexartig drücke ich mein Shirt vor meine Brust, merke dabei aber selbst, wie sinnlos das ist, denn meine Arme sind ebenso übersät mit blau-grünen Flecken wie der Rest meines Körpers.

„Mann! Kannst du vielleicht klopfen?“, rufe ich entrüstet, weil es im Moment das Einzige ist, was mir in den Sinn kommt.

„Sorry“, antwortet er, sichtlich perplex, doch seine Augen ruhen viel zu lange auf meinem Oberkörper und meinen Oberarmen, bevor er mir etwas verstört wieder in die Augen sieht. Bei seinem Blick ist mir zum Heulen zumute, doch diese Blöße darf ich mir vor ihm unter keinen Umständen geben. Das wäre außerdem wie ein Geständnis. Stattdessen muss ich irgendetwas tun, um ihn von mir fernzuhalten. Mit meiner freien Hand mache ich eine abwehrende, hektische Bewegung, um ihm zu deuten, dass er gefälligst wieder gehen soll, damit ich mein Shirt anziehen kann.

Er blinzelt heftig und macht einen Schritt rückwärts, bevor er sich umdreht und zumindest aus dem Sichtfeld verschwindet.

„Sorry“, wiederholt er leise. Er trägt noch jene Kleidung, die er heute Vormittag anhatte. Offenbar kommt auch er einfach zu spät zum Sportunterricht.

Wie kann es so was geben? Wieso muss ausgerechnet er immer zur falschen Zeit am falschen Ort sein? Wie viel hat er gesehen, und was davon kann für mich gefährlich werden? Ich halte mir die Hand vor den Mund, damit er mein ersticktes Schluchzen nicht hört. Tränen steigen mir in die Augen, weil ich nicht in der Lage dazu bin, eine scheinheilige Erklärung für meine Verletzungen zu finden. Ich habe keine Ahnung, was ich sagen soll.

„Was zum …? Das ist die Männerumkleide, du Blödmann. Ich muss nicht klopfen“, echauffiert er sich nun. „Warum bist *du* überhaupt hier drin?“

„Wonach sieht’s denn aus? Ich ziehe mich um“, gebe ich zurück. Panik schwingt in meiner Stimme mit. Ich muss hier raus und vorher dringend einlenken. Endlich habe ich mein Shirt angezogen, zupfe es schnell zurecht, um sicherzugehen, dass nichts mehr zu sehen ist, und stopfe dann meine Jeans und den Pullover in die Tasche.

„Ja, das konnte ich sehen.“ Er zögert, und ich fürchte, dass er nachfragt, was das war, was er noch alles gesehen hat. „Meine Frage war aber: wieso hier?“

Ich atme tief ein und gebe mir die größte Mühe, eine freundliche Miene aufzusetzen, bevor ich vor ihn trete. „Was meinst du? Du erklärst mir doch immer, dass ich in Wahrheit hier hingehöre.“

Mist! Ich zwinkere zwar, doch meine Stimme klingt zu zittrig, um Scherze machen zu können.

„Lenk jetzt nicht ab“, sagt er in verstimmtem Ton und runzelt die Stirn. Er sucht meinen Körper nach einer unbedeckten Fläche ab, um zu sehen, ob er sich unter Umständen verschaut hat, doch er findet nichts.

Ich kenne diesen Blick. Auch Grace hat mich vor ungefähr zwanzig Monaten so angesehen, weil ich ihr davor nichts davon hatte erzählen können. Jeder, der davon weiß, birgt eine Gefahr für mich. Bei dem Gedanken daran werde ich wütend.

„Ich würde mal sagen, dass ich dir keine Rechenschaft schuldig bin.“

„Wie siehst du überhaupt aus? Bist du die Treppe runtergefallen oder so?“, will er wissen, ungeachtet dessen, was ich gerade gesagt habe. Verdammt! Er spricht es wirklich an und hat genug gesehen.

„Keine Sorge! Alles okay. Ich muss jetzt zum Unterricht. Könnte dir auch nicht schaden“, sage ich absichtlich zickig und grinse ihn scheinheilig an. Dann mache ich einen großen Bogen um ihn, um so schnell ich kann hier rauszukommen, und lasse ihn dort stehen. Gott sei Dank dreht er sich nicht um und folgt mir auch nicht.

Ich renne über den Gang, durch die Mädchengarderobe, um meine Tasche dort ins Eck zu werfen. Dabei pausiere ich nicht einmal, um Susan zu beachten, als sie mich fragt, wo ich mich jetzt umgezogen habe, und laufe stattdessen weiter in den Turnsaal, wo ich einige missbilligende Blicke meiner Mitschülerinnen ernte.

Mir ist schlecht.

„Zehn Runden“, ruft Ms. Marques mir entgegen, nachdem ich angefangen habe zu laufen. Zum Glück bewegen sich meine Beine wie automatisch, denn ich kann gerade keinen klaren Gedanken fassen. Mir ist wie nach einem Filmriss, und alles rund um mich ist durch meinen Tunnelblick wie ausgeblendet.

„Bist du okay?“, fragt Grace leise mit besorgtem Blick und reißt mich damit aus meiner Trance, als sie plötzlich neben mir erscheint. Ich kann sie nicht ansehen. Ich weiß nicht einmal, wo ich anfangen soll. Mit aller Kraft kämpfe ich gegen die aufsteigenden Tränen an.

„J?“, wiederholt sie.

„Jeremy. Er hat mich gesehen“, stottere ich zwischen meinen hastigen Atemzügen. Ich muss nicht mehr sagen, damit sie versteht. Gracie atmet scharf ein und wird augenblicklich langsamer, ehe sie mich wieder einholt und mit großen Augen anstarrt.

Ich kann nicht mehr rennen. Ich habe bereits jetzt Seitenstechen, weil ich kaum mehr Luft bekomme. Mein Zwerchfell beginnt zu krampfen, und meine Bronchien brennen, sodass ich zu husten beginne. Abrupt bleibe ich stehen und stütze meine Hände auf meinen Knien ab. So lehne ich mich ein wenig vor, um die Atemwege freizulegen.

„Julia, ist alles in Ordnung bei dir?", fragt meine Lehrerin vom anderen Ende des Saals.

„Sie hat bloß Seitenstechen. Ist gleich vorbei", antwortet Gracie für mich, nachdem sie die Hand auf meinen Rücken gelegt hat und mich ganz zart streichelt. Ich nicke und hebe beschwichtigend die Hand, während die anderen Schülerinnen links und rechts an mir vorbeilaufen und ungeduldig mit der Zunge schnalzen, weil wir im Weg stehen. Doch nichts ist in Ordnung. Ich habe Angst davor, dass sich jetzt alles ändert und ich es nicht mehr kontrollieren kann.

Angst davor, was mit mir passiert, wenn Jeremy es einem Lehrer erzählt oder seinen Eltern. Oder anderen Schülern, und die wiederum ihren Eltern.

Jeremy

Seitdem Julia aus der Garderobe gerannt ist, sitze ich hier drinnen auf der Bank und denke darüber nach, was eben geschehen ist; was ich gesehen habe, und was ich damit anfangen soll. Ich massiere meinen Nasenrücken, während ich versuche, einen klaren Gedanken zu fassen. Was ist mit ihr passiert, dass sie so aussieht? Ich war noch nicht lange dort gestanden, bevor sie mich entdeckte, aber ich bin sicher, unzählige blaue Flecken auf ihren Armen gesehen zu haben. Die Frage ist nur, woher diese kommen. Hat sie einen Freund, der sie verprügelt? Wenn ja, geht dieses Arschloch hoffentlich nicht hier zur Schule, denn dann bekommt er mal meine Faust zu spüren. Ich hasse

Kerle, die ihre Aggression gegen Frauen richten. Für mich sind das Weicheier. Allerdings erscheint mir Julia nicht wie die Art von Mädchen, das sich so etwas von einem Typen gefallen lässt – aber was weiß ich schon über sie?

Ist ihr Vater gewalttätig? Ich glaube, er ist bei der Polizei. Ich kann mir aber beim besten Willen nicht vorstellen, dass das bisher noch keiner gemerkt hätte. Ich meine, das muss doch irgendwann auffallen. Je mehr ich darüber nachdenke, umso bewusster wird mir, dass ich sie bislang nur selten in kurzen Klamotten gesehen habe. Die meisten denken, sie versucht vielleicht einfach ihren Körper zu verstecken, weil sie magersüchtig sein könnte, oder irgendetwas zu kaschieren, auf das sie nicht stolz ist. Nie wäre ich darauf gekommen, dass es Verletzungen sind, die sie verbirgt.

Sport! Sie betreibt irgendeinen Sport. Abends rennt sie immer mit der Jogginghose durch die Gegend. Vielleicht ja Volleyball. Die heftigeren Flecken befanden sich auf ihren Unterarmen. Andererseits war der Rest durch den Schatten, den das Licht geworfen hat, eher im Dunkeln. Oder Kickboxen, Krav Maga oder sonst eine Art von Kampfsport.

Okay, Jeremy – ernsthaft. Trainiert in dem Sinn sieht sie ja nun wirklich nicht aus. Genervt kratze ich mich auf dem Kopf. Vielleicht hat sie einfach eine Bindegewebsschwäche und neigt eben zu blauen Flecken. Aber warum könnte sie das dann nicht einfach sagen, anstatt sich hier drin zu verstecken? Man versteckt sich doch nur, wenn man etwas zu verbergen hat. Sie ist meinen Fragen die ganze Zeit ausgewichen, anstatt mir *eine* ernsthafte Antwort zu geben.

„Da bist du ja, du fauler Sack! Hattest wohl keine Lust auf Leichtathletik“, lacht Danny, nachdem er die Türe so gewaltsam aufgerissen hat, dass sie an der Mauer abprallt, um dann noch mal einen Schlag von seiner Faust abzubekommen, weil sie ihm ins Gesicht zu federn droht. Im Vorbeigehen rauft er mir die Haare, während langsam auch die anderen hereingetrudelt kommen. Max runzelt die Stirn, als er mich hier sitzen sieht, und hebt argwöhnisch die Hände.

„Mann, wo warst du? Ich habe dem Lehrer erklärt, dass du noch kommst."

„Ja, sorry. Ich … mir ist etwas dazwischengekommen", antworte ich und ziehe bei dieser dümmlichen Ausrede die Oberlippe hoch. Max kneift kurz die Augen zusammen, als wollte er nachfragen, sieht sich dann jedoch um und beschließt es zu lassen.

„Also, wenn du schon schwänzt, solltest du dir wenigstens einen besseren Ort dafür aussuchen als die Umkleidekabine", meint Danny hämisch und zeigt mir kopfschüttelnd den Vogel, ehe er sich umzuziehen beginnt.

„Hat wer Lust, mit mir einen Burger verdrücken zu gehen? Hab heute keinen Bock auf Schulfraß", fragt Tommy in die Runde. Einige stimmen ein.

„Kann nicht. Muss meine Schwester chauffieren. Mann, wann kauft die sich endlich ein Auto?!", antwortet Max frustriert, als er seine Turnschuhe in die Tasche einpackt. Niemand vom Footballteam geht nach dem Sportunterricht duschen, auch weil wir in eineinhalb Stunden Training haben. Max macht sich nicht einmal die Mühe, sein Shirt zu wechseln. Er ist davon überzeugt, dass es reicht, wenn er sich ein bisschen mit Deo einsprüht. Die Mädels stehen so oder so auf Footballspieler und deren Schweiß, sagt er. Bei diesem Gedanken fällt mir wieder Julia ein, die sich vor Kurzem diesbezüglich gegenteilig geäußert hatte, als ich sie nach dem Training erschreckt habe. Nein, ich kann mir echt nicht vorstellen, dass jemand, der dermaßen temperamentvoll und unbeugsam ist wie sie, sich von einem dämlichen Freund verprügeln lässt.

Max ist wie gewohnt als einer der Ersten fertig und will bereits gehen, als ich aufstehe und ihn kurz vor der Türe abfange.

„Hey, ähm … Max?“, beginne ich, ohne genau zu wissen, wie ich diesen Satz zu Ende führen soll.

„Was gibt’s?“ Eigentlich brenne ich darauf, mit jemandem darüber zu sprechen, wovon ich eben Zeuge wurde. Ich will ihn fragen, was er darüber weiß, oder was er sich dazu vorstellen kann. Und wenn es einfach nur darum geht, dieses Erlebnis loszuwerden, indem er sagt, dass es ihr Problem ist und nicht meines. Aber das erscheint mir unfair. Ich weiß, dass ich oft ein Arsch zu ihr war, aber falls es hierbei wirklich um mehr geht, muss ich zuerst mit ihr persönlich reden, bevor ich es jemandem erzähle. Deswegen senke ich den Blick und winke ab.

„Nicht so wichtig. Sorry. Wir sehen uns nachher.“ Ich schiebe mit meinem Daumen die Henkel meiner Sporttasche höher auf meine Schulter und verschwinde dann aus dem Raum. Es erscheint mir dumm, sie noch einmal fragen zu wollen, was mit ihr los ist, wenn ich an ihre Reaktion zuvor denke. Sie will ganz offensichtlich nicht mit mir darüber sprechen, was ich prinzipiell verstehen kann. Es beschäftigt mich aber zu sehr, um es wortlos zwischen uns stehen zu lassen. Anstatt die Treppe zurück ins Schulgebäude anzusteuern, gehe ich weiter auf die Mädchenumkleide zu und stelle mich hinter einen leichten Mauervorsprung, damit Max und die anderen mich zumindest nicht gleich erkennen, wenn sie raufgehen. Ich wüsste auch nicht, wie ich ihnen erklären sollte, weshalb ich hier noch herumlungere.

Die ersten Mädchen kommen aus dem Raum. Die meisten verstummen, als sie mich sehen, und gehen peinlich berührt an mir vorbei, weil sie wahrscheinlich denken, dass sie nach dem Turnen nicht gut genug aussehen, um mit mir zu flirten. Viele grüßen. Einige spielen mit ihren Haaren und kichern oder zwinkern mir zu. Melanie bleibt erfreut und überrascht vor mir stehen, als sie mich erkennt. Sie stützt eine Hand auf ihrer Hüfte ab, nachdem sie ihren Haarknoten dermaßen theatralisch geöffnet hat, als käme sie aus einer Shampoo-Werbung. Wir hatten letztes Jahr mal kurzzeitig was miteinander, bevor sie meinte, auch O'Mally und ein paar andere aus dem Team ausprobieren zu müssen, um mich eifersüchtig zu machen. Pech für sie, denn sie erzielte damit genau das Gegenteil. Solche Spielchen interessieren mich nicht, und das sagte ich ihr auch. Nicht, dass ich in sie verliebt gewesen wäre. Wir waren ja erst zwei Wochen zusammen, und ich war sechzehn, aber natürlich war ich enttäuscht. Sie war meine erste tatsächliche Freundin, und ich wollte etwas Ernstes. Wie es scheint, hat sie mich aber noch nicht aufgegeben. Bereits während des Sommers und vor allem seit Beginn der Schule sucht sie ständig meine Nähe und zettelt Streit mit Mädchen an, mit denen ich mich unterhalte. Zwischendurch ist dann immer wieder Ruhe, weil sie einen anderen hat – und drei Tage später ist wieder alles beim Alten. So etwas kann ich nicht ernst nehmen.

„Hey, Süßer, wartest du auf jemanden?“, grinst sie und kommt einen Schritt näher.

„Nein. Ich meine ja.“ Ich höre mich an wie ein Vollidiot, während ich mich etwas größer mache, um Julia ja nicht zu verpassen.

„Ich hoffe, auf mich“, kichert Mel und fährt mit einem Finger meinen Arm entlang. Ihr Fingernagel kratzt dabei auf meiner Haut. Sie denkt vielleicht, dass das sexy ist. In Wahrheit ist es bloß irritierend. Ich gehe nicht auf ihre Frage ein, weil es meiner Meinung nach offensichtlich sein müsste, dass ich nicht auf sie gewartet habe.

„Wollen wir was essen gehen, bevor euer Training anfängt?“, fragt sie in einem lieblichen Ton.

„Hi, Jeremy!“, grüßt Susan im Vorbeigehen lächelnd, kurz bevor auch Grace aus der Umkleide marschiert. Ihr Blick ist gesenkt, denn sie tippt auf ihrem Handy herum. Julia ist nirgendwo zu sehen. Schreibt sie gerade mit ihr?

„Grace!“, rufe ich ihr zu, woraufhin sie abrupt stehen bleibt und verwirrt aufsieht. Mel, Susan und ein paar der anderen Mädchen, die in Hörweite sind, sehen ebenso perplex von mir zu Grace, bevor manche von ihnen zu tuscheln beginnen. Ich verkleinere die Distanz zwischen uns, weil ich nicht will, dass alle hier mit großen Ohren hören, was ich sie gleich fragen werde.

„Ja?“, antwortet sie zögernd und stopft ihr Handy in die hintere Hosentasche.

„Weißt du, wo Julia ist?“

„Sie ist schon gegangen“, antwortet sie knapp und setzt zum Weitergehen an.

„Wieso?“, frage ich nach, weil ich das Bedürfnis habe, irgendetwas zu erfahren. Selbst ich höre die Enttäuschung, gepaart mit Sorge aus meiner Stimme heraus. Aus dem Augenwinkel erkenne ich die tuschelnden Mädchen. Es ist für uns alle das erste Mal, dass ich mich nach Julia erkundige.

„Ms. Marques hat sie früher entlassen. Ihr war nicht so gut. Warum? Hättest du etwas von ihr gebraucht?“ Wie kann sie mich das fragen? Sie ist ihre beste Freundin. Julia muss ihr doch erzählt haben, dass ich sie in der Umkleidekabine gesehen habe. Weiß sie etwa nichts von Julias Verletzungen, oder habe ich mir das wirklich alles eingebildet? Es mag nur eine Show sein, die Grace hier abzieht, um Julia zu schützen.

Andererseits wirkt sie gerade weder gehemmt noch schuldbewusst, auch nicht beunruhigt, sondern vielmehr erstaunt, dass ich mich für Julia interessiere. Das verunsichert mich, und ich mache einen Rückzieher.

„Schon okay, ich rede morgen mit ihr.“

„Okay! Bye", schließt sie lächelnd und verschwindet mit den letzten Mädchen, die erst jetzt fertig geworden sind, die Treppe hinauf.

„Jeremy?", macht Mel erneut auf sich aufmerksam. Unsicherheit schwingt jetzt in ihrer Stimme mit.

„Nein, danke, Melanie." Ich versuche erst gar nicht, freundlich zu sein, denn im Moment habe ich wirklich andere, wichtigere Dinge im Kopf. Ich lasse sie stehen und schließe mich den Jungs an, die einen Burger essen gehen. Nicht etwa, weil ich Hunger habe, sondern weil ich mir gerade lediglich Ablenkung wünsche. Wenn ich Julia morgen sehe, kann ich sie immer noch damit konfrontieren.

Julia

Ms. Marques erließ mir nach meinem halben Asthmaanfall freundlicherweise die letzten fünf Laufrunden. Basketball musste ich dennoch mitspielen, zumindest die erste Stunde. Heute ist jedenfalls nicht mein Glückstag. Weil ich unaufmerksam war, kollidierte ich nicht nur mit Linda, sondern bekam den Ball zweimal auf meinen Hinterkopf und einmal in den Magen. Danach war ich am Ende meiner Kräfte und musste mich auf dem Mädchenklo übergeben. Es war einfach alles zu viel für mich. Ich glaube, Ms. Marques hatte deswegen ein schlechtes Gewissen, denn sie befreite mich von der zweiten Stunde und ließ mich mit dem Bus nach Hause fahren, da ich ihr erklärte, dass meine Eltern arbeiten müssten.

Als ich nach dieser heute besonders holprigen Busfahrt endlich zu Hause ankomme, danke ich im Stillen Gott dafür, dass nur der Dienstwagen meines Dads in der Einfahrt steht. Mom ist offensichtlich mit unserem Privatauto unterwegs, denn die Garage steht offen und ist leer. Wie immer ignoriert Dad mein Erscheinen, bis ich den ersten Ton von mir gebe.

„Hi, Dad", murmle ich und schlüpfe aus meinen Sneakers.

„Du bist früher zu Hause als sonst."

„Ja, es ging mir nicht so gut", antworte ich, perplex darüber, dass ihm das überhaupt auffällt. Für einen Moment bin ich so dumm zu hoffen, dass er nachfragen wird. Stattdessen fährt er mit etwas ganz anderem fort, als hätte er mich nicht einmal gehört.

„Wäre nicht schlecht, wenn du noch deinen Teil der Hausarbeit erledigst, bevor deine Mom wieder da ist." Kopfschüttelnd starre ich auf seinen breiten Rücken, während er seine Polizeijacke anzieht und die Utensilien in seinen Gürtel einordnet. Nicht dass mir das Gefühl neu wäre, mit einer Wand zu reden. Ich könnte ihm soeben erklärt haben, dass ich nach Indien auswandere. Das würde er ebenso ignorieren.

Was, wenn ich ihm erzähle, dass Jeremy Houser mich heute in der Umkleidekabine überrascht hat und bis heute Abend wahrscheinlich der ganzen Schule erzählt haben wird, dass ich zu Hause geschlagen werde? Würde er mir dann zuhören? Bei dem Gedanken habe ich wieder einen Frosch im Hals, woraufhin ich mich räuspern muss.

„Okay, Dad", antworte ich mit heiserer Stimme. Jetzt dreht er sich um, greift nach den Schlüsseln auf dem Brett und verschwindet zur Tür hinaus, ohne mir einen Blick zuzuwerfen, geschweige denn sich zu verabschieden. Ich könnte genauso alleine in diesem Haus leben, dann hätte ich ebenso viele Gesprächspartner. Der Unterschied wäre nur, dass ich mich nicht immer wie eine Aussätzige fühlen würde, wenn ich den Raum betrete.

Ich atme fest aus und hole den Staubsauger aus der Abstellkammer, um wenigstens möglichem Ärger mit Mom aus dem Weg zu gehen. Obwohl die Übelkeit kein bisschen verebbt ist, tut Staubsaugen momentan gut, denn so höre ich wenigstens zwanzig Minuten lang meine Gedanken nicht. Schade, dass es nicht dabei bleiben kann. Ohne meinen gewohnten Zwischenstopp in der Küche schlurfe ich die Treppe hinauf in mein Zimmer. Müde lasse ich meine Schultasche auf den Boden gleiten und falle ins Bett. An Hausaufgaben ist gerade gar nicht zu denken. Um mich herum dreht sich alles, und ich sehe in regelmäßigen Abständen weiße Blitze vor meinen Augen, deshalb lehne ich meine Beine senkrecht gegen die Wand. Ich brauche dringend wieder mehr Sauerstoff im Gehirn, denn ich muss denken. Wem hat Jeremy wohl schon davon erzählt? Wenn er der Kerl ist, für den er sich manchmal ausgibt, weiß bereits das komplette Footballteam darüber Bescheid, somit auch die Cheerleader und dann der Rest der Schule. Sollte ich Mom und Dad vorwarnen, dass heute unter Umständen noch besorgte Eltern anrufen, weil sie *gehört* haben, dass …?

Zum Henker, nein. Ich werde keine schlafenden Hunde wecken. Bei so etwas mischt sich ohnehin niemand ein. Außerdem: Wer bin ich für die schon? Klatsch und Tratsch werden ständig verbreitet. Und gegen den Polizeichef traut sich bestimmt keiner etwas zu sagen. Es würde auch nichts an meiner Situation ändern, außer sie noch schlimmer machen. Beide würden alles abstreiten, Mom würde heulen und es auf *seinen* Tod schieben, dass ich derartige Lügengeschichten erfinde, weil ich Aufmerksamkeit erregen will. Vielleicht würden sie sogar behaupten, dass ich mich selbst verletze. Die Leute würden sich schuldig fühlen, sie verdächtigt zu haben, sie stattdessen trösten, und mein Leben würde mir noch mehr zur Hölle gemacht werden.

Aber selbst dann, wenn heute tatsächlich keine Anrufe mehr kommen, weil es von den Eltern niemanden interessiert, sich keiner traut den Mund aufzumachen oder was auch immer, ist die viel brennendere Frage für mich: Was passiert morgen?

Meine Hoffnung ist, dass Jeremy genügend Anstand hat, es für sich zu behalten und die Geschichte einfach abzuhaken. Oder dass er das Ganze zumindest nur darauf beschränkt, Witze darüber zu machen, mich halb nackt in der Männerumkleide gesehen zu haben; jetzt gibt es keinen Zweifel mehr, dass ich im Körper eines Jungen stecke, oder so etwas in der Art. Damit könnte ich leben. Wäre ja nicht das erste Mal, so was zu hören.

Am nächsten Tag in der Schule bin ich dermaßen angespannt, dass meine Muskeln zucken. Seit gestern Mittag habe ich keinen Bissen mehr gegessen und ebenso wenig getrunken. Genaugenommen habe ich mein Zimmer bis aufs Zähneputzen überhaupt nicht mehr verlassen. Ich öffnete nur dann die Augen, als Mom am späteren Abend nach Hause kam und Dad mitten in der Nacht. An richtigen Schlaf war natürlich nicht zu denken, stattdessen schreckte ich jedes Mal, wenn ich doch endlich kurz vorm Einschlafen war, wieder auf, weil mich das Gefühl zu fallen übermannte.

Während ich heute Morgen an einer Klassentüre gelehnt sitze und darauf warte, dass die Zimmer aufgesperrt werden, kommt es mir vor, als wüssten alle Bescheid. Ich deute jeden Blick, der mir gilt und über eine Sekunde hinausgeht, als kritisch. Jedes Wort, welches im Vorbeigehen gesagt wird, prüfe ich doppelt in meinem Kopf, um nach Hinweisen zu suchen, wofür oder wogegen ich mich wappnen muss. Es ist schrecklich. Das ist das zweite Mal innerhalb einer Woche, dass ich am liebsten einfach weglaufen und so lange die Schule schwänzen will, bis Gras über die Sache gewachsen und sie für jeden hier wieder langweilig geworden ist.

Wo bleibt Gracie? Ich muss unbedingt mit ihr reden, sonst werde ich wirklich noch wahnsinnig. Nachdem ich gestern nur mehr kurz geantwortet hatte, gut zu Hause angekommen zu sein, kam keine Meldung mehr von ihr. Mom kam später ins Zimmer und nahm wie immer das Handy aus meiner Schultasche. Sie war nicht gerade leise dabei, aber ich stellte mich weiterhin schlafend. Erst heute Morgen habe ich dann gelesen, dass Jeremy sie meinetwegen angesprochen hätte, jedoch nicht erwähnt hatte, was geschehen war.

Noch immer zehn Minuten, bis ihre Tante sie vor der Schule absetzen wird – aber ich brauche jetzt Koffein. Erschöpft hieve ich mich hoch und gehe mit gesenktem Kopf an meinen Mitschülern vorbei zur Cafeteria. Ich lehne mich gegen den kühlen Getränkeautomaten neben der Kaffeemaschine, weil mir immer noch schlecht ist.

„Hey, Jenna." *Oh Gott. Er hat es ihr gesagt.* Ich zucke leicht zusammen, als mich diese zuckersüße Stimme, die ich sonst nur im Turnunterricht höre, anspricht. Ich weiß genau, dass sie mit mir spricht, ich weiß nur nicht, warum. Sie versucht mich mit dem falschen Namen zu provozieren, aber das ist heute Morgen mein geringstes Problem.

„Falls du mit mir redest – mein Name ist Julia." Ich drehe meinen Kopf zu ihr. „Aber ich bin mir sicher, das wusstest du bereits", sage ich mit dem gleichen falschen Lächeln, welches sie mir schenkt.

„Ach ja, tut mir leid. Ist mir wohl entfallen." Will sie mir ihre Schadenfreude zeigen? Mitgefühl möchte sie bestimmt keines ausdrücken.

„Wie kann ich dir helfen, Melanie?"

„Ich möchte gerne wissen, was er gestern von dir wollte."

„Wer?“ Blöde Frage, aber ich muss diese Rolle spielen. Könnte sie gerade meinen Puls fühlen, wüsste sie, wie aufgewühlt ich innerlich bin. Stattdessen gebe ich mich cool und gelangweilt.

„Jeremy!“ Natürlich, wer sonst, wenn sie sich schon überwindet, mich deswegen anzusprechen. Sie spricht den Namen aus, als wäre er der Einzige auf der Welt. Jeremy und sie waren letztes Jahr für ein paar Wochen *das* Traumpaar der Schule. Er, der heiße Footballheld, und sie, die dazu passende Schönheit. Schwarze Haare bis zur Taille, große blaue Augen, perfekt geschminkt und selbstverständlich Cheerleader.

„Ich habe keine Ahnung, wovon du redest.“

Sie atmet genervt aus, bevor sie sich umsieht, um sicherzugehen, dass keiner in Hörweite ist. „Gestern nach dem Sport hat Jeremy auf dich gewartet, obwohl du früher gegangen bist. Ich möchte wissen, weshalb.“

„Solltest du da nicht besser *ihn* fragen?“ Statt zu antworten, klimpert sie nur wartend ein paar Mal mit ihren langen Wimpern, während sie die Lippen kräuselt. Ich seufze, einerseits erleichtert darüber, dass sie allem Anschein nach nichts von unserer Begegnung davor zu wissen scheint, andererseits nervös, weil mir nun klar ist, dass Jeremy die Sache *nicht* auf sich beruhen lassen wird. Ich stoße mich vom Automaten ab und wende mich direkt ihr zu, viel selbstsicherer als noch gerade eben.

„Wenn ich schon weg war, wie du richtig erkannt hast, wie könnte ich dann bitte wissen, was er mir sagen wollte, Mel?“

Sie zieht die Brauen zusammen und lässt mich Zeugin ihres offensichtlichen Denkprozesses werden. Amüsiert darüber, wie lange es dauert, bis die Falten wieder von ihrer Stirn verschwinden, drehe ich mich zurück zum Automaten, um meinen bestellten Kaffee aus der Halterung zu lösen.

„Er ist bereits vergeben, weißt du.“ Aha! *Daher* weht der Wind. Sie denkt, er hätte Interesse an mir. Wie lachhaft ist das denn?

„Und das interessiert mich, weil …?“

„Falls du es noch nicht mitbekommen haben solltest – wir kommen wieder zusammen.“ Ich gebe mir Mühe, ein Lachen zu unterdrücken. Sie muss ziemlich verunsichert sein, wenn sie extra zu mir kommt, um mich davon in Kenntnis zu setzen.

„Weiß *er* auch schon davon?“

„Die ganze Schule weiß davon.“

„Okay, dann bin ich ja überglücklich, nun auch zu den Wissenden zu gehören. Keine Sorge, ich bin keine Bedrohung für dich.“ Mel lacht kurz auf.

„Ach, Herzchen, das warst du nie“, erklärt sie mir, auf einmal wieder überheblich und arrogant, wie ich sie kenne.

Ich nippe an meinem Kaffee. „Wieso stehst du dann immer noch hier und füllst den Raum mit überflüssigen Worten?“ Mit offenem Mund kneift sie kurz die Augen zusammen.

„Du bist so armselig“, sagt sie kopfschüttelnd und wirbelt herum, sodass ihre Haare beinahe in meinem Kaffee landen, bevor sie davonstakst.

„*Ich* bin armselig?“, flüstere ich ihr nach, immer noch fasziniert, wie viel Energie ich für dieses unnötige Gespräch vergeudet habe. Ich nehme einen großen Schluck Kaffee, ehe ich mich zum Gehen umdrehe, und genieße das angenehme Gefühl, mit dem das warme Getränk meinen leeren Bauch erfüllt. Leider hält es nicht lange an, denn vom anderen Ende des Ganges erkenne ich Jeremy, der auf mich zukommt. Er wird mich doch wohl nicht mitten im Schulhaus ansprechen wollen, wo uns jeder hört und sieht, oder? Nur mehr fünf Minuten bis zum Läuten, dann wäre ich gerettet, aber wohin soll ich flüchten? Wenige Meter vor mir hält ihn mein Schutzengel namens Tommy auf und begrüßt ihn mit einem albernen

Handschlag. Sofort nütze ich dieses Zeitfenster, löse mich aus meiner Starre und suche hinter ihm vorbei durch den freien Gang das Weite. Um ihn dabei nicht ansehen zu müssen, führe ich meinen Becher zum Mund und tue so, als würde ich mich aufs Trinken konzentrieren, weshalb ich ihn gar nicht bemerkt hätte. Im Eilschritt schlängle ich mich durch die sich füllenden Gänge und wage es nicht, mich umzusehen. Nachdem ich einen riesigen Umweg gegangen bin, um ihn abzuhängen, und mit einem großen Bogen um die Klasse, in der er gleich Unterricht hat, wieder meine eigene erreiche, läutet es endlich, und ich kann ausatmen. Gracie sitzt bereits an ihrem Tisch und mustert mich besorgt, während ich mich müde setze. Weil in dem Moment, als ich meinen Mund aufmachen will, um ihr von meinem verrückten Morgen zu erzählen, der Lehrer den Raum betritt, schmiere ich lediglich das Wort *Hilfe* auf einen Zettel und halte ihn hoch genug, dass sie ihn sehen kann. Gracie sieht mich mitleidig an und schreibt *Pause!* auf die Rückseite ihres Heftes, das sie zu mir zeigt.

Jeremy

Gestern ging es genauso weiter wie Mittwoch. Ich sah sie kaum, und wenn doch, dann war entweder ich nicht alleine, oder Grace zog sie irgendwohin weg von mir. Entweder musste sie zufällig noch nach dem Unterricht mit einem Lehrer sprechen, oder ihr fiel sonst etwas ein, um mir aus dem Weg gehen zu können. Die Kurse, die wir miteinander haben, sind Chemie, Biologie, Geschichte und Mathematik. Wie es der Zufall will, findet keiner dieser Kurse an einem Donnerstag statt, somit bleiben mir vor dem Wochenende nur mehr wenige Stunden, um sie vielleicht doch einmal zu Gesicht zu bekommen.

Wir haben heute Nachmittag ein Auswärtsspiel gegen die Framingham Knights, das bedeutet, ich werde eine Stunde früher vom Unterricht entlassen als sie. Die Busfahrt dauert ohne Stau eine Stunde, und dann müssen wir uns noch vor Ort aufwärmen und vorbereiten. Freitags haben wir in der ersten Stunde Chemie. Diese Chance möchte ich gleich nutzen, denn die letzte Stunde, also Biologie, in der ich sie treffen könnte, fällt für mich ja aus. Auf alle Fälle habe ich mich deshalb heute Morgen extra früher aus dem Bett gequält und noch schneller gefrühstückt als sonst, damit ich pünktlich bin, um sie vor allen anderen abzufangen. Ich brauche keine Zuseher oder Störfaktoren mehr. Der Kaffee, den ich mir fürs Warten gekauft habe, zeigt langsam seine Wirkung und lässt mich nur mehr alle drei Minuten gähnen. So stehe ich nun, wie bestellt und nicht abgeholt, neben ihrem Spind und warte darauf, dass sie erscheint. Alle paar Sekunden checke ich meine Armbanduhr, weil mir das Warten wie eine Ewigkeit vorkommt. Ist sie nicht normalerweise immer eine der Ersten? Zumindest beim Kommen; beim Gehen gehört sie zu den Letzten. Über ihr frühes Ankommen machen sich immer alle lustig, weil sie sich fragen, ob Julia vielleicht in der Schulkammer schläft. Heute lässt sie sich jedenfalls bis zwanzig Minuten vorm Läuten Zeit, während ich immer angespannter werde.

Endlich kommt sie mit zwei Büchern in der rechten Hand, auf denen sie außerdem einen Kaffee balanciert, aus der Glastür, die zur Bibliothek führt, und ich ärgere mich. Denn darauf hätte ich auch kommen und dort mal nachsehen können, bevor ich fünfzehn Minuten dämlich im Gang herumstehe.

Julia sieht im Gehen nicht auf. Wie gefesselt liest sie in dem dritten Buch, welches sie in der linken Hand hält, und bleibt dabei lediglich einmal zum Umblättern stehen, bevor sie wieder weitergeht. Bei dem wackeligen Eindruck, den sie dabei macht, schmunzle ich. Eigentlich ist es perfekt, dass sie mich noch nicht sieht, denn sonst hätte sie bestimmt wieder kehrtgemacht, um in die andere Richtung zu gehen, wie die letzten Tage auch. Irgendwie schräg, dass ich mich mal verstecken muss, damit jemand mit mir redet. Ohne arrogant klingen zu wollen – besonders oft kommt das wirklich nicht vor.

Erst als sie zwei Meter vor ihrem Spind und damit vor mir steht, blickt sie hoch, um ihn aufzusperren, und schreckt dabei so sehr zusammen, dass sie einen Satz nach hinten macht und ihr dabei zwei ihrer drei Bücher vom Arm fallen. Aus einem Reflex fange ich eines der Bücher auf. In der anderen Hand halte ich immer noch meinen Kaffee, deswegen muss das zweite dran glauben. Viel schlimmer ist jedoch, dass ihr halb voller Kaffeebecher ebenfalls auf dem Boden landet und durch die kleine Trinköffnung auszurinnen beginnt. Ich kann das verlorene Buch nur mehr mit dem Fuß wegkicken, bevor es von der schwarzen Flüssigkeit erwischt wird.

„Gott!“, ruft Julia und stößt mit rundem Mund Luft aus. Plötzlich beugt sie sich vor und stützt sich mit den Händen auf ihren Knien ab. Weil es mir leid tut, dass ich sie so erschreckt habe, gehe ich spontan einen Schritt auf sie zu. Irgendwie hat sie mich jetzt aus dem Konzept gebracht. Unüberlegt greife ich dem schutzlos wirkenden Mädchen an die Schulter. Als jedoch gerade mal meine Fingerspitzen ihre Schulter berühren, zuckt sie zurück, sodass meine Hand ins Leere greift.

„Sorry“, atme ich und stelle mich wieder aufrecht hin. Julia lehnt Körperkontakt wirklich ab.

„Ja, das kenne ich schon“, antwortet sie atemlos und richtet sich ebenfalls auf.

„Es ist zu früh, um mir auf die Nerven zu gehen, Jer“, sagt sie mit gequälter Stimme, doch sie lächelt. Es ist das erste

Mal, so von ihr genannt zu werden, und schon wieder bin ich für einen Moment durcheinander. Allerdings gibt mir das Zeit, sie ein wenig zu betrachten. Auf den ersten Blick sieht sie müde und gerädert aus. Ihre braunen Augen sind so klein, wie sie es letzten Freitag waren, doch zum Glück nicht mehr so rot und geschwollen. Dafür ist ihr Mund auffallend gerötet. Mein Blick bleibt kurz auf ihren interessanten Lippen hängen. Ihre Oberlippe ist eine Spur voller als die Unterlippe und steht nach oben hin auch etwas weiter vor als bei den meisten anderen. Ich muss zugeben, dass das ziemlich schön aussieht. Viele Frauen lassen sich Botox ins Gesicht spritzen, um so aussehen zu können wie sie jetzt. Ihre dunklen Haare hat sie heute zu einem lockeren Zopf gebunden, statt ihren üblichen Dutt zu tragen, und einige Haarsträhnen hängen herunter. Das lässt ihre Gesichtszüge viel weicher wirken. Sie trägt für ihren sonst üblichen Kleidungsstil ungewöhnlich enge Jeans und unter ihrer dunkelblauen Jacke einen nicht ganz so weiten Pulli, wie sie es normalerweise tut. Entweder ist die ganze Schule bisher mit Scheuklappen umhergelaufen, oder ich bin der Einzige, der heute zum ersten Mal bemerkt, wie hübsch sie eigentlich ist.

„Hallo? Bist du noch da?", fragt sie, mit einer Hand vor meinem Gesicht wedelnd, und nimmt mir das Buch, welches ich nach wie vor halte, weg, um dann auch das andere aufzuheben.

„Tut mir leid, dass ich dich so erschreckt habe."

„Nicht so schlimm. Aber du schuldest mir einen Kaffee." Ich runzle verwirrt die Stirn. So versöhnlich kenne ich sie gar nicht. Dabei scheint sie nicht einmal zu scherzen, sondern es ernst zu meinen. Sie muss wirklich erledigt sein. Ich stehe wohl auch neben mir, denn ich nicke einfach zustimmend. Julia mustert mich, als würde sie nach einem sichtbaren Anzeichen von Fieber suchen, und geht um mich herum zu ihrem Spind.

Was soll das Theater? Komm endlich zum Punkt, Jeremy. Die anderen werden bald da sein. Ich drehe mich zu ihr und lehne mich erneut seitlich an die Spinde. Ihre Tür ist im Weg, deshalb sehe ich ihr Gesicht nicht. Das macht es ein bisschen leichter für mich.

„Julia, ich muss mit dir reden." Als die Worte draußen sind, erstarrt sie für drei Sekunden, ehe sie wieder zu kramen beginnt.

„Worüber?", fragt sie in einem kühleren Ton als vorhin. Sie weiß genau, worüber ich sprechen will. „Vor allem heute ganz ohne dein Gefolge. Dann hast du ja niemanden, der dir bei deinen Sprüchen applaudieren kann." Sie versucht schon wieder, das Thema zu wechseln, indem sie sich als die Lässige gibt.

„Ich will mit dir darüber reden, was am Dienstag passiert ist."

„Ich weiß nicht, was es da zu reden gibt."

„Doch, das weißt du ganz genau, und ich hätte gerne ein paar Antworten."

Julia gibt ein Geräusch von sich, als würde sie angestrengt nachdenken. *„Ja* und *Nein* sind, soviel ich weiß, die häufigsten Antworten, und ich verrate dir meine BH-Größe *nicht.* Deine Freunde werden sich wohl mit deiner Erinnerung zufriedengeben müssen."

„Das ist nicht witzig, Julia, und ich habe meinen Freunden noch gar nichts erzählt." Endlich unterlässt sie jegliche Gegenbemerkung und blickt mich langsam an. Leider erfahre ich nicht mehr, was sie sagen will, denn ihr Kopf dreht sich beim Anblick von jemandem hinter mir zurück zum Spindinneren. Ernüchtert drehe ich mich um, um sehen zu können, wer oder was den Gesprächsversuch dieses Mal stört.

„Oh, Mr. Houser. Gut, Sie sind schon da. Coach Clay möchte Sie noch vor der Stunde in seinem Büro sehen."

Mein Englischlehrer Mr. Banner hat heute Gangaufsicht, wie es scheint. In dem Moment nimmt er die Kaffeelache neben meinen Schuhen wahr. „Sieht aus, als bräuchten wir hier eine Reinigungskraft."

„Ja, Mr. Banner. Danke", antworte ich, bevor er seine Aufsicht fortsetzt. Coach Clay wollte mich noch nie alleine im Büro sprechen, vor allem nicht außerhalb der Trainingszeit. Wieso *jetzt?* Langsam habe ich das Gefühl, dass mir jemand oder etwas mitzuteilen versucht, die Finger von Julia und der ganzen Sache zu lassen. Julia schließt ihre Spindtür und kann dabei das zufriedene Lächeln auf ihren Lippen nicht verbergen. Sie hat gewonnen, und ich komme wieder nicht zum Zug.

„Den brauchst du ja jetzt nicht mehr", grinst sie, nimmt mir den Kaffee aus der Hand und einen großen Schluck aus dem Becher. Ist irgendwie nur fair, dass ich mal zurückbekomme, was ich sonst austeile. Was ich jedoch nicht verstehe, ist, dass sie ein Riesenproblem damit hatte, als ich sie berühren wollte, aus meinem benutzten Becher aber ohne Weiteres trinken kann.

„Waahh!", ruft sie aus, nachdem sie geschluckt hat, und schüttelt sich angeekelt. „Ich habe ganz vergessen, dass du ihn mit kiloweise Zucker verunreinigst. Den kannst du behalten." Und so drückt sie mir den Becher wieder in die Hand. Ich glaube, ich bin zum ersten Mal sprachlos. Julia hängt ihren Rucksack über die Schulter und dreht sich zum Gehen um.

„Du schuldest mir trotzdem einen Kaffee", ruft sie mir nach, den Kopf zur Seite drehend, damit ich sie verstehe.

Ich habe nicht mehr viel Zeit, darüber nachzudenken, wie sie mich gerade abgespeist hat, denn der Blick auf die Uhr verrät mir, dass ich nur mehr ein paar Minuten für Coach Clay habe, wenn ich nicht wieder zu spät zum Unterricht erscheinen will. Ich gehe den langen Korridor entlang Richtung Lehrerzimmer, biege jedoch schon vorher ab, um zu seinem Büro zu gelangen. Die Türe steht bereits offen. Trotzdem klopfe ich an.

„Coach Clay? Sie wollten mich sprechen?“

„Jeremy! Komm herein und setz dich.“ Ich tue, wie mir gesagt wird. Es ist ziemlich dunkel hier drin, weil der Coach in seinem Büro kein Fenster hat. Die Wände sind dunkelblau und weiß gestrichen, da das unsere Teamfarben sind. Hinter seinem Schreibtisch hängt sein eigenes eingerahmtes Trikot aus den Jahren, als er noch selbst hier spielte. Der verbleibende Platz ist mit Fotos all der Teams zugepflastert, die er in den letzten achtzehn Jahren gecoacht hat. Gewonnene Pokale, die nicht draußen auf dem Gang in der Vitrine stehen, findet man hier auf diversen Regalen.

„Ich habe euch letzte Woche erzählt, dass ich mich mit dem Scout der UMass zusammengesetzt habe. Mr. Sawyer wollte Details über euch Jungs von mir wissen, die sich nicht nur auf euer Können und Spielverhalten beziehen, sondern vor allem die persönliche Ebene betreffen. Sie wollen jemanden, der ein guter Mannschaftskamerad ist und trotzdem eine Führungsposition im Team übernehmen kann. Sie möchten sichergehen, dass sich jemand, der neu dazukommt, einbringen kann, ohne sich dabei zu verstellen und sich aufzuspielen. Sie wollen jemanden, der Verantwortung übernehmen kann.“ Er legt eine Pause ein, während er meine Reaktion prüft. Ich verziehe jedoch keine Miene, weil ich nicht ganz verstehe, worauf er hinauswill. Vielleicht zitiert er jetzt jeden aus dem Team zu sich, um uns mehr Ansporn zu geben, an uns zu arbeiten, bis der Scout in drei Wochen beim Spiel vorbeischaut.

„Er interessiert sich hauptsächlich für dich, Jeremy.“ Jetzt bin ich komplett perplex. Mit leicht geöffnetem Mund beiße ich mir auf die Lippe, während Coach Clay sein Kinn in die Hände stützt und sich lächelnd vorbeugt.

„Du siehst nicht unbedingt erfreut aus …“

„Danke, Coach, das ehrt mich. Aber eigentlich gibt es wesentlich talentiertere Spieler als mich im Team. Deswegen verstehe ich nicht ganz …“ Er lacht und unterbricht mich damit. Weil es zur Stunde läutet, steht er auf und geht um den Tisch herum, bis er neben mir steht.

„Siehst du, genau diese Reaktion habe ich von dir erwartet. Du bist besorgt um deine Teamkollegen, weil du denkst, sie verdienen ein Stipendium mehr als du. Und vielleicht hast du damit recht, aber es geht hier nicht um Verdienst, manchmal nicht einmal um Gerechtigkeit. Manchmal geht es einfach um Chancen.“ Er legt eine Hand auf meine Schulter, als ich den Kopf schüttle. Ich will kein Stipendium. Ich will nicht jemand anderem die Chance auf etwas nehmen, was derjenige wirklich tun will, wenn ich mir selbst noch gar nicht sicher bin. Etwa jemandem wie Max.

„Du bist ihm bereits beim Spiel ins Auge gestochen. Jeremy, diese Leute wissen genau, wonach sie suchen müssen, und sind sich in neunzig Prozent der Fälle nach wenigen Minuten sicher, ob ein Spieler für ihr Team infrage kommt oder nicht. Ich habe ihm lediglich bestätigt, wovon er bereits überzeugt war.“

„Wieso erzählen Sie mir das jetzt?“ Der Coach lächelt und deutet mir mit der Hand, dass ich aufstehen soll.

„Ich habe bemerkt, dass du die Woche beim Training irgendwie neben dir standest. Ich kenne den Grund nicht dafür, aber ich dachte mir, es wäre einen Versuch wert, dich für heute Nachmittag zu motivieren.“

„Ich weiß nicht, Coach. Ehrlich gesagt, verunsichert es mich im Moment mehr“, gestehe ich atemlos. Verunsichern ist viel zu milde ausgedrückt im Vergleich zu dem, was sich gerade in meinem Inneren abspielt.

„Dann war es wohl ein Fehler“, sagt er bedauernd. Will er mich prüfen? Er hätte es mir ja auch schon im Laufe der Woche erzählen können. Stattdessen wartet er auf den Freitag vor einem Spiel. Er hat wahrscheinlich recht. Jeder andere wäre jetzt bestimmt beflügelt, sich noch mehr anzustrengen. Vielleicht ist es seine Taktik, allen Spielern, die Mr. Sonstwie ins Auge gefasst hat, Bescheid zu geben, dass anstatt eines Wettkampfes zwischen uns ein innerer Impuls zum persönlichen Antrieb entsteht, der dem Team zum Sieg verhelfen soll. Ich denke aber an Max. Und Dad. Und daran, dass mir gerade alles irgendwie zu viel ist.

„An deiner Stelle würde ich es noch nicht allzu sehr herumerzählen. Man weiß nie, was passiert, und du solltest dich erst dann damit befassen, was der Rest des Teams darüber denkt, wenn es fix ist.“ Er klopft mir so fest auf die Schulter, dass ich einen Schritt nach vorne mache.

„So. Dein Unterricht hat bereits begonnen. Wir sehen uns später.“ Mit diesen Worten schiebt er mich zur Tür hinaus und verschließt sie hinter mir.

Es kommt, wie es kommen muss, und das Spiel ist eine Katastrophe. Nach nur insgesamt drei Drives ist bereits der Großteil der ersten Halbzeit verstrichen, und es steht lediglich sechs zu drei für uns. Auch bis zur Pause erzielt weder unsere noch die gegnerische Mannschaft einen Touchdown, weil wir uns ständig gegenseitig neutralisieren.

Die zweite Halbzeit läuft mit nur einem einzigen Touchdown auf unserer Seite auch nicht besser. Nachdem wir beim vierten Versuch endlich die nötigen Yards erreicht haben, beginnen wir unsere neue Angriffsserie. Anstatt mich jedoch darauf zu konzentrieren, was ich auf dem Feld mache, kreisen meine Gedanken um den Coach, den Scout, Max, ja sogar um Julia und darum, dass das bisher unser schwächstes Spiel ist, seit ich Teil des Teams bin. Ich will unbedingt unsere Ehre retten, deshalb versuche ich zweimal, extrem lange Pässe auf

Max und Tommy zu werfen, doch während Max ihn vorhin mit Mühe und Not gefangen und nach achtundvierzig Yards Wurfweite in die Endzone tragen konnte, gelingt es Tommy nun nicht. Stattdessen wird der Ball in der Luft von der Verteidigung der Knights abgefangen, und Kirby rennt all die Yards, die ich eben geworfen habe, zurück in Richtung unserer Endzone, sodass unser Team das Feld für die Defense räumen muss und die Knights leichtes Spiel haben, einen Touchdown für sich zu erzielen. Fluchend reiße ich mir vor der Bank den Helm vom Kopf und fetze ihn gegen die Tribünenwand neben mir.

„Scheiße, Jeremy! Was war das denn? Das ist in diesem Spiel das zweite Mal, dass du danebenwirfst", ärgert sich Max zu Recht.

„Ich weiß es. Ich brauche niemanden, der es mir auch noch unter die Nase reibt, klar!?", verteidige ich mich unfreundlich, was Max mit einem verächtlichen Schnauben kommentiert.

„Vielleicht solltest du die Stunts einfach mal sein lassen und es langsamer angehen", ruft mir ausgerechnet O'Mally zu, bevor ich mich auf die Bank werfe, um mich davon abzuhalten, etwas Dummes zu tun.

„Wenn du mal weiter laufen würdest, ohne dich gleich tackeln zu lassen, wenn ich dir den Ball gebe, hätte ich keine Hail Marys werfen müssen."

„Falsch!", mischt sich nun auch der Coach ein. „Sebastian hat recht. Keine Kunststücke mehr! Spiel so, wie es abgemacht war, anstatt deine eigenen Ideen durchsetzen zu wollen." Ich will ihm ins Gesicht springen und ihm sagen, dass alles seine Schuld ist, weil er den denkbar schlechtesten Zeitpunkt gewählt hat, mir solch wichtige Nachrichten zu übermitteln. Stattdessen schnaube ich laut und vergrabe meine Fingernägel in meinen Oberschenkeln.

Die Knights stellen sich zwar dämlich an, sind aber trotzdem besser als wir heute. Im vierten Down verhindern sie mit nur zwei fehlenden Yards den erzwungenen Ballverlust, weil ihr Runningback Spade in letzter Sekunde über das dritte Yard rollt, dabei den Ball verliert und unser Team nicht schnell genug rcagiert, um ihn zu übernehmen. Spade schnappt ihn sich wieder, und im nächsten Spielzug machen sie ihren zweiten Touchdown samt Zusatzpunkt.

„Reiß dich zusammen, Jeremy, und rette, was zu retten ist", gibt der Coach mir altklug auf meinem Weg zurück ins Feld mit. Inzwischen steht es siebzehn zu dreizehn für die anderen, und bei uns schmeißt jeder die Nerven weg. Einmal werde ich aufgrund meiner Unachtsamkeit gesackt, und Fraser und O'Mally vergeben ebenfalls viele Yards, weil sie direkt in die Defense hineinlaufen, anstatt sich außen herum einen Weg zu suchen.

Im vierten und letzten Down brauchen wir noch siebenundzwanzig Yards bis zur Endzone, die wir natürlich erreichen müssen, denn sonst haben wir gleich verloren. Nach dem Snap laufe ich einige Schritte zurück, um mir Raum zu verschaffen, damit ich den Ball auf Max werfen kann. Aus dem Augenwinkel sehe ich einen Defensive Lineman auf mich zurennen, weshalb ich ohne zu zögern schieße. Das Ergebnis des Wurfes sehe ich nicht mehr, denn ich werde so hart niedergerissen, dass ich meinen Helm noch vor dem Aufprall auf den Boden verliere. Der Schlag seines Ellbogens gegen mein Brustbein tut verdammt weh, doch schlimmer ist das Gefühl, keine Luft zu bekommen, als mein Rücken auf den Boden knallt. Die Tatsache, dass der Lineman noch immer auf mir liegt, macht die Sache nicht besser. Dann fällt ihm auch noch ein, sich über mich lustig zu machen.

„Oje, war ich dir zu hart?", frotzelt er mich, als ich zitternd Luft hole, woraufhin ich rotsehe. Mit meinem freien Arm und meinem Knie stoße ich ihn von mir herunter und drehe mich mit ihm mit, um ihm Kontra zu geben. Mehr aus Versehen als absichtlich berühren meine Hände dabei das Gitter seines Helmes, den er nur zu gerne unter meinen Fingern verliert, woraufhin er sich beim herannahenden Schiedsrichter über mich beschwert.

„Roughing the Passer. Nummer einundfünfzig, Defense. Fünfzehn Yards Strafe, aufgehoben aufgrund von unsportlichem Verhalten der Nummer sieben, Offense“, verkündet der Schiedsrichter laut.

„Mann, du hast … das war nicht …“, stottere ich wie ein Idiot, während der Lineman lachend seinen Helm wieder aufsetzt. Es ärgert mich so sehr, dass ich mich trotz meiner schmerzenden Brust aufrichte und ihm eine reinhauen will. Mir egal, wenn ich vom Platz fliege. In der Zwischenzeit ist jedoch Aaron bei mir angekommen und drückt mir meinen Helm in die Hand.

„Alter, komm jetzt. Vergiss ihn und lass uns das Spiel entscheiden.“ Frustriert drücke ich den Helm so fest auf meinen Kopf, bis der nach dem Sturz erneut zu pochen beginnt. Max steht weiter abseits, wobei er mir den Rücken zugedreht hat und energisch die Hände in die Luft wirft. Auch der Rest meines Teams ist nicht allzu begeistert von meiner Darbietung. Das ist mir klar. Leider kann ich es nicht wiedergutmachen. Wir gewinnen zwar zehn Yards in diesem Down, doch Max wird in der Endzone getackelt, bevor er den Ball von mir fangen kann, und die Zeit rennt ab. Triumphierend tanzen und springen die Knights auf dem Platz auf und ab, während wir nicht schnell genug in die Umkleide und danach in den Bus verschwinden können.

„Was zum Henker war heute los mit dir? Du warst absolut unkonzentriert“, fragt Max vorwurfsvoll, als wir unsere Montur ablegen. „Bitte sag mir nicht, dass es mit irgendeinem

Mädchen zu tun hat!“ Er sieht mich ungeduldig von der Seite an.

„Was? Nein.“ Na ja, nicht hauptsächlich. „Ja, dann hab ich eben einmal Scheiße gebaut, na und?“

„Bullshit, Jeremy. Die beiden Langpässe hättest du machen müssen. Die machst du sonst mit links. Und die Strafe, die wir deinetwegen kassiert haben? Fünfzehn Yards, Jer. Das hätte unseren Sieg bedeuten können.“

„Was willst du von mir? Man kann eben nicht immer gewinnen.“ Genervt schmeiße ich mein Zeug in die Sporttasche und lasse zuerst mein Handtuch und dann mein Duschgel fallen, bevor ich mich hochrot vor Wut umdrehe und in Richtung Dusche gehe.

„Es ist mir egal, dass wir verloren haben. Mir ist schon klar, dass wir nicht immer gewinnen werden. Aber zu verlieren, weil du nicht wirklich im Spicl warst, das kotzt mich an.“

Obwohl er jetzt leiser spricht als zuvor und ich schon fast bei der Dusche bin, hallen seine Worte in meinem Kopf nach. Ich wollte ihn nicht enttäuschen, aber wenn ich ihm jetzt auch noch den Grund für meine heutige Geistesabwesenheit verrate, dann … keine Ahnung, was er dann von mir denkt.

Ich bin als einer der Ersten im Bus, setze mich ganz hinten ans Fenster und ziehe mir die Kapuze meines Pullovers über den Kopf. Die komplette Fahrt verbringe ich damit zu schmollen. Nicht nur, weil wir verloren haben, oder weil ich mit Max diskutiert habe. Noch nicht einmal deshalb, weil O’Mally mir, selbst ohne viel zu sagen, mit seiner dämlichen Schadenfreude darüber, dass *ich* heute mal der Loser des Spiels bin, auf die Eier geht. Die anderen reden vielleicht unter sich, aber sie sind klug genug, um mich gerade nicht mit weiteren Vorwürfen zu nerven. Spätestens morgen werde ich sowieso all meine Fehler vom Coach auf einem Silbertablett präsentiert bekommen. Das, was mir wirklich gegen den Strich geht, ist, dass ich mich schon lange nicht mehr so verloren gefühlt habe wie heute. Auch wenn die Aussicht auf ein Stipendium für die meisten wahrscheinlich ein Grund zum Jubel wäre, bringt sie mich noch mehr in eine missliche Lage. Ich habe das Gefühl, zusehen zu können, wie mir zurzeit alles aus den Fingern gleitet, was ich anfasse, sogar der Ball, der normalerweise wie meine verlängerte Hand ist.

Obwohl ich wirklich gerne über meinen Schatten gesprungen wäre und mich beim Team dafür entschuldigt hätte, was ich heute verbockt habe, steht mir weiterhin mein blöder Stolz im Weg, und ich verschwinde, ohne mich zu verabschieden.

„Jeremy?“, ruft Dad aus seinem Büro, als ich die Haustüre hinter mir zuknalle und meinen Rucksack sowie die Sporttasche von mir schleudere, sodass sie gegen die Stiegen schlittern. Ich bin selbst schuld. Wenn ich ganz normal zur Tür hereingekommen wäre, hätte er mich wahrscheinlich gar nicht bemerkt, und ich müsste mich erst morgen vor ihm rechtfertigen. „Alles in Ordnung, Sohn?“, fragt er, während er sich die Lesebrille abnimmt.

„Bestens, danke.“

„Es tut mir leid, dass ich es nicht zu deinem Spiel heute geschafft habe. Die Telefonate wollten kein Ende nehmen.“

„Schon okay, wir haben sowieso verloren.“

„Wieso das?“

„Das ist Sport, Dad. Manchmal gewinnt man und manchmal eben nicht.“

„Aha.“ Unbeholfen spielt er in seiner Hand mit der Brille. Es ist witzig, wie Leute, die in ihrem Beruf so begehrt und geschätzt sind, weil sie genau wissen, was sie tun und sagen müssen, oft zu Hause keinen Schimmer haben, was ihre Aufgaben sind – wie sie etwa mit ihren Kindern umgehen sollen.

„Möchtest du über etwas sprechen?“, fragt er unsicher.

„Keine Sorge, Dad. Das möchte ich *wirklich* nicht", antworte ich leise und steige die Treppe hoch, um weiteren Fragen zu entgehen.

Julia

Es ist bereits die zweite Biologiestunde nach dem Vorfall, in der es mir gelingt, Jeremy nicht ein einziges Mal anzusehen, während wir zum hoffentlich letzten Mal an unserem Projekt arbeiten. Es war zwar unausweichlich, dass wir im Zuge der letzten Einheit miteinander kommunizierten, doch der Austausch blieb zum Glück beim Referatsthema. Gott sei Dank ist auch Samantha heute endlich anwesend, denn je größer die Gruppe ist, umso weniger Aufmerksamkeit gilt mir. Jeremy hat diese Stunde noch keinen Ton von sich gegeben. Aus den Augenwinkeln sehe ich, dass er in seiner üblichen unbeteiligten Haltung im Stuhl lungert, die Arme vor der Brust verschränkt. Mit einem Fuß wippt er unterm Tisch ständig auf und ab und macht mich damit wahnsinnig. Würde ich mit ihm sprechen, hätte ich ihm schon lange erklärt, dass er sein Bein bald verlieren wird, wenn er nicht damit aufhört. So wie die Dinge nun aber zwischen uns sind, muss ich es eben ertragen. Jedes Wort zu ihm ist eines zu viel.

Sie haben Freitag das Spiel verloren, habe ich gehört. Vielleicht kaut er immer noch daran, obwohl es ihm nicht gerade ähnlich sieht, an Vergangenes zu viele Gedanken zu verlieren. O'Mally scheint die Niederlage jedenfalls nicht allzu sehr zu stören, so wie er sich wieder verhält. In Wahrheit reizt es mich ungemein, wenigstens eine Millisekunde zu Jeremy aufzublicken und seinen Gesichtsausdruck zu sehen. Schweigt er, weil ihn das Ganze hier wie immer nicht interessiert? Ist er sauer? Oder beobachtet er mich? Beim letzten Gedanken stellen sich mir die Haare auf. Zu Beginn der Stunde, als wir uns gezwungenermaßen in die gleiche Gruppe wie die letzten Male setzen mussten, kassierte ich schon einen bösen Blick von Melanie. Weshalb hier alle ständig denken, ihr Revier markieren zu müssen?

Schlimmer als Jeremys stumme Präsenz heute Morgen finde ich jedoch Sebastian, der sich in der Gruppe mal wieder besonders viel Mühe gibt, aufzufallen und Samantha mit Flirtsprüchen zu beeindrucken. Samantha gehört genauso wie ich nicht zu den Beliebtesten der Schule, was hauptsächlich darauf zurückzuführen ist, dass sie sehr oft fehlt. Und wenn sie da ist, wirkt sie trotzdem sehr abwesend. Wie über die meisten anderen auch kursieren etliche Gerüchte über sie, wie etwa dass sie einen drogensüchtigen Freund hat oder selbst Drogen verkauft. Ich weiß darüber nichts, doch im Vergleich zum Großteil der restlichen Mädchen an dieser Schule scheint sie nichts gegen mich zu haben. Samantha versteckt ihre sehr weiblichen Kurven meist unter schlabbrigen Klamotten. Sie ist immer schwarz gekleidet. Das einzig Bunte an ihr sind ihre ständig wechselnden Haarfarben und ihr perfekt darauf abgestimmter Eyeliner. Heute trägt sie zum ersten Mal seit Langem ein extrem enges Top, welches ausreicht, Sebastian dazu anzuregen, nachzuholen, was er bislang bei ihr verabsäumte. Samantha ist nicht besonders interessiert daran, seine neuste Errungenschaft zu werden, zumal er nicht einmal den Anstand hat, wenigstens nur heimlich auf ihre Oberweite zu starren.

„Alter! Hast du heute irgendwas genommen? Das stresst!“, stöhnt Marc plötzlich in Jeremys Richtung auf. Endlich scheint auch jemand anders gemerkt zu haben, was mir schon seit zwanzig Minuten auf die Nerven geht. Jeremys Blick dürfte Antwort genug sein, denn Marc lehnt sich mit geweiteten Augen zurück in seinen Stuhl und hebt die Hände in einer Abwehrhaltung. Augenblicklich hält Jeremy seinen Fuß still, lässt einen weiteren Moment des Schweigens passieren und schiebt seinen Stuhl ein kleines Stück zurück, während ihn alle bis auf mich anstarren und auf seine Reaktion warten. Wie ein kleines, bockiges Kind beginnt er daraufhin, provokant mit beiden Füßen abwechselnd zu wippen. Mit geneigtem Kopf sauge ich meine Oberlippe ein, damit er mich nicht lachen sieht. War ja irgendwie klar, dass er nicht nachgeben würde. Marc schnaubt, lässt das Thema jedoch auf sich beruhen. Bei Jeremy hat alles andere ohnehin meist keinen Sinn. Er ist es gewohnt, seinen Willen durchzusetzen.

„Also gut. Kevin, du präsentierst bitte diesen Teil des Referates. Ist das in Ordnung für dich?“, erkundige ich mich, um zum Thema zurückzukommen.

„Machst du Witze? Mit einer Frau zu diskutieren ist wie bei einer Verhaftung. Alles, was du sagst, kann und wird gegen dich verwendet werden.“ Alle am Tisch lachen, denn er sagt es mit solch trockenem Humor, dass man beinahe mit ihm mitfühlen kann. Das heißt, alle bis auf Jeremy. Falls doch, dann lacht er ziemlich leise.

„Ein wahres Wort. Das ist eben, weil wir Frauen wissen, dass es nur zwei Standpunkte gibt: unseren und den falschen“, fügt Samantha hinzu, die sich bislang nur wenig geäußert hatte. O’Mally zwinkert ihr zu und legt seine Hand um ihren Stuhl. Sie rümpft kurz die Nase, akzeptiert es dann jedoch.

„Aber du könntest mir mal erklären, was ich eigentlich *genau* sagen soll“, meldet sich Kevin noch einmal zu Wort. Anfangs bin ich ein wenig genervt und will ihn anfahren, weil er ja die letzten drei Stunden anwesend war und sich ruhig Notizen hätte machen können. Andererseits habe ich das meiste vom Referat selbst zusammengestellt und vorbereitet. So war zu erwarten, dass sich meine Teammitglieder nicht alles durchlesen würden.

„Okay, du sprichst ja über die Durchführung des genetischen Fingerabdrucks, das bedeutet, du schilderst den anderen die zwei wichtigsten Methoden, welche wir herausgearbeitet haben. Der Restriktions-Fragment-Längen-Polymorphismus wird mithilfe von Enzymen angewandt, wenn ausreichend Analysematerial vorliegt. Die Enzyme schneiden die DNA vor und hinter dem Locus nach bestimmten Erkennungssequenzen in unterschiedlich lange Fragmente. Daher der Name. Der Vorteil der zweiten, der Polymerase-Kettenreaktion, ist es, dass man dafür nicht so viel DNA braucht wie bei der anderen. Hier wird das DNA-Ausgangsstück in Einzelstränge geschmolzen. Nach Zugabe von Primer und Nukleotiden findet eine Polymerase statt, es entstehen zwei neue identische DNA-Doppelstränge, und der Vorgang beginnt von Neuem. Bei beiden Methoden werden die DNA-Fragmente dann nach ihrer Größe getrennt und sichtbar gemacht. Das führt dann zu dem Bandenmuster, wie wir es kennen, also dem Strichcode." Als ich fertig bin, blicke ich in ein noch verwirrteres Gesicht als zuvor. Kevins Mund steht leicht offen, und seine Stirn ist in Falten gelegt. „Oder … auch nicht kennen", ergänze ich leise, als ich mich in der Runde umsehe. Auch die anderen sehen mich an, als wäre ich ein Freak, doch das kenne ich schon.

„Kannst du mir das vielleicht diktieren?", fragt Kevin, woraufhin Samantha und Marc lachen.

„Ich verstehe überhaupt nicht, wieso *du* mir bisher noch nicht aufgefallen bist. Hast du an der Schule einen Freund?", führt Sebastian seine Offensive bei Samantha fort, was mit allgemeinem Raunen und Augenverdrehen kommentiert wird.

„Weißt du, O'Mally, du schaffst es tatsächlich, dass man die Stille zu schätzen weiß", bringt Marc vor. O'Mally setzt zur Antwort an, doch diesmal komme ich ihm zuvor.

„Denk dir einfach, sie *wäre* vergeben, dann ersparst du dir den Korb und kannst dich wieder auf die Präsentation konzentrieren." Mist. Ich habe es schon wieder getan. Wieso kann ich meine Klappe nie halten? Samantha ist nicht auf den Mund gefallen. Sie kann sich wehren, wenn es ihr zu viel wird, und woher will ich überhaupt wissen, dass es ihr gar nicht gefällt? Nun habe *ich* wieder seine Aufmerksamkeit auf mich gezogen. Mehr noch, er legt seinen zweiten Arm über meinen Stuhl und grinst dreckig.

„Hat dir heute schon jemand gesagt, dass *du* extrem attraktiv und sexy bist? Nein? Na, dann hat dich wenigstens keiner angelogen." Mit bösem Blick sehe ich über meine Schulter und fixiere seine Hand.

„Hast du schon einmal versucht, mit gebrochenen Fingern deine Zähne aufzuheben? Nein? Dann bist du gerade auf dem besten Weg."

„Sieh an, wie die kleine Tigerkatze ihre Krallen ausfährt." Die kindischen Schnurrgeräusche kann Sebastian selbstverständlich nicht lassen.

„Schöne Grüße vom Niveau. Ihr seht euch ja nicht so oft."

„Weißt du, was ich gerne öfter sehen würde?", fragt er, während er seine Finger über meinen Rücken streifen lässt und sich zu mir beugt. Unwillkürlich zucke ich zusammen und verschränke die Arme vor der Brust, auf die sein Blick als Antwort auf seine Frage gerichtet ist. Ich weiß mich zwar mit Worten zu wehren, doch Körperkontakt wie dieser schüchtert mich ein. Mir ist bewusst, dass das für ihn nur ein Spiel ist, trotzdem überfordert es mich.

„Glaubst du, du könntest zumindest *versuchen,* für eine Stunde mal mit deinem Hirn zu denken? Oder was auch immer sich dort oben eingenistet hat“, greift Jeremy ein. Sein Ton ist schneidend. Ich blicke ihn an. Er hingegen sieht mich nicht an, sondern starrt zu O’Mally hin. Sebastian lässt sich grinsend auf seinen Stuhl zurückfallen und fixiert Jeremy.

„Ich muss dir *wirklich* unter deine eiskalte Haut gehen, wenn du denkst, sogar *sie* ständig vor mir schützen zu müssen, habe ich recht?“ Jeremys grüne Augen sehen verärgert aus, doch seine Lippen umrahmt ein winzig kleines provokantes Lächeln. Er soll aufhören, sich ständig dazu verpflichtet zu fühlen, mich zu verteidigen. Für den Moment funktioniert es, aber ihm scheint nicht bewusst zu sein, dass er es so für O’Mally nur interessanter macht, mit mir zu spielen.

„Und die zweite Runde beginnt“, kommentiert Kevin genervt. Auch ich habe keine Lust auf eine Fortsetzung der ersten Biologiestunde in Gruppenarbeit, in der sich die beiden beinahe an die Gurgel gegangen sind, deswegen atmen alle auf, als Ms. Ferguson sich zu Wort meldet.

„Ich hoffe, alle sind mit ihren Arbeiten fertig. Wir fangen nun mit den Präsentationen an. Freiwillige vor!“ Nach einigen Sekunden, in denen alle Schüler den Blick der Lehrerin meiden, um nicht als Erste drangenommen zu werden, erbarmt sich Gott sei Dank eine resignierende Gruppe und schlurft nach vorn zur Tafel.

„Wunderbar! Dann können die anderen ihre Plätze wieder aufsuchen und den Mutigen hier ihre ganze Aufmerksamkeit schenken.“ Entsetzt schaut mich Kevin mit weit aufgerissenen Augen an, weil er seinen Text immer noch nicht schriftlich hat.

Ich seufze und strecke die Zunge aus. „Ja, ja … Ich schreibe es dir auf.“

„Danke“, sagt er zufrieden und klopft mir beim Aufstehen auf die Schulter. Während auch alle anderen sich erheben und ihre Stühle zu ihren Tischen schleifen, bleiben Sebastian und

Jeremy sitzen, wie damals beim ersten Mal. Nur erscheint mir Sebastian heute wesentlich entspannter und siegessicherer. Bis ich damit fertig bin, alle Zettel und Utensilien zusammenzusuchen, sitzen wir nur mehr zu dritt hier, ich zwischen den beiden. Es ist wie immer Jeremys Tisch, den wir für die gemeinsame Arbeit ausgewählt haben, doch Sebastian macht keinerlei Anstalten, aufstehen zu wollen.

„Verschwindest du irgendwann von selbst, oder muss ich dich zu deinem Platz treten?“, fragt Jeremy nach einiger Zeit.

„Das würde ich zu gerne sehen. Ach ja, ich *habe* ja schon dein unsportliches Verhalten sehen müssen. Mitunter hat es uns den Sieg gekostet“, entgegnet Sebastian und klopft sich mit dem Mittelfinger gegen die Stirn.

„Okay, Jungs. Reißt euch zusammen, sonst kriegen wir alle eine Fünf.“ Als ob das die beiden gerade interessiert, Julia. Und doch sinken Jeremys Schultern ein kleines Stück herab. Das bemerkt wohl auch Sebastian, denn er kann es einfach nicht lassen, noch eins draufzusetzen.

„Marshmallow!“, schnaubt er.

Obwohl es Jeremy nicht wirklich ähnlich sieht, sich von einem Wort auf die Palme bringen zu lassen, lässt er sich kein zweites Mal bitten und erhebt sich drohend. Sebastian zögert nicht und steht ebenfalls auf, während Jeremy zum ersten Schritt um den Tisch herum ansetzt. Und dann tue ich etwas absolut Irrationales, was ich eigentlich während der letzten Woche vermied. Ich springe hoch und versuche Jeremy mit einem Arm seitlich weg vom Tisch und damit weg von Sebastian zu schieben. Im ersten Augenblick scheint er mich gar nicht wahrzunehmen, weshalb ich mich komplett zu ihm drehe und meine locker geformten Fäuste auf seinen Bauch lege. Natürlich weiß ich, dass ich mit meinen Handflächen auf seinem Körper eine Chance hätte, ihn vom Fleck zu bewegen, doch diese Art von Berührung erscheint mir irgendwie zu intim.

Dennoch spürt er, was ich zu bezwecken versuche, und richtet seinen Blick weg von Sebastian hin zu mir.

„Bitte hör auf", flüstere ich beinahe flehend und könnte mich im selben Moment dafür ohrfeigen. Doch es funktioniert. Jeremy macht zuerst einen Schritt zurück und lässt sich dann zähneknirschend wieder auf seinen Stuhl fallen.

„Gibt es da hinten ein Problem, Julia?", fragt Ms. Ferguson, und ich sehe, wie sich spätestens jetzt alle restlichen Augenpaare dieser Klasse, die bisher noch nichts von diesem Zwist bemerkt hatten, auf uns richten. Ich senke meinen Kopf, damit ich die neugierigen Blicke nicht mitansehen muss.

„Nein, kein Problem, Miss Ferguson."

„Würdet ihr dann bitte wieder zu euren Plätzen finden, damit wir weitermachen können?" Ein Flüstern geht durch die Reihen, bis die meisten endlich wieder nach vorne sehen. Erst dann kann ich ausatmen. Am liebsten will ich hier raus, doch das geht nicht. Sebastian gefällt im Gegensatz zu mir diese Szene ungemein, und er lacht triumphierend in sich hinein. Frustriert packe ich seinen Arm und schleife ihn buchstäblich zu dem Tisch, an dem normalerweise ich sitze.

„Setz dich jetzt da hin, und sei still, sonst melde ich Ms. Ferguson, dass wir die Nächsten sein wollen", zische ich. Ich bin mir sicher, dass ihm auch diese Drohung egal ist, aber zu meiner Überraschung setzt er sich tatsächlich. Mit meinem Kram platziere ich mich dann hinter dem Tisch zwischen ihm und Jeremy. Nachdem ich schnaubend vor Wut Gracies kurzen Was-war-das-denn-Blick mit einem Schulterzucken beantworte, stütze ich mich mit meinem rechten Arm auf dem Tisch ab, sodass ich mein Gesicht vor meinen neuen gaffenden Sitznachbarn der Sportteams mit der Hand verdeckt halten kann. Zum Glück habe ich eine Entschuldigung, die restliche Stunde nicht mehr aufschauen zu müssen, denn ich soll ja Kevins Text aufschreiben, was mir nun sehr willkommen ist.

Nur zwei Gruppen können ihre Arbeiten präsentieren, bis die Stunde vorüber ist. Das bedeutet, wir sind nächstes Mal dran. Bis dahin hat sich die Lage im Footballteam hoffentlich wieder entspannt. Mit dem Läuten höre ich Jeremy hinter mir von seinem Platz aufspringen und sehe ihm nach, wie er zur Türe hinauseilt, bevor die meisten überhaupt aufgestanden sind. Ist wahrscheinlich eine weise Entscheidung, um sich nicht noch einmal provozieren lassen zu müssen.

Gracie erscheint neben mir, während ich noch meine Sachen zusammenpacke. „Ich will jedes Detail hören. Nur leider nicht jetzt. Englischklausur.“ Sie streichelt meine Hand. „Aber wir reden später, okay?“

„Okay, viel Glück!“

„Und vergiss nicht, was wir besprochen haben. Immer lässig bleiben und ihn aus der Reserve locken, bevor er das Ruder übernehmen kann.“ Bis jetzt hat das wirklich gut funktioniert. Zum Beispiel letzte Woche, als Jeremy meinen Kaffee verschüttete. Ich bin sicher, dass er danach ziemlich verwirrt war. Wenn ich das lange genug durchziehe, schreibt er die Sache irgendwann ab, weil er merkt, dass es keinen Grund zur Besorgnis gibt. Aber was, wenn er meine Strategie durchschaut und ausdauernder ist, als ich ihn einschätze? Obwohl ich ihn heute nicht wirklich angesehen habe, konnte ich trotzdem förmlich fühlen, wie sein Hirn eine neue Herangehensweise plant.

„Alles so weit in Ordnung?“, fragt Gracie noch einmal nach. Ich antworte mit einem Nicken, woraufhin sie kurz lächelt, mir einen Kuss auf die Wange gibt und schnellen Schrittes hinausgeht. *Seit einer Woche ist nichts mehr in Ordnung.*

Ich warte selbst nicht lange, ehe ich verschwinde, denn auch ich habe keine Lust, mir weiteren Müll von O’Mally anzuhören. Kurz vor dem Ausgang stellt Melanie sich mir in den Weg und blickt genervt auf mich. Das war zu befürchten.

Zwanzigtausend Kurse an dieser Schule, und sie muss ausgerechnet diesen mit mir teilen.

„Ich hoffe, du hast die Berührung genossen, denn es wird die letzte gewesen sein", zischt sie. Damit bezieht sie sich wohl auf meinen Versuch, Jeremy zur Vernunft zu bringen. Als Antwort kann ich nur die Augen verdrehen, nicht nur, weil ich ihre Vermutung sinnlos finde, sondern auch, weil die ganze Situation einfach so lächerlich ist.

„Vergiss nicht, was ich dir gesagt habe, Mädchen", ergänzt sie und dreht sich zum Abgang um. Wenigstens hält sie sich dieses Mal kurz. Ich seufze, während ich meinen Weg fortsetze und durch einen der schmaleren Gänge gehe, um in die nächste Klasse zu gelangen. Wenige Meter vor mir steht Jeremy, mit überkreuzten Armen und Beinen an die Spinde gelehnt und sieht mir direkt in die Augen. Ernsthaft? Komme ich heute noch irgendwann zu meinem Kurs? Als er mich kommen sieht, drückt er sich vom Spind weg und kommt mir entgegen. Mist. Diesmal kann ich nicht einfach umdrehen und das Weite suchen. Er wäre sowieso schneller, und dies ist der einzige Weg zu dem Raum, zu dem ich hin muss. Mir bleibt nichts anderes übrig, als mich der Situation zu stellen und dabei so cool und gleichgültig wie möglich zu wirken. Ich bleibe jedoch nicht stehen, sondern gehe an ihm vorbei, worauf er sich umdreht und mit doppelt so großen und halb so schnellen Schritten neben mir hergeht. Ich beginne zu sprechen, bevor er es tun kann.

„Du musst unbedingt damit aufhören, durch solche Situationen wie vorhin ein falsches Bild von uns zu vermitteln. Deine Freundin wird völlig absurderweise eifersüchtig, weil sie *das* hier wohl missversteht." Er sieht mich verständnislos an. Ich wedele mit der Hand zwischen uns beiden hin und her, um meine Aussage zu verdeutlichen.

„Eines muss ich ihr aber lassen. Ich bin mir selbst nicht sicher, ob ich verstehe, weshalb du mir dauernd auflauerst.“

„Das gerade eben war nicht wegen dir, wenn du das meinst. O’Mally kotzt mich einfach an, und manchmal muss es raus. Außerdem ... welche Freundin?“ Er fragt in einer so authentisch wirkenden entgeisterten und irritierten Weise, dass er mich damit zum Lachen bringt, obwohl mir dazu gar nicht zumute ist. Nicht nur weil ich seine Reaktion witzig finde, sondern auch, weil Melanies selbstverliebtes und präpotentes Gehabe durch seine Frage umso peinlicher wird.

„Schau, Jeremy, ich weiß deine Sorge um mich wirklich zu schätzen, aber ich kann dir garantieren, dass es mir gut geht. In jeglicher Hinsicht.“

„Ich habe ja noch gar nichts gesagt.“

„Okay. Trotzdem würde ich gerne vermeiden, dass hier noch mehr Leute zu glauben beginnen, dass ich jetzt zum Mittelpunkt deines Lebens geworden bin“, erkläre ich, während ich mich umsehe und verschiedenste Blicke meiner Mitschüler auffange. Neid, Unverständnis und Verärgerung sind nur einige davon. Wie aus dem Nichts packt Jeremy auf einmal meinen Arm und zieht mich in den Korridor neben uns, der etwas im Dunkeln liegt, weil sich hier nur noch Putzräume und ein Zimmer des Hausmeisters befinden. Selbst durch den Schutz meines Pullovers fühle ich, wie warm seine Hand ist. Panik steigt in mir auf, und ein Schauer durchfährt mich, denn hier kann er freier sprechen als da draußen. Und genau das tut er ohne Umschweife.

„Jetzt hör mal: Ich weiß, dass du versuchst, mir aus dem Weg zu gehen, Julia, aber ich lasse mich nicht ohne eine Antwort abspeisen. Du hast zwei Möglichkeiten: Entweder du sagst mir, was ich gesehen habe, oder ich erzähle es einem Lehrer.“

Er prüft mich. Keine Panik. Das ist nur ein Test, um mich zum Reden zu bringen. In Wahrheit möchte ich ihn anflehen, es nicht zu tun. Seinen Mund zu halten, wie er es Gott sei Dank bisher getan hat. Aber das geht nicht.

„Wie könnte *ich* wissen, was *du* gesehen oder nicht gesehen hast?“

„Lass den Scheiß!“, faucht er wütend. Ich bleibe zumindest äußerlich gelassen.

„Na, wenn du es so eloquent formulierst, ändert das natürlich alles.“

„Lach so viel du willst, aber ich meine es ernst.“

Ich ziehe an meiner Hand, deren Gelenk er immer noch festhält, doch er lässt nicht los. „Weißt du, du magst vielleicht bei deinem Team mit dieser Art gut ankommen, aber bei mir funktioniert das nicht.“

„Wie du willst, dann wirst du eben bald mit einem Lehrer darüber reden müssen.“

„Tu, was du nicht lassen kannst, wenn du das für richtig hältst.“ Nein, er *darf* es nicht tun. Damit würde er alles schlimmer machen. „Ich weiß sowieso nicht, was du eigentlich denkst, erzählen zu können, denn du weißt *nichts* über mich.“ Mit aller Kraft unterdrücke ich die Tränen, die sich in meinen Augen zu bilden beginnen.

„Aber merk dir eines für die Zukunft, falls du mich je wieder etwas fragen willst: Vertrauen gewinnt man nicht durch Ultimaten oder Druck. Vertrauen muss man sich verdienen. Und du verdienst meines bestimmt nicht.“

Bei diesem Satz zuckt er ein kleines bisschen zusammen, und sein bis eben wütender Gesichtsausdruck sieht nun eher verzagt und sogar ein wenig reumütig aus. Endlich lockert er auch den Griff um mein Handgelenk, sodass ich es ihm entreißen kann. Enttäuscht und ein wenig angewidert von diesem Überfall schüttle ich den Kopf, während Jeremy mich unsicher ansieht.

Als ich komplett meine Fassung zu verlieren drohe, drehe ich mich auf der Ferse um und marschiere von ihm weg.

Jeremy

Das Training heute war schon wieder etwas entspannter. Samstag bekam ich meine Standpauke, als der Coach mir vor allen anderen große Vorwürfe machte. Im Endeffekt hat er mir nichts Neues oder anderes mehr gesagt, als ich bereits wusste, aber ich war sein Paradebeispiel eines einzelkämpferischen Spielers und sollte damit für die anderen als Abschreckung dienen. Ist mir eigentlich egal, ob er mich anschnauzt oder nicht. Ich finde es einfach nur nicht fair, dass er es vor allen anderen tat, wenn er doch genau wusste, warum ich dermaßen neben mir stand. Immerhin hat er gehörig dazu beigetragen. Auf eine Entschuldigung bei ihm verzichtete ich anschließend jedoch, denn seine Ansprache war wirklich peinlich genug. Genau das habe ich ihm nach dem Training auch gesagt. Zuerst lächelte er noch gelassen, dann wurde er jedoch sauer, weil ich ihn und seine Handlungsweise weiter infrage stellte.

Seine Antwort war: „Ich kenne meine Jungs, Jeremy. Ich wusste von Anfang an, wie du darauf reagieren würdest, wenn ich dir davon erzähle. Deswegen wählte ich den mir am wenigsten schädlich erscheinenden Zeitpunkt. Was keiner von uns brauchen kann, ist, dass du die Nerven wegschmeißt, wenn wir kurz davor sind, die Meisterschaft zu gewinnen. Ich bin dein Trainer. Nicht deine beste Freundin. Ich habe immer das Ganze vor Augen und tue das, was ich für das Team als richtig empfinde. Dafür muss ich mich vor einem Siebzehnjährigen ganz bestimmt nicht rechtfertigen." Danach ließ er mich stehen und ging. Ich kam mir richtig blöd vor, als er fertig war, weil ich ihm Unwissenheit und damit Unprofessionalität vorgeworfen hatte, obwohl er mindestens dreißig Jahre mehr Berufs- und Spielerfahrung hat als ich. Gleichzeitig fühlte ich mich ein bisschen hintergangen, weil ich mir Ehrlichkeit von ihm erwartet hätte, als ich extra nachfragte, wieso er es mir zu genau dem Zeitpunkt erzählte.

Jedenfalls war ich nach der Szene heute in Biologie und vor allem nach dem Gespräch mit Julia so aufgeladen, dass mir die drei Stunden Training fast zu wenig waren. Ich war wieder ich selbst und konnte beim Auspowern bei den Laufübungen und beim Krafttraining all die Wut und überschüssige Energie loswerden, die sich aufgestaut hatten. Der Coach behandelt mich seit Samstag wieder völlig normal und verliert auch kein Wort mehr über das Spiel.

Max schaute am Sonntag bei mir vorbei, nachdem er dazwischen einen Tag lang nichts von mir hatte wissen wollen. Wir sprachen nicht mehr über das Spiel, doch bevor er ging, sagte ich ihm, dass es mir leid täte, so leichtsinnig gewesen zu sein. Es ist schwierig für mich, die Sache mit dem Stipendium nicht mit ihm besprechen zu können, denn außer ihm habe ich nicht wirklich wen zum Reden.

Während ich jetzt mit Dad am Esstisch sitze, verbringen wir geschlagene zehn Minuten des Essens bei vollständigem Schweigen. Claire kommt heute später nach Hause, deshalb essen wir ohne sie. Manchmal habe ich das Gefühl, dass Dad und ich absolut nicht wissen, worüber wir miteinander reden sollen.

Seit Freitag hätte ich bereits an die tausend Möglichkeiten gehabt, Dad von meinem Gespräch mit dem Coach zu erzählen, doch ich brachte es nicht fertig. Erstens glaube ich gar nicht, dass Dad damit zufrieden wäre, wenn ich an die UMass ginge. Er hat eher die Boston University, Cornell oder Columbia in New York im Auge. „Jeder soll das aussuchen, was er sich leisten kann“, sagt er immer und möchte damit andeuten, dass wir uns nicht mit billigeren Universitäten zufriedengeben müssen. Erstens sind natürlich die Chancen auf einen guten Job später besser, wenn man im Lebenslauf stehen hat, dass man an einer der besten Unis der Ostküste war, doch wer weiß, ob ich überhaupt für ein Studium geeignet bin. Zweitens würde er mir noch mehr in den Ohren liegen, dass ich mich anstrengen muss, um von anderen Universitäten entdeckt werden zu können. Und drittens habe ich ganz bestimmt keine Lust darauf, ihm erklären zu müssen, dass ich nicht vorhabe, meinem besten Freund seine vielleicht größte Chance auf ein Studium zu verwehren – für etwas, von dem ich nicht einmal weiß, ob ich es eigentlich will.

Nach diesen zehn Minuten bricht er das Schweigen mit dem einzigen Thema, welches er im Hinblick auf mich bereden zu wollen scheint.

„Hast du dir die Broschüren angesehen, die ich dir auf deinen Schreibtisch gelegt habe?“

Ich seufze innerlich. „Ja. War aber nichts dabei.“

„Bist du sicher? Ich meine, ich habe die Studienrichtungen extra nach deinen Interessen herausgesucht.“ Woher weißt du denn bitte, was meine Interessen sind? Ich weiß es ja nicht einmal selbst. Ich antworte nicht laut, sondern stochere genervt in meinem Fleisch herum und stopfe mir einen möglichst großen Bissen in den Mund.

„Ich würde dir empfehlen, die Broschüren noch einmal durchzublättern. Auch wenn nichts dabei ist, bringt es dich vielleicht auf eine andere Idee in einem ähnlichen Berufsfeld.“ Ich kommentiere das Besagte nur mit einem Brummen.

„Ich meine, es muss doch irgendetwas geben, was du dir für dich vorstellen kannst."

„Mann, keine Ahnung, Dad. Vielleicht werde ich …" Ich hebe die Schultern, während ich nach Worten ringe, weil mir nicht einmal ein Beispiel für diese Argumentation einfällt.

„Kindergartenpädagoge oder Hebamme, wie Claire." Die Schultern wieder fallen lassend, sehe ich zu Dad, der mich entgeistert anblickt.

„Wenn es das ist, was du tun möchtest, dann unterstütze …" Er spricht die Worte so langsam aus, als befürchte er, ich würde gerade einen Nervenzusammenbruch erleiden. Genervt werfe ich den Kopf zurück und stoße verzweifelte Laute aus.

„Nein, Dad, das will ich nicht", unterbreche ich ihn. Ein wenig meiner Wut ist jedoch mit seinem letzten Satz abgeflaut, und es verwundert mich, dass er nicht gleich protestierte, wie ich es eigentlich bezwecken wollte.

„Alles, was ich damit zu sagen versuche, ist, dass ich wirklich noch keine Idee habe und es mich ziemlich stresst, dass du ständig nachbohrst", will ich ihm erklären.

Jetzt schweigt er. Es ist kein beleidigtes Schweigen, sondern einfach ein Zeichen, dass er nicht weiß, was er entgegnen soll. Er entscheidet, nichts zu sagen.

Es war nicht immer so zwischen uns wie jetzt. Ich weiß, dass ich mitten in der Pubertät stecke und daher ein gewisses angespanntes Verhältnis zu den Eltern normal ist, aber manchmal wünsche ich mir, dass es so einfach wäre wie früher, Dad Dinge erzählen zu können; dass ich meine Ängste vor der Zukunft und davor, dass ich die falschen Entscheidungen treffe, mit ihm teilen könnte. Doch so habe ich ständig das Gefühl, dass ich insgeheim eine Bürde für ihn bin.

Innerlich atme ich auf, als Claire doch früher als erwartet zur Haustüre hereinkommt. „Hi, Männer", ruft sie aus dem Vorzimmer.

„Wie schön, dass du es jetzt schon geschafft hast", antwortet Dad und steht sofort auf, um Claires Abendessen zu wärmen. Sie spannt ihren Regenschirm ab und beutelt sich draußen von der Kälte und der Nässe ab, ehe sie den Raum betritt und erst Dad und dann mir einen Kuss gibt. Die bis eben noch gedrückte Stimmung ist durch ihre Präsenz und das Strahlen in ihrem Gesicht wie weggeblasen. Ich liebe es, dass sie diese Wirkung auf uns beide hat, denn sonst würden Dad und ich wahrscheinlich gar nichts miteinander zu tun haben. Nachdem sie Dad den Kochlöffel aus der Hand genommen hat und ihn zu seinem Essen zurückschickt, erzählt sie uns in ihrer speziellen Art und Weise von ihrem Tag. Dabei schafft sie es, trotz ihrer langen Monologe so interessant zu erzählen, dass man erst gar nicht auf die Idee kommt, gedanklich abzuschweifen. Sie verteilt das Essen auf ihrem Teller, setzt sich zu uns und redet weiter „… dabei muss man sich vorstellen: Der Mann dieser Dame ist Jurist", erklärt sie und reißt die Augen auf, während sie mit ihrem Zeigefinger in der Luft herumfuchtelt.

„*Das* ist übrigens auch ein Beruf, den ich mir für dich gut vorstellen könnte, Jeremy."

„Dad. *Bitte* hör auf, bei jedem Thema immer einen Bezug zu mir und meiner Berufswahl herzustellen. Claire erzählt gerade eine Geschichte, die absolut nichts mit mir zu tun hat, okay? Also hör ihr einfach zu", flehe ich mit erhobener Stimme, obwohl ich dabei versuche, nicht respektlos zu klingen, denn ich weiß, dass das Claire sehr stört. Dad nickt leicht, und Claire sieht stirnrunzelnd von ihm zu mir.

„Jedenfalls …", sagt sie langgezogen, „… musste ich ihr dann erklären, dass es erstens nur ein Mythos ist, dass man in der Schwangerschaft mit Mädchen Heißhunger auf Süßes und bei Jungen auf Saures hat, und es zweitens nicht möglich ist, das Geschlecht des Kindes *während* der Schwangerschaft noch zu beeinflussen." Dad beginnt zu lachen, und sogar ich muss schmunzeln.

„Ist das die gleiche Familie, der du beibringen musstest, dass man den Eisprung der Frau nicht hören kann?“, frage ich, woraufhin Claire bei der Erinnerung daran die Hand vor den Mund hält, um das Essen nicht auszuspucken.

„Oh Gott, das habe ich schon fast vergessen. Nein, das waren wieder andere. Das war jenes Paar, welches eine Wassergeburt im Krankenhaus reservieren wollte, bevor die Frau überhaupt schwanger war, weil sie Angst hatte, dass zu ihrem Wunschtermin ansonsten nichts mehr frei sein könnte." Sie hebt eine Augenbraue, und Dad verschluckt sich fast vor Lachen. Ich greife mir an den Kopf und schiebe den letzten Bissen Kartoffelpüree mit Sauce in meinen Mund.

„Gott sei Dank erfordert die Zeugung eines Kindes nicht besonders viel Köpfchen, ansonsten müssten wir bald die Folgen eines dramatischen Geburtenrückgangs in unserem Land tragen."

Als wir mit dem Essen fertig sind, stapelt Dad das Geschirr übereinander und trägt es zum Geschirrspüler.

„Ist es okay für dich, Schatz, wenn ich dich heute mal damit alleine lasse? Ich habe noch einen Haufen Arbeit zu erledigen." Ich finde es gut, dass er fragt. Er hilft Claire immer, wo er kann, vorausgesetzt, er ist zu Hause. Das ist eine schöne Dynamik zwischen den beiden.

„Kein Problem, Robert. Schau, dass du bald fertig wirst“, sagt sie und umarmt ihn rasch. Dann beginnt sie die Teller in die Maschine einzuräumen und die Pfannen abzuwaschen. Dad sieht kurz zu mir und klopft mir auf die Schulter, wie immer, bevor er in sein Büro verschwindet. Nachdenklich sehe ich ihm hinterher, bis ich bemerke, dass Claire mich mustert.

„Okay. Was ist los, Jeremy?“

„Wieso?“, frage ich unschuldig. Sie neigt ihren Kopf und sieht mich missbilligend und doch liebevoll an.

„Erstens erscheinst du mir ein bisschen bedrückt, und zweitens bist du nach dem Essen normalerweise schneller als der Roadrunner, um in dein Zimmer oder zu Max zu kommen. Natürlich freue ich mich, dass du noch sitzen bleibst …“, beginnt sie und wartet dann.

„Kann ich dich etwas fragen?“, sprudelt es aus mir heraus. Jetzt, da sie mich ohnehin schon durchschaut hat, brauche ich nicht mehr um den heißen Brei herumreden. „Angenommen, du wüsstest, dass jemandem etwas Schlimmes passiert ist, aber du weißt nichts über die Umstände, und sie will nicht mit dir darüber sprechen, obwohl du mehrmals versucht hast, ihr zu helfen“, erkläre ich, ohne Luft zu holen. Dann sehe ich zu ihr, um klarzustellen, dass ich nicht unbedingt von einer weiblichen Person spreche, wenn ich *sie* sage. „Und *diese Person* möchte generell unbedingt, dass es ein Geheimnis bleibt. Außerdem kennst du sie kaum.“

Claire grübelt einen Moment, ehe sie das Geschirrtuch weglegt und sich wieder zu mir an den Tisch setzt. „Geht es dabei um etwas, was die Person weiterhin gefährden könnte?“

„Keine Ahnung“, antworte ich gequält. Genau das frustriert mich ja. „Das ist das Problem. Ich bin noch nicht einmal zu hundert Prozent sicher, dass meine Vermutung stimmt. Aber die Person ist alles andere als dumm. Sie ist klug, schlagfertig, witzig und ein guter Mensch. Sie würde sich das nicht gefallen lassen.“

Ich sehe ein kurzes Stirnrunzeln in Claires Gesicht, weil ihr bestimmt spätestens jetzt klar ist, dass es sich tatsächlich um ein Mädchen handelt. Trotzdem versuche ich, das Gesagte auszubügeln. „Also …“, beginne ich und lege meine Hände auf den Tisch. „Die Person“, ergänzen wir beide gleichzeitig. Lächelnd senke ich den Kopf.

„Weißt du, Jeremy … All die Eigenschaften, die du da gerade aufgezählt hast, sind zwar sehr schön, doch man muss nicht etwa unklug und humorlos sein, dass einem Unrecht widerfahren kann. Und leider gibt es im Leben Situationen, in denen man nicht selbst bestimmen kann, ob man sich etwas gefallen lässt oder nicht."

Ich schnaufe, weil ich erkenne, dass auch Claire mir bei diesem Problem nicht helfen kann. Sie legt eine Hand auf meinen Unterarm. „Ich kenne diese Person zwar nicht, aber ich denke, es wäre gut, sie erst etwas besser kennenzulernen und mehr über die Fakten in Erfahrung zu bringen, bevor du durch eine voreilige Beschuldigung mehr kaputt machst, als du retten möchtest"

„Ich weiß aber nicht, wie", murmle ich so leise, dass ich mir gar nicht sicher bin, ob sie es verstanden hat.

„Du bist ein guter Mensch, Jeremy, und du hast eine ausgeprägte Intuition. Nicht etwa erst seit du Quarterback bist, sondern schon als Kind. Du hast immer genau gewusst, mit wem du befreundet sein wolltest und weshalb. Dabei bezog sich das nicht auf äußerliche oder oberflächliche Dinge, wie bei den meisten anderen Kindern in deinem Alter. Zum Beispiel bei Max. Du hast ihn mit größter Vehemenz vor eurer Lehrerin verteidigt, als alle behaupteten, gesehen zu haben, dass er Geld aus der Klassenkasse genommen hätte. Dabei kanntest du ihn noch gar nicht. Als ich dich fragte, weshalb du dich dermaßen für ihn eingesetzt hast, erklärtest du mir, er hätte ein gutes Herz, und es wäre falsch, wenn er durch solche Beschuldigungen verletzt werden würde. Dabei warst du erst acht. Und das ist nur eines von vielen deiner Urteile, die sich als treffend herausgestellt haben."

„Aber das ist was anderes", wende ich ein und seufze. Claire tut es mir gleich und streichelt meinen Kopf.

„Es ist nicht immer einfach, erwachsen zu werden, hab ich recht? Aber du wirst das Richtige tun, da bin ich sicher.“ Sie zerzaust meine Haare und widmet sich dann wieder dem Geschirr.

„Ach, und Claire …?“

„Hmm?“

„Was denkst *du*, soll ich aus meinem Leben machen? Beruflich, meine ich.“ Nervös zippe ich den Reißverschluss meiner Weste auf und zu, weil ich sie nicht ansehen will.

„Schätzchen, das ist eine Entscheidung, die nur du treffen kannst. Ich könnte dir unmöglich vorgeben, welchen Weg du zu gehen hast.“

„Aber Dad mischt sich ja auch ständig ein. Ich würde gerne mal eine andere Meinung hören als seine.“

„Jeremy!“ Sie stemmt die Hände auf die Theke und wartet, bis ich ihr in die Augen schaue. „Dein Vater will das Beste für dich, und er möchte nicht, dass du weniger bekommst, nur weil du zu lange oder gar nicht überlegt hast. Seine Art, dir zu zeigen, dass er für dich sorgt, ist eben jene, dir deine seiner Meinung nach größten Stärken für einen Beruf vorzuschlagen. Mach's ihm mal ein bisschen leichter, und zolle ihm stattdessen ein wenig Anerkennung dafür, dass er seine Vaterrolle ernst nimmt. Nur weil er einen anderen Zugang zu dem Thema hat als du, bedeutet das nicht, seiner wäre falsch. Und vergiss nicht: Er ist doch etwas älter und weiser als du. Er weiß, weshalb er bestimmte Dinge sagt.“ Ich beiße mir auf die Lippe, etwas beschämt über Claires Zurechtweisung. Ich weiß ja, dass sie und Dad ein Team sind und sie ihn immer verteidigt, wenn ich mich falsch verhalte; und natürlich hat sie recht. Trotzdem hätte ich lieber etwas anderes gehört. Ich bereite mich zum Gehen vor.

„Ja, ja. Trotzdem danke“, sage ich in einem sarkastisch klingenden Ton, obwohl ich es tatsächlich so meine.

„Jer!“, ruft sie erneut. Ich drehe mich um, und sie steht plötzlich direkt vor mir. Mütterlich nimmt sie mich in den Arm. „Weißt du eigentlich, wie stolz ich auf dich bin?“

„Nein“, antworte ich bockig. Gekonnt ignoriert sie das.

„Und dein Vater ist es auch.“

„O-kay. Kann ich jetzt bitte gehen, bevor dein weibliches Parfüm meines komplett überdeckt?“, lache ich und gebe ihr einen flüchtigen Kuss auf den Scheitel. „Ich hab dich lieb, Junge“, erklärt sie, bevor sie mich freigibt.

Ich zwinkere ihr schelmisch zu. „Ja, ich auch.“

Kapitel 5

Jeremy

Inzwischen ist es bereits drei Wochen her, dass ich Julia in der Umkleide gesehen habe, und bisher habe ich noch immer keine erklärenden Antworten bekommen. Konzentrieren kann ich mich kaum, wenn ich sie sehe, weil ich in Gedanken wieder alle Möglichkeiten durchspiele, wie sie zu den Blutergüssen gekommen sein könnte und wie ich ihr helfen kann. Was rede ich denn da? Selbst wenn ich sie nicht sehe, frage ich mich, ob sie in Gefahr ist, und meine Machtlosigkeit macht mich rasend.

Die letzten zwei Spiele haben wir Gott sei Dank wieder gewonnen, jedoch wirklich nur mit Müh und Not. Unser Glück war, dass die zwei Gegner nicht zu den stärksten gehören und unsere Defense gerade in Topform ist. Durch ihr geschlossenes Auftreten konnte sie viele mögliche Punkte der Gegner verhindern und gute Positionen für unsere nächsten Drives erzielen. So gewannen wir einmal mit sechzehn zu zehn und letzten Freitag mit siebzehn zu sechzehn Punkten. Nächste Woche kommt jedoch der Scout, und da kann ich es mir absolut nicht leisten, nicht alles für die Mannschaft zu geben. Wir haben eben vielleicht nur diese eine Chance, ihm zu zeigen, was wir draufhaben. Ich muss gewinnen und fürs Team in guter Form sein. Ob Julia will oder nicht, ich werde dem Spuk heute ein Ende setzen, denn ich will sie nicht mehr ständig in meinem Kopf haben.

Ich habe herausgefunden, dass sie am Mittwoch Nachhilfeunterricht in der Schule gibt und deswegen nur eine Stunde früher nach Hause geht, als ich vom Training wegkomme.

Nicht, dass ich sie verfolgt oder mir die Mühe gemacht hätte, ihren Tagesablauf zu studieren. Doch mir kommt vor, als sähe ich sie seither überall, und trotzdem ist sie nie nahe genug, um richtig an sie heranzukommen.

Um sie also endlich abzupassen, entschuldigte ich mich beim Coach mitten im Training und erklärte ihm, dass mir eben eingefallen war, dem Englischlehrer noch eine wichtige Arbeit abgeben zu müssen, ohne die ich dieses Semester durchfalle. Coach Clay hasst es, wenn wir wegen des Trainings oder eines Spiels die Schule vernachlässigen, deshalb ließ er mich gehe, ohne lange zu fragen. Letztes Jahr ließ er Toby drei Wochen nur auf der Bank sitzen, weil der in Mathe durchzufallen drohte. Toby meinte, bereits ohnehin ein Stipendium in der Tasche zu haben und sich daher nicht mehr für ein positives Abschlusszeugnis bemühen zu müssen. Clay wies ihn fuchsteufelswild in die Schranken und gab ihm besagte drei Wochen Zeit, seine Note auszubessern, sonst würde er höchstpersönlich dafür sorgen, dass jemand anders das Stipendium erhielt. Toby nannte ihn einen verrückten, alten Sack und saß die drei mühsamsten Wochen seines Lebens ab, ohne seiner Leidenschaft nachgehen zu dürfen. Aber es war das Beste, was ihm passieren konnte, denn er bekam das Stipendium doch nicht und konnte aufgrund seines Notendurchschnitts, weil er seine Note ausgebessert hatte, dennoch ein College besuchen.

In Footballmontur sprinte ich die Treppen zu meinem Spind hoch und nehme das Chemiebuch von Julias Nachhilfeschüler heraus, um mich dann in die Klasse zu begeben, in der wir heute gemeinsam unsere letzte Stunde absolviert haben. Während der Stunde hatte sie die ganze Zeit in diesem Buch geblättert und sich Notizen gemacht. Das macht sie immer in Geschichte, denn in dem Fach kennt sie sich auch ohne Mr.

Bernsteins langweilige Erzählungen bestens aus. Sie ist wirklich sehr belesen. In der Zeit, in der sie nach der Stunde Graces Mitschrift abschrieb, nahm ich das Buch mitsamt ihren Notizen in einem unbeobachteten Moment von ihrem Tisch und ließ es in meine Schultasche gleiten. Ich bin nicht besonders stolz darauf, dass ich schon zu solchen Mitteln greifen muss, um sie endlich alleine zu erwischen, aber bisher ignorierte sie mich ständig oder fand dämliche Ausreden für die Verletzungen auf ihrem Körper. Ihr abgewandter Blick, ihre zurückweisende und plötzlich zurückhaltende Art verraten mir jedoch, dass ich mit meinen Vermutungen nicht allzu falsch liegen kann.

Die Klasse ist wie erwartet noch offen, denn durch den auch nachmittags stattfindenden Unterricht wissen die Reinigungskräfte nie, welchen Raum sie absperren dürfen und welcher noch benützt wird. Deshalb werden fast alle erst nach achtzehn Uhr vom Hausmeister versperrt. Ich lege das Buch auf die äußerste Kante des Tisches, der am nächsten zur Tür steht und dennoch durch einen Vorsprung in der Wand auf den ersten Blick schnell übersehen wird. Neben diesem Tisch lasse ich mich auf den Boden sinken, warte und hoffe, mich nicht bei der Uhrzeit vertan zu haben. Es ist bereits kurz vor drei Uhr. Ihre Stunde beginnt in zwei Minuten.

Julia enttäuscht mich nicht. Ruckartig reißt sie die Tür auf und rennt zu ihrem Schreibtisch, um das Buch zu suchen, weil sie bestimmt befürchtet, es verloren zu haben. Ihre zu einem Pferdeschwanz gebundenen Haare schwingen hin und her, und ihre Schultern erscheinen heute noch schmaler als sonst. Sie wirkt verzweifelt. Bestimmt hat sie das Chemiebuch ihres Nachhilfeschülers schon überall gesucht. Unpünktlichkeit geht ihr enorm gegen den Strich, so viel habe ich bereits über sie gelernt. In ihrer Hektik bemerkt sie nicht, dass ich hinter ihr sitze. Erst als sie vor ihrem Schreibtisch kniet und noch mal ihre Tasche Buch für Buch ausräumt, weil sich die Suche im Bankfach als vergeblich erwiesen hat, stehe ich auf und räuspere mich laut. Vor Schreck kippt Julia um und landet auf ihrem Hintern. Dabei fallen ein paar ihrer Bücher auf den Boden. Sie stützt sich mit ihren Händen hinter ihrem Rücken ab und sieht mich an, als wäre ich ein Krimineller. Ich möchte ihr gerne aufhelfen, mich bei ihr für diese Szene entschuldigen, aber ich komme ihr lieber nicht zu nahe. Als sie mich erkennt, verändert sich ihr Gesichtsausdruck ein paar Mal. Erst ist es Verärgerung, dann Belustigung und im nächsten Moment Scham.

„Okay … Jeremy? Wenn du versuchst, mich umzubringen, dann gibt es da effektivere Methoden als durch einen möglichen Herzinfarkt.“

Mit langsamen Schritten gehe ich auf sie zu, während sie sich schnell aufrichtet und dabei ihre verstreuten Bücher schützend vor ihren Körper hält. Vielleicht denkt sie, ich bekomme es nicht mit, aber ich weiß, dass sie damit eine Mauer zwischen uns aufzubauen versucht. Je näher ich rücke, desto mehr setzt sie zurück. Ich möchte sagen, was ich mir in Gedanken für diesen Moment vorbereitet habe, doch ich bringe keinen Ton heraus. Seit eineinhalb Jahren bin ich mittlerweile Quarterback unseres Teams. Ich muss die Nerven bewahren und cool bleiben, wenn ich an die Line of Scrimmage trete und in unzählige einschüchternde, manchmal aber auch wütende Gesichter sehe. Auf dem Feld hundertprozentig präsent zu sein, ist einfach für mich; das liegt vielleicht auch daran, dass ich Linebacker und etliche andere meines Teams als Unterstützung vor und hinter mir habe. Aber jetzt bin ich alleine. Hier stehe ich wie ein Idiot, blicke auf das – mir genau genommen fremde – Mädchen mit den großen rehbraunen Augen und fühle mich zum ersten Mal wie ein hilfloser Höhlenmensch.

Noch kannst du dich einfach umdrehen und gehen, Jeremy. Ich könnte irgendeine von hundert Ausreden finden, wieso ich hier gesessen bin und gewartet habe, die Sache dann einfach aus meinem Kopf verbannen und nie mehr dran denken. Sie ist alt genug, um für sich selbst zu sorgen. Außerdem habe ich sie immerhin bereits zweimal darauf angesprochen, und sie hat alles abgestritten beziehungsweise so getan, als wüsste sie nicht, worum es geht. Vielleicht *ist* das Licht einfach blöd auf sie gefallen; vielleicht ist sie ja einfach nur tollpatschig, und die ganze Sache war ihr peinlich. Aber wenn sie doch geschlagen wurde, dann muss ich wenigstens sichergehen, dass es zumindest nur eine einmalige Sache war.

Um Gottes willen, was denke ich denn da? Auch wenn sie nur einmal geschlagen wurde, ist es genauso falsch. Es darf gar nicht wieder passieren.

„Warum starrst du mich die ganze Zeit so an? Sag endlich was!“, fordert sie mich ungeduldig auf, doch ihre Augen sind traurig und verängstigt. Ich kann gerade keine Witze machen. Seit Wochen überlege ich, was ich sagen, was ich fragen werde, wenn ich sie alleine antreffe. Doch jetzt, da ich sie wirklich vor mir habe, klein und nervös, ist alles wie weggeblasen, und ich bekomme Angst vor ihrer möglichen Antwort. Sei ein Mann und frag sie einfach, spreche ich mir wiederholt in Gedanken zu. Wenn ich jetzt etwas Falsches sage oder ihr einen Schritt zu nahe komme, ist sie sofort wieder weg. Dann war es meine letzte Chance.

„Tut mir leid, dass ich dir letztes Mal gedroht habe. Das war nicht richtig. Ich bin hier, weil ich dir helfen möchte.“

Kann ich das?

Wie vermutet, verändert sich ihr Blick schlagartig. Sie hat sicherlich damit gerechnet, irgendwann nicht mehr vor mir davonlaufen zu können, aber wahrscheinlich auch gehofft, ich würde das Ganze einfach mal vergessen. Sie weiß, dass ich es weiß. Sie wird blass, und ihre Lider senken sich, während sie die Bücher fester an sich drückt.

„Fängst du schon wieder damit an? Ich hab jetzt keine Zeit. Ich muss Nachhilfe geben", erwidert sie verstimmt. „Außerdem gibt es nichts zu bereden. Das habe ich dir, denke ich, schon gesagt", fügt sie hinzu, diesmal mit festerer Stimme. Ich habe nicht erwartet, dass sie mir gleich zu Füßen fallen und mir ihre Geschichte erzählen würde, nur weil ich mich als Ritter in strahlender Rüstung präsentiere. Als ich vor ihr stehen bleibe, weil sie bereits am Fensterrahmen lehnt, dreht sie den Kopf abweisend zur Seite, um mich nicht ansehen zu müssen. Dann überlegt sie es sich auf einmal anders und macht sich vor mir groß. Sie erwidert meinen durchdringenden Blick, als hätte sie plötzlich nichts mehr zu verbergen; nichts, wofür sie sich schämen müsste. Mit ihrer veränderten Haltung verschwindet jedoch leider auch ein Teil meiner Vorsicht.

„Woher kamen die blauen Flecken?" Toll. Sehr subtil. Eigentlich wollte ich das Gespräch langsamer angehen. Sie stellt sich selbstverständlich dumm.

„Welche blauen Flecken?"

Obwohl ich mit genau dieser Reaktion gerechnet habe, ärgert es mich ungemein, dass sie mir beinhart ins Gesicht lügt. „Jules, tu nicht so, als wüsstest du nicht, wovon ich rede." Ich weiß ehrlich gesagt nicht, wieso ich sie eben so genannt habe. Es fühlte sich irgendwie vertraut an, aber sie hat offensichtlich etwas dagegen.

„Nenn mich nicht so. Und ich *tue* nicht nur so, ich weiß es wirklich nicht." Mit funkelnden Augen sehe ich sie an. Mit ihrer kaltschnäuzigen Art macht sie mich immer wütender, und ein Schwall an Worten sprudelt aus mir heraus.

„In der Umkleide, als du deinen Pulli ausgezogen hast… Deine Arme waren voller Hämatome, und wahrscheinlich sieht auch der Rest deines Körpers so aus. Seit Wochen versuche ich dich deswegen anzusprechen, aber du tust alles, um mir aus dem Weg zu gehen. Und die Show, die du seither glaubst vor mir abziehen zu müssen … Du solltest mal dein Gesicht sehen. Du bist nicht so toll im Lügen, wie du vielleicht gerne wärst." Dieser Monolog war länger, als ich es vorgehabt hatte. Julia verzieht kurz das Gesicht, bevor sie sich wieder sammelt und mich gelassen ansieht.

„Wenn das alles ist, würde ich jetzt gerne zu meinem Nachhilfeschüler gehen. Ich bin schon spät dran." Sie macht Anstalten, um an mir vorbeizugehen, doch ich stelle mich ihr in den Weg. Wütend blickt sie mich an. „Geh mir aus dem Weg!", faucht sie.

„Ist dir jemals in den Sinn gekommen, dass mich das auch belastet? Und ich kann mit niemandem darüber sprechen." Wie dumm war das denn jetzt! Als wäre es ihre Schuld. Jetzt habe ich es endgültig vermasselt, denn augenblicklich setzt sie wieder ihre Maske auf. „Tut mir wirklich unglaublich leid."

Sie will noch etwas sagen, doch plötzlich bemerkt sie das Chemiebuch, das sie gesucht hat, auf dem Tisch bei der Türe, wo ich vorhin gesessen bin. Ihr Mund klappt auf.

„Hast du mein Buch geklaut? Bist du irre? Was soll das?" Mit aufgerissenen Augen starrt sie mich an. Spätestens jetzt wird mir tatsächlich bewusst, wie hirnrissig meine Aktion ist, aber wenn ich sie jetzt so gehen lasse, war das alles nicht nur peinlich, sondern vor allem umsonst.

Sie schiebt mich zur Seite, um an mir vorbeizukommen, und stapft in Richtung Türe. Kurz damit beschäftigt, wie ich mich nun zum Trottel gemacht habe, reiße ich mich wieder zusammen und sprinte zu ihr, bevor sie verschwinden kann.

Aus Verzweiflung, weil mir nichts anderes mehr einfällt, und vor allem auch aus Neugier und Arroganz greife ich mit beiden Händen nach ihrem Pullover und ziehe ihn ruckartig und blitzschnell bis unterhalb ihres BHs in die Höhe. Bei der Berührung meiner Hände auf ihrer verletzten Haut entfährt ihr ein leiser Schrei. Blankes Entsetzen breitet sich auf ihrem Gesicht aus, als sie nach hinten stolpert, gegen einen Tisch stößt und dabei erneut ihre Bücher fallen lässt. Mit zitternden Händen zieht sie ihren Pullover zurecht, doch es ist zu spät. In dem kurzen Augenblick, den ich hatte, habe ich alles gesehen, was ich vorher nur mich zu erinnern geglaubt hatte, gesehen zu haben. In Wahrheit ist es sogar schlimmer, als in meiner Erinnerung. Sie sieht aus, als wäre sie von einem Bus angefahren worden. Ihr Oberkörper ist voller Blutergüsse, einer davon in der Größe eines Baseballs. Einige sind frisch und noch blauviolett. Andere kleinere sind bereits älter, denn sie sind grün oder gelb-braun. Ihr sonst so flacher Bauch wirkt an einigen Stellen geschwollen, vor allem oberhalb der Hüfte, wo auch ein kleines Cut zu sehen ist. Und das ist nur der Bauch. Ich will gar nicht wissen, wie der Rest ihres Körpers aussieht. Ein paar endlose Sekunden starren wir uns gegenseitig an. Dann erlangt sie ihre Fassung zurück, richtet sich auf und geht auf mich zu. Dicht vor mir bleibt sie stehen, sieht mir angewidert in die Augen und gibt mir im nächsten Moment eine solche Ohrfeige, dass mein Kopf zur Seite schnellt. Sie ist ziemlich stark für ihre Größe, wahrscheinlich weil sie zu Recht extrem sauer auf mich ist. Gleichzeitig beben ihre Lippen, als würde sie jeden Augenblick zu weinen beginnen, weil ihr Geheimnis endgültig aufgeflogen ist. Während ich meine pochende Wange reibe, vergrößert sie wieder den Abstand zwischen uns, neigt sich zu mir vor und zeigt mit einem Finger auf mich.

„Fass mich nie wieder an, und lass mich einfach in Ruhe, Jeremy. Verstanden?“ Mit ihrem eiskalten Blick fixiert sie mich, als sie mit zitternden Händen das Buch, das sie braucht, vom Tisch ergreift. Dann geht sie mit schweren Schritten an mir vorbei aus der Klasse und achtet darauf, mir nicht mehr zu nahe zu kommen. Zum vierten Mal innerhalb eines Monats lässt sie mich machtlos, kleinlaut und überfordert zurück.

Julia

In der Mittagspause sitze ich wieder einmal mit Grace beim Basketballplatz und schildere ihr die Einzelheiten von Jeremys Überfall auf mich. Während mir gestern jedoch zum Heulen war wegen der Frechheit, die er besessen hatte, mir einfach mein Gewand hochzuziehen, bin ich heute nur noch fuchsteufelswild. Den ganzen Tag habe ich auch kein Geheimnis daraus gemacht, wenn wir uns sahen. Ich wünschte, Blicke könnten töten, denn dann hätte ich bereits ein Problem weniger.

Du sollst nicht töten. Bei diesem Gedanken schnaube ich verächtlich. „Ich weiß. Glaub mir. Sonst hätte ich es bereits getan“, antworte ich Gott laut, woraufhin Grace mich verwirrt anschaut. „… was getan?“

„Ich habe gerade darüber nachgedacht, auf welche Weise ich Jeremy umbringen kann, ohne dabei gegen das fünfte Gebot zu verstoßen.“

„Hmm …“, sagt sie nachdenklich. „Und? Wie sieht’s aus?“

Ich gebe Heulgeräusche von mir und werfe mein unberührtes Brot zurück aufs volle Lunchtablett. Dann lasse ich mich unsanft zurück ins Gras fallen und werfe mir die Jacke über das Gesicht.

„Ich will jetzt echt nicht mehr darüber reden, okay? Können wir einfach das Thema wechseln? Bitte“, nuschle ich in den Stoff hinein.

„Okay. Ich muss dir was erzählen, aber ich wollte warten, bis du besser gelaunt bist“, sagt sie geheimnisvoll. Ich ziehe die Jacke wieder weg von mir und schaue sie ernst an.

„Das wird so schnell nicht passieren. Also, wenn du es mir nicht erst erzählen willst, wenn ich so alt bin, dass ich die Feuerwehr brauche, um die Kerzen auf meiner Geburtstagstorte zu löschen, dann mach's lieber gleich." Gracie kichert und stößt mit ihrem Fuß gegen mein Bein.

„Lass diese düstere Nummer! Das passt nicht zu dir. Und sieh's so: Jetzt brauchst du vor ihm zumindest kein Geheimnis mehr daraus zu machen und vorerst auch keine Angst davor zu haben, dass er es jemandem erzählt hat." Ich sehe sie missbilligend an und atme tief ein. Wir wissen nicht, ob das stimmt. Vielleicht hat er jetzt genug gesehen und rennt gleich zu einem Lehrer. Wenn ich dann zur Schulärztin geschickt werde und von mir verlangt wird, meinen Oberkörper frei zu machen, kann ich wohl kaum mehr abstreiten, dass ich misshandelt werde. Andererseits käme ich dann wahrscheinlich weg von zu Hause. Wenn die Schule Druck macht, hat das Jugendamt so gut wie keine Wahl. Aber ich will nicht ins Heim. Vor allem nicht für dieses dämliche restliche halbe Jahr. Bei all diesen Gedanken, die wieder und wieder in meinem Kopf kreisen, kralle ich meine Hand ins Gras, reiße ein Büschel davon aus und werfe es auf Grace. Sie hebt theatralisch die Hände über den Kopf.

„Okay, okay. Tut mir leid. Ich sage ja schon nichts mehr dazu."

„Also, raus mit der Sprache!"

„Das wird jetzt wahrscheinlich keine Überraschung für dich sein, aber ich habe mich in jemanden verschaut." Sie errötet ein wenig, und ich kann nicht anders als zu grinsen. „Na ja, ich mag ihn eigentlich schon immer, und gut sieht er auch aus mit seinen braunen zotteligen Haaren und diesen furchtbar blauen Augen. Aber durch die Gruppenarbeit in Biologie haben wir zum ersten Mal wirklich miteinander geredet, und er hat mich immer wieder persönliche Dinge gefragt." Schüchtern lacht sie auf.

„War irgendwie cool, mal diejenige zu sein, auf die die anderen Mädchen eifersüchtig sind.“ Jetzt ist sie diejenige, die Gras auszupft.

„Ich weiß, er spielt außerhalb meiner Liga, und außerdem ist weder er noch ich für eine Beziehung bereit. Aber es tut einfach mal gut zu träumen.“

„Wieso sagst du das? Wir reden von Max, oder?“ Sie nickt verlegen. Ich sage ihr nicht, dass ich es schon wusste. Stattdessen freue ich mich einfach über ihre Ehrlichkeit.

„Der spielt in gar keiner Liga, und du auch nicht. So zu denken ist falsch. Außerdem kenne ich Max ein bisschen. Er macht wirklich nicht den Eindruck auf mich, als würde er nur mit Cheerleadern gesehen werden wollen oder so.“

„Nein, aber sieh mich an! Ich bin nicht gerade Beziehungsmaterial im Moment. Ich meine, wie lange könnte ich vor ihm verbergen, was bei mir daheim los ist? Und selbst wenn das alles nicht wäre, ich weiß nicht einmal, wie man flirtet“, gibt sie lachend zu.

„Süße, wenn du wolltest, könntest du jeden um den Finger wickeln. Ich meine, ich bin auch nicht gerade Beziehungsexpertin, aber ich glaube, das kommt von selbst, wenn man sein Herz verschenkt.“

„Ja, aber ich habe nicht vor, entsprechend zu handeln. Wirklich nicht. Ich brauche in meinem letzten Jahr kein Drama, und wer weiß, wohin uns unsere Wege nächstes Jahr führen?“ Ich nicke zustimmend, obwohl ich es schade finde, denn ich würde ihr einen Zufluchtsort wünschen. Und einen Menschen, zu dem sie gehen kann, wenn es hart auf hart geht. Ich kann das leider nicht für sie sein, denn ich darf ja niemanden zu mir nach Hause einladen. Und selbst wenn es dieses Verbot nicht gäbe, würde ich es dennoch nicht tun, denn bei uns daheim läuft in einer ganz anderen Art und Weise alles schief. Trotzdem weiß ich, was sie meint, und ich verstehe sie.

„Solltest du deine Meinung ändern, werde ich dich mit meiner unglaublichen Expertise unterstützen“, erkläre ich grinsend und zwinkere ihr zu.

„Das weiß ich doch“, antwortet sie lächelnd.

Jeremy

Ich weiß, dass ich gerade ganz andere Sorgen haben sollte, als mich mit Julia zu beschäftigen. Morgen ist das bisher wichtigste Spiel der Saison, weil dieser Mr. Banner aufkreuzen will. Er hat sich absichtlich dieses Spiel ausgesucht, weil das Team der Everett Flounders im letztjährigen Ranking der Highschools an zweiter Stelle hinter den Bombers stand und es dieses Jahr bestimmt dasselbe sein wird.

Trotz all dem bin ich heute schon den ganzen Tag extrem ruhelos, weil ich Julia noch kein einziges Mal gesehen habe. Donnerstags haben wir zwar keine Stunden zusammen, doch sonst laufen wir uns ja auch immer über den Weg. Sogar Grace habe ich heute schon gesehen. Die hat mich ganz normal begrüßt, als wüsste sie von all dem nichts. Das Schlimmste ist, mir eingestehen zu müssen, all das gestern nur deshalb inszeniert zu haben, weil ich dann später, wenn ich meinen Freunden von der Geschichte erzähle, gut da stehen will. Ich wollte sagen können, dass ich mich von Julia nicht habe abspeisen lassen, weil ich wusste, sie braucht Hilfe; dass ich meiner Pflicht nachgekommen bin und die Schulleitung davon in Kenntnis gesetzt habe, obwohl Julia das offenbar partout nicht wollte; dass ich ein guter Mensch bin, weil ich das einzig Richtige getan habe.

Alles Blödsinn. Anfangs hatte ich nicht einmal vor, ihr nach einem Gespräch weiterhin Beachtung zu schenken, geschweige denn ihr tatsächlich zu helfen. Ich dachte, ich würde einfach wieder zur Tagesordnung übergehen, ganz gleich, wie es ihr danach ginge, sobald ich mir Klarheit verschafft und meine Pflicht der Meldung getan hätte. Doch ihr zarter Körper, übersät mit Blutergüssen und ihr trauriges Gesicht verfolgen mich sogar in meinen ansonsten ziemlich traumlosen Schlaf. Ich fasse es nicht, dass ich der Erste und Einzige sein soll, der ihr dunkles Geheimnis ans Licht bringt. Zumindest kann ich mir nicht vorstellen, dass jemand davon wissen könnte, ohne mit einer erwachsenen Person darüber zu sprechen. Ich meine, da muss doch gehandelt werden. Gestern war es ziemlich deutlich zu erkennen, dass viele der blauen Flecken frisch waren, demnach wird sie tatsächlich öfter verprügelt.

Andererseits … Was habe ich denn bisher für sie getan? Ich habe es auch keinem erzählt, und zwar nicht nur, weil sie es nicht möchte, sondern weil es mir eine Heidenangst einjagt. Abgesehen davon, meine bescheuerte Neugierde zu stillen, habe ich also nichts getan. Und das Wissen, das ich nun über sie zu haben glaube, obwohl es in Wahrheit nur an der Oberfläche kratzt, würde ich jetzt auch gerne wieder zurückgeben.

Ich habe sie weder gerettet, noch habe ich durch die Szene von gestern irgendetwas gewonnen. Durch meine taktlose, forsche Art habe ich sie eher verscheucht, als ihr Vertrauen zu gewinnen. Sie hat recht. Ich weiß so gut wie nichts Brauchbares über sie und sollte mir auch nicht einbilden, sie zu kennen.

Genau aus diesem Grund habe ich mir heute ein Treffen mit Max ausgemacht, um ihn ein bisschen über sie auszuquetschen. Natürlich werde ich dabei versuchen, so unauffällig wie möglich zu sein. Obwohl er es anfangs nicht verstand, musste er sich wohl oder übel dann damit abfinden, dass ich mich außerhalb unserer vier Wände mit ihm treffen wollte, denn dort gibt es immer wieder neugierige Augen und Ohren. Jetzt stehe ich also bereits zehn Minuten vor dem abgemachten Diner, welches exakt in der Mitte unserer Wohnorte liegt, und warte auf meinen besten Freund. Es ist ungewöhnlich, dass er zu spät kommt und deswegen auch nicht Bescheid gibt.

Wo bleibst du?

Noch während ich die SMS absende, höre ich seine aufgebrachte Stimme, als ob er mit jemandem diskutiert. In dem Moment, in dem ich aufblicke, bestätigt sich meine böse Vorahnung, und neben ihm trabt seine Schwester Lucy mit wilden Gesten daher.

„Beschwer dich doch bei Dad, wenn du irgendwo raunzen willst, aber schrei hier nicht so herum wie ein Geisteskranker."

„Kauf dir endlich dein eigenes Auto, dann brauche ich auch nicht zu schreien."

„Ich. Muss. Sparen."

„Verzeihung, ja. Hab vergessen, dass du drei neue Paar High Heels im Monat brauchst, für die du *sparen* musst."

„Falsch! Ich spare für mein Studium, das ich gerne mit einem guten Durchschnitt abschließen würde. Aber mir ist schon klar, dass das so ein bildungsresistenter Intelligenzallergiker wie du nicht verstehen würde." In dem Moment, als sie mich erreichen und Lucy den Mund aufmacht, um mir etwas zu sagen, schnipst Max gegen Lucys Ohr, woraufhin sie aufschreit und ihn an den Haaren zieht.

„Hey! Hände weg von meiner Frisur", brüllt er.

„Das nennst du Frisur? Ich nenne das: Haare, die vor deinem Gesicht weglaufen."

„Du musst es ja wissen, Medusa."

Trotz der langen Freundschaft, die ich bisher mit Max pflege, schäme ich mich in solchen Momenten in Grund und Boden für die beiden. Ich bin gar nicht sicher, ob sie wissen, wie dämlich sie klingen und aussehen, wenn sie so laut streiten.

Jedenfalls bereue ich schon jetzt, unfreiwillig Teil davon zu sein, und ich würde wirklich zu gerne wissen, warum Lucy eigentlich hier ist. Während die zwei sich weiter fetzen, ohne mich zu beachten, kommt ein anderes Mädchen hinter ihnen hervor und stellt sich neben mich.

„Ziemlich unangenehm, nicht wahr?“, fragt sie seufzend. Ich antworte mit einem kurzen Nicken, ehe ich meine Augen wieder auf Max richte, weil ich dieses Mädchen erstens noch nie gesehen und zweitens keinen Schimmer habe, wieso sie mich hier anquatscht. Sie grinst peinlich berührt und streckt mir die Hand hin.

„Ich bin Eve. Hi.“ Verwirrt nehme ich ihre Hand und schüttle sie. „Jeremy.“ Ich schiele zu Max, der kurz davor ist, Lucy gegenüber handgreiflich zu werden, und schneide eine Grimasse, als ich wieder zu Eve blinzle.

„Tut mir leid, ich komme gerade nicht mit. Bist du mit den beiden hier?“

Sie runzelt kurz die Stirn und nickt dann. „Ich bin Lucys Freundin.“ Im Schnelldurchlauf durchwühle ich mein Hirn nach Details von Max über eine Eve, nachdem sie sich ja eben vorgestellt hat, als sollte ich eigentlich wissen, wer sie ist. Mir fällt jedoch nichts ein. Lucys Freundin, wiederhole ich in Gedanken, woraufhin mir ein Licht aufgeht und ich mit meinem Mund ein langgezogenes *Oh* deute. Ich wusste zwar, dass Lucy keinen *Freund* wollte, doch ich wäre nie darauf gekommen, dass das ein Dauerzustand ist.

„Nicht so, wie du denkst, du Schwachkopf. Wir sind befreundet. Ich habe sie deinetwegen mitgebracht“, mischt sich Lucy endlich ein, nachdem sie Max beinahe auf die Straße geschubst hat.

„Wow. Sehr subtil, Schwester. Respekt!“

„Er ist nicht so unterbelichtet wie du, mein armer Bruder. In spätestens zehn Minuten hätte er’s ohnehin kapiert.“

Eigentlich kapiere ich gar nichts. Während mich Lucys rothaarige Freundin mit den grünen Augen angrinst, verstehe ich nur Bahnhof und ziehe Max am Arm zu mir nach hinten, als Lucy sich bei Eve einhakt und ins Diner spaziert.

„Was soll das hier, Max? Ist das die Retourkutsche fürs verlorene Spiel? Ich hab keinen Bock auf ein Doppeldate."

„Wäh!" Max glotzt mich an, als hätte ich ihn gerade angespuckt. „Wie ekelhaft ist das denn? Ist dir klar, dass ich dann ein Date mit meiner eigenen Schwester hätte?"

„Du weißt, was ich meine."

„Ich wusste nichts davon, ich schwöre. Hab selbst erst davon erfahren, als plötzlich zwei Tussis in mein Auto einstiegen, obwohl ich nur eine erwartet hatte. Eve hat Lucy offenbar zum Vorstellungsgespräch begleitet. Als ich ihr erklärte, dass ich sie jetzt nach Hause fahre, um mich mit dir zu treffen, haben sie gleich ihre fiesen Pläne geschmiedet. Ich hatte keine Chance. Kannst dich also bei Lucy für diese grandiose Idee bedanken."

„Du solltest dich wirklich bedanken, Jeremy", mischt Lucy sich nun ein, während sie ihre Haare über die Schulter wirft.

„Da sich dein übliches Date-Potenzial vor allem auf das Durchschnittsalter von fünfzehn Jahren beschränkt, sollte das doch eine nette Abwechslung für dich darstellen."

„Wovon redest du bitte?", erkundige ich mich.

„Wie war das doch gleich mit den etlichen Mädchen aus dieser Highschool in New York, die dir ständig abwechselnd Freundschaftsanfragen schicken?" Mit leicht offenem Mund drehe ich mich zu Max, der die Augen weitet und den Kopf schüttelt.

„Ich sag's ja. Keinerlei Privatsphäre in dem Haus", verteidigt er sich und wirft die Hände genervt in die Luft. Im Grunde ist es mir ja gleich, ob sie darüber Bescheid weiß oder nicht, dass mir tatsächlich die gleiche Gruppe an fünfzehnjährigen Mädchen seit vier Wochen abwechselnd Anfragen und Nachrichten schickt, die ich mittlerweile alle blockiere und in meinen „Sonstiges“-Ordner wandern lasse. Ich kenne keines dieser Mädchen und wüsste auch nicht, weshalb sie an mir interessiert sein sollten. Vielleicht ist es nur ein lästiger Streich. Dass Lucy es anspricht, verärgert mich aber deshalb, weil es mir einmal mehr zeigt, dass ich in ihrem Haus nichts von Bedeutung erzählen kann, wenn ich nicht will, dass halb Massachusetts anschließend davon weiß.

„Entspannt euch! Wir wissen ja alle, was für ein toller Fang du bist, mein Lieber.“ Sie klopft mir auf die Schulter.

„Deswegen stelle ich dir ja heute Eve vor.“ Sie zeigt nach vorne, wo Eve gerade ihren Platz einnimmt. „Streng dich an!“

Alle Nerven in meinem Körper spannen sich an, während auch wir uns zum Tisch setzen. Ich wollte mich eigentlich extra alleine mit Max treffen, weil er mir mehr über Julia und ihre Familie erzählen kann. Stattdessen sitze ich nun gegenüber von einem Mädchen, das in ihren unglaublich hohen Absätzen fast so groß ist wie ich und bereits aufs College geht. Sie ist nicht gerade unattraktiv und wahrscheinlich auch sehr nett, obwohl ich nicht verstehe, wieso jemand wie sie mit einem Jungen aus der Highschool ausgehen möchte. Umgekehrt, ja klar, aber … nebensächlich, Jeremy.

„Lucy erzählte mir, dass du einer der besten Spieler deines Teams bist.“

„Tatsächlich?“, frage ich gespielt interessiert und richte meinen Blick auf Lucy. „Ich dachte, du hättest nichts übrig für Sport? Woher willst du das dann wissen?“

„Oh, bitte, Jer. Ihr sprecht ja über nichts anderes, wenn du bei uns bist. Mit anderen Worten: *immer*. Mittlerweile weiß ich schon mehr über den Sport, als mir lieb ist“, kontert sie.

„Und offensichtlich auch über so manch andere Dinge, die du mit deinen Elefantenohren belauschst“, wirft Max ein, woraufhin Lucy eine Grimasse schneidet.

„Wahrscheinlich wirst du jetzt auf ein Stipendium hoffen, oder nicht?“, fragt Eve, um meine Aufmerksamkeit erneut auf sich zu ziehen. Ich nicke jedoch nur leicht und nehme dann einen großen Schluck von meinem Cola. Schlechtes Thema.

„Ich kenne niemanden im Team, der *nicht* auf ein Stipendium hofft, Eve“, antwortet Max für mich und verdreht die Augen in meine Richtung.

„Weißt du, Schnuckilein, es soll auch Leute geben, die genug Geld haben, um sich selbst eine Universität ihrer Wahl auszusuchen. Und manche bekommen eines aufgrund ihrer kognitiven Leistungen. Als das Gen der Intelligenz verteilt wurde, hast du aber gerade Playstation gespielt.“

„Eigentlich ist ein Zusammenspiel mehrerer Hundert Gene für die Erzeugung von Intelligenz notwendig, nicht nur eines. Außerdem wird die nur zur Hälfte vererbt, der Rest wird durch Umweltfaktoren beeinflusst. Wusstet ihr, dass nur etwa fünf Prozent der DNA Träger für die Erbinformation enthalten, die über äußere und innere Merkmale entscheiden? Die restlichen fünfundneunzig Prozent enthalten eigentlich keine Information“, unterbreche ich die beiden, während ich eine Menge Ketchup in meinem Burger verteile, ohne wirklich darüber nachzudenken, was ich hier von mir gebe. Als ich wieder aufsehe, bemerke ich Lucys ungeduldiges Gesicht, weil ich sie ausgebessert habe. Max blinzelt ein paar Mal, bevor er sich seinen Burger in den Mund stopft.

„Wow. Interessierst du dich für Biologie?“, erkundigt sich Eve begeistert.

Gute Frage. „Eigentlich nicht“, antworte ich lapidar. Das weiß ich nur, weil ich die zusammenfassenden Blätter unserer Biologiearbeit gelesen habe, die Julia erstellt hat.

„Wer weiß, vielleicht bist du ja nächstes Jahr dann auf meiner Uni. Dann kann ich deine persönliche Fremdenführerin sein." Ich grinse höflich und wünsche mir, dass ein ebenso subtiler Ausweg für mich aus diesem Gespräch auftaucht, wie man ihn aus Filmen kennt. Zum Beispiel ein Auto, das auf einmal mitten ins Diner fährt. Oder vielleicht ein Blitzeinschlag, der den Strom lahmlegt.

„Worüber habt ihr eigentlich vorher so gestritten?", frage ich, weil wohl weder ein Blitz noch ein Auto zu meiner Rettung kommen wird, um das Thema zu wechseln, obwohl es mich eigentlich gar nicht interessiert, ihre Gemüter wieder aufzuheizen.

„Meine trampeltierähnliche Schwester hat beim Einsteigen nicht aufgepasst und mir mit ihrem hässlichen Absatz ein Loch in meine Fußmatte gemacht. Jetzt ist sie nicht einmal bereit, für den Schaden aufzukommen."

„Tja, während mein *lieber* Bruder eben Wert auf kurzlebige Dinge wie ein Auto legt, sorge hingegen ich dafür, dass ich etwas lang Anhaltendes aufbaue."

Eve schnaubt genervt und stützt ihre Wange an ihrer Hand ab. Trotz all ihrer Bemühungen muss sie wohl jetzt gerade feststellen, dass es wirklich ein Fehler war, sich auf ein Date mit einem Highschoolschüler einzulassen. Und es tut mir ein bisschen leid, dass ich ihren Abend versaut habe, aber ich hätte nichts dagegen, wenn sie geht.

„Und wo wärst du jetzt ohne mein kurzlebiges Auto?", gibt Max mit erhobenem Kinn zurück.

„Ja, Brüderchen, ich bin so froh, dass ich dich habe, aber das weißt du doch", sagt sie spöttisch und tut so, als wolle sie ihm einen Kuss auf die Wange geben. Max stößt sie mit seiner Hand von sich und sieht schnaufend zu mir.

„Normalerweise sagt man doch, Leute werden weiser, je älter sie werden. Aber wie man sieht, kann sich jeder mal irren."

„Ich bin vielleicht älter, aber ich sehe immer noch besser aus als du."

„Ach ja? Gibt's dich etwa auch schön?"

„Wer braucht Feinde, wenn man einen Bruder hat ..." Lucy steht auf. „So, ich brauche jetzt mal eine Pause von deiner Ignoranz. Eve, gehst du mit aufs Klo?" Eve sieht mich auffordernd an, als erwarte sie, dass ich sie davon abhalte, zu gehen. Doch in Wirklichkeit kommt mir das sehr gelegen, deswegen beiße ich weiterhin von meinem Burger ab. Aus dem Augenwinkel sehe ich Eve den Kopf schütteln, bevor sie aufsteht und mit Lucy verschwindet. Max lehnt sich entspannt zurück und atmet aus.

„Na endlich. Mann, die schafft mich echt. Und ihre Freundin fällt dir gleich um den Hals, wenn du nicht hinsiehst."

Ich trinke einen Schluck Cola, um das Essen hinunterzuspülen, und wische mir dann mit der Serviette den Mund ab.

„Du kanntest Josh ein bisschen, stimmt's?", erkundige ich mich. Nicht so subtil, wie es mein ursprünglicher Plan gewesen wäre, doch man muss sich den Umständen anpassen. Max zieht die Augenbrauen hoch.

„Häh? Woher kam das denn jetzt?"

„Erklär ich dir später." Das sage ich nur, weil ich weiß, dass er später nicht mehr nachfragen wird.

„Na ja, geht so. Wir haben manchmal zusammen Baseball auf der Straße gespielt, und ab und zu hat er mich zur Schule gebracht. Wieso?"

„Hast du je seine Eltern kennengelernt? Wie sind die so?"

„Nicht wirklich. Aber was ich so höre, sind die ziemlich schräg. In der Nachbarschaft meidet man sie eher. Ich meine, sie tun den meisten echt leid, weil Josh ja betrunken gewesen sein soll, als er gefahren ist, also ist er sozusagen das schwarze Schaf. Immerhin hätte er damit fast einen anderen Autofahrer mit in den Tod gerissen."

„Wieso das?“

„Er befand sich auf der Gegenfahrbahn, bevor er gegen den Baum gefahren ist. Der Typ, der ihm entgegenkam, musste in die Böschung fahren, um einem Zusammenstoß zu entgehen. Die Carters haben deswegen sogar noch den Schaden und die Krankenhauskosten von dem Kerl bezahlen müssen.“

„Klingt hart“, antworte ich nachdenklich. Alles in allem war das bestimmt nicht billig. Für mich stellt sich aber trotzdem die Frage: Sofern Julia wirklich keinen Freund hat und ihr Dad sie verprügelt – macht er das erst seit Joshs Tod, oder tat er es auch schon davor?

„Denkst du, er hatte oft Zoff zu Hause? Mit seinem Dad vielleicht? Der ist ja Polizist, oder?“

„Wie gesagt, ich weiß eigentlich nichts Genaues, aber die Nachbarn reden viel, und du kennst ja meine Mom. Die ist bei jedem Klatsch dabei. Jedenfalls heißt es, dass es nach wie vor manchmal ziemlich laut bei denen wird. Aber Mrs. Carter hat eben einfach ein großes Mundwerk. Da ist wohl nichts dahinter.“

Kurzzeitig ringe ich mit mir, ob ich ihm die nächste Frage überhaupt stellen soll, doch ich kann es ohnehin nicht lassen. „Weißt du, ob Julia einen Freund hat?“

„Weshalb interessiert dich das alles auf einmal? Sag bloß, du magst sie?!“ Mist. Die Antwort auf diese Frage kann ich mir wohl abschminken.

„Darum geht's nicht, keine Panik. Hab da eben einfach nur ein paar Sachen gehört.“

„Was denn bitte für Sachen, wenn du mich fragst, ob sie einen Freund hat?“, bohrt er verständnislos nach. Gott meint es aber gut mit mir, denn Lucy und Eve kommen in dem Moment lachend zurück vom WC und setzen sich wieder zu uns.

Der Abend endet so, wie er begonnen hat. Lucy und Max streiten, während Eve versucht, mich auszuquetschen, aber nur halbherzige Antworten bekommt. Erleichtert darüber, dass Max dem Abend bald ein Ende setzen wird, weil wir ja morgen ein Spiel haben, bezahle ich sogar Eves Rechnung. Zumindest das bin ich ihr nach dem wahrscheinlich schlechtesten Date, welches sie je hatte, schuldig. Andererseits habe ich auch nicht darum gebeten.

Julia

Zwei wirklich gute Gründe sprechen im Augenblick dafür, mein Biologiebuch zu nehmen und es mir wiederholt gegen den Kopf zu schlagen, bis ich bewusstlos bin und den restlichen Tag in der Schularztpraxis verbringen darf.

Erstens bin ich so dämlich, seit unserer letzten Gruppenarbeit immer noch auf dem Platz zwischen Jeremy und Sebastian zu sitzen, obwohl ich mich hier in der Reihe der Basketballspieler absolut fehl am Platz fühle. Eigentlich wollte ich ja wieder tauschen, doch Sebastian scheint sein neuer Platz zu gefallen, denn jetzt kann er Jeremy umso mehr damit auf den Wecker gehen, dass er sich während der Stunde zu mir umdrehen und mir irgendwelche beschränkten Sprüche zuflüstern kann, die manchmal dermaßen einfältig sind, dass ich tatsächlich darüber lachen muss. Deswegen haben sich dann Jeremy und er wieder in die Haare gekriegt, woraufhin ich mich bereit erklärt habe, dort sitzen zu bleiben, solange sie dann beide Ruhe geben.

Was ich jetzt davon habe, ist auch gleichzeitig zweitens, denn Ms. Ferguson hat wohl seit Neuestem ihre Leidenschaft für Gruppenarbeiten entdeckt. Heute lässt sie uns erneut im Team Themen erarbeiten. Doch ihre neue grandiose Idee ist es, uns in Zweiergruppen einzuteilen und uns so Viruserkrankungen des Zentralnervensystems behandeln und dann einen zusammengefassten Informationszettel zur jeweiligen Krankheit abgeben zu lassen. Weil Ms. Ferguson anscheinend nicht so auf Abwechslung steht, teilt sie uns wieder nach unseren Sitzplätzen ein. Der jeweils Hintere soll sich zum Vorderen setzen und dort mit ihm arbeiten.

Wer ist jetzt demnach also mein Partner? Genau! Jeremy.

Verfluchtes offenes Lernen. Lachst du mich gerade aus, Gott?

Natürlich könnte ich mein Buch auch Jeremy auf den Kopf hauen und dafür sorgen, augenblicklich suspendiert zu werden. Hätte zu Hause höchstwahrscheinlich weniger witzige Konsequenzen, also kommt wohl auch das nicht infrage.

Während er seinen Stuhl lauter als notwendig neben meinem Tisch platziert und sich mit meiner Meinung nach viel zu kleiner Distanz darauf setzt, beschließe ich, ihn einfach wieder so gut ich kann zu ignorieren und zu hoffen, dass das Grauen hier für mich bald ein Ende nimmt. Deswegen verwende ich mein Buch auch lieber zum Arbeiten, als um wen auch immer zu verprügeln, schnappe mir einen Zettel und beginne das Thema zusammenzufassen. Wir haben das Thema „Creutzfeldt-Jakob-Krankheit", bei der das Gehirngewebe von Prionen befallen wird, die das Gewebe zerstören, was in kurzer Zeit zu einem Verlust der Gehirnfunktionen führt. Das Thema passt gut zu meiner Gemütslage.

„Tut mir leid, wie ich mich diese Woche benommen habe. Das war nicht richtig von mir", flüstert er mir zu. Dabei kommt er mir so nahe, dass ich abgesehen von seinem Parfüm sogar sein Duschgel auf seiner Haut riechen kann. Und obwohl diese zwei Dinge blöderweise ziemlich gut riechen, rücke ich automatisch ein Stück von ihm weg, woraufhin er die Augen verdreht und sich wieder gerade hinsetzt. Es klang zwar aufrichtig, aber ich werde mich nicht darauf einlassen. Er hat sich falsch verhalten, und das werde ich ihm auch zeigen.

„Ich habe nicht vor, mit dir zu sprechen“, gebe ich kühl zurück. Ich mache mir im Vergleich zu ihm nicht die Mühe, leise zu reden.

Wenn ich Glück habe, hört Melanie, dass die Gespräche nicht von mir ausgehen, und lässt mich endlich in Frieden. „Komm schon, Jules! Willst du, dass ich auf die Knie falle und zu Kreuze krieche?“

„Ich bin mir nicht sicher. Hörst du nur, was ich sage? Oder verstehst du auch, was ich meine? Ich will nicht mit dir sprechen.“ Ich spreche jedes Wort langsam aus und achte dabei darauf, dass ich mich nicht im Ton vergreife. Er darf nicht sehen, dass das Ganze an mir nagt. Jeremy ballt eine Faust und hält sie sich vor den Mund. „Und du brauchst nicht zu glauben, dass du mich mit deinem deiner Meinung nach unwiderstehlichen Blick und irgendeinem Spitznamen um den Finger wickeln kannst“, ergänze ich.

Er räuspert sich. „Obwohl ich die Antwort auf diese Frage bereits kenne, muss ich trotzdem der Form halber fragen: Wirst du mir jemals für meine Aktion von vorgestern verzeihen?“

„Wenn du die Antwort bereits kennst, brauche ich mir ja nicht mehr die Mühe zu machen, dir eine zu geben.“

„Sei so nett und tu es trotzdem.“ Jetzt erkenne ich aus dem Augenwinkel ein kleines Lächeln auf seinen Lippen.

„Dann lautet meine Antwort: Nein. Gratulation, wenn du darauf gewettet hast.“ Es irritiert mich, dass er daraufhin zu lachen beginnt. Deswegen schaue ich ihn zornig an.

„Ist dir eigentlich klar, dass deine Nase zuckt, wenn du versuchst zu lügen?“

Das stimmt überhaupt nicht.

Oder?

Hat das nicht schon mal jemand zu mir gesagt?

Wie auch immer. Deine charmante Tour wird dir auch nicht helfen. Du bist zu weit gegangen.

„Mhm, wie praktisch für dich, nicht wahr?“

Er lächelt immer noch. Dann deutet er mit einem Kopfnicken auf mein Buch und verschränkt die Arme. „Willst du das alles alleine machen, oder gibst du auch mal etwas davon ab?“

„Vielen Dank. Ich komme bestens alleine zurecht. Lehn du dich einfach zurück, wie sonst auch, und lass wen anderen arbeiten. Das kannst du doch so gut.“ Jetzt bin ich selbst ein bisschen genervt von meiner zickigen Art. Ich glaube, es kostet ihn viel Überwindung, sich bei mir zu entschuldigen.

„Warum hältst du mich so auf Distanz?“, fragt er kopfschüttelnd, und sein Lächeln verschwindet. Er rückt seinen Stuhl erneut näher an meinen, doch diesmal bleibe ich, wo ich bin. Sein Geruch bringt mich dazu, so wenig wie möglich durch die Nase zu atmen. Ich will mich davon nicht benebeln und einlullen lassen.

„Muss ich die Frage wirklich beantworten?“

Er seufzt. „Du musst dir irgendwann mal von jemandem helfen lassen. Das ist keine Schande.“

„Von jemandem wie dir? Warum sollte ich ausgerechnet dir noch vertrauen?“ Okay, das war gemein.

Nein, war es nicht. Es stimmt ja. Bisher hat er sich noch nicht als besonders vertrauenswürdig erwiesen. Ich kann mir beim besten Willen nicht vorstellen, dass er mein Shirt zu meinem Wohl raufgezogen hat, sondern einfach um schneller die Information zu bekommen, die er so dringend haben wollte, ohne vorher die mühsame Arbeit des Vertrauensaufbaus auf sich nehmen zu müssen.

Er hadert nach meiner Frage jedenfalls mit sich und kaut auf seiner Lippe, ehe er antwortet. Auf einmal wirkt er bei

Weitem nicht mehr so selbstsicher wie sonst. „Keine Ahnung, weil ich denke, dass du einen Freund brauchst. Und ich habe gehofft oder gedacht, dass du mir irgendwann mal eine Chance geben könntest."

„Ich habe genügend Freunde, vielen Dank."

Seine Augen blitzen kurz frustriert auf. „Ach ja? Wissen diese Freunde denn eigentlich von deinen blauen Flecken?"

Ich sehe ihn weiterhin starr an, antworte jedoch nicht. „Na, das ist ja mal was ganz Neues, dass du mir keine Antwort gibst", kommentiert er und lässt sichtlich genervt seinen Kopf sinken. Auf einmal sprudeln die Worte aus mir heraus, obwohl ich doch eigentlich schweigen wollte. Leider verärgert mich die Tatsache, dass er plötzlich von mir genervt zu sein scheint, zu sehr, um nicht darauf einzusteigen.

„Erinnerst du dich, worauf sich unsere Gespräche beschränkten, bevor du mich damals in der Umkleide gesehen hast? Du hast dich damals nicht für mich interessiert. Warum interessiert es dich jetzt?"

Jeremy rauft sich die Haare und gibt ein Brummen von sich. „Kannst du mal aufhören, mir ständig Fragen zu stellen? Ich weiß, dass ich nicht unbedingt immer freundlich zu dir war, okay?"

„Ja, vor allem wenn man bedenkt, wie rücksichtsvoll und diskret du dich seither mir gegenüber verhalten hast."

„Ich gebe mir *jetzt* Mühe, oder nicht? Ich versuche dir zu sagen, dass ich deine Situation verstehen kann. Gott, wieso bist du so stur?"

„Du denkst, du kannst ‚meine Situation' verstehen? Wann bist du das letzte Mal geschlagen worden, hm?" Mittlerweile ist mir wirklich schon alles egal. Ich habe nicht mehr die Kraft, ständig Diskussionen dieser Art mit ihm zu führen und dauernd zu lügen. Er weiß sowieso Bescheid und wird die Sache nicht eher ruhen lassen, bis ich mich ergebe und es ihm erzähle.

„Und wage es ja nicht, mir irgendetwas von eurem dämlichen Machogehabe auf dem Feld zu erzählen, um einander zu beweisen, wer das Alpha-Männchen unter euch ist. Ich meine, wirklich geschlagen zu werden. Physisch und seelisch von jemandem, den du liebst und von dem du dir nichts sehnlicher wünscht, als dass er dich endlich zurückliebt. Jemandem, der dich eigentlich beschützen sollte. Was auch immer du in deinem sonst so perfekten Leben bereits erlebt haben magst, ist nichts im Vergleich zu dem, was ich jeden Tag durchmachen muss. Also untersteh dich, mich in deiner selbstgerechten Art zu verurteilen, weil ich bin, was du als ‚stur' bezeichnest."

Ich lehne mich kopfschüttelnd zurück und schlucke den dicken Kloß in meinem Hals hinunter. Er sieht mich an, als würde er gerade körperliche Schmerzen erleiden. Als könne er fühlen, was ich ihm gerade erklärt habe. Als würde er gleich herüberkommen und mich umarmen wollen. Diesen Blick halte ich nicht aus und verziehe das Gesicht.

„Ich will nicht, dass du mich bemitleidest, klar? Leb dein Leben einfach, wie du es auch bisher getan hast, ohne dich um jemanden wie mich zu kümmern. Ich komme schon zurecht."

Nun verändert sich auch seine Miene wieder. Es ist zwar immer noch ein Hauch von Mitleid darin zu sehen, doch er ist brüskiert. „Okay, gut, du sturer Arsch. Aber die Einzige, die gerade zu denken scheint, dass sie etwas Besseres ist als alle anderen, bist du!"

Ich lache kraftlos, weil ich mir nicht eingestehen möchte, dass er im Grunde Recht hat. Ich will mich auf niemanden mehr verlassen, deswegen mache ich mein Herz zu, wenn jemand anklopft. Das ist der einzige Weg, wie ich mich selbst schützen kann, und genau das muss ich weiterhin tun. Ich lasse den Stift fallen und zeige auf, bis Ms. Ferguson neben mir steht. Jeremy sieht mich indessen verwirrt an.

„Was machst du?“, fragt er, doch ich antworte nicht.

„Bitte lassen Sie mich die Gruppe tauschen. Wir arbeiten nicht besonders gut miteinander.“

Ms. Ferguson blickt verständnislos zwischen uns hin und her. „Wie stellst du dir das vor, Julia? Alle Gruppen haben ihre Arbeiten bereits begonnen, und Jeremy müsste von Neuem beginnen.“ Jeremy starrt mich entgeistert an. Mag sein, dass meine Reaktion übertrieben ist, aber ich halte keine weiteren Streitgespräche mehr durch.

„Ich überlasse ihm liebend gerne die Dinge, die wir bisher zusammengeschrieben haben. Das ist kein Problem. Von mir aus arbeite ich sogar alleine.“

Gerade als Ms. Ferguson antworten möchte, schaltet sich O’Mally vor mir ein. „Ich tausche“, sagt er grinsend. „Ich kriege Julia, und er kann dafür Kevin haben.“

„Ist das denn in Ordnung für dich, Jeremy?“ Wieder mal eine Lehrerin, die Jeremy bevorzugt behandelt. Kevin hingegen fragt sie noch nicht einmal, ob er etwas einzuwenden hat. Ich kann jedenfalls jetzt keinen Rückzieher machen, denn sogar O’Mally ist momentan das geringere Übel. Jeremy betrachtet mich gekränkt, anstatt der Lehrerin zu antworten. Dann steht er auf, nimmt seinen Stuhl und setzt sich wieder an seinen eigenen Tisch.

„Na, wenn das so ist, dann gib deine Unterlagen bitte Jeremy und arbeite mit Sebastian an seinem Thema weiter. Ich denke, du hast das Thema ‚Kinderlähmung‘, richtig?“

Sebastian nickt und zwinkert Jeremy zu, als er meine eben beschriebenen Zettel auf dessen Tisch wirft und sich dann neben mich setzt. Kevin steht seufzend auf und lässt sich auf dem Weg zu Jeremys Tisch ausreichend Zeit. Der Arme kriegt ständig die Konsequenzen unserer Launen ab.

„Hat nicht irgendwer mal gesagt: Nichts ist so schön ansteckend wie schlechte Laune?", fragt er grinsend.

Das war Charles Dickens, doch ich schweige, weil ich mir die beiden Sätze durchlese, die Sebastian und Kevin bisher zusammengefasst haben.

„Was war denn gerade mit euch beiden los?"

Als er das sagt, schaue ich aus Versehen zu Jeremy, der mit Falten auf der Stirn offensichtlich an meiner Zusammenfassung weiterschreibt. Mein Herz setzt kurz aus, bevor ich meinen Blick wieder abwende, weil ich nicht sicher bin, ob ich ihm nicht mit meiner zurückweisenden Art unrecht getan habe. Ich nehme mein eigenes Buch, blättere auf die richtige Seite und greife an Sebastian vorbei, um mir einen Kugelschreiber nehmen zu können.

„Wieso ignorierst du mich eigentlich dauernd?", erkundigt er sich beleidigt.

„Ich ignoriere dich nicht, ich sehe nur keinen Grund, mit dir zu reden", antworte ich und gehe danach nicht mehr auf seine Kommentare ein.

Als es läutet, lasse ich alles liegen und stehen und springe aus meinem Stuhl, um das Klassenzimmer so schnell wie möglich verlassen zu können. Langsam wird dieses Verlangen zur Gewohnheit.

Jeremy

Ich bin gerade so wütend, dass ich es gar nicht in Worte fassen kann. Die Arbeit über die Creutzfeldt-Jakob-Krankheit habe ich alleine fertiggeschrieben, weil ich sowieso nicht gewusst hätte, was ich sonst machen sollte. Ich konnte nicht einmal mehr aufschauen, denn dann hätte ich *sie* gesehen, die jetzt bei ihm sitzt und dort weiterarbeitet. Und ich hätte meine Mitschüler gesehen, die mich komisch anblickten, weil ein Mädchen nicht mehr mit mir zusammenarbeiten will. Zum Glück war Kevin schlau genug, mich nicht anzuquatschen. Stattdessen hat er mir einfach beim Schreiben zugesehen und ist ab und an weggedöst, wenn es ihm zu langweilig wurde.

In Wahrheit bin ich jedoch nicht nur sauer auf Julia. Zuerst fand ich ihr Verhalten sogar süß, weil sie so krampfhaft versuchte, mich zu ignorieren und sauer auf mich zu sein. Ich dachte aber wirklich, ich könnte sie früher oder später besänftigen und bald darauf ganz normal mit ihr reden. Umso schockierter war ich, als sie ohne Vorwarnung und Überleitung plötzlich zugab, geschlagen zu werden. Wochenlang warte ich bereits auf eine Erklärung, in der Hoffnung, mich mit dem Wissen darüber, woher ihre Verletzungen tatsächlich stammen, irgendwie besser zu fühlen, vielleicht sogar eine Lösung für sie finden zu können. In dem Moment, als sie es zugab, wurde mir schlecht.

Es ist eine Sache, etwas zu glauben, doch es ist etwas ganz anderes, wenn kein Zweifel mehr besteht, dass dieses Etwas wahr ist. Ich wollte ihr so gerne versichern, für sie da zu sein, sollte sie etwas brauchen und ich ihr helfen können. Selbst wenn ich keine Ahnung habe, wie ich ihr helfen könnte, habe ich es zumindest wirklich ernst gemeint. Doch dann hielt sie wieder stur an ihrer gewohnten Ich-bin-so-hart-mir-muss-man-nicht-helfen-Nummer fest und distanzierte sich in jeglicher Hinsicht. Dass sie dann vor der ganzen Klasse erklärte, nicht mit mir arbeiten zu wollen, und ausgerechnet Sebastian vorzog, gab mir den Rest. Ich weiß, dass ich eigentlich nicht das Recht habe, sie dafür zu verurteilen, wie sie sich mir gegenüber verhält. Immerhin habe ich so gut wie alles verbockt, was sie betrifft. Trotzdem tut es ehrlich gesagt ziemlich weh, so oft dermaßen zurückgewiesen zu werden.

Es läutet, und Julia rennt aus der Klasse. O'Mally wirft mir einen Blick zu, den ich nicht wirklich deuten kann. Besonders zufrieden sieht er jedenfalls nicht aus, aber wen kümmert's?!

Nachdem ich meinen Rucksack über die Schulter geworfen habe, gebe ich bei Ms. Ferguson den Zettel ab und mache mich dann ebenfalls aus dem Staub. Eigentlich will ich gerade nur meine Ruhe haben und bis nach dem Spiel einfach alles vergessen.

„Weißt du, wenn du versuchst, ihr Freund zu werden, dann solltest du deine Strategie, ein solcher zu werden, vielleicht noch einmal überdenken", sagt eine Stimme dicht hinter mir. Ich brauche mich nicht umzudrehen, um zu wissen, um wen es geht, und dass es Grace ist, die das eben gesagt hat. Sie ist ein bisschen außer Atem, weil sie versucht, mit meinen Schritten mitzuhalten.

„Wovon redest du? Ich will nicht ihr Freund sein", halte ich dagegen, während ich stehen bleibe.

„Dann mach ihr gefälligst nichts vor, und tu nicht so, also würdest du ihr helfen wollen!" Grace funkelt mich aufgebracht an.

„Ähm, danke, *Mom,* aber ich glaube, ich werde weiterhin im Haus Ball spielen", ziehe ich sie auf. Eigentlich habe ich mir noch gar keine richtigen Gedanken dazu gemacht, wie ich mir das, was auch immer zwischen uns ist, vorstelle. Alles, was ich weiß, ist, dass ich nicht will, dass es ihr schlecht geht. Ich will nicht, dass sie verletzt wird, obwohl ich wahrscheinlich mit meinem Verhalten genau das Gegenteil bewirkt habe. Wenngleich sie meine Hilfe offensichtlich nicht annehmen möchte, ertrage ich den Gedanken irgendwie nicht, dass sie das alles alleine durchstehen muss. Apropos alleine durchstehen …

Ich kneife die Augen zusammen und zögere kurz, ehe ich die Frage stelle, die mir bereits auf der Zunge brennt, seit ich das erste Mal mit Grace gesprochen habe. „Du weißt es, habe ich recht?“

„Was weiß ich?“ Ich habe Julias und Graces scheinheilige Fragerei wirklich satt. Julia hat es vorhin durchs Schweigen bestätigt: Grace weiß Bescheid.

„Willst du wirklich, dass ich es laut ausspreche? Denn *mich* stört das nicht“, frage ich wütend. Ich habe keine Lust mehr auf Ratespiele.

„Nein!“, antwortet sie rasch und senkt dann kurz den Blick. „Ja, ich weiß es.“

„Wie lange?“

„Fast zwei Jahre.“

„Unglaublich“, schnappe ich nach Luft. „Und du hast nie daran gedacht, irgendetwas dagegen zu tun? Was bist *du* denn für eine Freundin?“

„Urteile nicht über Dinge, die du nicht verstehst, Jeremy.“ Während sie spricht, schüttelt sie den Kopf und sieht auf meine Brust statt in meine Augen, als müsse sie sich selbst überzeugen.

„Korrigiere mich bitte, wenn ich falsch liege: Du weißt, wer sie dermaßen verletzt, dass sie aussieht, als müssten bereits sämtliche Knochen gebrochen sein; du weißt es seit beinahe zwei Jahren und hast nicht den Mumm aufgebracht, mal mit einem Vertrauenslehrer oder deinen Eltern darüber zu sprechen oder sonst wie Hilfe zu organisieren, wie … keine Ahnung, vielleicht beim Jugendamt? Die sollen für solche Dinge zuständig sein, habe ich gehört“, werfe ich ihr vor. „Ich glaube, ich verstehe die Situation gut genug.“

Jetzt richtet sie ihren Blick wieder direkt auf mich und legt den Zeigefinger auf ihren Mund, damit ich ruhig bin. „Würdest du bitte etwas leiser sprechen? Du kennst nicht die ganze Geschichte."

Wenn ich solche Ausreden höre, wird mir schlecht. „Rede es dir ruhig noch etwas öfter ein. Vielleicht glaubst du den Müll dann selber, den du da von dir gibst." Ich scheine einen Nerv getroffen zu haben, denn Grace schließt den Mund und sieht auf den Boden. Ein eisiges Lachen entgleitet mir.

„Ehrlich, ich hasse Mädchen, die ständig Entschuldigungen dafür suchen, Arschlöcher verteidigen zu können."

Im Moment bräuchte ich wirklich dringend einen Boxsack oder sonst etwas, an dem ich meine Wut auslassen kann. Zuerst die Sache mit Julia, und jetzt Grace, die versucht, Vorwände für ihre Versäumnisse zu suchen. Das kotzt mich echt an.

„Und jetzt erklär *du* mir noch mal, was ein *echter* Freund deiner Meinung nach tun oder nicht tun sollte." Sie sieht mich so traurig an, dass ich kurzzeitig das Bedürfnis habe, mich bei ihr zu entschuldigen. Stattdessen gehe ich einen Schritt zurück, denn was ich gesagt habe, ist nur die Wahrheit. Weil sie immer noch nichts zu ihrer Verteidigung sagt, schüttle ich den Kopf und schnaube. „Heuchlerin!" Damit beende ich das Gespräch und latsche in den Speiseraum.

„Beeil dich, Mann. Wir müssen unbedingt noch mal unsere wichtigen Spielzüge mit den anderen durchgehen. Heute darf nichts schiefgehen." Unbehelligt davon, was sich gerade in meinem Hirn abspielt, quasselt Max seit einer halben Stunde nur mehr über das Spiel, worauf wir achten müssen und wie wichtig das Ganze ist. Als wüsste ich das nicht selbst. Ich kann mir vorstellen, wie nervös er ist. Sonst redet er nie so viel. Hat mich gewundert, dass er sich beim Mittagessen trotzdem einen Nachschlag holen konnte. Ich musste nach der Hälfte aufhören, weil mein Magen zu verkrampft war. Bestimmt kommt auch bei mir schon langsam die Unruhe hoch, aber natürlich spielen auch ganz andere Dinge, die mich belasten, dabei eine Rolle.

Jedenfalls lasse ich Max einfach quatschen, während ich die Bücher, die ich übers Wochenende nicht brauche, in meinen Spind räume, und andere, die ich zum Lernen benötige, herausnehme, ehe wir in die Mannschaftskabine gehen. „Ich glaube, es ist gut, dass wir die neuen Spielzüge so intensiv geübt haben. Wir müssen die aus der Reserve locken, sonst …" Max bricht seinen Satz ab. „Oh, oh. Ich glaube, die ist sauer auf dich", äußert er, woraufhin ich meinen Kopf drehe, um zu sehen, was er sieht. Julia kommt auf mich zugestürmt, während Max automatisch ein paar Schritte zurückgeht, um ihr Platz zu machen. Na toll, auf dem Feld und auch sonst habe ich normalerweise immer seine Unterstützung, nur wenn es um Mädchen geht, lässt er mich die Sache alleine ausbaden. Julia baut sich vor mir auf und stemmt die Hände auf die Hüftknochen.

„Wer zur Hölle bist du, glauben zu können, so mit anderen umgehen zu dürfen?" War ja klar, dass es nicht lange dauern würde, bis sie von dem Gespräch zwischen Grace und mir erfahren würde.

„Nerv nicht, ich muss zur Spielvorbereitung", antworte ich lässig, obwohl mein Herz irgendwie schneller klopft als sonst. Ich weiß genau, dass es nicht gerade fair war, was ich Grace an den Kopf geworfen habe, da ich tatsächlich keine Umstände kenne. Trotzdem ist es mir unerklärlich, wie man solch ein furchtbares Geheimnis so lange für sich behalten kann.

Julia sieht mich mit einem hasserfüllten Blick an, den ich in diesem Ausmaß noch nie von ihr gesehen habe. Ich habe bereits viele böse Blicke von ihr kassiert, doch dieser erschreckt mich fast. Ihre Stirn ist gerunzelt, die Augenbrauen sind heruntergezogen, die sonst so großen Rehaugen nur mehr schmale Schlitze.

Ich kann jetzt nicht nachgeben, deshalb werfe ich meine Spindtür provokant vor ihrer Nase zu und lasse sie stehen. Mir ist bewusst, dass ich mich gerade wie ein Arsch verhalte, aber Max sieht uns zu, ebenso wie einige andere, auch welche aus dem Team. Julia lässt sich jedoch nicht so leicht abschütteln. Sie rennt um mich herum, reißt mir meine soeben geholten Bücher aus der Hand und schmeißt sie vor meinen Füßen zu Boden. Sie ist wirklich sauer auf mich. Ich muss cool bleiben. „Was ist dein Problem?“, erkundige ich ruhig.

„Mein Problem?“, fragt sie ungläubig. „Du! Was sollte das mit Grace? Wieso ziehst du sie da hinein?“

„Sie hat begonnen.“

„Wie alt bist du? Fünf? Sie hat nichts damit zu tun. Wenn du meinst, sauer auf jemanden sein zu müssen, dann sei sauer auf *mich.* Mir ist es vollkommen gleich, was du über mich denkst oder zu mir sagst. Worte bedeuten mir nichts. Aber du hast kein Recht und auch keinen Grund, Grace schlechtzumachen. Hast du verstanden?“ Sie kommt einen Schritt näher.

„Weißt du, was ich glaube?“

„Nein, *bitte* klär mich auf“, antworte ich scharfzüngig.

„Ich glaube, du musst wohl so unzufrieden mit deinem Leben sein, dass du ständig andere runterziehest, um dich besser zu fühlen. Und wenn ich nicht gerade so sauer auf dich wäre, würdest du mir leid tun.“ Dieser Satz trifft mich irgendwie, denn jemand anderem die Schuld an etwas zu geben, ist immer um Längen leichter, als vor der eigenen Haustüre zu kehren. Durch mein Schweigen über ihre Verletzungen bin ich kein bisschen besser als Grace.

Ich darf jetzt aber nicht vor allen anderen einknicken, deshalb bleibe ich in Abwehrhaltung und sage den dämlichsten Satz, der mir einfallen könnte. „Niemand hat sie *oder* dich gezwungen, es keinem zu erzählen, oder?“

„Entsch …“, beginnt sie, doch ihre Stimme versagt. Ihre Augen sind weit aufgerissen, und sie schließt den Mund. Bevor sie spricht, kommt sie zwei weitere Schritte auf mich zu, sodass wir nur mehr wenige Zentimeter voneinander entfernt stehen und ich den Apfelgeruch ihres Shampoos einatme, ehe sie ihre Fassung wiedererlangt und mich nun sogar etwas bemitleidend ansieht. Diese Julia flößt mir aber in Wahrheit viel mehr Respekt ein, als wenn sie mich anschreit oder mir eine Szene macht, denn dann würden sich die Leute über sie lustig machen. So bin ich der Blöde, denn sie ist jetzt die Ruhe selbst, als sie antwortet, und sie betont jedes Wort auf eine sachliche, unheimliche Art. Dabei spricht sie so leise, dass nur ich sie hören kann.

„Lass mich dir eine Frage stellen: Hast du in deinem Leben jemals etwas oder jemanden schützen müssen? Hast du schon *jemals* an jemand anderen oder etwas anderes als an dich selbst gedacht? Wenn du nicht beide dieser Fragen mit Ja beantworten kannst, dann wage es nie wieder, sie *oder* mich anzusprechen.“ Sie wirbelt herum, kehrt mir den Rücken zu und verschwindet, so schnell sie gekommen ist, Richtung Klassenzimmer.

„Frag nicht!“, befehle ich Max, der verwirrt auf mich zukommt. „Ist schade um die verschwendete Luft“, füge ich lachend hinzu, um deutlich zu machen, dass ich nicht darüber sprechen möchte. Denn selbst, wenn ich wollte, könnte ich gerade nicht.

Julia

Jeder normale Teenager freut sich auf das Wochenende. Sobald man die Schule am Freitag verlassen darf, ist für die meisten Entspannung, Feiern, Freunde treffen, Kinogehen oder etwas Ähnliches angesagt.

Was mich erwartet, wenn ich nach Hause komme, ist zumeist eine betrunkene Mutter, die sich beinahe jedes Wochenende bereits in den frühen Morgenstunden mit Alkohol zudröhnt, um der Leere zu entgehen, die sie unter der Woche nicht in dem Ausmaß spürt. Es ist aber nicht so, dass sie dann nur herumliegt und nichts mehr mitbekommt, was um sie herum passiert. Ganz im Gegenteil. Nach außen hin würde man kaum einen Unterschied zu ihrem üblichen Verhalten bemerken. Sie macht den Haushalt, kocht, liest Zeitung, sieht fern. Wenn ich nicht so eine empfindliche Nase hätte, dass ich den Alkohol in der Luft riechen kann, würde auch ich kaum eine Veränderung ihres alltäglichen Verhaltens bemerken. Genau das ist es, was mich erschreckt. Sie hat nicht etwa erst Stimmungsschwankungen und heftige Gefühlsausbrüche, seit sie trinkt. Ihr unberechenbares Verhalten und die enorme Reizbarkeit sind ebenfalls nicht allein auf den Alkohol zurückzuführen. Sie ist so, seit ich mich erinnern kann. Nach seinem Tod wurde alles nur intensiver, und der Alkohol verstärkt das Ganze nur. Sie reflektiert ihr Verhalten überhaupt nicht mehr und verfällt immer mehr in eine Depression, ohne es zu wissen, weil der Alkohol sie blind macht. Er gibt ihr für ein paar Stunden das Gefühl, heil zu sein.

Mitunter sind die Wochenenden genau deshalb so schlimm für mich, denn ich weiß nie, was mich dieses Mal erwartet. Die übliche Streiterei und vielleicht ein paar Schläge hier und da wären mir noch immer hundertmal lieber als die Ungewissheit, was passieren könnte. Vor ein paar Monaten kam ich zum Beispiel vom Balletttraining nach Hause und fand meine Mutter auf dem Badewannenrand sitzend, heulend, mit einem Messer in der Hand. Sie war fest davon überzeugt, dass sie keiner braucht und keiner vermissen würde, wenn sie sich die Pulsadern aufschnitt. Ich musste ihr zehn Minuten lang gut zureden, dass ich sie sehr wohl brauche und unter keinen Umständen noch jemanden aus meiner Familie verlieren kann, bis sie endlich das Messer fallen ließ und ohne ein weiteres Wort ins Schlafzimmer verschwand. Mich ließ sie schockiert, zitternd und verängstigt zurück. Ich musste Mom versprechen, kein Wort darüber Dad gegenüber zu verlieren. Sie versprach mir im Gegenzug dazu, so etwas nie wieder zu versuchen. Ich war mir nicht einmal sicher, ob sie überhaupt zurechnungsfähig genug war, um sich am nächsten Tag noch daran erinnern zu können. Es stellte sich jedoch heraus, dass sie sich sehr wohl erinnerte, denn sie machte mir den Vorwurf, ich wäre schuld an ihren Selbstmordgedanken, weil ich so eine schreckliche, undankbare Tochter sei, die ihr ständig Steine in den Weg legt, anstatt für sie da zu sein, wenn es ihr einmal schlecht geht.

Als ich heute das Haus betrete, höre ich aus dem ersten Stock Musik von Cher, die von wiederholten hämmernden Lauten unterbrochen wird. Es hört sich an, als würde jemand Holz hacken. Ich lasse meine Schultasche neben meine Schuhe fallen und nehme jeweils zwei Stufen gleichzeitig hinauf.

Mein Herz pocht schneller, als ich den Herkunftsort der Geräusche lokalisiere, denn es kommt aus seinem Zimmer. Die Türe ist nur einen Spalt offen, und ich zögere kurz, bevor ich sie aufstoße, um Kraft zu sammeln für das, was ich mitansehen muss. Wie in einem Psychofilm schlägt und hämmert Mom wie wild auf sein Bett ein und reißt dann die zertrümmerten Stücke ab, um sie auf einen Stapel bereits zerlegter

Möbel zu werfen. Federn fliegen durch die Luft, weil sie wohl schon des Öfteren danebengetroffen haben dürfte. Mit offenem Mund verharre ich fassungslos an der Türschwelle und suche das Zimmer nach Dingen von ihm ab, die ich vielleicht noch retten kann. Doch bis auf die Möbel ist alles verschwunden.

„Mom!", rufe ich über die Musik und den anderen Lärm hinweg. Sie sieht nicht auf. Selbst als ich zum CD-Player gehe, um die Musik abzuschalten, reagiert sie nicht auf mich. „Was hast du getan? Wo sind all seine Sachen?"

„Weg", antwortet sie tonlos.

„Aber wieso?"

„Ich lasse dieses Kapitel jetzt hinter mir. Er war dumm und hat uns verlassen. Ich werde mein Leben seinetwegen nicht länger im Stillstand verbringen."

„Welches Kapitel, Mom? Es ist dein Sohn, von dem du da sprichst", entgegne ich erschüttert.

„Sag mir *nicht*, was ich zu tun habe", brüllt sie, während sie ein Holzstück gegen den letzten noch intakten Kasten schleudert. „Ich werde mich nicht vor dir rechtfertigen. Du bist ein Kind. Genauso dumm, wie er es war. Weil er so egoistisch und unverantwortlich war, ist diese Familie nun ein Scherbenhaufen."

„Hast du jemals darüber nachgedacht, weshalb er dermaßen fahrlässig gehandelt hat? Er hat getrunken, weil er dachte, es sei der einzige Weg, zumindest ein paar Stunden lang den ganzen Müll, den er mit euch durchmachen musste, vergessen zu können. Gerade *du* müsstest eigentlich verstehen, wie er sich gefühlt hat."

Okay, das war dumm von mir, aber es ist wahr. Ich kann sie nicht schlecht von ihm reden lassen, wo sie ihn doch eigentlich nie wirklich kannte. Mom rennt quer durch den Raum und verpasst mir den ersten Schlag des heutigen Abends. Er ist so hart, dass ich mit dem Rücken gegen den Kasten krache. Sie verkrallt sich in meinen Haaren und zerrt daran.

„Du und dein Bruder. Ihr habt diese Familie kaputt gemacht“, schreit sie mir ins Gesicht.

„Siehst du es denn immer noch nicht? Diese Familie war schon kaputt. Und zwar lange bevor er gestorben ist“, wispere ich.

„Wie kannst du es wagen, so etwas zu behaupten? Du hast doch keine Ahnung, wovon du redest.“ Sie drückt mich mit voller Wucht noch einmal gegen den Kasten, ehe sie mich und meine Haare loslässt. Dann dreht sie sich von mir weg und fährt sich wie wild über die Stirn. Ich reibe mir den pochenden Bauch und stütze mich am Kasten ab, damit ich nicht das Gleichgewicht verliere.

„Ich habe mein ganzes Leben für euch aufgegeben. Und was habe ich nun davon? Was bleibt mir? Gar nichts. Ich habe nichts mehr.“ Langsam hebt sie seinen Polster auf und führt ihn zu ihrer Nase, um noch einmal daran riechen zu können, ehe sie ihn ins Eck schmeißt und verzweifelt ihre Hände in die Hüften stemmt.

„Ich bin nicht nichts, Mom. Ich bin immer noch hier.“

Sie sieht mich in einer derart abwertenden Weise an, dass sie gar nicht aussprechen muss, was sie gerade denkt. Ich weiß es ohnehin schon lange.

„Ich habe nie darum gebeten, geboren zu werden“, flüstere ich fast. Es tut so weh, ungewollt zu sein. Mehr als jeder körperliche Schmerz dieser Welt ist diese Art der Folter die schrecklichste. Es fühlt sich an, als würde mein Herz jeden Moment zerreißen. In hunderttausend Stücke, die nie wieder alle gefunden und zusammengesetzt werden können. Doch wie oft hat es sich bereits so angefühlt … Unzählige Male habe ich mich schon so gefühlt, und dennoch ist es jedes Mal wie durch ein Wunder heil geblieben. Zumindest versuche ich mir einzureden, dass das ein Wunder ist. Manchmal muss ich wirklich hart mit mir kämpfen, nicht einfach aufzugeben und mein Herz unwiderruflich brechen zu lassen. So brechen zu lassen, dass der Zugang von jetzt an jedem verwehrt werden würde und mir niemals wieder derartige Schmerzen zugefügt werden könnten, wie sie es ständig fertig bringt und wie er es mit seinem Tod getan hat.

Ich drehe mich weg von ihr, damit sie meine Tränen nicht sieht. Sie hasst es, wenn ich weine. Mehr noch, es macht sie rasend.

„Kehr mir gefälligst nicht den Rücken zu, du respektloses Kind", schreit sie.

„Ich gehe in mein Zimmer", erkläre ich leise und versuche über den Saustall zu steigen, um zu flüchten.

Vor der Türe blockiert sie mich jedoch. „*Du* beendest dieses Gespräch nicht. Hast du verstanden?"

Ihre Augen weiten sich, als die erste Träne meine Augen verlässt. Sie packt meinen Arm. „Hör auf zu heulen, verdammt noch mal. Tu nicht so, als wärst du hier in irgendeiner Art das Opfer. Ich kann es nicht ausstehen, deine Krokodilstränen zu sehen. Wenn du wüsstest, wie hässlich du dabei aussiehst." Ich wünschte, es wäre so einfach, die Tränen zurückzuhalten, doch mit jedem Wort von ihr wird es schlimmer. Sie gibt mir eine Ohrfeige und schubst mich dann mit voller Wucht gegen den Türrahmen. Dann schüttelt sie mich. Sie sieht aus, als hätte sie jetzt komplett die Kontrolle über sich verloren. Ihre Augen sind weit aufgerissen, ihre Augenbrauen hingegen zusammengezogen.

Mit heruntergezogenen Mundwinkeln spricht sie durch ihre aufeinandergebissenen Zähne. „Ich habe gesagt, du sollst aufhören! Du hast keinen Grund zu heulen!"

„Dann lass mich einfach in Ruhe. Lass mich gehen, dann musst du mich nicht mehr ertragen", flehe ich schluchzend.

„Du gehst nirgendwohin, bis du aufhörst zu heulen.“ Es ist nicht das erste Mal, dass sie diese Art des Psychoterrors mit mir betreibt. Natürlich ist ihr klar, dass es unmöglich ist, nicht zu weinen, wenn sie mich so verletzt, doch so findet sie für sich eine Art Entschuldigung oder Erklärung dafür, was sie mir antut, weil ich sie ja, ihrer Meinung nach, damit zu provozieren versuche.

Bitte Gott, hilf mir, ihr zu vergeben und sie nicht zu hassen! Sie schreit und schlägt mich so lange, bis die letzte Träne aus meinem Gesicht und das letzte bisschen Kampfgeist aus meinem Körper verschwunden sind. Erst dann lässt sie mich los, sieht mich angewidert an und verlässt das Zimmer, als wäre nichts gewesen. Ich hingegen bleibe mit frischen Blutergüssen, Schrammen und Rissen in meiner Seele zurück.

Kapitel 6

Jeremy

Ich habe zwar keine Ahnung, wie wir es genau geschafft haben, aber wir haben gewonnen. Der Schlusspfiff ertönt, und alle beginnen zu jubeln und zu schreien, gegenseitig abzuklatschen und einander vor Freude niederzurempeln.

Die Stimmung auf unseren Tribünen ist ein Wahnsinn, denn alle wissen, wie wichtig dieses Spiel war.

Trotz all der Punkte, die wir in diesem Spiel erzielen konnten, war es dennoch ein Kampf für uns: einer, der mich jedes Fünkchen Energie, Adrenalin und Vehemenz kostete, das ich besitze. Doch genauso bereicherte er mich gerade mit einer unglaublichen Anzahl an Endorphinen. Es hing so viel daran, dass alles gut gehen würde, dass vor allem die psychische Komponente eine tragende Rolle spielte.

Gegner nutzen diese Komponente gerne aus. Es ist ein leichtes Spiel für sie, wenn sie Lampenfieber oder Angst wahrnehmen. Dies kann über Sieg oder Niederlage entscheiden. Der Vergleich mag vielleicht ein wenig hinken, doch auf dem Feld lernen wir Angst zu riechen, ähnlich wie Tiere es anhand bestimmter Pheromone tun. Genau deswegen ist es so dringend nötig, die Nerven zu bewahren, um dem Gegner zumindest vorgaukeln zu können, selbstbewusst zu sein. Nicht nur, weil er sich andernfalls schnell überlegen fühlen würde, sondern auch, weil diese Angst durch die richtige Einschüchterungstaktik verstärkt werden kann.

Du kannst so gut vorbereitet und trainiert sein, wie du willst, doch bist du zu nervös, hast du praktisch schon verloren. Auch das haben wir jedoch tadellos gemeistert. Wie auch immer es jedem persönlich gelungen ist, seine Ruhe zu finden: Heute konnte jeder Spieler seine beste Leistung erbringen. Wir waren stark, präsent, eine Einheit. Das machte wahrscheinlich mehr aus als jegliche Taktiken.

Nach dem Kickoff und dem Return bis zur 30-Yards-Linie trug O'Mally den Ball durch drei verpatzte Tackles der Deense über fünfundzwanzig Yards in die gegnerische Hälfte. Auch der nächste Spielzug lief bestens, und schon nach dem dritten Down erzielten wir unsere ersten sieben Punkte. Die Flounders ließen mit ihrem Gegenzug nicht lange auf sich warten, und so wechselten wir uns bis zum zweiten Viertel noch einmal ab, sodass es kurz vor Schluss bereits vierzehn zu vierzehn stand. Nur vier Sekunden vor der Halbzeitpause konnten wir noch durch ein Field Goal in Führung gehen. Genau das brauchten wir für unseren Teamgeist.

Die zweite Halbzeit lief genauso gut, nur dauerte es mit den Punkten etwas länger. Max leistete in diesem Spiel ganze Arbeit. Zu keinem Zeitpunkt auf dem Feld hätte ich ihm seine Nervosität angemerkt, die ihn aber innerlich aufgefressen haben muss. Stattdessen erzielte er für uns noch einen weiteren Touchdown, und ich betete, dass der Scout von Max statt von mir begeistert wäre.

Beim vierten Versuch im nächsten Drive sah es zunächst schlecht für uns aus, Punkte zu gewinnen, weil die Defense ganze Arbeit leistete und beinahe jeden meiner Ballabnehmer zu Boden tackelte. Weil ich keinen freien Spieler fand und in Zugzwang war, nachdem ich bereits zu viele Schritte zurückdrängen hatte lassen, um den Ball zu schützen, entschied ich kurzerhand, selbst loszustürmen, um uns das knappe First Down zu sichern, ehe es zum Turnover kam. Mein Plan war eigentlich gewesen, an dem Safety, der mir entgegengelaufen kam, vorbeizuspringen, damit ich die 9-Yards-Linie hätte erreichen können. Was ich jedoch nicht kommen sah, war der

Defensive Tackle, der mir von der anderen Seite aus im wahrsten Sinne des Wortes den Boden unter den Füßen wegzog und mich zu Boden riss, sodass ich mit einem unfreiwilligen Salto bis zur 8-Yards-Linie geschleudert wurde. Der Aufprall schmerzte zwar furchtbar, und beim Aufstehen merkte ich, dass ich etwas wacklig auf den Beinen war, aber die Hauptsache war, dass uns das Ganze zum letzten Touchdown dieses Spiels verhalf. Unsere Defense vereitelte daraufhin einen Angriff der Flounders durch einen Fumble, wodurch es weiterhin einunddreißig zu einundzwanzig für uns stand. Die Flounders konnten dreiundzwanzig Sekunden vor Schluss durch einen Glückstreffer noch einen Touchdown erzielen, scheiterten jedoch an der Two-Point Conversion, die sie sich vorgenommen hatten. Natürlich hätten wir auch bei diesem Spielstand trotzdem gewonnen, doch ihr Versagen sorgte bei uns für zusätzlichen Jubel und für Freude, denn nach den vergangenen Spielen hatten wir dringend wieder einen richtigen Erfolg nötig gehabt.

Max stürmt mit Ablauf der Spielzeit auf mich zu und reißt nun auch mich mit sich und einigen anderen vom Team um. Wir jubeln und grölen, als wären wir bereits Champions, obgleich wir bloß ein stinknormales Spiel gewonnen haben. Uns bedeutet das jedoch unglaublich viel. Während die Flounders niedergeschlagen in ihre Kabinen wandern, lassen wir uns noch eine halbe Ewigkeit lang von unseren Fans und Mitschülern bejubeln und genießen den Moment. Für mich dauert dieser Moment jedoch nicht allzu lange an, denn als ich Clay sehe, der quer übers Feld auf die Tribünen auf einen Mann in Hemd und Krawatte zumarschiert, der zu mir hersieht, fällt mir wieder ein, warum die Freude hier für mich ein Ende hat, da die Schuldgefühle wieder auftauchen.

Der eher kleine, muskulöse Typ mit schütterem Haar nickt in einer Tour und lässt seinen Blick nur dann von mir ab, wenn er wieder eifrig zu schreiben beginnt. Weil es mir unangenehm ist und ich vermeiden will, dass auch die anderen etwas von seiner Fixierung mitbekommen, suche ich schnell das Weite und verziehe mich in die Kabine.

Nach und nach trudeln die jubelnden Jungs ein und lassen das Spiel in Höchststimmung Revue passieren. Nicht einmal in der Dusche können sie es lassen zu spekulieren, wer dem Scout am meisten imponiert haben könnte. Ich fühle mich wieder beschissen. Wie ein Verräter und kompletter Außenseiter kapsele ich mich so gut wie möglich von ihnen ab.

„Wir gehen noch zu Tommy. Du bist dieses Mal dran, was von der Tankstelle zu besorgen“, erklärt mir Max euphorisch, während er sich das Handtuch um die Hüften bindet und sich breitbeinig neben mir auf die Bank fallen lässt. Ich ziehe mir den Pullover über die nassen Haare und kremple die Ärmel hoch.

„Nah. Heute nicht. Ich hau mich aufs Ohr.“

„Ist irgendwas?“, fragt er skeptisch, weil ich so etwas normalerweise nie verpasse. Seit wir im Team sind, haben wir keinen Abend, an dem wir gesiegt haben, zu Hause verbracht. Zumindest nicht ohne das halbe Team.

„Nein, alles gut. Der Sturz vorhin hat mich nur irgendwie umgehauen. Also im wahrsten Sinne des Wortes. Morgen beim Training will ich wieder fit sein, drum setz ich heute mal aus.“ Das ist nur die halbe Wahrheit. Seit dem Sturz stehe ich wirklich ein wenig neben mir, doch das hat mich noch nie davon abgehalten, zum Feiern mitzugehen. Ich bin absolut nicht der wehleidige Typ, und das weiß auch Max. Seinem Blick zufolge kommt ihm das gerade alles spanisch vor, doch er sagt nichts und lässt mir meinen Willen.

„Okay, wie du meinst. Aber geh mir morgen bloß nicht damit auf den Geist, dass dir zu Hause so langweilig war.“ Ich verdrehe die Augen und schließe meinen Spind ab.

„Viel Spaß! Wir sehen uns dann morgen", beende ich das Gespräch, werfe meine Sporttasche über die Schulter und verschwinde durch den Hintereingang, um einer möglichen Begegnung mit Clay oder dem Scout zu entgehen.

Als ich am nächsten Morgen aufwache, beschließe ich binnen einer Minute, das Training heute sausen zu lassen. Mein Kopf dröhnt noch immer vom Sturz gestern, und mein Rücken meldet, dass er dabei tatsächlich mehr, als mir lieb ist, in Mitleidenschaft gezogen wurde. So, wie ich jetzt gerade drauf bin, bin ich fürs Team unbrauchbar. Ehrlich gesagt, bin ich auch ziemlich erleichtert darüber, weder Coach Clay noch jemand anderem vom Team unter die Augen treten zu müssen. So kann ich das Gespräch mit Clay noch mindestens bis Montag hinauszögern. Ich schnappe mir mein Handy vom Nachttisch und schreibe Max eine SMS.

Bleibe heute zu Hause. War gestern wohl doch heftiger als angenommen.

Dann krieche ich aus meinem Bett und schleppe mich ins Bad.

Alles klar, Gänseblümchen. Wehe, du bist morgen immer noch so drauf wie gestern, lese ich, nachdem ich mich angezogen habe.

Max weiß genau, dass etwas mit mir nicht stimmt, und ich verstehe, wenn es ihn sauer macht, dass ich nicht darüber spreche, sondern ihm vorgaukele, dass alles in Ordnung ist. Das Problem ist nur, wenn ich es ihm erkläre, weiß ich nicht, wie er darauf reagiert, und das macht mir irgendwie Angst, denn Max will ich nicht verlieren. Ich bin davon überzeugt, dass er sich für mich freuen und nach außen hin so tun würde, als wäre es ihm egal, dass er meinetwegen kein Stipendium bekommen wird, doch ich kenne ihn.

Er will unbedingt studieren, um seinem Traum vom Profi-Football dort weiter nachjagen zu können. Lucy hat sich jedoch mehr als einmal beklagt, wie mühsam es ist, sich sein Studium selbst finanzieren zu müssen, und dass es praktisch nicht möglich ist, einen Abschluss zu machen, ohne ein Stipendium zu bekommen oder aber enorme Schulden auf sich zu laden, die man in unserem Alter eigentlich noch nicht haben sollte. Oft hat sie schon überlegt, das Studium zu schmeißen, doch dazu ist ihr der Abschluss zu wichtig.

Nach dem Frühstück und hunderttausend Fragen vor allem von Claire, ob ich mir meinen Rücken nicht lieber anschauen lassen will, weil es etwas Gröberes sein könnte, entscheide ich mich, doch das Haus zu verlassen. Ich bin einfach nicht der Typ, der zu Hause herumsitzt und fernsieht. Dafür fällt mir viel zu schnell die Decke auf den Kopf, und ich beginne mich mit Dingen auseinanderzusetzen, die ich normalerweise lieber ausblende. Daher entscheide ich mich, mich ins Auto zu setzen und in die Stadt zu fahren. Ich brauche sowieso mal wieder neues Gewand, und shoppen muss ich sowieso alleine gehen. Ich überlege mir vorher immer genau, was ich will, gehe rein, probiere und bin ganz schnell wieder draußen. Für mich gibt es nichts Schlimmeres, als stundenlang in Regalen und Kleiderständern herumzuwühlen, ohne eigentlich zu wissen, was ich suche. Außerdem ist es mir ohnehin egal, was andere von der Kleidung halten, die ich kaufe, also brauche ich auch keinen, der mich berät.

Als ich, beladen mit einigen Einkaufssäcken, eine halbe Stunde später beim Army Shop vorbeigehe, gibt es dort gerade einen riesigen Auflauf. Mehrere Soldaten stehen in Uniformen an verschiedenen Ständen, rund um sie viele junge sowie einige ältere Leute.

Im Vorbeigehen lese ich verschiedenste Banner und Poster, auf denen Sprüche zu sehen sind wie: „Beginne heute deine Zukunft zu bilden“ und „Viele Führungskräfte erhielten ihre Leitkompetenzen durch das Army-ROTC-Programm. Wieso nicht auch du?“ Bei dieser Frage verdrehe ich innerlich die Augen.

„Weil ich keine Lust darauf habe, mich für etwas verpflichten zu müssen, was ich vielleicht in vier Jahren überhaupt nicht mehr machen will, bloß weil mein Studium dadurch finanziert werden würde“, antworte ich flüsternd. Woher soll ich jetzt schon wissen, was in vier Jahren ist? Ich könnte bereits eine Familie haben, auch wenn das jetzt vielleicht noch sehr abwegig klingt. Bei diesem ROTC-Programm geht es darum, ein bezahltes Studium zusammen mit einer Ausbildung bei der Army in verschiedenen Bereichen zu erhalten, sich danach jedoch vier Jahre für den aktiven Dienst und weitere vier Jahre zum Bereitschaftsdienst zu verpflichten. Das würde bedeuten, dass ich erst mit dreißig sicher sein könnte, nicht mehr einberufen zu werden. Andererseits hat das Ganze natürlich auch viele Vorteile, und die Army an sich hat mich immer schon begeistert.

Worauf ich persönlich verzichten kann, ist, ständig unterwegs zu sein oder womöglich sogar sein Leben aufs Spiel zu setzen. Die Vorstellung einer echten Gemeinschaft, einer Zusammengehörigkeit, die man dort erfährt, die wahrscheinlich in dieser Art nirgendwo anders zu finden ist, ist dagegen sehr schön. Wie auch zu wissen, dass diese Leute für mich ihr Leben geben würden, weil ich das Gleiche auch für sie tun würde. Der Stolz, den die jungen Männer und Frauen, die der Army dienen, empfinden, wenn sie darüber sprechen, kommt nicht von ungefähr. Vor einem Jahr rekrutierten sie Seniors an unserer Schule. Deshalb weiß ich bereits manches darüber.

Doch ehrlich darüber nachgedacht, ob die Army auch etwas für mich wäre, habe ich eigentlich nie. Da ich jedoch nicht vorhabe, dies heute zu ändern, gehe ich unbeirrt weiter, während ich mit einem Ohr zuhöre, was die Soldaten erzählen.

„Zum ersten Mal in deinem Leben bekommst du die Chance, selbst darüber zu entscheiden, was du daraus machen willst, anstatt dorthin zu gehen, wo du laut der Meinung anderer sein sollst.“

Dieser Satz weckt meine Aufmerksamkeit. Für andere mag der Satz vielleicht banal klingen, wie eine Floskel, oder er spricht sie überhaupt nicht an, weil sie bereits viel Entscheidungsfreiheit in ihrem Leben genießen durften. Doch mir bedeutet dieser Satz viel mehr, als ich vermutet hätte, und so tragen mich meine Beine durch die Menge hindurch nach vorne zu dem Offizier, der ihn eben ausgesprochen hat.

„Hallo, junger Mann“, begrüßt er mich, als ich seinen Tisch erreiche und mich vor ihm viel eher wie ein kleiner Junge fühle denn als junger Mann. Unsicher sehe ich zu ihm auf und grüße zurück.

„Bist du interessiert an unserem ROTC-Programm?“

Ich zögere einen Moment. „Keine Ahnung“, gestehe ich schließlich wie ein Idiot, woraufhin der Offizier lacht.

„Ja, so geht es vielen jungen Männern nach der Highschool. Für mich war es damals auch nicht anders, denn das Angebot ist zwar riesig, die Nachfrage jedoch begrenzt. Das Studium ist teuer, und die Meinungen darüber, was *du* mit *deinem* Leben machen sollst, sind zahlreich.“ Ich nicke beeindruckt, weil er genau das ausspricht, was ich denke. „Egal, ob Luftfahrt, Medizin, Recht, Ingenieurwesen, Finanzen oder viele andere Studiengänge, die Army unterstützt dich mit diesem Programm an über sechshundert Universitäten des Landes und bietet dir gleichzeitig eine Topausbildung für Leitpositionen, militärische Fachkunde und körperliches Training. Du wirst sowohl im Klassenzimmer als auch auf dem Feld unterrichtet, und trotzdem führst du das ganz normale Leben eines Studenten.“

„Ich weiß noch gar nicht, ob ich überhaupt studieren will.“

„Natürlich kannst du auch direkt nach der Highschool einsteigen und dich an einer unserer Militärakademien ausbilden lassen, doch ich persönlich rate Kids in deinem Alter, sich die Wahnsinnschance eines finanzierten Studiums mit Stipendium und gleichzeitiger Militärbefähigung nicht entgehen zu lassen."

„Ich wüsste aber nicht, *was* ich studieren sollte."

„Das ist kein Problem. Wir helfen dir dabei, es herauszufinden. Ich gebe dir ein paar Folder mit, in denen auch Termine drinstehen, an denen Beratungen stattfinden. Wenn du ernsthaft überlegst, an unserem Programm teilzunehmen, bieten wir dir eine Vielzahl an Persönlichkeitstests und Beratung, bis du zu hundert Prozent sicher bist, was du machen willst. Nach dem ROTC hast du – abhängig von deinem Studium – trotzdem noch eine enorme Bandbreite an Tätigkeitsbereichen und Karrieren, denen du in der Army nachgehen kannst, sei es zum Luftverteidigungsartillerie-Offizier, bei Spezialeinheiten, bei der Sanitätstruppe und vieles mehr.

Du kannst dich an einem unserer Universitätsstandorte auch mit Studenten aus verschiedenen Bereichen unterhalten, um zu sehen, was für dich infrage kommt." Erneut nicke ich, während ich mir das Gesagte auf der Zunge zergehen lasse.

„Brauchst du finanzielle Unterstützung?"

„Ja", lüge ich, denn ich will mich nicht immer auf Dad verlassen müssen. Außerdem dürfte ich ohnehin nicht erwarten, dass er für etwas aufkommt, was er in Wahrheit nicht unterstützt, weil er sich etwas ganz anderes für mich vorgestellt hat. Andererseits würde ich ja studieren, wie er es immer wollte, nur hält er ähnlich wie Max eben nichts von der anschließenden Militärverpflichtung.

„Dann gebe ich dir auch den Folder über das Stipendium, von dem ich vorhin bereits gesprochen habe, mit, welches wir anbieten."

Als Nächstes erklärt er mir noch einige Dinge, die ich schon weiß, wie die Vor- und Nachteile der Army, wobei er natürlich hauptsächlich die positiven Seiten hervorhebt und vom Ansehen schwärmt, das ein Soldat in der Gesellschaft genießt, wobei mir dieses eigentlich nicht so wichtig wäre. Er berichtet auch vom Training und vom Anforderungsprofil mit den Qualifikationen, die man dafür aufweisen muss. Als ich seinen Stand schließlich wieder verlasse, bin ich nicht nur vollgepumpt mit Informationen, sondern auch neugierig, euphorisch und angespannt zugleich wegen der Tatsache, dass ich mir zum ersten Mal, seit ich mich mit dem Thema „Zukunft" auseinandersetze, ernsthaft vorstellen kann, bis Ende des Jahres meinen Platz gefunden zu haben. Natürlich habe ich mich noch zu nichts verpflichtet und brauche jetzt Zeit, mich weiter mit der Thematik Army und ROTC zu beschäftigen, doch ich bin nicht wenig begeistert davon, was die bieten, und verstehe nun jene jungen Leute umso besser, die sich zur Army hingezogen fühlen, wenn sie von der Schule kommen.

Sonntag ist ein guter Tag. Ausschlafen bis zum Mittagessen, still danebensitzen, während Claire wie üblich eine Geschichte nach der anderen erzählt und Dad mit kurzen Kommentaren Verständnis signalisiert, und danach fast neun Stunden am Stück mit Max Football im Fernsehen schauen. Da redet man nicht über bedeutungsvolle Dinge.

Wir sprechen weder über das Spiel am Freitag noch über den Scout, meine Begegnung mit dem Army-Typen oder die Tatsache, dass mich das, was er sagte, ziemlich angesprochen hat. Normalerweise würde ich Max sofort davon berichten. Bei jeder anderen Idee von mir würde er niemals urteilen oder versuchen, mir etwas auszureden. Bei dieser ROTC-Sache bin ich mir jedoch nicht so sicher, wie er reagieren würde. Und das Letzte, was ich im Moment brauchen kann, ist, dass Dad davon Wind bekommt, bevor *ich* mir überhaupt konkrete Gedanken dazu gemacht und mich entschieden habe. Was er will, weiß ich ja bereits. Was Claire will, weiß ich nicht, doch ich bin davon überzeugt, dass es nichts mit der Army zu tun hat, und Max stellt sich bestimmt noch immer vor, dass wir das gleiche College besuchen und erneut als Dream-Team in der Footballmannschaft agieren. Er weiß zwar, dass ich keinen genauen Plan habe, wie es für mich weitergehen wird, doch dass ich in Erwägung ziehe, gar nicht zu studieren, habe ich ihm nicht gestanden. Ich möchte keinen von den dreien enttäuschen oder verletzen, aber ich möchte die Freiheit haben, mich ganz allein zu entscheiden.

Wochenweise wechseln wir uns mit der Auswahl der Spiele ab, die wir uns ansehen, denn jeder hat seine Lieblingsklubs. Selbstverständlich wird prinzipiell das Spiel geschaut, bei dem die Patriots spielen, doch die sind erst morgen dran. Diese Woche bin ich an der Reihe, die Wahl zu treffen, dabei ist es mir in Wahrheit heute wirklich egal, was im Hintergrund läuft. Die Hauptsache ist, nicht reden zu müssen und meine Gedanken mit Lärm und Gequatsche von den Kommentatoren und von Max ausblenden zu können. Alles, worüber wir sprechen, sind triviale Dinge, etwa wer momentan an der Spitze des Rankings ist und ob die San Francisco 49ers nach ihrem Stadionwechsel demnächst ihren Namen in Santa Clara 49ers ändern werden, wie etliche Klubs es vor ihnen taten. Auf jeden Fall sind wir bis in die Abendstunden gut mit Fernsehmaterial eingedeckt und abgelenkt. Er fragt nicht einmal, was ich gestern statt des Trainings getrieben habe, was mir sehr recht ist.

Montag und Dienstag bin ich wie ausgewechselt. Ich fühle mich wieder mit mir selbst im Reinen, gestärkt in dem Wissen, dass ich das Stipendium ohnehin ablehnen werde, wenn der Coach mich darauf anspricht. Das Gespräch mit dem Offizier am Samstag hat meine Entscheidung in dieser Hinsicht unterstützt, weil er mir gezeigt hat, dass es auch andere Möglichkeiten gibt, meinen eigenen Weg einzuschlagen, ohne dabei entweder meinen besten Freund oder meinen Dad zu enttäuschen. Wenn alles so läuft, wie ich es mir vorstelle, wählt dieser Mr. Sawyer jemand anderen aus unserem Team, und im besten Fall wird dieser Jemand Max sein. Auf jeden Fall werde ich ihn vorschlagen, sollte ich diesen Scout persönlich treffen.

Jetzt sitze ich mit ein paar Jungs vom Team draußen im Schulhof und verschlinge die letzten Bissen der gigantischen Mac-and-Cheese-Portion, die ich mir auf den Teller geladen habe, während wir uns bei Dannys Erzählungen über seine schrägen und oftmals traurigen Versuche, Frauen aufzureißen, vor Lachen zerkugeln beziehungsweise für ihn in Grund und Boden schämen. Von einer beliebten Sitcom hat er vor einiger Zeit die Idee geklaut, ein Playbook zu erstellen, in dem er seine eigenen verrückten Taktiken und Anmachsprüche festhält, um sie, wie er behauptet, der Nachwelt hinterlassen zu können. Mittlerweile ist es bereits zum Kult geworden, uns Anfang der Woche dann von seinen Erfolgen oder Niederlagen zu berichten, die er im Buch festhält. Wenig überraschend ist es jedoch, dass die Niederlagen eindeutig überwiegen.

Ich lasse meinen Blick wieder zu dem Baum schweifen, unter dem ich Julia vorhin alleine habe sitzen sehen. Lange konnte ich nicht hinsehen, denn gerade, als ich zu ihr blickte, drehte sie den Kopf und sah mir direkt in die Augen. Das letzte Mal, als wir uns unterhielten, gingen wir im Streit auseinander, und sie wirkte wirklich wütend. Ich war es auch, weil sie an meinem Ego gekratzt hatte, und das auf eine andere Weise als die spielerische, wie sie es normalerweise tut. Letzte Woche erreichten ihre Worte einen ganz neuen Level, und ich bin nicht sicher, wie ich ihr nun begegnen soll.

Jetzt ist sie jedenfalls nicht mehr alleine. Ein Typ, den ich zumindest vom Profil her nicht zu kennen scheine, hält sie in einer festen Umarmung, die sogar ihre Beine ein Stück vom Boden hebt. Sie umarmt ihn zwar zurück, doch irgendwas an ihrem Gesichtsausdruck stimmt absolut nicht und lässt mich die Augen zusammenkneifen, damit ich es besser erkennen kann. Der Blick, den ich dabei erhasche, trifft mich wie ein Schlag in die Magengrube.

Ich kann mich nicht erinnern, wann ich das letzte Mal geweint habe. Ich glaube, es war, als meine Katze überfahren wurde. Damals war ich zehn. Nun ist es die Art, wie sie bei dieser engen Berührung zusammenzuckt, sich fast unmerklich krümmt und das Gesicht schmerzvoll verzieht, die mich beinahe zu Tränen rührt. Ein Schmerz durchfährt meine Brust, und unwillkürlich balle ich meine Hände zu Fäusten, wobei meine Fingernägel sich ins Fleisch zu bohren beginnen. Obwohl ich weiter weg stehe, höre ich den stummen Schrei, als er ihren Rücken noch fester drückt. Mein Körper bebt, am liebsten möchte ich hingehen und ihn von ihr wegzerren. Nicht *primär* aus Eifersucht, weil er ihr so nahe kommt oder weil ich mich aufspielen will. Nein, das hier ist ein neues Gefühl. Ich will sie schützen. Wenn er derjenige ist, der ihr all die blauen Flecken zugefügt hat, will ich hingehen und ihm doppelt so viele verpassen. Vielleicht breche ich ihm auch noch beide Arme, damit er sie so schnell nicht mehr angreifen kann. Ziemlich untypisch für mich, solche Gedanken zu hegen, doch in mir brodelt es.

Während sie darauf wartet, dass er die Umarmung löst, gibt sie sich große Mühe, ihre Schmerzen mit einem Lachen zu überdecken und ihre Gesichtszüge zu beherrschen. Endlich gibt er sie frei, und sie sieht ihn mit ihrem perfekt einstudierten Lächeln an. Dann sagt er etwas, woraufhin sie energisch nickt. Zu gerne wüsste ich, worüber sie sprechen. Beide gehen langsam an mir vorbei, um zum Hintereingang zu gelangen, wobei ich das Gefühl habe, dass Julia meinen Blick unbedingt meiden will. Ist es, weil sie Angst hat, ich könnte durch die Fassade hindurchsehen? Oder will sie einfach nicht, dass ich auf ihren Freund treffe, weil sie weiß, dass ich ihm in den Arsch treten werde? Ist er das denn – ihr Freund? Der Typ streicht ihr mit der Hand wild über den Kopf, bis ihr einige Haare vom Scheitel wegstehen. Sieht mehr wie eine geschwisterliche Geste aus als eine romantische.

„Mann! Wirst du mich irgendwann mal wie eine Erwachsene behandeln?“, schimpft sie kichernd, während sie ihren Haargummi herauszieht und die Haare kurz ausschüttelt.

„Ich kann nicht anders. Bei *der* Frisur ziehst du das einfach magisch an“, lacht er und streichelt ihre Wange. Verschiedene ungute Gefühlsregungen spielen sich bei diesem Bild in mir ab, und ich muss wirklich mit mir ringen, damit ich bleibe, wo ich bin, anstatt hinzugehen und ihm zu sagen, oder noch besser: zu zeigen, was ich von ihm halte.

Ich kenne Julia seit einigen Jahren flüchtig und bin seit vier Jahren in einigen Kursen mit ihr. Doch das ist das erste Mal, dass ich sie mit offenen Haaren sehe. Nebenbei bemerkt, hat sie sehr schöne, seidig aussehende Haare. Sie reichen ihr fast bis zur Taille und umspielen ihre Figur. Ihm scheint dieses Bild nicht gerade fremd zu sein.

Warum lässt sie sie nicht öfter offen? Stattdessen stopft sie sie schnell wieder in einen Knoten zurück und streicht ihre Stirnfransen glatt, nachdem sie den Kerl scherzhaft von sich weggestoßen hat.

Es fällt mir schwer, meine Augen von ihr zu nehmen, als sie sich vor ihm wieder groß macht, professionell lächelt und mit vor ihrem Körper gefalteten Händen in einem kleinen, aber offensichtlichen Abstand weiter neben ihm hergeht, bis sie sich voneinander verabschieden.

„Erde an Jeremy! Hallo? Wir müssen zum Sport. Komm schon. Oder willst du etwa mal zur Abwechslung schwänzen?“, fragt Tommy, während er mir seine Faust in den Arm rammt. Kopfschüttelnd verneine ich, während ich endlich meinen Blick von ihr löse, mein Tablett aufhebe und mit den anderen zurück in die Kantine gehe.

Julia

Fasziniert davon, wieder einmal ein wie endlos erscheinendes Wochenende voller Geschrei, Gewalt und anschließend eiskalten Ignorierens überstanden zu haben, muss ich diese Woche auch noch alleine die Schule bestreiten, denn Gracie ist krank.

Gestern bekam ich kurz die Krise, weil sie nicht in der Schule auftauchte und auch keine SMS geschrieben hat, weshalb sie nicht kommt. Ich war knapp davor, zu ihr nach Hause zu fahren, um nach ihr zu sehen und sicherzugehen, dass ihr mieser Onkel ihr nichts getan hatte. Dann endlich schrieb sie, dass sie mit neununddreißig Grad Fieber und Schüttelfrost im Bett lag und ich mir keine Sorgen zu machen brauchte, weil Greg ohnehin nicht zu Hause wäre. Natürlich machte ich mir trotzdem Sorgen und war automatisch ein wenig rastloser und verlorener, weil es ohne sie nicht nur langweilig, sondern auch ziemlich einsam ist. Die Tage vergehen dann wie in Zeitlupe.

In der Mittagspause sitze ich wie so oft am vorderen Ende des Basketballplatzes und esse gelangweilt die Nuggets mit Pommes, die es heute zum Mittagessen gab, während ich nebenbei das Buch „Veränderung“ von James MacDonald lese, in dem er beschreibt, wie Einstellungen und Denkmuster, die sich im Laufe der Jahre gefestigt haben, zwar nur schwer einfach abgelegt werden können, man jedoch daran arbeiten kann, damit positives Denken an die Stelle von negativem tritt. Gerade lese ich das Kapitel, wie ein kritischer Geist durch Liebe ersetzt werden kann. Es ist ein tolles Buch, doch leider bin ich heute zu abgelenkt, um mich konzentrieren zu können.

Immer wieder sehe ich zu Jeremy, der mit Max und fünf anderen aus seinem Team draußen an einem Tisch sitzt und viel Spaß mit ihnen zu haben scheint. Wir haben seit Freitag nicht mehr miteinander gesprochen. Heute sah ich ihn mal länger an, um seine Reaktion abzuwarten, doch es kam nie eine. Er hat mich schlichtweg ignoriert, also tat ich es ihm gleich. Den Eindruck, er wäre sauer auf mich, und das unangenehme Gefühl, welches dieser Gedanke in mir auslöst, kann ich nicht mehr unterdrücken. Leider muss ich mir eingestehen, dass er auch allen Grund dazu hat, auf mich böse zu sein. Die Art, wie ich am Freitag vor Max und einigen anderen mit ihm gesprochen habe, war sicher nicht höflich. Ganz im Gegenteil, für meine Verhältnisse dürfte es ziemlich herablassend und fies gewesen sein. Vor allem der Teil, in dem ich sein Leben als traurig beschrieb, war unfair. Andererseits kann ich mir nicht vorstellen, dass ihn ausgerechnet meine Worte in irgendeiner Art und Weise berühren.

Normalerweise spreche ich auch nicht so mit anderen, denn wie könnte ich jemanden verurteilen, den ich nicht einmal wirklich kenne?! Und selbst wenn man jemanden kennt, gibt einem das trotzdem nicht das Recht dazu, ihn zu richten. Doch genau das hatte er zuvor bei Gracie getan, und als ich sie heulend auf der Toilette fand, brannten mir die Sicherungen durch. Dieses Mädchen hat in ihrem Leben bereits so viel Leid erlebt, dass sie es nicht verdient, sich von einem Schnösel wie ihm als Heuchlerin und miese Freundin abstempeln zu lassen.

Gracie ist die beste Freundin, die ich mir wünschen könnte, und ihre Tränen der Selbstzweifel und des Selbsthasses brechen mir das Herz. Ihre traurigen Augen erinnern mich manchmal an *seine,* der ebenfalls immer für alle anderen stark zu sein versuchte, doch selbst so gebrochen war, wie es ein junger Mensch eigentlich nicht sein sollte. Obwohl er mich stets beschützte und für mich da war, hätte er so dringend selbst jemanden gebraucht, der ihm das hätte geben können, was er mir gab: Halt, Zuversicht und Selbstvertrauen.

Ursprünglich hatte Gracie mir von dem Zwischenfall mit Jeremy gar nicht erzählen wollen. Sie wollte nicht einmal die Türe aufmachen, als ich sie suchte und endlich auf dem WC fand. Doch ich kann ziemlich überzeugend sein, wenn ich wütend bin, also blieb ihr nichts anderes übrig.

Trotzdem hätte ich Jeremy das Ganze etwas anders erklären können, ohne ihn vor den anderen bloßzustellen. Und das tut mir ehrlich gesagt leid.

Vielleicht hat er aber auch einfach wirklich die Botschaft verstanden und respektiert endlich meinen Wunsch, in Ruhe gelassen werden zu wollen. Trotz allem muss ich zugeben, irgendwo in einem Teil meines verräterischen Herzens ein wenig enttäuscht zu sein, dass er jetzt tatsächlich aufgegeben hat. Vielleicht hätte ich ihm doch eine Chance geben sollen.

Wie auch immer. Das ist jetzt hinfällig und somit nicht mehr der Rede wert. Ich sehe wieder nach vorne Richtung Parkplatz, wo ein Auto gerade mühelos in die engste Parklücke auf dem Platz reversiert. Dieser Parkplatz bleibt normalerweise immer frei, weil alle Angst haben, dass sie uncool aussehen könnten, wenn sie nicht auf Anhieb hineinkommen. Ein junger Mann mit kinnlangen, dunkelblonden Locken steigt aus, stützt sich auf dem Auto ab und sieht sich um. Erst als er mir langsam entgegenkommt und mir das verwirrte Gesicht als ein sehr vertrautes vorkommt, erkenne ich in dem veränderten jungen Mann Sam, den besten Freund, den *er* jemals hatte.

„Sam?“, rufe ich ungläubig und stehe auf, doch er sieht nicht, woher meine Stimme kommt.

„Sam!“, wiederhole ich und laufe auf ihn zu. Mein Tablett und das Buch lasse ich liegen. Jetzt hat er mich erkannt und grinst von einem Ohr zum anderen, während er die Arme weit öffnet.

Obgleich es mich ziemlich aufwühlt, ihn nach zwei Jahren so unverhofft wiederzusehen, weil er Erinnerungen an meinen Bruder weckt, ist es gleichzeitig unendlich beruhigend und schön, ihn in meiner Nähe zu haben. Es bringt ein kleines bisschen der Sicherheit zurück, die ich verspürte, wenn ich die beiden früher um mich hatte. Deswegen blende ich die negativen Gefühle fürs Erste einfach aus und lasse mich von diesem riesigen, nicht mehr gerade schlaksigen, sondern mit leichten Fettpölsterchen bedeckten Bären umarmen. Seine großen Arme und Hände drücken fest gegen meinen verletzten Körper, doch ich will ihn nicht loslassen. Ich muss die Tränen zurückhalten, als ich daran denke, dass er mich das letzte Mal beim Begräbnis auf diese Art in den Arm genommen hat.

„Hätte dich gar nicht erkannt, Jules. Du bist ziemlich hübsch geworden, seit ich dich das letzte Mal gesehen habe.“

„Mhm, ich bin eine Schönheit“, antworte ich sarkastisch und lächle. Er lockert die Umarmung, und auch ich gebe ihn, allerdings widerwillig, frei. Sam war immer schon groß, doch selbst nachdem ich gewachsen bin, habe ich das Gefühl, neben ihm ein Gnom zu sein.

„Womit habe ich diese Überraschung verdient?“

Er legt den Arm um mich und geht mit mir Richtung Basketballplatz. „Da ich ja weiß, dass es sinnlos ist, dir zu Hause einen Besuch abzustatten, dachte ich mir, probiere ich hier mein Glück und verbinde es damit, meinen ehemaligen Lehrern ein bisschen auf die Nerven zu gehen."

Bei den Sachen, die ich auf dem Boden zurückgelassen habe, bleibt er stehen und mustert mich kurz. „Sag bloß, du versteckst dich immer noch hier?", fragt er ein bisschen irritiert. Verlegen grinse ich und kämme meine Haarsträhnen hinters Ohr.

„Ich verstecke mich überhaupt nicht. Ich brauche nur manchmal ein bisschen Ruhe von all dem Trubel." Er kneift die Augen zusammen und kräuselt die Lippen. Dann setzt er sich und zieht mich mit sich aufs Gras.

„Bist du noch mit diesem winzigen Mädchen befreundet? Wie war ihr Name noch gleich?"

„Grace. Und sie ist nicht winzig. Du bist einfach Goliath. Neben dir sieht jeder aus wie ein Schlumpf." Sam lacht und rempelt mich leicht mit der Schulter an.

„Also, Mädchen, wie geht es dir?"

„Gut, danke." Standardantwort.

Er verdreht die Augen und reibt mit der Hand meinen Scheitel, sodass er meine Haare komplett durcheinanderbringt. In Sams Gegenwart fühle ich mich immer noch wie das Kind, das ich damals noch war. „Jules! Ich war jahrelang mit Joshua befreundet – und genauso lange kenn ich dich. Denkst du wirklich, dass ich dir *die* Antwort abkaufe?" Ich ringe mir ein Lächeln ab, obwohl mir zum Heulen zumute ist, weil er *seinen* Namen laut ausgesprochen hat.

„Du weißt schon, man lebt", antworte ich schulterzuckend, während ich meinen Haargummi herunterziehe, um meine Haare neu zusammenzuknoten.

„Immer noch so schlimm, hm?", erkundigt er sich besorgt. Ich zucke mit der Schulter und atme tief ein.

„Kommst du klar?"

„Was bleibt mir denn anderes übrig?“, frage ich rhetorisch und versuche dabei, locker zu klingen. Er seufzt und schüttelt den Kopf. Ich will nicht, dass er weiterfragt. Genauso wenig will ich, dass er noch mal über meinen Bruder redet, also übernehme ich das Fragen. „Was tust du überhaupt hier? Ich dachte, du bist jetzt an der Universität in Florida?“

„Bin ich auch, aber ich statte meinen Eltern mal wieder einen Besuch ab, bevor ich mich brav meiner Abschlussarbeit widme. Nicht mehr lange, und ich bin Ingenieur“, erklärt er stolz.

„Wow. Das ist echt cool“, sage ich ehrlich bewundernd, woraufhin er beide Augenbrauen mehrmals hochzieht und lächelt.

„Vielleicht mache ich irgendwann auch meinen Doktor.“

„Sieh an! Bist du zum Streber geworden? Wer hätte das gedacht.“

„Jap. Früher hätte sich das bei mir keiner vorstellen können. Josh musste mir immer in den Hintern treten, wenn es um etwas ging. Alleine hätte ich nicht die Kurve gekratzt.“ Ich pflücke ein Gänseblümchen und zupfe die Blüte ab.

„Stattdessen hat er sein Leben durch eine idiotische Aktion einfach weggeworfen“, murmle ich und bereue die Worte, sobald sie ausgesprochen sind. Ruckartig hebt Sam seinen Kopf. Vergeblich sucht er meinen Blick, bis er schließlich mit seinen Fingern mein Kinn anhebt.

„Jules, dein Bruder war der stärkste Mensch, den ich je kannte. Er wollte das nicht. Er wollte leben.“

„Leider war er am Ende wohl trotzdem nicht stark genug. Er ist betrunken gefahren. Niemand hat ihn dazu gezwungen“, gebe ich zurück und reibe mir die Augen, um die Flüssigkeit, die sich wieder zu bilden beginnt, sofort wegzuwischen.

„Auch Helden werden manchmal schwach“, erwidert er und streichelt meine Wange.

„Okay, genug geheult. Sag mir lieber, warum du wirklich hier bist“, lenke ich ab und entferne seine Hand vorsichtig.

„Was meinst du?“, grinst er.

„Oh bitte“, lache ich. „Das Semester hat gerade begonnen, und du schwänzt die Uni, um deine Familie zu ‚besuchen‘? Dafür hattest du doch den ganzen Sommer Zeit!“

Sein Lächeln beginnt seitlich und breitet sich dann über das ganze Gesicht aus. „Gut erkannt, Sherlock. Ja, du hast recht, ich habe andere Motive. Ich dachte, ich müsste meinen Eltern zumindest persönlich sagen, dass dieser Prachtkerl hier von jetzt an auf ewig nicht mehr zu haben sein wird.“

Mit heruntergezogenen Augenbrauen lasse ich mir den Satz auf der Zunge zergehen und atme dann tief ein, als mir die Bedeutung klar wird.

„Was? Erzähl keinen Mist! Derjenige, der immer erklärt hat, er würde sich niemals ernsthaft binden, hat sich von einer Frau zähmen lassen? Wer ist diese Person? Ich muss ihr die Hand schütteln.“

„Maddie“, nuschelt er und versucht dabei, einerseits den Stolz, den er ganz offensichtlich für diese Frau empfindet, zu verbergen und gleichzeitig dennoch deutlich zu machen, dass er sich nicht dafür schämen muss, ihren Namen vor mir zu nennen.

Obwohl ich damit hätte rechnen müssen, weil ich ja wusste, dass sie damals ein Paar wurden, trifft es mich wie ein Schlag ins Gesicht.

„Warum sagst du ihr eigentlich nicht endlich, dass du sie magst?“

„Was? Wen?“

„Josh! Du starrst jetzt schon fast ein Jahr auf dieses Foto. Ich bin nicht blöd, Bruderherz. Ich bin schon kurz davor, sie selbst zu fragen, ob sie mal mit dir ausgeht.“

Er lacht herzhaft. „Ach, Kleine. Wenn doch alles nur so einfach wäre."

Ich setze mich aufs Bett und nehme ihm das Klassenfoto aus der Hand, um es genauer zu betrachten. Josh steht wie jedes Jahr in der hintersten Reihe. Links neben ihm schneidet Sam eine Grimasse. Rechts von ihm steht ein Mädchen mit schulterlangen roten Haaren und vielen Sommersprossen auf der Nase. Ihr Gesicht ist wie aus Porzellan. Sie sieht aus wie eine Elfe und lächelt herzerwärmend in die Kamera. Ich selbst kenne sie eigentlich nicht gut, aber sie ist ziemlich beliebt an der Schule, weil sie eine von denen ist, die man einfach mögen muss. Sie ist hilfsbereit und nett zu jedem. Das perfekte Mädchen von nebenan, sagt Josh immer. Genau die Art von Mädchen, die jeder Junge irgendwann seine Frau nennen will.

„Wieso sagen das immer alle?" Ich verstelle meine Stimme: „Madeleine, ich steh schon seit einem Jahr auf dich. Willst du mit mir ausgehen?" Dann mache ich Knutschgeräusche, woraufhin Josh sich prustend ins Bett zurückfallen lässt. „Was kann denn daran so schwer sein?"

Er räuspert sich und zieht mir das Foto wieder aus der Hand, um es neben das Bett hinuntersegeln zu lassen. „Ach, was soll's. Spätestens nach ihrer Party weiß es sowieso jeder." Er zögert kurz und kräuselt die Lippen.

„Sam hat mir schon vor einem halben Jahr erklärt, dass er total in sie verknallt ist, und liegt mir seither heulend in den Ohren, weil sie bis vor Kurzem nur platonisch mit ihm befreundet sein wollte. Anscheinend hat sich das jetzt aber geändert, denn die einzigen Knutschgeräusche, die ich von nun an hören werde, sind die von den beiden." Er hebt beide Augenbrauen und lächelt, als wäre er nicht verletzt.

„Oh!", sage ich und fühle mich schlecht, weil ich ihn so gedrängt habe. Dann schwinge ich meine Beine aufs Bett und lege mich neben ihn.

„Weiß er von deinen Gefühlen für sie?“

„Nicht wirklich. Obwohl ich es einmal erwähnt habe, glaube ich. Sie weiß es aber. Hat mir aber nie Hoffnungen deswegen gemacht oder so. Sie hat immer fair gespielt.“

„Oh!“, wiederhole ich einfältig und kratze verlegen meinen Bauch.

„Ich will eigentlich gar nicht auf diese Party. Ich liebe Sam wie einen Bruder, aber ich habe wirklich keinen Bock darauf, zu sehen, wie die zwei heute Abend zusammenkommen.“

„Dann bleib zu Hause!“, klinke ich mich wieder ein und drehe mein Gesicht zu ihm. „Du kriegst sowieso mordsmäßig Ärger, wenn Mom und Dad erfahren, dass du zu einer Party gegangen bist. Und dann auch noch unter der Woche.“ Ich verziehe das Gesicht.

Er schnaubt verächtlich. „Na und? Ich krieg ja sowieso immer Ärger, das stört mich nicht mehr. Was soll ich denn machen? Beide haben mich angefleht, unbedingt zu kommen. Wie kann man zu jemandem wie Maddie schon Nein sagen?“ Seine Frage kommentiere ich mit einem Brummen. Ich kenne mich da zu wenig aus. Wenn's um Liebe geht, habe ich keine Ahnung. Nicht nur, weil ich erst fünfzehn bin. Andere haben mit fünfzehn schon etliche Beziehungen gehabt. Ich hingegen war vielleicht höchstens ein bisschen in jemanden verknallt, doch irgendwie kam es für mich nie wirklich in Frage, mein Herz weit genug aufzumachen. Bei diesen Familienverhältnissen brauche ich nicht auch noch einen Typen, der mich verletzt. Und wie man gerade bei Josh sieht, wird man eben leicht

verletzt, wenn man sich für jemanden öffnet.

„Du wirst es schon schaffen“, sage ich überzeugend, weil mir nichts Hilfreiches einfällt.

„Klar werde ich das. Das ist nichts, was die richtige Menge an Alkohol nicht lösen könnte.“

„Josh!“, schimpfe ich.

„Das war ein Scherz. Keine Panik. So viel trinke ich nicht. Sooo toll ist sie nun auch wieder nicht“, lacht er und zieht neckisch an meinen Haaren. Ich lächle mit ihm, weil ich unmöglich wissen kann, dass sie im Endeffekt wohl doch *genau sooo toll war.*

„Ich weiß, woran du jetzt gerade denkst, Jules“, sagt Sam leise und holt mich damit wieder in die Gegenwart zurück. Mit Daumen und Zeigefinger zerpflücke ich immer noch das Gänseblümchen, reiße jetzt aber nicht mehr nur ein Blütenblatt nach dem anderen ab, sondern gleich den ganzen Kopf. „Aber es war nicht ihre Schuld.“

„Ich weiß.“ Zitternd atme ich ein.

„War es sicher nicht“, betont er noch einmal.

„Ich weiß es“, antworte ich lauter. Ich weiß es wirklich, aber es ist eben immer leichter, jemanden zu haben, auf den man die Schuld abwälzen kann. Und immerhin war es ihre Party. Ihre Schuld, dass er hingefahren ist und überhaupt getrunken hat.

„Glaub mir, wir vermissen ihn beide.“ Ich nicke und kaue auf meiner Unterlippe herum. Auf einmal bin ich ziemlich unentspannt und habe es eilig, zum Sportunterricht zu kommen. Ich stehe auf und klopfe das Gras von meiner Hose ab.

„Hör mal, ich muss jetzt los. War echt schön, dich mal wiederzusehen. Ich wünsche dir und Madeleine das Allerbeste.“ Das meine ich ehrlich. Er mustert mich einen Augenblick lang traurig, bevor auch er aufsteht und mich dann wieder in den Arm nimmt. Fester als vorhin. Er hebt mich sogar hoch. Diesmal will ich die Berührung jedoch nicht mehr. Erstens tut er mir damit weh, und zweitens fühle ich mich an *seiner* Stelle einfach hintergangen. Ich merke, wie meine Maske zu zerbröckeln droht, während er im Begriff ist, mich loszulassen. Die wenigen Augenblicke, die ich also noch in dieser Umarmung habe, nutze ich, um meine Maske aufzusetzen. Anstatt die Augen zu schließen und mich aus der Situation auszuklinken, wie ich es lieber täte, blinzle ich und ziehe die Augenbrauen ein kleines Stück nach oben. Als er mich wieder ansieht, lächle ich auf eine Art, die nach außen hin absolut authentisch zu wirken scheint, denn wie fast jeder andere kauft auch er es mir ab.

„Jules, besuch uns mal, wenn du Zeit hast, okay?"

Ich nicke fröhlich, woraufhin er mir beim Gehen erneut die Haare zerzaust und daran mordsmäßigen Spaß zu haben scheint. Am unangenehmsten ist mir die Tatsache, dass wir an Jeremy vorbeigehen müssen, um durch den Hintereingang ins Schulgebäude zurück zu gelangen. Ich meide seinen Blick, wie er vorhin meinen gemieden hat, weil ich nicht wissen will, was er sich gerade über die Situation denkt und über Sam ausmalt.

Wie so oft in letzter Zeit kann ich mich auch heute wieder absolut nicht auf das konzentrieren, was Ms. Marques uns im Turnunterricht erklärt; vor allem nicht nach dem, was ich gerade von Sam erfahren habe. Schon zweimal hat sie mich gerufen, doch ich habe es nicht gehört. Erst als Susan mich leicht anrempelt und die anderen zu kichern beginnen, wird mir bewusst, wie versunken ich einmal mehr in meinen Gedanken bin. Mein Körper ist anwesend, doch mein Kopf ist ganz woanders.

Ist aber nicht das erste Mal, und die anderen denken ohnehin schon lange, dass ich den Verstand verloren habe. Wenn jedoch eine von ihnen auch nur einen Tag mit mir tauschen müsste, würden sie mich nicht mehr für geistig abnorm halten, sondern endlich mal beginnen zu verstehen, dass das Leben nicht für jeden so mühelos ist wie für sie jetzt. Manchmal würde ich sie in ihrer Naivität so gerne anschreien, dass sie sich nichts darauf einbilden sollen, jetzt noch umringt von ihren oberflächlichen Freundschaften Könige und Königinnen des Schulballs zu sein und auf andere, denen nicht alles in den Schoß fällt, herabsehen zu können, und dass sie sich in dem letzten der vier besten Jahre ihres Lebens befinden, danach jedoch das reale Leben beginnt.

Dann muss ich mich immer wieder darauf besinnen, mir die Frage zu stellen, ob ich denn so anders wäre, wenn ich ihr Leben hätte. Ich möchte keinesfalls undankbar oder hoffnungslos klingen. Im Gegenteil, ich *habe* Hoffnung. Sonst hätte ich bereits aufgegeben – so wie er. Gott hat aber versprochen, dass wir Menschen niemals tiefer fallen würden als in seine Arme, und darauf stütze ich mich nun seit über zwei Jahren. Er sagt, er lässt in unserem Leben nicht mehr zu, als wir tragen können. Diese Gewissheit hilft mir nicht stehen zu bleiben, sondern vorwärtszugehen. Trotz all dem, das oft wirkt, als würde es mich zerbrechen. Und manchmal gerät eben alles plötzlich wieder leicht aus den Fugen, wie heute, und ich fühle mich, als würde ich rückwärtsgehen. Auch wenn ich wahrscheinlich nicht das Recht dazu habe, es zu denken, fühlt es sich einfach falsch an, dass Sam und Madeleine genau das bekommen haben, was sie sich erträumt haben, während *er* nichts davon mehr erleben wird. Es macht mich wütend und todunglücklich zugleich, akzeptieren zu müssen, dass die Welt sich für jeden außer mir weiterzudrehen scheint.

Es ist ein ewiger Kampf, jeden Tag so zu nehmen, wie er kommt, aber ich habe mir selbst versprochen, dass ich im Ring bleibe.

Während die Jungs auf der großen Fußballwiese spielen und sich ständig gegenseitig foulen, bereiten wir uns bei einem relativ einfachen Hindernislauf über Kisten, niedrige Fässer und Ähnliches auf die tatsächlichen Hürden vor, die Ms. Marques in der zweiten Stunde aufstellen wird. Das einzig Gute am Laufen ist, dass man sich darauf nicht wirklich konzentrieren muss, nicht nachdenken muss, wie sich die Füße zu bewegen haben. Das Schlechte daran ist jedoch, dass jeder Schritt, den ich auf den roten Tartanboden setze, in meinem Körper einen höllischen Schmerz auslöst, weil jeder einzelne wunde Punkt stärker belastet wird. Doch ich darf in Sport nicht mehr fehlen. Erstens, weil das Schuljahr geradc crst begonnen hat und ich bereits so oft gefehlt habe, dass meine Note schon jetzt schlecht aussieht. Worauf ich wirklich verzichten kann, ist, dass ich meinen Notendurchschnitt wegen eines Fachs wie Turnen versaue.

Zweitens, weil ich Ms. Marques glaube, wenn sie sagt, dass sie bei meinem nächsten Fehlen mit meinen Eltern sprechen muss. Auch das will ich vermeiden. Also beiße ich die Zähne zusammen und gebe mir die größte Mühe, mir die Anstrengung nicht anmerken zu lassen. Stattdessen suche ich Ablenkung im Fußballspiel der Jungen und beobachte Jeremy und viele andere des Footballteams, die schlicht eine natürliche Begabung für vielerlei Sportarten zu haben scheinen. Für mich gilt das nicht. Das Einzige, was ich kann, ist tanzen. Für etwas anderes konnte ich mich nie recht begeistern.

Bald habe ich den ersten Teil der Doppelstunde hinter mir. Die letzte Hürde des Übungsparcours ist ein echtes Hindernistor, über das ich jetzt noch springen muss. Ich gehe noch schnell den Bewegungsablauf, den Ms. Marques uns oft erklärt hat, genau durch. Beim Abstoß, der relativ weit vor der Hürde erfolgen soll, den Rumpf beugen, das gebeugte Schwungbein schnell aufwärtsschwingen, Schwungbein strecken, Gegenarm für den Schwung mitnehmen, Nachziehbein schnell seitlich nach vorne ziehen, dabei das Schwungbein nach unten bewegen. Erst nach der Landung auf dem Ballen das Nachziehbein intensiv für den nächsten Laufschritt vorschwingen. Viele Mädchen haben Angst vor dem Hürdenlauf; einige sogar so sehr, dass Ms. Marques ihnen erlaubt hat, die letzte Hürde auszulassen. Ich habe keine Angst. Ich will nur, dass es endlich vorbei ist und ich mich hinsetzen kann. Jeremy klopft einem seiner Teamkollegen auf die Schulter, weil der gerade ein Tor geschossen hat, und bewegt sich dann in sein Feld zurück. Er hebt seinen Kopf und sieht in meine Richtung.

Ausgerechnet in diesem Moment, kurz vor dem Sprung, in dem ich Jeremys Blick einfange, spüre ich eine leichte Berührung eines anderen Turnschuhs auf meiner Ferse, die nur für den Bruchteil einer Sekunde anhält, mich jedoch endgültig aus der Bahn wirft. Ich bleibe mit dem hinteren Fuß am Balken hängen, stürze im wahrsten Sinne des Wortes darüber hinweg und krache auf den Boden. Kurz öffne ich die Augen, presse sie dann jedoch sofort wieder zusammen, weil sich alles dreht. Nicht nur in meinem Kopf, sondern *ich* drehe mich als Ganzes. Während der Fall rasend schnell ging, kommt es mir nun ungewöhnlich lange vor, wie weit ich rolle, bis ich endlich im Gras zum Liegen komme. Panisch öffne ich die Augen und sehe nur den Himmel.

Die gesamte Luft ist beim Aufprall aus meinem Brustkorb entwichen, und für kurze Zeit fühlt es sich an, als könnte ich ihn nie wieder mit ausreichend Sauerstoff füllen. Ich bin mir nicht sicher, ob ich mich deshalb nicht bewegen kann, weil ich mir etwas gebrochen habe, oder weil mein Körper einfach noch nicht bereit ist aufzustehen. Ich spüre nichts bis auf meine pulsierenden Adern und eine seltsam warme Flüssigkeit, die sich an meinem linken Arm auszubreiten scheint.

„Oh mein Gott! Julia?!“, schreit meine besorgte Lehrerin, als sie keuchend den kleinen Hügel, den ich hinabgerollt bin, hinunterläuft. Ihr folgen alle anderen Mädchen.

Ich will antworten, dass sie nicht herkommen muss, weil alles in Ordnung ist, doch ich kann nicht. Mit dem ersten

Atemzug setzen auch wieder die Schmerzen ein, die sich mit jedem weiteren vervielfachen.

„Sie blutet", kreischt irgendeines der Mädchen. Daher also die warme Flüssigkeit und der stechende Schmerz.

Jetzt erscheint Ms. Marques vor meinem Gesichtsfeld und sucht meinen Körper nervös nach Verletzungen ab. „*Eine* verdammte Flasche liegt in Scherben auf dem Sportplatz, und du schaffst es, genau hineinzufallen." Ja, das sieht mir ähnlich. Sie rauft sich die Haare und klingt wütend, doch ich weiß, dass sie sich einfach Sorgen macht. Sie sorgt sich nicht ausschließlich um mich, sondern auch darum, welchen Aufstand meine Eltern machen könnten, wenn sie davon erfahren. Lehrern kann man immer einen Strick bezüglich der Aufsichtspflicht drehen, wenn man es darauf anlegt. Ich könnte sie beruhigen und ihr sagen, dass sie sich da bei meinen Eltern ganz bestimmt keine Gedanken machen muss, denn die finden selbst in solch einer Situation die Schuld bei mir. Ich halte jedoch meinen Mund und konzentriere mich auf die Schmerzen in meinen Gliedmaßen, durch die ich weiß, dass noch alles dran ist. Ganz langsam beginne ich mich zu bewegen.

„Ich sehe mir einmal an, wie tief es ist, okay?", sagt Ms. Marques, und ich nicke leicht, weil ich immer noch der Meinung bin, dass wir von meinem Unterarm sprechen, der ausnahmsweise unversehrt ist, zumindest was frühere Verletzungen betrifft. Stattdessen legt Ms. Marques ihre Hände jedoch auf meinen Halsausschnitt und beginnt das Shirt hinunterzuziehen. Ich habe ein Déjà-vu. Doch diesmal bin ich schneller. Trotz der Mühe, die es mir bereitet, schlingen sich meine Arme automatisch vor meinen Körper, um zu vermeiden, dass sie auch nur einen Zentimeter weit kommt. Wenn sie mein Shirt jetzt von der Stelle zieht, dann sieht jeder, wie lang die Narbe am Schlüsselbein tatsächlich ist, und, noch schlimmer, die frischen blau-violetten Flecken quer über meinen Oberkörper.

Perplex blinzelt sie mich an. „Es geht schon", atme ich und lächle. „Ist nicht so schlimm." Fieberhaft versuche ich ihre Hände von mir loszuwerden und gute Miene zum bösen Spiel zu machen, obwohl ich solch unglaubliche Schmerzen habe, dass ich am liebsten laut schreien würde. Der Sturz hat all die Blutergüsse, die auch ohne Berührung wehtun, um ein Vielfaches schlimmer werden lassen, und ich spüre mittlerweile jeden einzelnen.

Wieso ist Gracie nicht da? Sie könnte mir helfen und mich decken, so wie sie es immer tut. Sie würde mir aufhelfen und meine Begleitung, meine Rettung sein, die mich von hier wegbringt. Den anderen Mädchen traue ich nicht über den Weg.

„Es ist mir ehrlich gesagt etwas unangenehm, mich hier zu entblößen, Ms. Marques. Verstehen Sie?", flüstere ich, woraufhin die Falte auf ihrer Stirn endlich verschwindet.

„Okay", sagt sie verständnisvoll. „Ich lasse dich ins Krankenzimmer bringen."

Ich muss hier weg. Bitte lass mich aufstehen. Ich brauche eine Ausrede, um alleine gehen zu können, aber kann ich das überhaupt?

Sie dreht sich von mir weg und fragt die anderen Mädchen etwas, doch ich höre nicht mehr wirklich zu, was die Leute neben mir über mich sagen. Stattdessen gebe ich mir Mühe, meine Augen offen zu halten. Verschwommen sehe ich, wie sich die Köpfe meiner Lehrerin und der anderen Mädchen plötzlich gleichzeitig Richtung Fußballfeld wenden. Von dort ist eine ruhige, etwas atemlose Stimme zu hören, die den Namen meiner Lehrerin ruft und schnell näher kommt. Jeremy hat die Szene offensichtlich vom Fußballplatz aus mitbekommen und kommt mir nun zu Hilfe. Ein kleiner Teil von mir ist glücklich darüber und erleichtert, weil er mich doch nicht ganz abgeschrieben hat und ich zumindest vor ihm nicht mehr alles verstecken muss wie vor den anderen. Der größere Teil denkt sich jedoch, dass mir das gerade noch gefehlt hat.

Kaum macht er den Mund auf, kassiere ich angewiderte und verärgerte Blicke meiner Mitschülerinnen. Vor allem die Blicke eines bestimmten Mädchens sind zum Fürchten. „Ich muss sowieso zur Schulärztin. Habe mir gerade irgendwie beim Spiel den Fuß verstaucht. Mr. Laughlin sagte, ich soll sie gleich mitnehmen“, erklärt er und deutet mit der Hand auf mich. Gott, ist das blamabel. Ungefähr die Hälfte meines Jahrganges hat diesen beschämenden Sturz also gesehen. Wahrscheinlich finde ich morgen ein Video davon auf YouTube mit dem Titel: „Peinlichster Auftritt des Jahres“. Doch selbst das spielt momentan nicht so eine große Rolle.

Wieso springt er auf einmal für mich ein? Und wie konnte er so schnell zu uns herüberlaufen, wenn er sich den Fuß verstaucht hat?

Ms. Marques ist jedenfalls erfreut über seinen Einsatz. „Das ist wirklich sehr lieb von dir, Jeremy, danke! Sonst hätte ich eines der Mädchen geschickt.“

„Kein Problem“, antwortet er lässig und setzt sein breites Lächeln auf. Dann beugt er sich zu mir und überlegt, ob er mir seine Hand reichen soll. Glücklicherweise entscheidet er sich dagegen.

„Kannst du aufstehen?“, erkundigt er sich bei mir, ein wenig besorgter als notwendig. Das Problem ist, ich kann es nicht. Die vielen Zuschauer um mich herum machen die Situation auch nicht einfacher. Ich habe das Gefühl, ich trage ein Korsett, und bei jeder Bewegung schneidet es in meine Organe. Tollpatschig und unbeholfen richte ich mich dann langsam aber doch auf. Ich sehe Jeremy an, wie er mit sich kämpft, nicht die Arme nach mir auszustrecken und mir zu helfen.

„Ich befürchte, dass etwas Glas in der Schulter steckt. Lasst es von der Schulärztin herausnehmen und die Haut desinfizieren“, erklärt meine Lehrerin Jeremy.

Mit all dem schauspielerischen Talent, das ich mir über die Jahre angeeignet habe, überspiele ich lachend die Situation, bedanke mich bei meiner Lehrerin und setze zum Gehen an. Es kostet mich all meine Willenskraft und erfordert meine volle Aufmerksamkeit, einen Fuß vor den anderen zu setzen, statt mich wieder hinzulegen und darauf zu warten, dass der Schmerz verebbt.

Jeremy scheint ebenso wie ich zu wissen, dass die Mädchen uns immer noch hinterhersehen. Es will mir einfach nicht gelingen, aufrecht zu gehen, um mir wenigstens vor ihnen meinen Stolz zu bewahren. Wenn wir in diesem Tempo weitergehen, wird es womöglich nicht allzu schwer für sie sein, zwei und zwei zusammenzuzählen, dass die Schmerzen nicht allein vom Sturz kommen. Oder aber sie denken, ich bin lediglich wehleidig, weil ich Jeremy an meiner Seite habe. Keine Ahnung, welche der beiden Möglichkeiten mir lieber ist.

Jeremy passt sich jedenfalls meinem Tempo an und bleibt immer wieder stehen, um sich den Knöchel theatralisch zu reiben, damit ich mit ihm Schritt halten kann. Jungs würden sein Verhalten gerade wahrscheinlich als mädchenhaft bezeichnen. Männer glauben oft, nur dann stark zu sein, wenn sie ihre Schwäche nicht zeigen. Mädchen hingegen mögen es, wenn Männer Gefühle zeigen. Ehrlich gesagt denke ich, er könnte hier auch gerade vor Schmerzen weinen, und sie würden ihn trotzdem noch oder vor allem deshalb anhimmeln.

„Danke für die Show eben gerade." Julia zögert, sieht mich dann schlussendlich an. „Dir ist aber klar, dass du mich nicht wirklich ins Krankenzimmer bringen kannst, oder?", sagt sie, nachdem wir endlich im Gebäude angekommen und damit außer Sichtweit der anderen sind. Während sie spricht, holt sie bei jedem dritten Wort sehr schwer Luft. Ihren linken Arm hält sie mit der rechten Hand fest. Es ist nicht schwer zu erkennen, wie sehr sie versucht, ihre Schmerzen zu überspielen und den Eindruck zu vermitteln, dass es ihr nicht so schlecht geht, wie es aussieht. Ich bin jedoch weder blind noch blöd und lasse mich nicht täuschen.

Klar weiß ich, dass ich sie nicht zur Schulärztin bringen darf. Ich frage mich generell, wie sie bisher immer den jährlichen Untersuchungen an der Schule entgehen konnte, behalte die Frage jedoch für mich.

Es war eher eine Kurzschlussreaktion von mir, mitten ins Geschehen hineinzulaufen. Kurz vor ihrem Sturz war ich ja eigentlich noch sauer auf sie, doch dann sah sie mich mit ihren müden Rehaugen an, und im nächsten Augenblick beobachtete ich auch schon diesen fürchterlichen Sturz. Clara, eine Freundin von Melanie, lief wohl zu dicht hinter ihr und muss ihr auf den Schuh getreten sein. Nachher hatte sie nicht einmal den Mumm, sich dafür zu entschuldigen. Als Julia reglos im Gras liegen blieb, fuhr ich zusammen, weil ein heftiger Stromschlag durch meinen Körper jagte. Erst als sie sich wieder bewegte, gewann ich meine Fassung zurück und begann mein Schauspiel mit dem umgeknickten Gelenk. Ohne lange nachzudenken zu müssen, wurde mir klar, dass genau solch eine Situation in meinem Verantwortungsbereich liegt, da ich ja über ihre Verletzungen Bescheid weiß. In dem Augenblick war es das Einzige, das mir eingefallen ist, was ich für sie tun könnte.

Vor der Schularztpraxis bleibe ich stehen und drehe mich zu ihr. „Ich besorge den Kram, den wir brauchen. Du bleibst hier und passt auf, dass dich keiner mitnimmt, klar?“ Ich bin mir dessen bewusst, wie bevormundet sie sich im Augenblick fühlen muss.

Wie erwartet, zieht sie verächtlich die Augenbrauen hoch und lacht trocken auf. „Wenn du nett fragst, verabreicht sie dir ja vielleicht auch etwas gegen deine *schrecklichen* Schmerzen“, kontert sie mit zusammengekniffenen Augen. Ich zwinkere ihr lächelnd zu und klopfe an die Türe.

„Herein!“, höre ich eine freundliche, ältere Stimme sagen. Mrs. May ist schon fast siebzig und gibt einem alles, solange man weiß, wie man darum bitten muss. „Jeremy. Schön, dich zu sehen. Dir fehlt doch hoffentlich nichts, oder?“, fragt sie besorgt, als ich die Türe hinter mir schließe.

„Nein, Mrs. May. Mir geht es gut. Einer der Jungs vom Team hat sich jedoch beim Spielen was eingezogen und heult jetzt wie ein kleines Mädchen.“

„Ach Gottchen. Moment, ich komme mit raus. Das haben wir gleich.“

„Nein, so schlimm ist es wirklich nicht, und wie ich sehe, haben Sie hier ohnehin genug Papierkram zu erledigen. Der soll erwachsen werden“, lache ich. „Mr. Laughlin wird sich selbst um ihn kümmern. Er braucht nur einige Sachen, die ich ihm bringen soll, wenn das in Ordnung ist?“, lächle ich und funkle sie an.

Wie sonst auch bei meiner alten Nachbarin, Mrs. Combs, funktioniert dieser Blick genauso bei ihr, und sie lacht los. „Du bist ein lieber Junge, Jeremy. Brauchst du etwas anderes als eine Pinzette?“ Ich überlege, was ich ihr auftragen könnte, damit sie kurz den Raum verlässt und ich das Zeug holen kann, das ich zusätzlich benötige. Mein Blick schweift nachdenklich über ihr Büro und fällt auf die leere Süßigkeitenschachtel auf ihrem Schreibtisch. Ja, das ist perfekt!

„Desinfektionsmittel wäre ganz gut und vielleicht noch ein Schlecker. Funktioniert doch bei den anderen kleinen Kindern auch, wenn sie aufhören sollen zu heulen", scherze ich, woraufhin sie erneut kichert und wie erhofft ins Hinterzimmer verschwindet, um ein neues Päckchen Süßigkeiten zu holen. In der Zwischenzeit stopfe ich mir ein paar Wundauflagen, einen Verband, mehrere Pflaster verschiedener Größen und Abtupftücher in die Taschen meiner Jogginghose, ehe Mrs. May den Raum wieder betritt und mir die Pinzette, Desinfektionsmittel und den gewünschten Schlecker in die Hand drückt.

„Melde dich, wenn ihr noch etwas braucht, okay?", sagt sie freundlich und bringt mich zur Tür.

„Vielen Dank, Mrs. May", rufe ich über meine Schulter, bevor ich hinausgehe und wieder auf Julia treffe, die erschöpft an der Wand lehnt. „Geht es?", frage ich unbeholfen und fühle mich bei ihrem Anblick auf einmal nicht mehr so gefinkelt wie gerade noch bei Mrs. May. Mit schmerzverzogenem Gesicht richtet sie sich auf und nickt kurz.

„Was genau hast du eigentlich vor, wenn ich fragen darf?", fragt sie im Gehen und deutet mit dem unverletzten Ellbogen auf meine Taschen. „Die Scherben aus deiner Schulter holen, was sonst?", antworte ich und dirigiere sie in die Richtung der Sportkammer, in der alle Bälle, Matten und weitere Turnbehelfe aufbewahrt werden. Das ist der Raum, in dem ich jeden Schlupfwinkel kenne und bei dem ich mir sicher bin, dass wir dort ungestört sind. Julia will antworten, bleibt dann jedoch stehen und stützt sich an der Mauer ab. Sie sieht blass aus, und ich mache mir Sorgen. Ihr Kreislauf gibt nach, da das Adrenalin im Körper langsam nachlässt.

Mit ausgestreckten Armen schließe ich die Lücke zwischen uns, um sie hochzuheben und weiterzutragen, doch Farbe kehrt in ihr Gesicht zurück, und sie fährt erschrocken zurück.

„Was machst du da?“, fragt sie mit zusammengekniffenen Augen und hält ihre Arme vor ihren Körper, aus Angst, dass ich ebenso impulsiv handeln könnte wie letztes Mal.

„Dich tragen. Du bist mir zu langsam“, antworte ich schulterzuckend. Natürlich ist das nicht der Hauptgrund. Ich will sie einfach nicht mehr leiden sehen, denn das tut sie bei jedem Schritt.

„Du kannst mich nicht tragen“, gibt sie zurück, als wäre das das Absurdeste der Welt. Ich lege meinen Kopf zur Seite und sehe sie ungläubig an.

„Ernsthaft? Julia!“, beginne ich und zeige mit beiden Händen auf meinen Körper. Dann erst wird mir bewusst, wie arrogant das jetzt wahrscheinlich rüberkam, dabei wollte ich damit nicht andeuten, was für ein starker Kerl ich bin.

Sie schmunzelt durch zusammengepresste Lippen und schließt kurz die Augen. „So meinte ich das nicht“, erklärt sie kopfschüttelnd. „Ich meine, das geht nicht, weil ... Weil mein Rücken ... Ich meine, ich bin ...“

Man braucht kein Genie zu sein, um zu verstehen, was sie mir sagen will. Sie wurde wieder verprügelt und schämt sich dafür, das vor mir zugeben zu müssen. Bei dem Gedanken daran, dass dieser Jemand sie wieder verletzt hat, will ich meine Faust in die Wand rammen, doch was nutzt das? Ich schlucke hart, lasse meine Kiefermuskeln mahlen und behalte meine Fragen mit Mühe für mich. Diesmal darf ich keine blöden Fragen stellen. Ihre Wunden haben Vorrang.

Es ist ihr peinlich, das kann jeder sehen, und ich will sie nicht in diese Lage bringen. So kann ich sie jedoch auch nicht weitergehen lassen. Deswegen mache ich noch einmal einen

Schritt auf sie zu und nehme sanft ihren rechten Arm, um ihn über meine Schulter zu legen.

„Jeremy!“, will sie erneut protestieren, doch ich nehme ihr Kinn mit meinen Fingern und hebe es an, damit sie mich ansehen muss. „Vertrau mir einfach dieses eine Mal, okay?“

Ihre Augenbrauen zittern kurz, und sie überlegt, bevor sie ein einziges Mal nickt. Ich beuge meine Knie ein Stück herunter und verschränke meine Arme unter ihrem Gesäß. Dabei achte ich penibel darauf, sie nicht mit meinen Händen zu berühren, und lasse sie dabei auch nicht aus den Augen, um beobachten zu können, ob sie ausflippt. Sie hält jedoch bloß den Atem an und mustert mich. Schließlich hebe ich sie hoch, und sie schwingt ihre Beine um meine Taille, um ihr Gewicht auf meine Hüfte zu stützen. Den gesunden Arm legt sie um meinen Hals, wohingegen der verletzte zwischen meinem und ihrem Bauch liegen bleibt.

„Geht es so für dich? Wir sind gleich da“, frage ich nach einiger Zeit der Stille. Mein Herz klopft wie wild, während ich versuche, meine Bewegungen so sanft wie möglich zu halten.

„Ich möchte mich dafür entschuldigen, wie ich neulich mit dir gesprochen habe. Das war nicht richtig“, gibt sie zu, ohne auf meine Frage zu reagieren. Dabei sieht sie mir aufrichtig in die Augen, und ich bewundere sie dafür, dass sie sich so ehrlich entschuldigen kann, obwohl ich es in Wahrheit herausgefordert habe und selbst schuld bin.

„Schon okay. Ich war ja auch nicht gerade der Charme in Person.“ Mit einer Hand halte ich sie weiter fest, öffne mit der anderen die Tür der Sportkammer und mache das Licht an. Vorsichtig und behutsam setze ich Julia vor mir ab und spüre dabei gleichzeitig Erleichterung, weil sie mir tatsächlich vertraut hat und ich dieses Vertrauen nicht wieder gebrochen habe, und zugleich ein wenig innere Unruhe, weil das Gefühl, sie stützen zu können, *mir* Sicherheit gab.

Kraftlos sinkt Julia auf den Mattenwagen und beobachtet mich, wie ich meine Taschen neben ihr leere. „Du musst das nicht machen. Ich kann es auch selbst versuchen."

Ich kommentiere ihre Meldung nur mit einem Schnauben. „Du wirst dein Shirt ausziehen müssen", erkläre ich und versuche dabei, gelassen zu klingen. Julia stemmt ihre Fäuste in die Matte.

„Ich weiß nicht, Jeremy. Ich kann das nicht", sagt sie schließlich kopfschüttelnd und rutscht langsam von der Matte herunter.

„Hey!", halte ich sie auf und ringe nach Worten. „Sieh mich bitte nicht an, als wäre ich ein Perverser oder so, ja? Um ehrlich zu sein, macht mich die Situation gerade auch etwas nervös, okay? Aber ich verfolge keine unlauteren Ziele und habe bei all dem auch keine Hintergedanken. Du gehörst verarztet, und ich bin der Einzige, der im Moment da ist. Entweder du lässt mich das machen, oder ich bringe dich zu Mrs. May. Du hast die Wahl. Ich werde mich nicht aufzwingen."

Mit großen Augen studiert sie meine. Die Selbstsicherheit und der Kampfgeist, die ich sonst von ihr kenne, sind verschwunden. Sie seufzt und schließt kurz die Augen. Dann zieht sie sich zurück auf die Matte und hebt eine Hand.

„Du wirst mir helfen müssen. Ich kann den Arm nicht heben", sagt sie kleinlaut. Mit leicht zitternder Hand fahre ich unter ihr Shirt und ziehe es weit genug von ihrem Körper weg, um die Haut darunter nicht zu berühren. Ich hebe zuerst den unverletzten Arm aus dem Ärmel, ziehe ihr das Shirt dann über den Kopf und anschließend ganz vorsichtig weg von den Splittern, die in ihrer Haut stecken, über den zweiten Arm. Julia beißt die Zähne zusammen, als einige Glassplitter dabei auf den Mattenwagen fallen.

Der Anblick, der sich mir daraufhin bietet, schockiert mich auch dieses Mal wieder, selbst wenn ich versuche, mir nichts anmerken zu lassen. Wie ein Schlag in die Magengrube trifft mich das Bild ihres zierlichen, schönen Körpers, verwüstet durch die Vielzahl an Blutergüssen, die selbst die meinen aus Trainingseinheiten bei Weitem übersteigen. Anders als vor ein paar Tagen würde ich alles dafür geben, die frischen und älteren Hämatome nicht vorfinden zu müssen. Die zwei Narben, die in ihren schlichten, schwarzen BH münden, sehe ich zum ersten Mal. Ich zwinge mich dazu, nicht länger als nötig hinzusehen, denn ungeachtet meiner ritterlichen Motive bin ich schließlich ein Mann, und sie ist bildhübsch, trotz all ihrer Wunden. Wahrscheinlich gefällt mir ihre Natürlichkeit so gut, weil sie nicht erst eine Stunde im Bad benötigt, um gut auszusehen.

„Ich denke nicht, dass du das Shirt noch mal anziehen solltest. Wahrscheinlich sind lauter kleine Splitter darin verheddert“, äußere ich, um mich selbst abzulenken. Außerdem ist es voller Blut und an einigen Stellen zerrissen. Sie stimmt mir zu und wirft es neben mir zu Boden.

Während ich mit der Pinzette die gröberen und die feinen Splitter aus ihrer Schulter und dem Unterarm zupfe, malt sie tapfer mit ihren Fingern Kreise auf die blaue Matte, ohne einen Laut von sich zu geben. Erst als ich die größte Scherbe herausnehme, woraufhin sie stärker zu bluten beginnt, stöhnt sie kurz. Ich erzittere selbst, als würde ich den Schmerz genauso fühlen. Der Schnitt ist tiefer als gedacht, also drücke ich die Wundauflage mit meiner flachen Hand gegen ihre Schulter, um die Blutung zu stoppen. Sie zuckt zusammen und drückt mich von sich weg, obwohl ich mir die größte Mühe gebe, ihre blauen Flecken so wenig wie möglich zu berühren. Wieder ein Stromschlag in meinem Körper, ausgelöst durch die Tatsache, dass *ich* ihr nun wehtue.

„Scheiße, Jules! So geht das nicht.“

„Dann lass es! Ich habe dich nicht gezwungen, mir zu helfen“, fährt sie mich an und möchte sich von mir wegdrehen.

„Und du denkst, dass du es selber tun kannst?“ Ich mustere sie. „Du kannst nicht einmal deine Arme richtig heben.“

Sie wendet ihr Gesicht ab. In ihrem Profil sehe ich, wie sie sich auf die Unterlippe beißt. „Ich weiß, es tut weh, aber es dauert nicht mehr lange, okay? Versprochen.“ Meine Stimme ist wieder sanft, verständnisvoller. Durch Football bin ich vieles gewohnt, doch das gilt nicht für sie, und sie hat es sich im Vergleich zu mir nicht ausgesucht. Ich zermartere mir den Kopf, was ich sagen kann, um sie vom Schmerz abzulenken – oder vielleicht auch nur mich selbst. Wie auch immer.

„War das dein Freund?“ Einmal mehr wahnsinnig subtil.

„Hm?“, murmelt sie nachdenklich, nicht wirklich bei der Sache.

„Der Typ vorhin, beim Basketballplatz.“ Eigentlich ist es mir sehr unangenehm, die Frage zweimal stellen zu müssen. Es war beim ersten Mal schon peinlich genug.

Verwirrt sieht sie zu mir hoch. „Wer? Sam?“ Ich schaue starr auf ihre Schulter und beobachte nur aus dem Augenwinkel, wie sie ihren Kopf wieder nach vorne dreht und schwach lächelt, obwohl ich eine kleine Falte zwischen ihren Augenbrauen erkennen kann.

„Nein“, antwortet sie und lacht auf, obgleich es ihre Augen kalt lässt. Das ist alles, was ich zur Antwort bekomme, und ich wundere mich, warum es mich dermaßen unentspannt macht, nicht *mehr* darüber zu erfahren. Ich will wissen, weshalb er sie in den Arm nehmen kann, welche Geschichte hinter den beiden steckt, und warum sie nun so grüblerisch und in sich gekehrt wirkt, nachdem sie meine Frage verneint hat. *War* er etwa mal ihr Freund? Oder war sie vielleicht einfach einmal unglücklich in ihn verliebt? Was verbindet die beiden?

Hilfe! Was soll das ganze Eifersuchtsding heute? Beruhig dich wieder, Jeremy. Das sieht mir nicht einmal ähnlich.

Erneut breche ich das Schweigen. „Darf ich dich etwas fragen?“

Sie richtet ihre Augen auf mich.

„Hast … hast du? Ich meine, hast du schon überlegt, dich ans Jugendamt zu wenden?“, stammle ich, weil ich meine Gedanken nicht mehr für mich behalten kann.

„Das geht nicht“, antwortet sie beinahe flüsternd und blinzelt verzweifelt und irgendwie verloren, während sie zu überlegen scheint, wie sie mir das erklären könnte. Leider kann ich wieder einmal meinen Mund nicht halten und komme ihr zuvor, indem ich mit der nächsten Frage herausplatze.

„Warum nicht, Jules? Die werden dir helfen … dich da rausholen.“ Schlagartig verändert sich ihr Gesichtsausdruck. Ihre Züge werden härter, und eine Falte legt sich zwischen ihre Augenbrauen. Sie wechselt wieder in die Abwehrhaltung. Ich merke selbst, wie verzweifelt meine Bitte klingt. Ich wünsche mir so sehr, dass sie mir die Verantwortung, die ich mir selbst auferlegt habe, wieder abnimmt und es jemandem erzählt, der tatsächlich eine Veränderung in ihrem Leben bewirken kann. Es mag selbstsüchtig klingen, so zu denken, doch ich bin *siebzehn*. Ich habe keinen Schimmer, was in solchen Situationen das Beste oder das Richtige ist; oder ob die beiden Sachen in diesem Fall überhaupt das Gleiche sind.

„Ja, klar. Genau das ist die Lösung. Danke für den Tipp“, antwortet sie sarkastisch und schüttelt den Kopf. Eisige Stille liegt zwischen uns, bis ich es nicht mehr ertrage.

„Wieso machst du das ständig?“ Obwohl mir bewusst ist, dass ich zum Großteil dazu beigetragen habe, frustriert und enttäuscht mich ihr Verhalten gerade wieder ein bisschen. Zu sehr ließ sie mich bereits hinter die Fassade blicken, zu fasziniert und gefangen genommen bin ich von ihrem wahren Kern, um sie nun plötzlich wieder zu verlieren.

„Wie bitte?"

„Ich verstehe einfach nicht, warum du oft nur für einen Augenblick richtig offen bist und mich ansiehst, als ob du wirklich mit mir reden würdest, und im nächsten Moment machst du wieder komplett zu und gibst nichts mehr von dir preis."

Ertappt und ein wenig eingeschüchtert sieht sie mir in die Augen.

„Vorhin bei dem Typen hast du das Gleiche gemacht. Wenn ich deine bröckelnde Fassade nicht Sekunden davor gesehen hätte, als du dachtest, dass dich keiner ansieht, hätte ich dir dein fröhliches Gesicht genauso abgekauft wie er."

„Und?"

„Und – es stört mich! Ich wüsste einfach gerne, was in deinem Kopf vor sich geht. Ich möchte dich verstehen."

„Als wärst *du* ein offenes Buch", entgegnet sie.

„Das ist jetzt nicht das Thema."

„Doch! Genau das ist das Thema", antwortet sie erbost. „Du erwartest ständig von mir, dass ich die intimsten, persönlichsten Dinge von mir verrate, wohingegen du mich noch nicht *einmal* unter *deine* Oberfläche schauen hast lassen." Mit ihrer flachen Hand stößt sie mir dabei verärgert gegen die Brust, worauf ich einen Schritt zurückweiche.

Unsere eisigen Blicke haften aneinander, ehe sie die Spannung löst, indem sie bedrückt die Augen abwendet. Ich beiße mir auf die Unterlippe und atme tief ein, bevor ich Desinfektionsmittel auf ein sauberes Tuch träufle und die Wundauflage von ihrer Haut entferne.

„Das wird jetzt wahrscheinlich ziemlich brennen."

„Ich weiß", erklärt sie und krallt ihre Fingernägel in den Stoff der Matte, als ich ihre Wunden abtupfe.

Normalerweise ist es nicht so schwer für mich, mit anderen zu reden, ihr Vertrauen zu gewinnen – im Gegenteil. Leute fühlen sich bei mir sonst eher wohl und erzählen mir gerne von sich. Doch sie hat recht, ich erzähle dabei nur selten etwas von mir, zumindest nichts von Bedeutung. Sie ist nur die Erste, die das zu stören scheint. Der Grund dafür ist nicht nur, dass ich den meisten nicht vertraue. Auch nicht, dass ich nicht wüsste, wie ich das, was mich wirklich beschäftigt, in Worte fassen sollte. Das würde ich schon hinkriegen. Hauptsächlich ist es, weil ich mich in Situationen wie diesen wie das Reh im Scheinwerferlicht fühle und das nicht gut verkrafte. Ich bin gerne der Starke, derjenige, auf den sich andere verlassen können. Derjenige, der in jeder Situation die Nerven behält, selbst wenn alle anderen sie bereits verloren haben. Es passt nicht zu dem Bild, welches ich mir über die Jahre von mir aufgebaut habe, wenn ich mich bei jemand anderem anlehne.

Aber wenn ich ihr Vertrauen suche, dann muss ich Julia erst selbst mein Vertrauen schenken und etwas Bedeutsames von mir mit ihr teilen. „Ich habe eine Riesenangst vor Prüfungen“, gestehe ich schließlich.

Sie blickt zu mir auf und wartet, während ich überlege, wie ich das Ganze formulieren soll. Ihr suchender Blick und ihre feuchten Augen machen mich extrem nervös. Kommen die Tränen vom Brennen des Desinfektionsmittels oder meinetwegen?

„Okay …“, flüstert sie nach einiger Zeit, bevor ich weitersprechen kann, und ich erkenne den Anflug von Enttäuschung in ihrer Stimme, weil sie denkt, dass ich bereits wieder aufhöre zu erzählen.

„Warte mal kurz! Das war noch nicht alles“, erkläre ich. „Damit meine ich nicht die normale Angst, dieses flaue Gefühl im Magen vor der Prüfung und unter Umständen das kurze Blackout, das manche währenddessen haben. Ich habe panische

Angst davor, zu versagen, meinen Dad zu enttäuschen. Und in letzter Zeit versage ich andauernd. Obwohl ich vor ihm oft so tue, als wäre es mir egal, welche Erwartungen und Hoffnungen er in mich setzt, ist das schlimmste Gefühl, das ich kenne, jenes, ihn so zu verletzen, wie meine Mutter es getan hat." Ich pausiere, während ich eine neue Wundauflage auf ihre Schulter gebe und das größte Pflaster darüberklebe, das ich mitgenommen habe.

„Deswegen haben mich deine Worte neulich auch so getroffen. Weil ich wusste, dass ein Teil davon wahr ist, und weil ich Angst habe, dass du recht behalten könntest." Sie sieht mich traurig an. Das ist kein mitleidiger oder beschwichtigender Blick. Sie macht auch nicht den Eindruck, als würde sie das Gesagte kommentieren wollen. Sie scheint zu wissen, dass Worte nicht genügen, um solche Ängste auszumerzen. Vielmehr sieht sie mich mitfühlend an. Sie nickt ganz leicht. Es ist nicht das oberflächliche Nicken von Leuten, die ausdrücken wollen, dass sie im Gespräch mitgekommen sind, oder die vorgeben zu verstehen, was gesagt wurde, obwohl sie das nicht können. Sie sieht auch nicht aus, als wäre sie jetzt schockiert, weil sie so etwas vom beliebten Quarterback erfahren hat, der Schwäche zeigen und seinen Schutzpanzer ablegen kann. Sie nickt, als könnte sie tatsächlich begreifen, wovon ich spreche.

„Ich war schon dort", beginnt sie schließlich und sieht auf unsere Füße. Ich hingegen schaue sie verständnislos und ungläubig an, obwohl ich erahne, was sie meint.

„Also beim Jugendamt. Etwa ein halbes Jahr nach dem Tod von …" Ihre Stimme bricht. Sie kann seinen Namen wohl nicht aussprechen. „Nach dem Tod meines Bruders war ich dort. Ich habe ihnen erklärt, dass es Mom wirklich schlecht geht und ich nicht sicher bin, was sie sich, meinem Dad oder mir antun könnte. Weißt du, was ihre Antwort war? Ich solle die Situation weiter beobachten, immerhin wäre ich doch schon alt genug. Ich solle mich wieder melden, wenn's gar nicht mehr geht. Ich solle aber auch lernen, Verständnis und Mitgefühl zu haben, denn Mom hätte gerade einen schweren Schicksalsschlag erlebt.

Einen Monat später schlug sie mich das erste Mal. Richtig. Nach ewigem Ringen mit mir rief ich wieder an und erzählte ihnen davon. Sie kamen vorbei, nahmen die übliche, sinnlose Prozedur vor und stellten fest, dass soweit alles in Ordnung war, sie uns aber im Auge behalten würden. In dieser Nacht fuhr Mom mit mir im Auto gegen einen Laternenmast." Scheinbar unwillkürlich wandern ihre Finger zu ihrem Schlüsselbein, womit sich meine Frage nach der Herkunft dieser schrecklich langen Narbe erübrigt. Mit hoher Wahrscheinlichkeit stammt sie von einer Operation nach diesem Unfall. Es ist also ihre Mom, die sie schlägt. Kaum vorstellbar, welche Wut sie in sich tragen muss, um ihre eigene Tochter dermaßen zuzurichten.

„Ich mache das nicht noch einmal mit", schließt sie, und ich erkenne, dass sie nicht mehr darüber sprechen möchte. Obwohl ich noch tausend weitere Fragen habe, respektiere ich diesen stillen Wunsch und wickle den Verband um ihr Handgelenk. Als ich ihn an der Innenseite befestige und meine Finger dabei ihre Haut berühren, bekommt sie Gänsehaut.

„Dir muss kalt sein. Tut mir leid, dass es so lange gedauert hat."

Ihre Reaktion verwirrt mich, denn sie sieht lediglich auf den braunen Verband, der nun fest sitzt, und lächelt in sich hinein. Wie gern wüsste ich, was sie gerade denkt. Ich streife meine Trainingsjacke ab, die ich beim Spiel getragen habe, und lege sie ihr über die Schultern. Sofort zieht sie sie mit der gesunden Hand enger um ihre Brust und hält sie fest. „Du bekommst sie gewaschen zurück“, verspricht sie, woraufhin ich schmunzle.

„Pass lieber auf, dass du nicht wieder Nasenbluten von meinem Geruch bekommst“, scherze ich – anspielend auf unser Zusammentreffen am Zaun des Trainingsplatzes damals – und freue mich darüber, dass sie grinst.

Während ich den Müll von der Matte einsammle, schlüpft sie mit schmerzverzerrtem Gesicht in die Ärmel und zieht den Zipp zu, ehe sie vom Mattenwagen gleitet. Ich erinnere mich an den Schlecker, den ich von Mrs. May bekommen habe, krame ihn aus meiner Hosentasche und reiche ihn ihr. „Für deine Tapferkeit.“ Lächelnd nimmt sie ihn entgegen, und ich zwinkere ihr zu, bevor sie nach ihrem zerfetzten Shirt greift und sich zum Gehen abwendet.

„Und, Jules …“ Unsicher dreht sie sich noch einmal zu mir um und zieht die viel zu lange Jacke noch weiter über ihre Oberschenkel.

„Danke.“ Danke, dass du mir das erzählt hast. Danke, dass du mir vertraut hast. Danke, dass ich mich dir öffnen durfte. Es gibt viele Dinge, für die ich mich gerade bedanken möchte, doch ich bleibe bei diesem einen Wort. Sie versteht mich Gott sei Dank auch so und lächelt. „Ja. Dir auch.“

Julia

„Hey, Süße!“, meldet sich Gracie am anderen Ende, bevor ich überhaupt die Möglichkeit habe, das Handy richtig an mein Ohr zu legen.

„Du hast mich angesteckt“, schimpfe ich lachend und huste daraufhin ins Telefon. Gracie kichert.

„Oh, sorry, wir hätten nicht so viel telefonieren dürfen.“

„Ja, diese Bazillen sind eben auch nicht mehr das, was sie mal waren“, scherze ich.

„Deine Stimme klingt total belegt, du Arme. Was treibst du da im Hintergrund?“

„Das frage ich mich auch die ganze Zeit. Ein Mädchen aus der elften Klasse war kurz vorm Zusammenbruch, als ich in den Nachhilferaum kam, weil ihre Kollegen sie anscheinend beim Aufbau ihres Raumes für die Halloweenfeier im Stich gelassen haben.“

„Lass mich raten: Du hast dich erbarmt und hilfst ihr jetzt.“ Ich nicke und klemme mir das Telefon zwischen Wange und Schulter, um den nächsten Nagel in die Holzplane zu versenken. Mein Schweigen deutet sie als „Ja“.

„Und liege ich richtig mit der Vermutung, dass auch sie jetzt das Weite gesucht hat?“ Erneut nicke ich und hämmere noch einmal gegen den Nagel, rutsche jedoch ab und treffe nur das Holz.

„Kacke!“, zische ich. „Wie schwierig kann es sein, einen Nagel zu treffen?!“

„Heißt das denn, du kommst doch zum Fest?“

„Nein. Tut mir leid. Aber du hast Maggie, die mit dir hingeht, oder?“ Maggie ist eine Tochter der Familie aus Seattle, bei der Gracie als Kind gewohnt hatte, nachdem ihre Eltern verstorben waren. Die beiden haben diese Freundschaft all die Jahre aufrechterhalten, obwohl sie sich oft nur ein einziges Mal im Jahr sehen konnten. Dieses Jahr besucht Maggie Gracie übers Wochenende und die beiden werden in einem Motel schlafen. Greg und Mary denken, sie würden weiter weg fahren. Grace möchte um jeden Preis vermeiden, dass eine ihrer Freundinnen in den „Genuss“ kommt, nähere Bekanntschaft mit ihm zu machen. Er hätte natürlich kein Problem damit, wenn beide Mädchen bei ihnen übernachten würden. Allein der Gedanke an ihn macht mich krank.

„Bist du bis dahin denn schon wieder gesund?"

Sie brummt. „Der verrückte Arzt wollte mich noch eine ganze Woche krankschreiben, aber ich habe ihm erklärt, dass ich spätestens am Mittwoch wieder in die Schule gehe, egal ob mit oder ohne sein Einverständnis."

„Wieso ausgerechnet am Mittwoch?", nuschle ich verwirrt mit einem Nagel im Mund.

„Weil mir das dann noch drei Tage gibt, dich umzustimmen, dass du uns doch noch begleitest."

Ich stöhne genervt und verdrehe die Augen.

„Mary hat gestern beim Essen ihr Kostüm präsentiert", erzählt sie weiter und wechselt das Thema, ehe ich protestieren kann. „Du willst nicht wissen, was sie dafür ausgegeben hat."

„Ist sie nicht schon etwas zu alt dafür?"

„Ja. Aber das hat sie noch nie daran gehindert. Jedenfalls geht sie als Hexe – wie einfallsreich! Beinahe hätte ich ihr gesagt, dass der ganze Sinn an Halloween der ist, sich als etwas zu verkleiden, was man nicht bereits das ganze Jahr über ist."

Ich pruste los. Dann höre ich jemanden im Hintergrund nach Grace rufen.

„Toll. Wenn man von der Sonne spricht … Ich muss essen gehen. Ruf mich an, bevor du dein Handy abgeben musst, okay?"

„Mach ich. Werde endlich gesund!", befehle ich und lege auf. Dann schiebe ich mein Handy zurück in die Hosentasche, um mich wieder der Arbeit zu widmen.

„Was wird das da?" Jeremys plötzliches Erscheinen direkt hinter mir lässt mich hochschrecken, sodass ich beinahe von der ohnehin wackeligen Leiter falle. Mit beiden Händen halte ich mich an der oberen Ablage fest, ehe ich mich zu ihm umdrehe.

„Die Frage ist, was tust *du* hier? Solltest du nicht beim Training sein?“

„Nein, ich bleibe dabei. Meine Frage ist interessanter“, meint er beharrlich und nippt an seinem Kaffee, nachdem er einige Schritte zurückgewichen ist, um zu mustern, was ich bisher gemacht habe.

„Ich helfe den Juniors, die Dekoration für dieses dämliche Halloweenfest aufzuhängen.“

„Wieso?“ Seine Stimme klingt verständnislos und belustigt zugleich.

„Weil sie Hilfe brauchten und ich gerade nichts zu tun habe. Mein Nachhilfeschüler ist krank.“ Wie auf Befehl huste ich erneut.

„Du bist selbst total erkältet“, stellt er tadelnd fest.

„Oh. Das ist es also“, antworte ich gespielt erstaunt. „Ich hab mich schon gewundert, woher dieses komische Surren in meinem Ohr kommt. Nein, warte … das ist ja deine Stimme.“

Er verdreht grinsend die Augen. „Auf einer Leiter zu stehen, wenn man krank ist, gehört nicht gerade zu den brillantesten Einfällen, weißt du?“

„Anstatt zu kommentieren, was ich *nicht* machen sollte, könntest du dich auch einfach nützlich machen, indem du anfängst, die Fäden da drüben mit Klebeband an der Decke zu befestigen.“

Er gibt vor, in Erwägung zu ziehen, was ich ihm eben gesagt habe, während er den Kram auf einer der Bänke zur Seite schiebt, um sich bequem hinzusetzen. „Lass mich zuerst meinen Kaffee austrinken. Danach hab ich dann die Kraft … dir zu erklären, wie sehr das *nie* passieren wird“, zwinkert er frech.

„Warst du nicht derjenige, der mir gesagt hat, ich solle ab und zu Hilfe annehmen?“

„Klar, aber das setzt voraus, dass ich sie dir zuerst angeboten habe.“

Ich lache übertrieben laut auf und verziehe das Gesicht. „Wahnsinnig witzig. Vielen Dank auch."

„Jules. Der einzige Grund, weshalb man als Junior diese Strapazen der Dekoration und des Aufbaus auf sich nimmt, ist, weil man dann als Senior keinen Finger rühren muss. Das ist die Dynamik des Ganzen. Wenn du es selber aufbaust, kannst du es ja gar nicht genießen."

„Ich war weder letztes Jahr dort, noch werde ich dieses Jahr hingehen, also hat diese *Dynamik* auf mich keinen Einfluss."

„Wieso nicht?"

„Ich halte nichts von Halloween."

„Weshalb?"

„Du stellst ziemlich viele Fragen", seufze ich. Geduldig trinkt er seinen Kaffee und sieht mich mit großen Augen über den Becherrand an. Kapitulierend rolle ich mit den Augen und setze mich auf die oberste Stufe der Leiter. Meine Arme stütze ich auf den Knien ab.

„Die Kelten der vorchristlichen Zeit glaubten fest daran, dass in der Nacht auf den 1. November, in welcher das Winterhalbjahr begann, das ihrer Meinung nach vom Totengott Samhain regiert wurde, die Trennung zwischen dem Reich der Toten und den Lebenden praktisch nicht vorhanden war. Sie fürchteten, dass die Verstorbenen in dieser Nacht mehr denn je Kontakt zu den Hinterbliebenen suchten und deshalb den Körper eines Lebenden brauchten, um ein Jahr darin verweilen zu können. Deshalb verkleideten sich die Kelten als abstoßende, gruselige Wesen, weil sie hofften, dass sie damit den Geistern vortäuschen könnten, selbst tot zu sein. Die Druiden nutzten diese Angst, um den Aberglauben zu stärken, und redeten ihnen ein, dass der einzige Weg, Samhain gnädig zu stimmen, jener wäre, ein Kind oder eine Jungfrau zu opfern und diese bei lebendigem Leib zu verbrennen. Lässt sich nicht wirklich mit meinem Glauben als Christin vereinbaren, so ein ‚Fest'. Deswegen gehe ich auch nicht hin."

Er blinzelt mehrmals. Wahrscheinlich ist er überrascht, weil er dachte, der Grund wäre vielleicht, dass ich nicht wüsste, was ich anziehen sollte, mich vor den dummen Streichen fürchte – oder es mir einfach zu blöd wäre, so eine Schulparty.

„Aber daran glaubt doch heutzutage sowieso keiner mehr", meint er schließlich.

„Genau. Bei uns geht es nur mehr darum, wer den kürzesten Rock findet, um sich als sexy Irgendwas zu verkleiden, und eine weitere offizielle Ausrede dafür zu haben, sich peinlich aufzuführen. Außerdem opfern Okkultisten und Satanisten an diesem Tag immer noch Menschen und Tiere und beziehen sich damit auf diesen alten Brauch."

Er betrachtet mich einen Moment lang ernst, zuckt dann mit den Schultern und beugt sich nach vorne. „Na ja, wenn du weiterhin so lange brauchst, um einen Nagel in die Wand zu schlagen, dann wird es dieses Jahr ohnehin nicht mehr stattfinden."

„Siehst du diesen Hammer in meiner Hand?" Ich wedele in einer drohenden Geste mit dem Werkzeug herum, woraufhin er lacht.

„Allerdings", bestätigt er. „Was ich außerdem sehe, ist, dass du offensichtlich nicht damit umgehen kannst." Er steht auf und klettert auf die andere Seite der Leiter. „Also, gib schon her. Da kann man echt nicht zuschauen."

„Wieso bist du eigentlich hier, wenn du mir nicht helfen willst?", frage ich, während ich auf die Stellen deute, in die er die Nägel hineinschlagen muss.

„Ich habe ein neues Pflaster und einen Verband mit. Die gehören gewechselt. Immerhin kannst du schon beide Arme heben, das bedeutet, ich muss dich nicht wieder ausziehen", grinst er blöd, und ich boxe ihn in den Oberarm. Zum Glück werde ich nicht so leicht rot, denn dann wäre die Situation gerade ziemlich unangenehm. Ist ja nicht so, als wäre die Szene, die er gerade anspricht, spurlos an mir vorbeigegangen. Mein Puls schlug bestimmt zweihundertmal in der Minute, und ich wollte vor Scham im Erdboden versinken. Aber er hat das Ganze ziemlich cool gelöst und nicht einen blöden Spruch darüber, mich erneut nur im BH gesehen zu haben, abgegeben. Da ich mein Pflaster am Schulterblatt leider nicht selbst wechseln kann, muss diese Aufgabe wieder er übernehmen. Verblüffenderweise stört mich der Gedanke gar nicht mehr so sehr, dass er mich so sieht. Mit all den Wunden, Narben und, nicht zu vergessen, nur im BH. Er kann mit Sicherheit so ziemlich jedes Mädchen der Schule nur im BH sehen, wenn er das will. Wahrscheinlich auch mit weniger als dem, also ist das bei mir bestimmt nichts Besonderes für ihn. Aber er hatte den Anstand, so gut wie gar nicht hinzusehen, somit ist es erträglich für mich. Ich hab ohnehin momentan keine andere Wahl.

In Wahrheit freue ich mich sehr über die Tatsache, dass wir wieder normal miteinander umgehen und scherzen können, ohne um den anderen herumtänzeln oder ihn künstlich ignorieren zu müssen. Natürlich ist nichts mehr normal, weil wir alleine in dieser Woche wahrscheinlich mehr miteinander gesprochen haben als insgesamt in den Jahren zuvor. Außerdem hätte er vorher niemals so offensichtlich meine Nähe gesucht. Aber ich empfinde es nicht als unangenehm oder aufdringlich. Ich genieße diese Unkompliziertheit mit ihm. Ich genieße es, mich vor Jeremy nicht mehr verstellen zu müssen, weil er mein Geheimnis nun kennt.

„So, bitte schön. Dein Teil wäre erledigt. Jetzt kannst du die faulen Juniors wieder selbst arbeiten lassen. Die sollen mal keinen Stress kriegen. Halloween ist doch erst in einer Woche“, sagt Jeremy und springt von der Leiter. Ich lasse mir beim Absteigen etwas mehr Zeit, denn ich bin tatsächlich etwas wackelig auf den Beinen. Wieder einmal verkrampft sich mein Brustkorb beim Husten, und ich gebe mir Mühe, ihn besser zu unterdrücken. Anstatt die Leiter einfach ein Stück wegzuschieben, um zu meinem Zeug zu gelangen, beschließe ich sie zusammenzuklappen und beiseitezustellen, damit niemand darüberfällt, wenn jemand hereinkommt. Jeremy hat mir den Rücken zugekehrt, als ich die Leiter anhebe und im gleichen Moment doch wie verrückt husten muss. Ich verliere den Halt auf dem glatten Metall, woraufhin die Füße der Leiter auf den Boden knallen und das komplette Ding mit mir gemeinsam zu kippen beginnt.

Während ich mich bereits darauf vorbereite, von der Leiter getroffen zu werden, und meine Hände schützend über meinen Kopf hebe, legt sich ein Arm um meinen Bauch und dreht meinen Körper so, dass ich mit dem Rücken an der Wand lande. Ein ohrenbetäubendes Geräusch ertönt, als die Leiter ebenfalls über mir gegen die Wand kracht. Erschrocken reiße ich nach ein paar Sekunden die Augen auf, um direkt in Jeremys zu blicken. Die eine Hand immer noch um meine Taille, stützt sich Jeremy mit der anderen über mir an der Wand ab.

„Au!“, raunt er. Als ich aufsehe, erkenne ich, dass er nicht nur sich abstützt, sondern vor allem die Leiter hält, die nach dem Aufprall auf seinen Arm statt auf mich gefallen ist.

„Warst du immer schon so tollpatschig?“, fragt er, während er sich unter der Leiter dreht, um sie von uns beiden wegzudrücken. Normalerweise bin ich absolut nicht ungeschickt. Aber ich bin doch krank, und die Leiter war zugegebenermaßen schlichtweg zu schwer. Für Jeremy ist das kein Problem. Er hebt die Leiter mit einer Hand und stellt sie ans andere Ende des Zimmers.

„Das war beispielsweise eine Situation, in der du um Hilfe bitten solltest, bevor das Ding hier meinen Wurfarm malträtiert."

„Tut mir echt leid, das war blöd. Ich werde es das nächste Mal berücksichtigen. Danke", bestätige ich hustend. Sein Blick wandert erneut leicht besorgt zu mir.

„Im Ernst, Jules. Wieso bleibst du nicht zu Hause, wenn du krank bist?"

Ich atme langsam ein, bevor ich antworte. „Jeremy. Ich weiß, das ist schwer für dich zu verstehen. Aber das hier ist hundertmal entspannender, als zu Hause zu sein."

Sein Mund öffnet sich, um zu antworten, als Laura in der Türe erscheint und sich umsieht. „Wow! Danke, Julia, du hast echt viel geschafft", staunt sie, während sie ihren Blick über die befestigten Holzleisten und die geschnitzten Kürbisse wandern lässt. Als sie Jeremy auf der anderen Seite des Zimmers entdeckt, setzt sie unwillkürlich einen Schritt zurück.

„Ähm. Hi", lächelt sie verlegen und schiebt sich die dicke Brille höher auf die Nase. Er lächelt höflich zurück und hebt die Hand zum Gruß. Laura wirkt, als wäre ihr die Situation sehr unangenehm, da sie nicht weiß, was sie davon halten soll, Jeremy mit mir hier drinnen zu sehen. Sie blickt zwischen uns hin und her.

Ich unterbreche das peinliche Schweigen. „Sieh mal, Laura, was ich für dich gemacht habe." Ich bewege mich hustend zum Tisch und ziehe von darunter die geisterähnliche Figur heraus, die ich aus Hühnerdraht geformt habe. „Je weiter weg man steht, desto gruseliger sieht sie aus. Vielleicht kannst du sie für die Deko im Schulhof gebrauchen", erkläre ich. Laura wirkt beeindruckt und kommt strahlend auf mich zu.

„Oh, wow. Ist das cool. Die anderen werden blöd schauen", kichert sie und umarmt mich flüchtig mit einem Arm. Weil ich weiß, dass Jeremy meine Reaktionen beobachtet, halte ich meine Gesichtszüge unter Kontrolle und ignoriere ihre Hand auf meiner offenen Schulter. „Vielen Dank, J“, sagt sie und lässt ihre Finger über die Figur wandern.

„Okay, Laura, viel Erfolg noch beim Aufbauen. Wir müssen jetzt leider los“, meldet sich Jeremy zu Wort, woraufhin zuerst er, dann ich einen neugierigen Blick von Laura ernte. Sie nickt bedächtig und bedankt sich noch einmal umständlich, während Jeremy mir die Tür aufhält.

„Wer nennt dich J?“, lacht er schließlich auf dem Weg in die Sportkammer, die direkt neben dem letzten Umkleideraum liegt. Hier waren wir auch bereits vor zwei Tagen, als Jeremy sich nach meinem Sturz um mich kümmerte.

„Eigentlich nennen mich meine Freunde fast alle J. Du bist der Einzige, der noch Jules zu mir sagt.“

Er starrt mich mit hochgezogenen Augenbrauen an. „Nennst du mich etwa gerade deinen Freund?“, erkundigt er sich schelmisch grinsend. Sein Grinsen steckt mich wie so oft an, und ich schlucke.

Nenne ich ihn das? Wie kann man jemanden seinen Freund nennen, den man in Wahrheit kaum kennt?

Innerlich schüttele ich den Kopf. „Okay. Vergiss den ersten Teil des Satzes. Du bist der Einzige, der mich noch Jules nennt. Punkt.“ Jeremy legt lachend den Kopf in den Nacken und belässt es dabei. Verblüffenderweise tut es gar nicht mehr so weh, diesen Spitznamen aus seinem Mund zu hören. Es erinnert mich hingegen in einer schönen Weise an meinen Bruder.

Ich schließe die Türe hinter uns und folge Jeremy zu unserem Mattenwagen.

Unserem? Ich sollte mir wirklich nichts darauf einbilden, dass er gerade nett zu mir ist. Wer weiß, wie lange er diese Rolle noch spielen will, denn ich kann noch immer nicht ganz glauben, wie sehr sich unsere „Beziehung“ verändert hat.

In einer schnellen Bewegung ziehe ich meinen Pullover über den Kopf und lege ihn neben mir auf die Matten. Ich habe heute extra ein Trägertop anstatt eines T-Shirts angezogen, sodass ich vor ihm nicht erneut im BH herumsitzen muss. Auch wenn ich gestehen muss, dass ich mich in seiner Gegenwart inzwischen erstaunlich wohlfühle, will ich ihm trotzdem nicht ständig meine Wunden zeigen. Das ist nicht meine Art. Dennoch wandern seine Augen kurz über meine Arme, die von den mittlerweile grünlich gefärbten Fingerabdrücken der Hände meiner Mutter übersät sind. Als er mir daraufhin in die Augen sieht, hat sich eine leichte Furche zwischen seinen Augenbrauen gebildet. Das Ganze muss nach wie vor ein ziemlicher Schock für ihn sein, obwohl er mich mittlerweile bereits öfter so gesehen hat. Ich bin mein Aussehen ja schon gewohnt. Es erschreckt mich nicht mehr, meinen blessierten Körper im Spiegel zu sehen. Es ist ohnehin bereits zu einer Art Dauerzustand geworden. An guten Tagen fällt es mir nicht einmal mehr auf, aber offen gesagt meide ich den Blick in den Spiegel auch ganz gerne.

Während er den Verband an meiner Hand wechselt, herrscht Funkstille zwischen uns. Ich weiß nicht, was ich sagen soll, und er wirkt, als brauche er gerade die Stille. Scheint, als wäre ich nicht die Einzige, die binnen Minuten ihre Stimmung ändern kann.

„Kannst du dich umdrehen?“, bittet er mich schließlich, und ich setze mich mit dem Rücken zu ihm seitlich auf den Mattenwagen. Er schiebt die Träger des Tops und BHs etwas hinunter, um das Pflaster abnehmen zu können. Zischend sauge ich dabei Luft ein, weil es unangenehm zieht und ein Teil wieder aufzureißen scheint.

„Sorry“, flüstert er. „Die Wunde heilt aber schön. Sieht nicht so aus, als würde sie sich entzünden. Ich habe dir ein

Puder mitgebracht, das zur Wundheilung beiträgt, ohne sie dabei zu benässen. Das streue ich dir drüber, in Ordnung?"

„Danke, Herr Doktor. Wusste gar nicht, dass du medizinisch so bewandert bist", scherze ich.

„Na ja. Mit einem Arzt und einer Krankenschwester zu Hause ist das eigentlich gar keine Kunst."

Ich rümpfe die Nase. „Das sehe ich anders. Ich habe einen Polizisten und eine gelernte Bäckerin daheim. Das heißt aber noch lange nicht, dass ich weiß, wie man eine Waffe abfeuert, geschweige denn einen Kuchen bäckt."

Leise lacht er. Das Puder fällt sanft auf meine empfindliche Haut. „Spannend finde ich, wie du das so sagst, als wäre es wahrscheinlicher, dass du mit der Pistole umgehen kannst, als einen Kuchen zu backen." Gelöst stimme ich in sein Lachen ein und zupfe verlegen an meiner Hose.

„Ich bin mir *sicher,* dass es so ist", gestehe ich kichernd. Es ist das erste Mal seit Langem, dass ich von meinen Eltern gesprochen habe, ohne dabei etwas Negatives über sie zu äußern oder zu denken.

Ich spüre, wie Jeremy hinter mir näherkommt, erahne zuerst einen leichten Hauch auf meiner Schulter und schließlich seinen Atem, weil er das überschüssige Puder vorsichtig wegbläst. Unbeabsichtigt atme ich den Geruch seines Parfüms oder Aftershaves so tief ein, bis mein Bauch kribbelt und mir letztlich die Luft wegbleibt. Bei diesem intensiv frischen, maskulinen Duft bekomme ich buchstäblich keine Luft mehr und muss aufstehen, weil mich die Situation verunsichert. Es ärgert mich, dass ich in dieser Weise auf ihn reagiere, denn mit solchen Aktionen verleiht man jemandem Macht über sich, und das ist das Letzte, was ich weiteren Menschen geben will.

„Was machst du? Ich muss noch das Pflaster draufkleben", protestiert er, als ich in meiner Überforderung nach meinem

Pulli greife. In dem Moment, als ich mich wieder zu ihm hindrehe, reißt jemand die Türe auf und macht zwei Schritte in den Raum hinein.

Automatisch dreht sich Jeremy zur Türe und schirmt mich mit seinem Körper ab, sodass derjenige, der soeben gekommen ist, meinen unbedeckten und, was noch ungünstiger ist, nach wie vor grün-blauen Leib nicht sehen kann. Ich nehme es dankend an und rücke näher an ihn heran. Es reicht bereits, dass Jeremy mein Geheimnis kennt. An seiner Schulter luge ich vorbei, um Sebastian in der Türschwelle stehen zu sehen.

„Dachte ich's mir doch, dass du hier drin schon wieder , andere Prioritäten' setzt", ruft er boshaft.

Wunderbar. Was Jeremys Vertrauenswürdigkeit anbelangt, bin ich positiv überrascht, doch es ist unwahrscheinlich, dass gerade O'Mally nicht eine Riesensache daraus macht. Was ist es bloß mit mir und diesen unnötigen Zufällen in letzter Zeit?

Sebastian reißt kurz die Augen auf und schnaubt dann belustigt, als er mich hinter Jeremys Arm entdeckt. „Ernsthaft, Houser, findest du keine anderen Mädchen mehr auf der Schule, dass du jetzt *dazu* greifst?" Er macht eine abwertende Kopfbewegung in meine Richtung und sieht Jeremy dann wieder provokant an. So ein Arsch. Wenn ich nicht in dieser ungünstigen Lage wäre, würde ich ihm für die Bemerkung in den Hintern treten. Zumindest täte ich es mit Worten, doch momentan scheine ich einen Knoten in der Zunge zu haben.

Prinzipiell ist es nichts Neues für mich, jemanden so über mich sprechen zu hören. Verletzend ist jedoch am meisten, dass O'Mally andeutet, dass Jeremy alle Mädchen hierher zum Küssen und sonst noch was alles bringt. Das ist also bestimmt nicht *unser* Mattenwagen, Julia.

„Wolltest du irgendetwas Bestimmtes, O'Mally?", fragt Jer verblüffend ruhig, während mein Herzschlag in seinem Rücken hämmert. Sebastian zieht die Augenbrauen ein kleines

Stück zusammen, als er meinen Pullover auf dem Boden liegen sieht, den ich fallen ließ, als er hereingestürmt kam. Ich versuche mich so schmal wie möglich zu machen, doch ich vermute, dass er dennoch einen Teil meines nackten Armes sehen kann. Er kommt einen Schritt auf uns zu, was mich instinktiv dazu veranlasst, Jeremys Shirt hinten mit beiden Händen zu ergreifen und auch den restlichen Platz zwischen mir und seinem Rücken auszufüllen. Ich weiß, dass er meine Nervosität in meiner flachen Atmung und meinen leicht zitternden Händen erkennen kann, die ich mittlerweile über dem Stoff seines Shirts zu Fäusten geballt habe. Er verlagert sein Gewicht so, dass weder ich O'Mally, noch dass er mich sehen kann.

„Aber klar, ich meine, so würde ich sie wahrscheinlich auch nicht von der Bettkante stoßen", fährt er ungehindert fort. Er ärgert mich, dass er über mich spricht, als wäre ich nicht da oder ein Stück Ware.

„Ich habe dir eine Frage gestellt", wiederholt Jeremy etwas bedrohlicher. Nun ballt auch er seine rechte Faust. Sebastian scheint von Jeremys Anspannung nichts zu bemerken, woraufhin dieses Spiel für ihn langweilig wird und er endlich den Grund seines Kommens verrät.

„Der Coach will mit dir sprechen, also sei so *gütig* und beweg endlich mal deinen Arsch zu uns rauf, du fauler Sack."

„Mir war nicht klar, dass du zu meinem Babysitter ernannt wurdest."

Sebastian grunzt verächtlich. „Der Alte hat das Training abgebrochen und uns losgeschickt, um den ‚Golden Boy' zu finden, weil du Idiot vorhin im Schulhaus herumgelaufen bist, statt auf dem Feld zu sein. Falls du es vergessen hast, morgen ist ein Spiel."

„Danke für die Erinnerung, Mrs. Secretary. Du kannst ihm gerne ausrichten, dass ich morgen beim Spiel sein werde, jetzt aber nach Hause gehe." Ich bin mir im Moment nicht sicher, ob Jeremy einfach seine übliche Haltung O'Mally gegenüber zum Besten gibt oder ob er versucht, ihn durch Provokation einfach so schnell wie möglich wieder loszuwerden. So oder so bringt er Sebastian dazu, aufzugeben und mir überhaupt keine Beachtung mehr zu schenken.

„Mach deinen Scheiß selber mit ihm aus. Mich interessiert der Müll nicht", beschwert er sich, und ich höre ihn genervt gegen einen Kasten schlagen, was mich durch den Überraschungsmoment zusammenzucken lässt. Jeremys Schultern werden noch ein wenig breiter. Mit einer Hand greift er kurz zurück und streift meinen Oberschenkel. Versucht er mich damit zu beruhigen oder mir zu sagen, dass ich mich weiterhin unauffällig verhalten soll. Mit lauten Schritten stapft O'Mally jedenfalls zurück zur Tür, wo er sich noch einmal umdreht.

„Übrigens, wenn du glaubst, dass du dir durch diese Geheimniskrämerei mit Clay Freunde im Team machst, dann hast du dich geschnitten", giftet er ihn an, ehe er endlich den Raum verlässt. Wir beide verharren weiterhin in unserer Position, bis ich mir sicher bin, dass O'Mally nicht mehr zurückkommt.

Ich habe nicht verstanden, worum es da zum Schluss eben ging, doch Jeremy scheint es zu treffen, denn er rührt sich immer noch nicht, obwohl ich hörbar aufatme.

„Okay, das war definitiv zu knapp", kommentiere ich, während ich meine verkrampften Hände langsam von seinem Shirt löse. „Aber danke!" Endlich dreht er sich zu mir, sieht mich jedoch trotzdem nicht an, sondern kümmert sich wortlos wieder um meine Wunde und befestigt das Pflaster darauf.

„Bist du sauer?", frage ich vorsichtig.

„Ja", antwortet er mit heiserer Stimme, und mir bleibt kurz das Herz stehen. Ist er sauer, weil er Angst hat, O'Mally könne herumerzählen, dass er hier drinnen etwas mit mir hat, und ihm davor graut, was die Leute dazu zu sagen haben?

„Tut mir leid“, sage ich automatisch.

„Aber nicht auf dich“, stellt er klar. Innerlich atme ich auf, denn mittlerweile kann ich mir gar nicht mehr vorstellen, das schlechte Verhältnis wie früher miteinander zu pflegen. „Es gefällt mir nicht, wie er über dich redet“, ergänzt er leiser.

Mein Blick schnellt zu ihm hoch, weil ich damit jetzt nicht gerechnet hätte. Die Falte zwischen seinen Augenbrauen ist wieder da, und instinktiv drängt es mich dazu, sie mit meinem Daumen glattzustreichen. Ich räuspere mich und kratze mir stattdessen den Nacken.

„Weißt du, ich versteh das nicht. Männer sind so schizophren. Ständig erklärt ihr mir, wie hässlich ich bin, und kaum sieht mich einer mit einem beliebten Typen in einer zugegeben zweideutig zu interpretierenden Situation, ist plötzlich das Interesse geweckt.“

„Das ist doch bloß Gerede, um dich zu nerven und zu reizen. Ich bin mir sicher, jeder weiß, dass du nicht gerade schlecht aussiehst.“

Ich lache auf und verdrehe die Augen. „Oh, danke für das Kompliment.“

„Du weißt, was ich meine“, sagt er mit geschlossenen Augen und einem winzigen Lächeln im Gesicht. Nein, weiß ich nicht, aber ich kann unmöglich nachfragen, deswegen nicke ich einfach kurz.

„Das ist quasi ihre Art, mit dir zu flirten.“ Eigentlich ist es mir egal, was er mir da gerade über die anderen erzählt. Ich glaube es ohnehin nicht. Es macht mich nur ein bisschen traurig, dass er sich in diesem Satz scheinbar nicht selbst meint. Was ist denn bloß los mit mir? Wann habe ich das Anti-Jeremy-Team verlassen und bin Team Ich-will-dass-Jeremy-mich-mag beigetreten?

„Hast du Fieber? Ich denke, du bist ein wenig durcheinander. Ihr macht euch ständig nur lustig über mich."

Mit zusammengekniffenen Augen schüttelt er rege den Kopf. „Jules, du bist witzig und schlagfertig. Kerle mögen das. Also nicht alle, aber die, die ein bisschen Hirn und Selbstbewusstsein haben, eben schon. Ich bin mir sicher, die meisten stehen mittlerweile auf dich, trauen sich aber nicht, auf dich zuzugehen, weil du sie alle abblitzen lassen und damit ihr Image versauen würdest."

Ich lasse diesen absurden Gedanken auf mich wirken und frage mich nochmals, ob er sich zu dieser Gruppe dazuzählt. Ich habe keine Ahnung, warum genau, aber die Vorstellung davon gefällt mir mehr, als sie sollte, und unwillkürlich beginne ich zu schmunzeln.

„Findest du das lustig?", fragt er, als er mein dämliches Lächeln bemerkt.

„Ehrlich gesagt finde ich es gestört", rette ich mich aus der Situation.

„Ja, ist es wahrscheinlich auch. Aber so sind Kerle eben", schließt er schulterzuckend. Das neue Pflaster klebt bereits, und dennoch streicht er es noch ein paar Mal glatt. Seine Hände sind wie schon letztes Mal extrem warm.

„Wieso bist du eigentlich wirklich nicht beim Training? Ist alles in Ordnung?", will ich wissen, weil er trotz allem bedrückt wirkt. Außerdem ertönen O'Mallys eigenartige Worte immer wieder wie ein Echo in meinem Kopf, und ich möchte es verstehen. Wissen, worum es ging.

„Ich will nicht hören, was er zu sagen hat", antwortet er nach einiger Zeit, während er die Verbandspapiere in seiner Hand zerknüllt und ich meinen Pullover überziehe.

„Er … der Coach?"

Jeremy nickt.

„Willst du drüber reden?“, frage ich schüchtern, woraufhin seine Augen kurz meine treffen.

„Wenn nicht, dann ist das auch okay“, räume ich noch schnell ein, weil ich ihn nicht unter Druck setzen will. Er soll nicht denken, dass er mir irgendetwas schuldig ist, weil er einiges über mich erfahren hat. Wenn er reden möchte, dann nur, weil es seine freie Entscheidung ist.

„Weißt du was? Erstaunlicherweise will ich das wirklich.“ Mit einem Blick, den ich nicht deuten kann, sieht er mich auf durchdringende Art an. „Aber nicht hier. Wie du siehst, sind Augen und Ohren überall.“ Ich runzle die Stirn, woraufhin er lächelt. „Gut, dass ich dir immer noch diesen einen Kaffee schulde.“

Jeremy

„Gestern nach dem Training hat der Coach mir bestätigt, dass ich zum Tryout an der UMass eingeladen wurde. Sie haben bereits ausreichend Anwärter für Stipendien, und mit mir ist Aufnahmestopp“, erkläre ich mit gedämpfter Stimme, während ich den Löffel zum fünfzigsten Mal im Kaffee rühre, den die Kellnerin mir soeben nachgeschenkt hat. Erst jetzt schaffe ich es, zum Punkt zu kommen. Dabei sitzen wir schon eine Stunde in einem Coffee Shop, nicht weit entfernt von der Schule, und obwohl ich absolut kein Problem damit habe, mit ihr hier zu sein, hoffe ich dennoch, dass niemand aus der Schule hereinspaziert kommt und uns sieht. Der Grund dafür ist aber, dass ich es momentan nicht aushielte, wenn jemand diese Zweisamkeit, die sich wirklich vertraut anfühlt, unterbrechen würde.

„Aber du findest das nicht gut.“ Sie stellt den Satz nicht als Frage. Ich bin sicher, man sieht es mir an. Genau deswegen wollte ich auch heute nicht zum Training. Ich möchte nicht, dass der Coach mich darauf anspricht, obwohl ich es selbst noch keinem erzählt habe. Dass er versucht, mich dazu zu bringen, meine Entscheidung noch mal zu überdenken und mir darüber klar zu werden, welch große Chance das ist.

„Ich habe abgelehnt“, antworte ich plump.

„Weshalb? Möchtest du denn nicht an diese Universität?“ Julia fragt nicht kritisch oder urteilend, sondern schlicht und ergreifend interessiert. Aus diesem Grund kann ich auch ehrlich antworten, ohne mich verteidigen zu müssen.

„Das weiß ich eben nicht so genau. Deswegen möchte ich niemandem die Chance auf etwas Großes nehmen, das mir nicht zusteht.“

„Du denkst, du verdienst es nicht?“ Ich sehe von meinem Kaffee auf in ihre leicht zusammengekniffenen Augen.

„Keine Ahnung. Eigentlich nicht, wenn man es im richtigen Verhältnis sieht.“ Sie nickt nachdenklich. Normalerweise würden die Leute jetzt Einwände erheben und mir widersprechen, obwohl sie gar nicht beurteilen können, ob ich ein Stipendium nun verdiene oder nicht, nur um mich damit aufzubauen oder mir Mut zu machen. Julia nicht.

Sie betrachtet die Sache objektiv und antwortet ehrlich. „Also trotz meiner nicht vorhandenen sportlichen Expertise glaube ich gehört zu haben, dass Scouts Jungs für bestimmte Spielpositionen suchen, wenn sie an Schulen kommen, und nicht einfach die besten Spieler *irgendeiner* Position wählen.“

„Das stimmt zum Teil. Sie beginnen natürlich bei den besseren Teams. Da ist es noch ziemlich egal, welche Position die guten Spieler haben. Je besser dein Coach dich verkaufen kann, umso wahrscheinlicher ist es, dass du genommen wirst. Später wird es, wie du sagst, immer schwieriger, passende Feldspieler fürs Team zu finden, doch sie machen trotzdem nicht selten Ausnahmen, belegen doppelt und dreifach und fällen dann bei Tryouts die letzte Entscheidung, damit ihnen nicht einer durch die Lappen geht."

Ich bin Quarterback. Von denen erscheinen beim Tryout Unzählige. Umso unverständlicher ist es für mich, dass vom Team ausgerechnet ich derjenige bin, der dem Scout am meisten ins Auge gestochen haben soll. Mit dem Geld meines Vaters kann es jedoch nicht viel zu tun haben, denn wenn der Scout davon wüsste, würde er mich wahrscheinlich nicht für ein Stipendium in Erwägung ziehen.

„Denkst du, dass du mit deinem Verzicht jemand anderem helfen könntest? Ich meine, wählt er dann wirklich einen anderen aus eurem Team statt dir?"

„Ich hoffe es zumindest."

„Hm. Also dann hoffe ich einerseits, dass du recht behältst, und andererseits, dass du Max damit nicht vor den Kopf stößt."

Blitzartig hebe ich meinen Kopf und starre sie fragend an. „Wieso glaubst du, ich hätte es für ihn getan?" Wenn sie es sich denken kann, wird Max das auch können, und ich weiß, dass er sich dagegen wehren wird. Julia legt ihren Kopf schief.

„Ich mag zwar nicht immer unbedingt die beste Meinung von dir gehabt haben, aber ich habe über die Jahre mitbekommen, wie viel du Max bedeutest und umgekehrt. Und ich weiß, dass Max sich nichts sehnlicher wünscht, als professionell Football zu spielen. Ich kann mir aber eben auch vorstellen, dass er nicht allzu begeistert war, als du ihm gesagt hast, dass du das Stipendium bekommen hast." Unwillkürlich verziehe ich den Mund und kratze mir den Nacken. Eine Geste, die sie augenblicklich versteht. „Du hast es ihm noch nicht erzählt.“ Wieder sagt sie es ohne wertenden Unterton, sondern bloß als Feststellung. Dennoch führt es mir wieder vor Augen, in welche Situation ich mich damit gebracht habe, ihm das Ganze so lange schon verschwiegen zu haben.

Ich schüttle den Kopf. Julia sitzt nachdenklich vor ihrer Tasse, die sie mit dem Zeigefinger antippt.

„Aufrichtigkeit ist wahrscheinlich die verwegenste Form von Tapferkeit.“ Sie sieht mich an. „Hat der englische Autor William Somerset Maugham zumindest mal behauptet.“

„Okay …“, stimme ich zu. Ich habe verstanden, was sie mir sagen will. Trotzdem wird es mir jetzt langsam zu viel, und ich möchte flüchten. Vor dem Gespräch, aus der Situation, wie ich es eben immer tue und getan habe, wenn ich nicht über etwas sprechen möchte.

„Ich glaube, ich habe für heute schon wieder genug von dem Thema. Morgen nach dem Spiel werde ich mich damit auseinandersetzen. Versprochen.“ Keine Ahnung, weshalb ich ihr das verspreche. Ich bezweifle, dass ihr dieses Versprechen besonders viel bedeutet, zumal sie damit nichts zu tun hat. Außerdem hat sie mich zu nichts gezwungen, nicht mal dazu angehalten. Sie hat bloß ihre Meinung geäußert und damit bestätigt, was ich schon lange hinauszuzögern versuche. Frustriert lehne ich mich zurück und vergrabe meine Finger in meinen Haaren. Julia lächelt mitfühlend mit gerümpfter Nase, ehe sie sich plötzlich in meine Richtung beugt, ihre Augen sich weiten und sie nach meiner Hand greift. Im ersten Moment erschrecke ich ein wenig, weil es das erste Mal ist, dass sie Körperkontakt mit mir sucht, und ich ihre Reaktion auch nicht zuordnen kann. Doch sie sucht keine Berührung, sondern dreht meine Hand so, dass sie auf mein Handgelenk und damit auf meine Uhr sehen kann.

„Mist. Ich komme zu spät zu meinem Unterricht.“

Verständnislos blinzle ich selbst auf die Uhr. „Die Schule ist seit Stunden aus, Jules."

„Ich habe Tanzunterricht." Okay, somit wurde auch die Frage endlich geklärt, wieso sie nachts immer im Trainingsanzug durch die Straßen rennt. Ich will sie fragen, welche Art von Tanzunterricht sie nimmt und wie lange sie das schon macht, doch sie sieht nicht aus, als wäre sie noch in Redelaune. Stattdessen kramt sie in ihrer Tasche und sucht ihr Portemonnaie.

„Der Kaffee geht auf mich, schon vergessen?" Unentspannt fährt sie sich durch die vorderen Strähnen ihrer Haare und bedankt sich, während sie einen Busfahrplan aus ihrer Tasche zieht und studiert.

„Ist es weit weg?", frage ich.

„Nein, aber ich habe den Bus verpasst, den ich brauche."

„Ich kann dich fahren", biete ich ohne zu zögern an. Hoffentlich denkt sie nicht wie ich gerade an meine Reaktion letztes Mal, als Max vorschlug, sie mit uns mitfahren zu lassen. Aber seither hat sich die Situation zwischen uns meiner Meinung nach doch sehr verändert. Jedenfalls scheint sie abzuwägen, ob das eine gute Idee wäre. Irgendwie macht es mich traurig, zu erkennen, für welchen Arsch sie mich all die Jahre gehalten haben muss, dass sie mir so wenig trauen kann. Sie blickt noch einmal auf meine Uhr, zu ihrer Tasche und dann wieder auf mich. „Wenn das geht? Ich muss aber noch schnell aufs WC", räumt sie ein und wartet auf mein zustimmendes Nicken, ehe sie mit ihrem Rucksack aufspringt und aufs Klo verschwindet.

Nachdem ich bezahlt und den letzten Schluck Wasser ausgetrunken habe, beschließe ich, vor der Damentoilette auf sie zu warten, und sehe dabei nun selbst wiederholt auf die Uhr, weil sie immer noch nicht zurück ist. Dann endlich erscheint sie in einer schwarzen Leggins, die sich eng um ihre Beine legt, und in einem dunkelblauen, leicht transparenten, lockeren, langärmeligen Shirt, unter dem ein schwarzes Top mit breiten Trägern zu erkennen ist.

„Wieso ziehst du dich hier um?“ Anstatt mir zu antworten, wirft sie mir einen vielsagenden Blick zu, während sie ihre Straßenkleidung in den Rucksack stopft. Aus dem gleichen Grund, wieso sie damals einen Ort gesucht hat, sich ohne die etlichen anderen Mädchen in der Schule umziehen zu können, du Idiot. Weil eben nur Grace und ich von ihren Schwierigkeiten zu Hause zu wissen scheinen.

Als wir im Auto sitzen, lotst sie mich Straße für Straße zu ihrem Zielort. Ansonsten reden wir nicht mehr besonders viel, was mich dazu veranlasst, Musik anzumachen.

„M83?“, fragt sie nach einer Weile. Ich sehe zu ihr hinüber, während sie an der Haut ihrer Hände zupft. Sie scheint sich nicht wohl zu fühlen, weswegen ich meine Hand wieder in Richtung Power-Knopf bewege.

„Soll ich abdrehen?“ Vehement schüttelt sie den Kopf und legt ihre Hand nur für einen Sekundenbruchteil auf meine, um sie zu senken. Ihre Haut fühlt sich kalt an, aber weich.

„Mein Bruder hat die ständig gehört. Also die Düsteren von ihnen, wie ‚Graveyard Girl‘. Muse und Linkin Park waren auch ständig auf seiner Playlist. Mit Ill Niño hat er mich hingegen in den Wahnsinn getrieben.“ Sie lächelt, aber es ist so traurig, so verloren, dass ich mich zwingen muss, wieder auf die Straße zu sehen und meine Hände fester ums Lenkrad zu schließen, um nicht nach ihrer Hand zu greifen. Ich habe keine Ahnung, was man in solchen Momenten sagt, oder ob es besser ist, gar nichts zu sagen.

„Da vorne rechts kannst du mich rauslassen. Danke fürs Fahren, Jeremy.“ Nachdem ich in eine Parklücke eingeparkt habe und den Schaltknüppel auf „P“ gestellt habe, schnallt sie sich ab und greift nach ihren Sachen auf der Rückbank.

„Jules, das ist eine Kirche", erkläre ich verwirrt, als wüsste sie das nicht bereits, während ich mich vorbeuge und das Gebäude genau mustere. Julia erscheint wieder neben mir und sieht mich verständnislos an, während sie schwarze Stulpen und blassrosa Spitzenschuhe aus ihrem Rucksack holt. Sie tanzt also Ballett.

„Wie kann man hier Tanzunterricht haben? Stört man da nicht die Ruhe von irgendwem?" Sie kichert und zieht sich die Stulpen über die Beine.

„Es ist eine Kirche, Jer, kein Friedhof. Selbst wenn es einer wäre, glaube ich nicht, dass die Gebeine ein Problem damit hätten, denn tote Menschen hören ohnehin nichts mehr."

Es verblüfft mich, dass sie nun wieder so leichthin über den Tod spricht, als wäre er nicht etwas, das ihr das Herz gebrochen hat.

„Wir üben hier, weil wir für Gott tanzen. Die Talente haben wir von ihm erhalten, also warum sollten wir sie dann nicht für ihn verwenden?"

„Dein Mund bewegt sich, aber ich verstehe nichts von dem, was du da sagst."

Sie lacht und verdreht die Augen. „Ich gehe jetzt. Danke fürs Fahren. Und für dein Vertrauen." Als Antwort schenke ich ihr ein schiefes Lächeln.

Ihre Hand liegt bereits auf dem Türgriff, als sie plötzlich innehält, einmal nickt, wie wenn sie gerade etwas Wesentliches mit sich selbst ausgemacht hätte, und sich dann wieder zu mir dreht. Ich runzle die Stirn. Sie sieht auf einmal so resolut und friedfertig zugleich aus.

„Möchtest du vielleicht mitkommen und zusehen?"

Alles in mir schreit danach, Nein zu sagen. Nicht weil ich sie nicht tanzen sehen will oder ein Problem mit Kirchen oder dem Glauben hätte, sondern weil mein altes Ich mir sagt, dass es nicht gut ist, mich hier mit ihr sehen zu lassen. Gerüchte entstehen schnell, wenn die richtigen Leute zur falschen Zeit am falschen Ort sind, und jenes, dass Julia mich in einen braven Kirchgänger verwandelt hätte, muss nicht unbedingt eines davon sein.

Ich schäme mich für mich selbst wegen dieses Gedankens, deswegen muss ich jetzt einfach mitgehen. Immerhin will ich ja, dass sie lernt, mir zu vertrauen. Wie sähe das aus, wenn ich nun gleich bei der ersten Gelegenheit dazu ablehne?!

„Okay …“ Ich klinge nervös. Das bringt sie zum Lächeln.

„Dann komm, sie haben vor zehn Minuten begonnen.“

Ein wenig zögerlich folge ich ihr in die Kirche hin zu einem Raum, aus dem bereits laute Musik ertönt. Schöne Musik, die ich normalerweise nicht höre, aber angenehm. Zu modern für Musik, die ich mit Ballett verbinde.

Julia atmet tief ein, als würde sie darüber sinnen, ob sie tatsächlich diesen Raum betreten will, und ich versuche mir einzureden, dass das nicht ist, weil sie ihre Meinung bezüglich meiner Begleitung geändert hat, sondern einfach daraus resultiert, dass sie Unpünktlichkeit dermaßen hasst. Über ihre Schulter hinweg blinzelt sie kurz zu mir und öffnet dann die Türe, woraufhin sich diverse Köpfe beiderlei Geschlechts in unsere Richtung drehen. Hinter Julias Rücken erkenne ich, wie sich ihre Hände fester um ihren Rucksack und die Bänder ihrer Schuhe legen, bevor sie die Leute grüßt und sich hinsetzt, um ihre Spitzenschuhe anzuziehen. Die Dame, die nicht älter aussieht als dreißig, schaltet die Musik ab und lächelt Julia und mich warmherzig an.

„Das ist Jeremy, ein Schulkollege. Ist es okay, wenn er heute zusieht?“ Ich gebe zu, dass es mich ziemlich stört, in ihren Augen nur der Schulkollege zu sein. Auch wenn mir klar ist, dass wir noch nicht allzu viele Möglichkeit hatten, etwas anderes zu sein oder zu werden als das.

„Na klar. Schön, dass du da bist, Jeremy", lächelt die Tanzlehrerin aufrichtig. „Wärm dich bitte schnell auf, Julia, damit du dann gleich einsteigen kannst." Jules nickt und beginnt sich zu strecken, zu dehnen und mit verschiedenen Übungen ihre Muskeln aufzuwärmen, während sich die anderen bereits in Formation bringen. Ich setze mich neben sie und lasse meinen Blick durch die Reihen vieler junger Frauen und Männer schweifen, die erstaunlicherweise in einer Kirche in einem Tanzstudio voller verspiegelter Wände für Gott tanzen. Ich meine das nicht abwertend. Ich finde es irgendwie cool, selbst wenn ich nie verstehen werde, wie männliche Wesen, die nicht ans andere Ufer geschwommen sind, diese Sportart ausüben können. Aber was weiß ich denn schon? Ich habe mein Leben lang nichts anderes gemacht, als Football zu spielen.

Die Lehrerin zeigt der Gruppe noch einmal eine bestimmte Bewegung vor, die manche nachahmen, bevor sie die Musik einschaltet und von vorne laufen lässt. Im selben Moment erhebt sich Julia von meiner Seite und begibt sich zu den anderen. Flüchtig, aber freundlich umarmt sie einen Jungen, der ihr Tanzpartner zu sein scheint und nimmt dann ihre Position neben ihm ein. Ich erkenne das Lied „Halo", also Heiligenschein von Beyoncé und in dem Moment, in dem Julia sich zu bewegen beginnt, sieht sie, ohne kitschig klingen zu wollen, wirklich so aus, als würde sie gerade leuchten; von innen heraus. Es fasziniert mich. Sie bewegt sich mit einer unglaublichen Anmut und sieht dabei so zufrieden und schön aus, dass es mir einen Augenblick buchstäblich den Atem raubt.

Selbst wenn ich es mir bisher noch nicht eingestehen konnte, muss ich spätestens jetzt realisieren und akzeptieren, dass ich ihr verfallen bin. Ich ahnte es bereits, als sie mir nicht mehr aus dem Kopf ging, nachdem ich sie fast angefahren hatte. Ich befürchtete es jedes Mal, nachdem ich mit ihr gesprochen hatte und ich mich irgendwie ungewohnt unsicher in ihrer Gegenwart gefühlt hatte. Ich wurde von ihrer geheimnisvollen und authentischen Art angezogen, von der sensiblen Art, die sie hinter ihrem Humor und ihrer Schlagfertigkeit versteckt. Spätestens als ich sie am Dienstag berührte und fühlte, wie mein Körper auf sie reagierte, als ich sie in meinen Armen trug und verarztete. Die Tatsache, dass ich in ihrer Nähe so nervös war, obwohl ich mit anderen Mädchen schon mindestens genauso weit gegangen war, wie sie zu tragen oder ihr Shirt auszuziehen, hätte mir bereits zeigen müssen, was mir jetzt klar wurde. Ich habe mich in sie verliebt. Ich will jemand sein, dem sie vertrauen kann und der für sie da ist. Ich will ihr helfen, wo und wie ich kann, und meine es das erste Mal in meinem Leben ernst.

Ich weiß noch nicht, was das für sie oder mich bedeuten wird. Sie wirkt ziemlich gebrochen und nicht gerade bereit für eine Beziehung. Ich habe keine Ahnung, ob sich das so bald ändern wird.

Alles, was ich weiß, ist, dass mir dieses Wissen eine Heidenangst einjagt, weil ich ihr unmöglich meine Gefühle gestehen kann, ohne zu wissen, was und ob sie etwas für mich empfindet, ob sie Interesse an mir hat. Ich könnte ihre ziemlich wahrscheinliche Zurückweisung nicht ertragen und, was noch schlimmer wäre, die Freundschaft, die gerade dabei ist, zwischen uns zu entstehen, aufs Spiel setzen.

Julia selbst hat natürlich keinen Schimmer, was sich gerade in mir abspielt, während sie sich nicht willentlich in mein Herz tanzt.

Einzig wenn ihr Partner, auf den ich im Moment tatsächlich ungeheuer eifersüchtig bin, sie hochhebt und dabei so manche verletzte Stellen zu fest berührt oder drückt, verzieht sie ihren Mund fast unmerklich. Ansonsten sieht sie während der gesamten Choreografie so aus, als wäre alles andere auf der

Welt im Augenblick nebensächlich. Als gäbe es nichts anderes, das sie dermaßen glücklich machen könnte, als hier alles zu geben. Und das ist ziemlich viel. Meiner Meinung nach ist sie die Beste. Sie trägt während des Liedes ein verstecktes Lächeln auf ihren Lippen, macht nicht einen Fehler und schwebt leichtfüßig durch den Raum, sodass es scheint, als wäre das Tanzen so gar nicht anstrengend.

Als das Lied aus ist, verharren alle weiterhin in ihrer Position, bis die Tanzlehrerin zweimal in die Hände klatscht und die Gruppe lobt. Erst dann richtet sich Julia wieder auf und sieht mich lächelnd an, während sich ihr Brustkorb rasch hebt und senkt, weil sie sichtlich außer Atem ist. Ich weiß nicht, was genau sie in meinem Gesicht findet, doch was es auch ist, es bringt sie dazu, leise aufzulachen, bevor sie zu husten beginnt. Erst jetzt fällt mir wieder ein, dass sie eigentlich krank ist und nicht tanzen sollte, denn während des Tanzes war ihr nichts anzumerken. Während die Gruppe die gesamte Choreografie noch ein paar Mal wiederholt, kann ich meine Augen nach wie vor nicht von ihr nehmen. Sogar das Lied beginnt mir zu gefallen.

„Du tanzt wirklich sehr gut", sage ich anerkennend, nachdem wir uns von ihren Mittänzern verabschiedet haben und zurück zum Auto gehen. Sie wollte mit dem Bus nach Hause fahren, doch ich habe darauf bestanden, sie zu fahren, unter der Bedingung ihrerseits, sie am Ende der Straße rauszulassen, damit ihre Eltern nichts mitbekommen.

Bei diesem Kompliment untertreibe ich selbstverständlich, doch ich finde sowieso nicht mehr die richtigen Worte, um das zu beschreiben, was in mir vorgeht. Was sie in mir ausgelöst hat. „Danke, aber ich *war* einmal richtig gut. Jetzt bin ich das nicht mehr." Sie sieht wieder so traurig aus, und ich möchte sie umarmen. Stattdessen starre ich sie einfach weiterhin an und hoffe, nicht in einen Laternenmast zu knallen.

„Nach dem ersten Zwischenfall mit meiner Mutter konnte ich zwei Monate gar nicht kommen. Seit eineinhalb Jahren geht es eben immer nur mehr sporadisch, wenn ich gerade keine …“ Sie hebt kurz ihren Kopf, um zu erkennen, ob ich verstehe, worauf sie hinaus will. Dann sieht sie wieder auf den Boden. „Wie du vielleicht gesehen hast, sind einige Hebefiguren dabei. Das geht natürlich nicht, wenn mein Körper bei jeder Berührung brennt.“

„Ja, ich war schon leicht eifersüchtig“, gestehe ich gedankenlos, weil ich sie unbedingt wieder zum Lächeln bringen möchte. Es funktioniert. Ihr Blick schnellt zu mir hoch, dann beginnt sie zu lachen. „Tut mir leid, Harry ist bereits in festen Händen“, streckt sie mir die Zunge heraus.

„Jedenfalls können sie mich kaum noch für Hauptrollen einsetzen.“

„Merken die nicht, dass da mehr dahinter ist?“ Eigentlich wollte ich diesen Gedanken nicht laut aussprechen, weil ich ihr nicht zu nahe treten will, aber es macht mich sauer, dass etwas so Schlimmes so leicht an Leuten vorbeigehen kann, mit denen man ständig zu tun hat. Andererseits wäre es doch bei mir nicht anders gewesen, wenn ich es nicht zufällig gesehen hätte, und Jules hat offensichtlich Strategien entwickelt, um die Wahrheit vor anderen zu verschleiern. Sie weiß offenbar, worauf ich hinauswill, deswegen schüttelt sie den Kopf.

„Es ist meine Entscheidung, ob ich es vor ihnen verstecken möchte. Ich habe gelernt, das Richtige zu sagen oder zu tun, um wenig Aufmerksamkeit auf mein persönliches Leben zu ziehen. Solange ich meine Rolle richtig spiele, können sie nichts merken.“

„Das ist nicht fair“, sage ich und höre mich dabei an wie ein fünfjähriges Kind. Sie ist in so vielerlei Hinsicht erwachsener als ich. Sie zuckt mit der Schulter, während sie lächelt.

„Du hast recht, das Leben ist nicht immer fair. Aber ich kann entweder herumheulen oder versuchen, trotz der Umstände das Beste daraus zu machen. Und ich habe mich für Letzteres entschieden.“

Die Art, wie sie spricht, wie erwachsen sie mit ihrer Situation umgeht, und wie sie versucht, ihre Eltern zu schützen, obwohl sie diejenige ist, die täglich von ihnen Leid erfährt, lässt mich erkennen, wie kindisch und verzogen ich mich oft verhalte, wenn etwas nicht so läuft, wie ich es mir vorstelle. Ohne davon zu wissen oder es bewusst zu machen, hält sie mir einen Spiegel vor, der mich dazu auffordert, es weniger für selbstverständlich zu nehmen, sondern dankbar für das zu sein, was mir mein Vater und Claire mit ihrer Liebe und Fürsorge schenken.

Ich setze Julia wie versprochen in ihrer Straße ab und fahre dann bei Max vorbei, weil ich überlege, mich gleich bei ihm zu entschuldigen, dass ich nun wochenlang ein Riesengeheimnis für mich behalten habe, und um endlich reinen Tisch zu machen. Wenn er nachher sauer ist, muss ich ihm das auch zugestehen. Wenn nicht, umso besser.

Max ist jedoch nicht zu Hause. Sein Auto ist weg, also fahre ich weiter. Dann werde ich wohl noch einen Tag verstreichen lassen müssen.

Doch es kommt anders, als ich denke, denn als ich in meine Einfahrt biege, sehe ich zuerst Max’ Auto und gleich darauf ihn selbst, wie er auf unserer Veranda sitzt. Ich checke schnell mein Handy, um zu sehen, ob ich einen Anruf oder eine Nachricht von ihm verpasst habe, doch es wird nichts angezeigt. Er lächelt nicht, als er mich kommen sieht. Zuerst blickt er nicht einmal auf. Eine böse Vorahnung überkommt mich. Ich stelle den Motor ab und steige aus dem Auto. Erst jetzt hebt er den Kopf. Bei seinem Blick verschlägt es mir die Sprache. Er sieht müde und mitgenommen aus. Aus seinem Gesicht spricht große Enttäuschung. Er weiß es.

„Scheiße, Mann! Wo warst du den ganzen Tag?“, fragt er schließlich mit einer Stimme, die nicht seinem Gesichtsausdruck entspricht.

„Ich hatte was zu erledigen.“

„Toll. Ich hoffe, das war es wert. Der Coach hat uns heute ohne dich verkündet, dass du Idiot ein solides Stipendium abgelehnt hast.“

„Er hätte einfach die Klappe halten können“, murmle ich, während ich mir durch die Haare fahre.

Wie wäre es mit einer Erklärung, Jeremy?

„Glaubst du denn, wir sind blöd?“, fragt er und breitet seine Arme aus, die er gleich wieder resigniert sinken lässt. „Auch wenn du die letzten Wochen versucht hast, ein Staatsgeheimnis daraus zu machen, konnte jeder von uns zwei und zwei zusammenzählen.“ Meine Augen weiten sich. Das heißt, er hat nicht erst heute davon erfahren.

„Du wusstest Bescheid? Wieso hast du nichts gesagt?“

„Und du?!“, antwortet er wütend. „Ehrlich gesagt hätte ich mir von meinem besten Freund wirklich erhofft, dass er die Eier hätte, mir so etwas selbst zu sagen, bevor ich es von unserem Coach hören muss. Wieso hast du das gemacht?“

„Dir nichts davon erzählt?“, frage ich beschämt.

„Stell dich nicht blöd, Mann. Ich liebe dich wie einen Bruder, aber es reizt mich gerade ungemein, dir eine reinzuhauen.“ Er steht auf. Wenn er mich schlagen will, dann mit gutem Grund.

„Sie wollten dich!“, betont er.

„Ich will das Stipendium aber nicht.“

„Wer ist denn so dumm und lehnt so was ab?“

„Ich weiß noch gar nicht, was ich machen will, Max. Vielleicht gehe ich gar nicht aufs College“, erkläre ich.

„Sondern?“ Seine Stimme wird laut. Ich zögere, weil ich noch nicht weiß, ob ich ihm das mit der Army erzählen soll. Weil ich schweige, schnauft er verärgert.

„Ich weiß genau, weshalb du abgelehnt hast, und es kotzt mich an. Ich will deine Almosen nicht, Jeremy, verstehst du? Ich will das aus eigener Kraft schaffen, verdammt. Ich will, dass sie mich nehmen, weil ich *gut* bin, und nicht, weil die erste Wahl ablehnt.“

Momentan habe ich absolut keinen Schimmer, was ich darauf sagen soll. Ich dachte tatsächlich, dass ich wieder Robin Hood spielen könnte, ihm damit einen Gefallen tun würde, doch jetzt erscheint mir die ganze Sache noch dämlicher und herablassender als heute Nachmittag, als ich mit Julia darüber gesprochen hatte.

Ich kann seinen Zorn verstehen. Deswegen gehe ich ihm nicht nach, als er die Treppe meiner Veranda hinunterspringt und an mir vorbei zu seinem Auto stürmt. Ich kenne Max gut genug, um ihn jetzt gehen zu lassen, weil er einfach Zeit braucht. Wenn er sich etwas beruhigt hat, werde ich mich bei ihm entschuldigen, und wir werden eine Lösung finden. Trotzdem fühle ich mich wie ein Stück Dreck, als er das Auto startet und wegfährt, während ich immer noch wie angewurzelt an derselben Stelle stehe.

KAPITEL 7

Jeremy

„Ist alles in Ordnung, Jeremy? Du siehst heute Morgen ein wenig blass aus“, meint Claire, als ich mich ins hell beleuchtete Esszimmer schleppe. Bei dem vielen Licht in meinem Gesicht kneife ich die Augen zusammen und lasse mich wortlos auf meinen Stuhl fallen. Claire ist so freundlich und stellt mir eine Tasse Kaffee vor die Nase, dessen Duft glücklicherweise den direkten Weg in mein Hirn findet und mir die Fähigkeit gibt zu antworten.

„Ich glaube, ich werde krank“, brumme ich.

Beziehungsweise habe ich einfach keine Lust, in die Schule zu gehen, ergänze ich in Gedanken.

Sie kommt in ihrem Baumwollmorgenmantel auf mich zu und hält mir eine Hand an die Stirn, die andere legt sie in meinen Nacken. „Fieber hast du keines.“ Dann setzt sie sich neben mich und blinzelt mich an.

„Bist du sicher, dass es nichts damit zu tun hat, was sich gestern auf unserer Veranda abgespielt hat?“ Blitzschnell hebe ich meinen Kopf vom Tisch und sehe in ihre Augen. Darin liegt keine Enttäuschung, keine Verärgerung. Sie lächelt bloß.

„Ich war gerade im Bad, als du nach Hause gekommen bist, deshalb habe ich es gehört.“

„Hat Dad auch etwas davon mitbekommen?“, frage ich schluckend. Ich brauche nicht noch mehr Personen, die durch jemand anderen als mich von solch wichtigen Dingen erfahren.

„Nein, er hat im Schlafzimmer gelesen. Da ist er ohnehin in seiner eigenen Welt.“ Sie zögert einen Moment.

„Sag es bitte nicht, Claire“, komme ich ihr zuvor.

„Ich weiß, dass es dumm von mir ist, es zu verschweigen. Ich werde es ihm sagen. Versprochen. Nur nicht jetzt. Ich muss zuerst noch dieses Spiel hinter mich bringen." Und diverse andere Probleme, die wahrscheinlich in meinem Team entstanden sind, weil ich gestern den leichten Ausweg gewählt habe und dadurch vielleicht die ganze Gruppendynamik aufs Spiel gesetzt habe. Wenn ich nicht funktioniere, funktioniert auch das Team nicht richtig, denn ich bin immerhin der, dem die anderen zuhören und folgen müssen.

Ich presse meine Handballen gegen die Augenhöhlen, in der Hoffnung, dass sich meine Probleme in Luft aufgelöst haben, sobald ich meine Augen wieder öffne. Wie schön war es doch, als Kind davon überzeugt zu sein, dass die anderen mich auch nicht sehen können, solange ich meine Augen zuhalte. Leider dreht sich die Welt trotzdem weiter, und ich muss mich der Realität stellen. Claire beugt sich zu mir herüber und legt ihre Stirn an meine. „Wir lieben dich, Jeremy. Egal, was du tust. Klar? Dein Dad *und* ich!", garantiert sie mir eindringlich. Ich schließe die Augen und genieße den mütterlichen Moment, der mich immer mal wieder zu dem verletzlichen Jungen macht, der eben auch noch in mir steckt.

„Danke! Wünsch uns Glück."

„Du brauchst kein Glück, Jer. Du hast Können." Sie zwinkert mir zu und steht dann wieder auf, um sich für die Arbeit fertig zu machen.

Der Tag in der Schule läuft genau wie erwartet. Manche ignorieren mich, andere tun so, als wäre nie etwas gewesen. Zum ersten Mal in all den Jahren an dieser Schule fühle ich mich so unwohl, hier zu sein, wie manch andere sich wohl jeden Tag fühlen müssen. Die Mädchen lächeln mich bei meiner Ankunft trotzdem an, wenn auch etwas verhaltener als sonst. Dem Großteil der Jungs bin ich egal, manche schütteln den Kopf, als sie mich sehen. Die Jungs vom Team wissen nicht so recht, wie sie die Information verarbeiten sollen, von der sie gestern gehört haben. Die meisten von ihnen sind, denke ich, gar nicht böse auf mich, weil ich abgelehnt habe. Eher denken sie, ich sei ein Idiot. Einige sind bestimmt enttäuscht, dass ich nichts gesagt habe, vielen ist es egal. Tommy ist der Einzige, der seine Meinung direkt ausspricht. „Du bist ein Arsch, dass du so was für dich behältst. Trotzdem stehe ich hinter dir." Damit ist die Sache für ihn erledigt, und ich bin froh darüber.

Max nickt zwar zur Begrüßung, redet mich jedoch ansonsten den restlichen Vormittag nicht mehr an. Nicht einmal im Chemielabor verliert er ein Wort, und ich lasse ihn, weil ich ihm das Recht nicht nehmen will, selbst zu entscheiden, wann er bereit für eine Entschuldigung von mir ist.

Julia zu sehen hilft ein bisschen. Ihre Augen huschen zu mir, als ich den Raum betrete, und sie schenkt mir ein kurzes, verborgenes Lächeln, bevor sie ihren Kopf wieder auf ihren Tisch wendet.

Je näher das Spiel gegen Greenfield rückt, umso angespannter scheint die Situation im Team zu werden. Im Bus erreicht die Anspannung ihren Höhepunkt, denn keiner verliert mehr ein Wort. Nicht einmal der Coach sagt noch was, obwohl er es vor dem Wegfahren natürlich nicht lassen konnte, mir zu erklären, dass ich bei weiteren Aktionen wie der gestrigen bald auf der Ersatzbank sitze, ganz egal, wie gut ich spiele.

Umso interessanter finde ich es, dass er schließlich derjenige ist, der das Thema in unserer Kabine anspricht, bevor es losgeht. „Hört mal! Jeremy hat Mist gebaut. Ich war sauer auf ihn, das wisst ihr, und ich bin sicher, das seid ihr auch." Ich habe keine Lust aufzusehen, also sitze ich mit gefalteten Händen auf meinen Knien auf einer der Bänke.

„Aber jetzt passt mal gut auf! Ich war aus anderen Gründen sauer. Ich war sauer, weil er ein ziemlich solides Stipendium abgelehnt hat. Ich war sauer, weil er seine Zukunft nicht ernst zu nehmen scheint. Aber der Punkt ist, er hat es vor allem für euch getan. Er dachte, er würde damit das Team entzweien, und wahrscheinlich hatte er damit auch recht. Übersetzt heißt das, dass keiner von euch das Recht hat, auf ihn deswegen in welcher Art auch immer böse zu sein, verstanden? Ihr seid ein Team und müsst zusammenhalten, und auch wenn ich dir immer noch gerne in den Arsch treten würde, Junge, war das eine sehr starke Entscheidung von dir." Ich hebe leicht meinen Kopf, damit ich ihm in die Augen sehen kann. Er nickt.

„Manchmal braucht man etwas länger, um gewisse Dinge verstehen zu können. Und hin und wieder braucht man seine Frau dazu." Er verdreht im Spaß die Augen.

„Und weil ihr keine Frauen habt, erkläre ich es euch jetzt. Macht in eurer Freizeit, was ihr wollt, um eure Probleme untereinander zu bereinigen, aber hier auf dem Feld seid ihr eine Einheit. Ist das klar?" Zögerlich nicken und antworten einige. Deshalb wiederholt der Coach die Frage, woraufhin er mehr und lautere Antworten erhält. Max wirft mir beim Verlassen der Kabine einen seitlichen Blick zu, den ich jedoch nicht zuordnen kann. Normalerweise ist er nicht lange böse auf mich, aber versöhnlich sieht er nach wie vor nicht aus. Da geht es einfach um mehr als bei den restlichen Teamkollegen, das ist mir klar.

Das Spiel startet gut für die Gegner und somit schlecht für uns. Nach nur sechs Angriffen haben sie fünfzig Yards mit Läufen überbrückt und landen mit einem weiten Sweep von Quarterback Cameron ihren ersten Touchdown. Unser einziger Trost liegt darin, dass unsere Defense ihren Zusatzpunkt vereiteln kann, indem sie den Kick blocken.

Als wir am heutigen Abend zum ersten Mal aufs Spielfeld rücken, liegt eine unangenehme Spannung in der Luft, anders als die zwischen mir und meinem Team zuvor. Vielmehr ist es eine gewaltbereite, aggressive Haltung uns gegenüber, die darin resultiert, dass sie einen nach dem anderen von unseren Spielern übertrieben hart tackeln und uns durch Fouls wie Tripping und Clipping insgesamt fünfundzwanzig Yards und damit praktisch unseren ersten Touchdown schenken. Als wir dann noch einen Zusatzpunkt ergattern, ärgern sie sich in Grund und Boden und spielen im nächsten Drive noch aggressiver. Aggressiv ist jedoch nicht immer gut und vor allem nicht klug. Obwohl sie vier Versuche haben, den Ball von der 3-Yards-Linie in die Endzone zu bringen, scheitern die Laufversuche ebenso, wie auch der Pass dorthin nicht kontrolliert werden kann, und schließlich müssen sie mit einem Field Goal vom Platz gehen. Bis zur Halbzeit gehen beide Teams jeweils einmal mit leeren Händen aus, zum Schluss gelingt uns jedoch ein weiterer Touchdown durch Fraser.

Nach dem Ende der ersten Halbzeit verlassen mein Team und ich das Feld, um in unsere Kabine zu gehen, als ihr Quarterback gemeinsam mit einigen anderen sowohl von der Offense als auch der Defense uns Übrigen, die noch nicht drinnen sind, den Weg versperrt. Ich starre ihn gelangweilt an. „Ist das euer Ernst?“, frage ich ungläubig, weil diese Szene so alt ist, dass ich tatsächlich nur darüber lachen kann.

„Habt ihr vor, euch Tipps von uns zu holen, wie ihr besser spielen könntet?“, fragt Max, der sich neben mir in voller Größe platziert.

„Ihr geht heute noch unter!“, verspricht einer der Defense grinsend. Ich gähne kopfschüttelnd und will weitergehen, werde jedoch vom Quarterback zurückgedrängt. Ich hebe eine Augenbraue. „Spuck aus, was du sagen willst, Prinzessin. Ich habe heute noch etwas anderes vor.“

„Du musst wirklich glauben, du wärst was Besseres, hm? Daddy hat wohl genügend Geld fließen lassen, damit sein Goldjunge gut aussieht, hab ich Recht? Hat es Spaß gemacht, ein Stipendium abzulehnen, das man sowieso nicht verdient hätte?"

„Vielleicht solltest du deinen großen Reden lieber mal Taten folgen lassen, anstatt mich hier vollzuquatschen. Wenn du so gut bist, wie du sagst, dann schaut mal, dass ihr ein Spiel gewinnt", antworte ich absichtlich anmaßend.

Es war abzusehen, dass früher oder später Kommentare wie diese unvermeindlich kommen würden. Ich hätte nur nicht damit gerechnet, so schnell damit konfrontiert zu werden.

„Du solltest dich nicht dermaßen überschätzen, Houser. Das könnte dir unter Umständen das Genick brechen."

„Soll das eine Drohung sein?", hakt Max feindselig ein und schiebt sich dabei einige Zentimeter vor meinen Körper. Automatisch treten Camerons Teamspieler ebenfalls einen Schritt vor.

„Nennen wir es eine Vorwarnung, Welpe", stellt Cameron mit höhnischem Grinsen klar. Nachdem er von einem seiner Kollegen mit einem Klaps gegen den Arm darauf hingewiesen wird, dass die Schiedsrichter nun nach ihrer Besprechung auf uns zukommen, beendet er die Szene mit der Bildung eines Spaliers, das wir passieren müssen, um in unsere Kabine zu gelangen. Spöttisch schnaubend und kopfschüttelnd setze ich mich in Bewegung. Viel zu grotesk ist diese Aktion, um mich ernsthaft darüber aufzuregen.

„Was für ein Vollidiot!", kommentiert Fraser lautstark, als wir an ihnen vorbei sind. Dabei ist es ihm nur recht, dass sie ihn hören.

Nach der Pause, begeben wir uns wieder aufs Spielfeld. Der Schiedsrichter gibt durch ein Pfeifen sein Okay für unseren nächsten Drive, und wir stellen uns auf. Ich lasse dabei den einen Kerl der Defense, welcher mir vorhin gedroht hatte, nicht aus den Augen und kann es nicht lassen, ihn unverschämt anzulächeln. Er kommentiert dies, indem er lauthals den Rotz in seiner Nase hochzieht und ins Gras vor sich spuckt. Das kann ich nur mit einem Kopfschütteln und einem Lachen beantworten. Dann richte ich meine Augen auf den Center, der bereits in Position ist, und gebe meinen kurzen Snap Count. Er passt den Ball zu mir, während die gegnerische Defense sofort vollen Einsatz zeigt, indem sie taktisch einen Spieler nach dem anderen niederzureißen und zu blocken beginnt, als hätte sie unseren Spielzug bereits erwartet. Das macht es natürlich sehr schwierig für mich, einen Abnehmer für den Ball zu finden, denn meine üblichen Leute liegen binnen Sekunden auf dem Boden oder sind nicht anspielbar. Endlich nehme ich Aaron wahr, dem es gelungen ist, sich freizulaufen, und hefte meinen Blick auf ihn, während er noch ein paar freie Meter für sich herausholt. Blitzschnell sehe ich mich um, um sicherzugehen, dass kein Gegner in meiner Nähe ist, als ich bemerke, dass auch mein Offensive Lineman, der meine Blind Side bewacht, auf dem Boden liegt, doch mir läuft die Zeit davon, und ich muss endlich werfen. Daher hole ich weit aus.

Im nächsten Moment spüre ich etwas Steinhartes gegen meine abgewandte Seite knallen und stürze zu Boden. Mit dem zusätzlichen Gewicht auf mir falle ich so hart auf die andere Seite meines Körpers, dass ich einen Moment lang glaube, bewusstlos zu werden. Besser wäre es jedenfalls, denn ich spüre einen solch schrecklichen Schmerz in meiner Schulter, wie ich ihn bislang noch nie gefühlt habe. Es ist, als würde etwas darin zerreißen. Das Gewicht rollt von mir herunter, und aus dem Augenwinkel sehe ich eine gelbe Flagge zu Boden fallen. All das spielt im Moment jedoch keine Rolle, denn der Schmerz lässt nicht nach. Erst glaube ich, dass ich mir das Schlüsselbein gebrochen habe, doch der Schmerz geht einzig und allein von der Schulter aus. *Ausgekugelt,* ist mein Gedanke, bevor zuerst der Schiedsrichter und anschließend mehrere meiner Teamkollegen über mir stehen und neben mir knien, und der Lärm, den ich bisher nicht hören konnte, der einfach ausgeblendet war, wieder unerträglich laut wird.

„Jeremy!“, ruft jemand.

„Mr. Houser, können Sie mich hören?“, fragt der Schiedsrichter, was ich mit einem Stöhnen beantworte. An Worte ist nicht zu denken. „Wir brauchen die Trage!“

„Sorry, Mann. Nimm's nicht persönlich“, sagt mein Angreifer mit einem blasierten Lächeln, welches ich ihm austreiben würde, könnte ich mich bewegen. Stattdessen halte ich meinen schmerzenden Arm, als würde er abfallen, wenn ich ihn loslasse.

Auf einmal verpasst Max Evans mit beiden Händen einen solchen Stoß, dass dieser zurückstolpert. „Natürlich war es persönlich, du Arsch. Also halt deine Fresse und verschwinde, bevor ich dir dabei helfe.“

„Hey! Zurück!“, schreit ein weiterer Schiedsrichter Max ins Gesicht, der sich nur widerwillig von Evans' Körper wegschieben lässt.

Während ich mich selbst in einer festen Umarmung halte, um die Umlagerung auf die Trage zu überleben, bin ich froh, dass Max keine Dummheit begeht und sich womöglich noch eine Strafe gegen uns einhandelt. Andererseits schwappt auch eine Welle der Erleichterung über mich, weil er trotz unserer Probleme und des Blödsinns, den ich gemacht habe, für mich einsteht und mir jetzt einen gequälten, frustrierten Blick zuwirft, als ich vom Feld getragen werde. Nicht nur er, sondern auch Aaron und Fraser sehen mir mitfühlend hinterher. O'Mally hat mir den Rücken zugewandt. Wenigstens lacht er nicht.

Clay kommt auf mich zu, sobald ich in Reichweite bin, und legt eine Hand auf mein Bein. „Sie bringen dich ins Krankenhaus, Jeremy. Ich rufe deinen Vater an“, spricht er mir gut zu, doch ich bringe es vor Schmerz nicht fertig zu antworten. Tommy, der mit dem Rest des Defense-Teams bis eben noch in unserem Bereich saß, steht nun ebenfalls neben mir und wirkt unsicher, wie er mit der Situation umgehen soll. Er geht ein Stück mit uns Richtung Ausgang, sieht sich dann um und verzieht das Gesicht. Er nickt mit heruntergezogenen Brauen, um sich von mir zu verabschieden, während mich die Sanitäter vom Feld Richtung Rettungswagen tragen.

Während der Fahrt kann ich keinen klaren Gedanken fassen. Ich habe mir in meinem Leben schon öfter etwas gebrochen. Vor vier Jahren durchtrennte ich mir beispielsweise bei einem Fahrradunfall Elle und Speiche. Die Ärzte befürchteten damals, dass ich danach unter Umständen nie mehr mein volles Bewegungsausmaß nutzen könnte. Glücklicherweise bewahrheitete sich ihre Befürchtung nicht.

Ich habe auch schon gehört, dass Ausrenkungen viel schmerzhafter sind als alles andere, doch nie hätte ich es mir so vorgestellt. Bei jeder kleinen Bewegung des Rettungswagens auf der Straße wird mir schwarz vor Augen, und ich brauche wieder einige Zeit, den Sanitätern alle Fragen zu beantworten, die sie mir stellen. Abgesehen vom Unfallhergang wollen sie wissen, welche Allergien ich habe, ob ich regelmäßig Medikamente nehme, ob es irgendwelche vorherigen Erkrankungen gibt, über die sie Bescheid wissen sollten. All diese Fragen kann ich mit einem Kopfschütteln verneinen. Etwas anderes schaffe ich nicht, denn mir ist dermaßen übel, dass ich bei jedem Schlagloch glaube, mich übergeben zu müssen.

Im Krankenhaus muss ich erst weitere hundert Fragen, ein Röntgen wie auch ein MRT über mich ergehen lassen, bevor meine Schulter in einem Behandlungszimmer endlich unter Kurznarkose eingerenkt wird.

Als ich wieder aufwache, liege ich bereits in Krankenhausbekleidung im Patientenzimmer. Dad und Claire sitzen neben mir und erklären mir, dass sie mein Trikot zum Teil aufschneiden mussten, um mich umziehen zu können, ich schon ein weiteres Röntgen hinter mir hätte und der Arzt bald zu uns käme, um zu erklären, wie es weitergeht. Ich bin immer noch müde, doch die Schmerzen wie auch die Übelkeit sind Gott sei Dank abgeklungen. Viel mehr beunruhigt mich jetzt, dass nicht nur Claire besorgt aussieht, während sie meinen gesunden Arm streichelt, sondern eben auch Dad. Das ist kein gutes Zeichen. Er lächelt mich zwar an, doch in seinen Augen liegt ein Wissen, welches er mir noch nicht mitteilen will, bis die Ergebnisse vorliegen. So machen Ärzte das eben. Wahrscheinlich tun sie das in erster Linie, um sich selbst zu schützen, denn heutzutage wird man bei der kleinsten Fehldiagnose schnell verklagt. Andererseits bestimmt auch deswegen, weil sie einen einfach nicht beunruhigen wollen, bevor sie nicht ganz sicher sind, was der Patient tatsächlich hat, und wie man ihm helfen kann. Und bei seinem Sohn macht Dad da eben auch keine Ausnahme. Ich bin zu müde, zu zugedröhnt vom Anästhetikum und den Schmerzmitteln, um nachzufragen, also tue ich so, als könnte ich seine Sorge nicht sehen.

Eine halbe Stunde später betritt der Arzt das Zimmer, obwohl ich normalerweise bis zur nächsten Visite warten müsste, um Informationen zu erhalten. Manchmal hat es eben doch seine Vorteile, der Sohn eines bekannten Arztes zu sein.

„Die Luxation ist wie in den meisten Fällen nach vorne und unten erfolgt. Ich befürchte jedoch, dass es bei ihm nicht nur zu der üblichen Bankart-Läsion des Labrums kam, sondern dass seines gerissen ist, wie es leider in diesem Alter häufig vorkommen kann. Morgen werden wir nach einer Sonografie Genaueres wissen“, erläutert er meinem Vater. Dann wendet er sich an mich und erklärt mir in einem fachmännischen Ton: „Das Labrum ist die Knorpelstruktur, die das Gelenk umfasst und der Stabilität des Schultergelenks dient. Das Problem an der Sache ist, dass es nach erstmaliger Luxation immer wieder zum Auskugeln kommen kann, sogar ohne Gewalteinwirkung." Sein Blick wandert zurück zu meinem Dad. „Bei über neunzig Prozent aller jungen Sportler kommt es zu einer Rezidivluxation, die wiederum zu weiteren Schäden des Gelenks führen. Diese sind danach oft schwerer zu behandeln. Wenn das Labrum nun tatsächlich gerissen ist, kommen wir ohnehin nicht um einen operativen Eingriff herum."

„Ich verstehe. Wir werden ihn jedoch in mein Krankenhaus verlegen lassen, um ihn dort weiter zu behandeln. Nicht, dass ich Sie nicht für äußerst kompetent halte, doch mein Sohn braucht sein bekanntes Umfeld, und dort kann ich besser für ihn sorgen", räumt Dad ein.

Wenn ich nicht gerade so überrumpelt von dem wäre, was der Arzt da eben angedeutet hat, würde ich mich wirklich über Dads bevormundende Art ärgern.

„Was bedeutet diese Operation dann für mich?", schießt es aus mir heraus. Beide Männer sehen zu mir. Claire schließt die Augen.

„Na ja, zuerst wird der Schaden mittels einer Arthroskopie, also einer Gelenkspiegelung, genau beurteilt und bei einer unkomplizierten Verletzung dann wieder am Rand der Gelenkpfanne durch kleine Implantate fixiert. Falls die Kapsel selbst gerafft und verstärkt werden muss oder unvorhergesehene, größere Verletzungen vorliegen, muss eine offene Operation mittels Hautschnitt durchgeführt werden."

„Das meinte ich nicht", werfe ich frustriert ein. Ich zucke bei dem Schmerz, den das Aufrichten meines Oberkörpers mit sich bringt, zusammen.

„Du wirst nach der Operation drei bis vier Tage stationär behandelt, einige Wochen konsequent eine Schlinge tragen und dich dann einem speziellen Nachbehandlungsprogramm unterziehen müssen. Überkopf- und Rotationsbewegungen sind danach aber für vier bis sechs Monate nicht mehr möglich", erklärt mir nun mein Dad, woraufhin ein allgemeines Schweigen folgt, bis ich langsam realisiere, was er damit meint.

„Das heißt … ich kann nicht mehr spielen", schließe ich stockend.

„Dieses Jahr nicht mehr, Jeremy. Tut mir sehr leid", antwortet er.

Ursprünglich dachte ich, ich könnte bei den Play-offs schon wieder mitspielen. Jetzt muss ich hören, dass es komplett vorbei ist.

„Bei fast fünfundneunzig Prozent aller Patienten kann durch die Operation die Stabilität des Schultergelenks vollständig wiederhergestellt werden. In seltenen Fällen verbleibt eine minimale Einschränkung der Außendrehbewegung."

Ich höre gar nicht mehr hin, was der Arzt sonst noch so von sich gibt und mit meinem Dad bezüglich der Verlegung bespricht, sondern konzentriere mich auf meine gesunde Hand, die sich zu einer derart festen Faust geformt hat, dass die Knöchel weiß leuchten. Claire entfernt ihre Hand von meinem Unterarm und wartet, bis ich meinen Blick auf sie richte. Dann deutet sie mir in Gebärdensprache: *Football definiert nicht deinen Wert!* Sie sieht mich eindringlich an. „Verstehst du?", flüstert sie zusätzlich. Ich beiße die Zähne zusammen und nehme einen tiefen Atemzug, ehe ich einmal nicke.

Der Arzt verschwindet kurz darauf wieder, ebenso wie auch Dad und Claire, nachdem sie mir versprochen haben, mich morgen Vormittag abzuholen.

Eine Weile starre ich einfach ins Leere, weil das Ganze ziemlich schwer zu fassen ist. Dann beschließe ich, den Fernseher anzuschalten, um meine rotierenden Gedanken zu übertönen.

„Alter, wenn du wolltest, dass ich dir wieder meine ungeteilte Aufmerksamkeit schenke, hättest du es auch einfach sagen können."

Max steht mit verschränkten Armen in der Türe und blickt mich mit müden Augen an. Es ist bereits nach zehn Uhr abends, und ich bin verwundert, dass sie ihn überhaupt noch hereingelassen haben. Ich ringe mir ein Lächeln ab, obwohl ich in Wahrheit so wütend über meine Lage bin, dass ich schreien will.

„Ich hab draußen noch deinen Dad getroffen. Er hat mir erzählt, was sie mit dir vorhaben." Ich nicke, während ich innen an meiner Wange kaue. Max sieht meinen angespannten Blick und kratzt sich den Nacken. Ohne weiter nachzudenken, greift er nach einem Stuhl, positioniert ihn neben meinem Bett und lässt sich darauf fallen. Er hebt die Füße zu meinem Bettgestell, verschränkt die Arme hinter seinem Kopf und beginnt mit dem Stuhl zu schaukeln. „Ich wäre schon früher gekommen, aber ich musste ja zuerst mein Auto von der Schule holen, um dann wieder herfahren zu können."

Er zieht einen Schokopudding und eine Packung Gummibären aus seiner Jackentasche und wirft mir beides auf den Beistelltisch.

„Falls das hilft: Evans, dieser Saftsack, wurde nach einem weiteren Foul an Aaron aus dem Spiel ausgeschlossen. Und Tommy hat diesen Cameron in seiner eigenen Endzone gesackt und für uns zwei Punkte kassiert." Es hilft nicht. Kein bisschen, aber Max meint es gut. Ihm bin ich nicht böse.

„Die Jungs wollen dich morgen mal besuchen kommen, wenn du in unser Krankenhaus verlegt wirst." Langsam hebe und senke ich meinen Kopf und fixiere weiterhin die Wand vor mir. „Soll ich ihnen sagen, was los ist, oder willst du das selber machen?", fragt er hilfsbereit, was ich mit einem Schulterzucken beantworte.

„Sag doch mal was, Mann!“

„Was soll ich denn sagen?“, gebe ich wieder schulterzuckend zurück. Doch mit dieser Frage bricht der aufgestaute Damm in mir.

„Meine Saison ist vorbei. Selbst wenn ich wollte, könnte ich nicht an einem Tryout *oder* einem Walk-on teilnehmen. Ich bin für die nächsten drei Wochen absolut unbrauchbar und darf auch danach vier bis sechs Monate keinen Ball mehr werfen. Was bleibt mir da noch viel zu sagen, außer dass ich den Scheiß hier zum Kotzen finde?!“ Mittlerweile bin ich nicht mehr so ruhig und scheinbar teilnahmslos wie vorhin. Meine Wut sucht ein Ventil, und das einzige, das ich finde, um sie herauszulassen, ist der Pudding neben mir, den Max mitgebracht hat. Mit der linken Hand fege ich ihn vom Tisch, sodass er gegenüber von mir an der Wand abprallt und auf dem Boden aufplatzt.

Max sagt nichts mehr. Er macht auch keine Anstalten, den Dreck sauber zu machen. Wo andere spätestens jetzt aufstehen und gehen würden, bleibt er entspannt sitzen und schaukelt weiter auf seinem Stuhl. Er weiß, dass mir im Moment keine Worte helfen, die Dinge, die mir bevorstehen, in irgendeiner Art und Weise besser zu machen: die OP, die Schmerzen, die Reha und den erzwungenen Ausstieg aus meinem Team im letzten Jahr der Highschool. Ein Team, das mir Sicherheit gab, das Gefühl gab, etwas zu können, wegen meines Könnens bewundert zu werden. Ich hatte darin einen Platz, wo ich hingehörte. Jetzt würde ein anderer meine Rolle übernehmen, wahrscheinlich Fraser, und ich werde unbrauchbar sein.

Wenn mich einer versteht, dann Max. Deswegen kann ich ihm auch diese Gefühle zeigen, ohne mir dadurch eine Blöße zu geben, denn er kennt mich mehr als mein halbes Leben lang. Er weiß, wie er mit mir umgehen muss, und er weiß auch, dass ich meinen besten Freund jetzt eben brauche, auch wenn er mir nicht helfen kann und ich mich kindisch benehme. Und bei all dem kommen mir wieder Julias Worte in den Sinn.

Du hast recht, das Leben ist nicht immer fair. Aber ich kann entweder herumheulen oder versuchen, trotz der Umstände das Beste daraus zu machen. Und ich habe mich für Letzteres entschieden.

Und auch ich werde mich dafür entscheiden. Ich werde mich beruhigen und anstrengen, trotzdem das Beste aus mir herauszuholen, wie auch immer das gehen wird.

Für meinen Dad, für Claire, für Max, für mich. Für sie.

Nur eben nicht heute.

Julia

Diese Woche verging noch langsamer als die davor, denn nun fehlte nicht nur Grace, sondern die einzig andere Person an dieser Schule, mit der ich neuerdings reden kann.

Die Person, von der ich am allerwenigsten erwartet hätte, dass es je so weit käme, aber Jeremy hat mich positiv überrascht. Ich habe mich total gefreut, dass er mich zum Ballettunterricht begleitet hatte, und es schien ihm auch wirklich zu gefallen. Zumindest habe ich seinen Gesichtsausdruck so interpretiert. Ich denke, ich werde ihn zu unserer Aufführung an Thanksgiving einladen. Ob er kommt oder nicht, ist seine freie Entscheidung, doch ich fände es schön.

Ich habe erst am Montag in der Schule von seinem Unfall erfahren, weil einige Mitschüler sich im Geschichteunterricht darüber unterhielten. So, wie sie die Situation schilderten, dürfte es nicht allzu gut für ihn aussehen. Ich habe etwas von einer Operation und dem Ende seiner Saison aufgeschnappt, doch mehr weiß ich nicht. Ich wüsste auch nicht, wen ich fragen sollte. Melanie scheint jedenfalls mehr zu wissen als ich und suhlt sich nun genüsslich in der Aufmerksamkeit, die ihr deswegen zuteilwird, denn natürlich will die ganze Schule erfahren, wie es unserem Star-Quarterback geht. Des Öfteren in den vergangenen Tagen stolzierte sie regelrecht an mir vorbei, immer mit einem unechten, selbstgefälligen Grinsen auf den Lippen, weil sie sich überlegen fühlt. Soll sie doch, das ist mir egal.

Ich mache mir jedoch Sorgen um Jeremy und möchte gerne wissen, wie es ihm geht. Nicht nur körperlich, sondern auch emotional. Aufgrund dessen, was er mir damals im Sportkabinett erzählt hat, denke ich mir, wird er jetzt bestimmt wieder Angst haben, etliche Leute zu enttäuschen, vor allem seinen Dad. Er wird jedoch nichts sagen, sondern den Schmerz und den Frust in sich hineinfressen; aber ich möchte nicht, dass er das tut. Er hat sich Mühe gegeben, für mich da zu sein, als ich Hilfe brauchte, und nun würde ich ihm ebenso gerne helfen. Aber wie? Ich kann wohl kaum Max um seine Telefonnummer bitten, oder gar Melanie.

Ich kann auch nicht einfach im Krankenhaus bei ihm auftauchen, mich aufdrängen und so tun, als wären wir die besten Freunde. Wer weiß, ob er das überhaupt möchte.

Mittwoch wurde es etwas leichter für mich, weil Gracie, wie versprochen, wieder in der Schule erschien und mich nicht nur moralisch unterstützte, wenn Melanie und ihr Gefolge mir arrogante Blicke zuwarfen, sondern sie mich vor allem damit ablenkte, dass sie mir ständig wegen der Halloweenfeier in den Ohren lag. Das tut sie auch noch am Freitag, als wir durch die beinahe vollständig dekorierte Schule Richtung Toilette schlendern.

„Kannst du es dir nicht noch einmal überlegen?“, fleht sie förmlich – in dem Ton, dem ich normalerweise nicht widerstehen kann, doch bei Halloween bleibe ich aus mehreren Gründen hart.

„Auf keinen Fall! Tut mir leid.“

„Ist das wirklich dein letztes Wort?“

„Ja, dieses Mal schon, Süße, sorry.“

Unglücklich brummt sie vor sich hin. „Das wird aber voll blöd ohne dich.“ Mit gespieltem Mitleid öffne ich die Türe zum WC. Melanie und Clara stehen lästernd vor dem Waschbecken, während sie sich nachschminken und Melanie gleichzeitig etwas in ihr Handy tippt. Als wir eintreten, verstummen die beiden augenblicklich und tauschen stattdessen bedeutungsvolle Blicke aus. Ich will ihnen jedoch nicht den Gefallen tun, ihnen Aufmerksamkeit zu zollen, deswegen ignoriere ich ihre Präsenz.

„Du musst auch nicht hingehen. Das weißt du, oder?“

Gracie mustert Melanie und Clara einen Moment, ehe sie ihnen den Rücken zukehrt. „Ich habe es Maggie aber versprochen. Außerdem kriegen wir das Zimmer nicht früher, und ich bleibe mit ihr ganz bestimmt nicht zu Hause.“

„Euch will doch sowieso keiner dort sehen. Also bleibt lieber beide zu Hause“, entfährt es Clara, die ihre frisch gestrichenen Lippen spitzt.

„Wusstest du, dass das Gesicht der Spiegel der Persönlichkeit ist? Offensichtlich musst du dringend noch an beidem arbeiten“, gebe ich kühl zurück, woraufhin ich einen frostigen Blick von ihr kassiere.

„Ach, Herzchen. Mir war nicht bewusst, dass wir eine Null gewählt haben, weil du dich jetzt meldest. Nein, richtig, ich wollte gerade meinen Freund anrufen“, meldet sich Melanie zu Wort.

„Schöne Grüße. Wer ist es denn heute?“ Ihr Blick verfinstert sich, während sie ihren Lippenstift in die Handtasche fallen lässt, sich umdreht und mir bedrohlich nahe kommt. Grace stellt sich an meine Seite, kann jedoch bei ihrer Größe nicht wirklich einschüchternd wirken. Melanie ist mit Absätzen gut dreißig Zentimeter größer als sie.

„Pass auf, du kleine Hexe. Du magst dich für unheimlich schlau halten, aber eines sage ich dir: Wer zuletzt lacht …“

„… hat es nicht eher verstanden?“, vervollständige ich ihren Satz unverschämt und hebe dabei eine Augenbraue. Ich habe es satt, mich von ihr beleidigen zu lassen.

„Hey, fass sie nicht an!“, ruft Clara aufgebracht. Melanie hingegen packt mich am Arm, sodass ich nicht weitergehen kann.

„Wenn du glaubst, dass dein kleiner, armseliger Versuch, Jeremy in der Sportkabine zu vernaschen, für ihn irgendetwas zu bedeuten hatte, dann tust du mir leid. Er hat mir davon erzählt. Wir haben viel gelacht. Er war dort bereits mit etlichen Mädchen drin. Also denk nicht, dass du irgendetwas Besonderes bist. Du bist nichts als eine Notlösung. Er wird dich fallen lassen“, erklärt Melanie.

„Welch ein Kompliment für dich als seine *Freundin,* wenn er dort ständig mit jemand anderem drin ist, nicht wahr?“, antworte ich sarkastisch. „Mach dir keine Sorgen um mich, Melanie. Wenn du nicht aufpasst, fällt dir sonst womöglich noch dein Krönchen herunter.“

Melanies Gesicht verzieht sich zu einer wütenden Grimasse, und sie löst den Griff an meinem Arm, woraufhin sie mir blitzschnell mit der flachen Hand eine Ohrfeige gibt. Mein Kopf schnellt zwar aus Überraschung zur Seite, doch ich spüre dabei keinerlei Schmerz. Keiner kann mir Schmerzen zufügen, wie ich sie gewohnt bin, vor allem nicht sie, und bestimmt keine körperlichen. Clara grinst, während Gracie den Mund aufreißt und ihre Hand hebt, um zurückzuschlagen. Melanie weicht ein paar Schritte zurück, um sich in Sicherheit zu bringen. Ich greife nach Gracies Arm und ziehe sie an meine Seite.

„Das Biest hat dich gerade geschlagen!“ ruft sie aus, fassungslos über meine ruhige Reaktion.

„Wenn das der einzige Weg ist, wie sie sich zu helfen weiß, dann sollte sie uns leidtun. Wir werden nicht auf ihr Niveau hinabsinken.“

Gracie schließt ihren Mund und funkelt Melanie böse an, während Mel nicht sicher zu sein scheint, was sie als Nächstes tun soll. Ich nehme ihr die Entscheidung ab und zerre Gracie aus der Toilette.

„Alles in Ordnung?“, hält Gracie mich auf halbem Weg zurück.

„Ich meine, wir können es einem Lehrer sagen. So was darfst du dir nicht bieten lassen.“

Lächelnd schüttle ich den Kopf. „Lass sie! Ich bin sicher, sie hat aus einer Kurzschlussreaktion so gehandelt. Ihr ist das bei Weitem unangenehmer als mir, denn mit solch einer Aktion bestätigt sie nur, dass sie Angst hat zu verlieren.“

Es läutet zur Stunde, doch Gracie und ich rühren uns nicht vom Fleck.

„Geh schon mal vor, Gracie“, breche ich das Schweigen. „Ich muss immer noch aufs WC, weißt du?“, lache ich, als sie mich prüfend mustert.

„Bist du sicher, dass es dir gut geht?“, fragt sie erneut.

„Alles bestens!“, versichere ich ihr und umarme sie flüchtig. Sie studiert noch einen Moment lang mein Gesicht, bevor sie sich zum Gehen umdreht.

Ich hingegen suche das nächstgelegene WC auf, in das ich flüchten kann, verschließe das Schloss der Kabine und lehne mich gegen die Fliesenwand. Augenblicklich bricht meine

Fassade zusammen, die ich seit Melanies Kommentar in der Toilette aufrechtzuerhalten versuchte. Schlimm genug, dass die halbe Schule nun zu glauben scheint, dass ich ein Verhältnis mit Jeremy habe. Melanie sprach außerdem genau das aus, was mir bereits vor zwei Wochen zusetzte und mich beschäftigte: Bin ich für Jeremy nur eine billige Errungenschaft? Ein Racheakt? Versucht er, meine größte Schwäche herauszufinden, um mich dann damit bloßstellen zu können?

Ich halte mir eine Hand vor den Mund, gebe mir Mühe, nicht zu hyperventilieren, und hämmere mit der anderen zur Faust gebildeten Hand hinter mir gegen die Wand.

Hör auf damit, Julia! Ich bin nicht abhängig von ihm. Ich habe weit Schlimmeres erlebt als missbrauchtes Vertrauen. Wahrscheinlich hat sie das ohnehin bloß gesagt, um mich zu kränken. Hätte er ihr tatsächlich etwas erzählen wollen, um mich zu verletzen, dann wohl nur die ganze Geschichte. Sonst hätte er ja nichts davon. Melanie schien jedoch über nichts Konkretes Bescheid zu wissen.

Dass ich in deren Augen nichts Besonderes bin, war mir auch vor ihrem Kommentar klar. Wieso sollte ich das auch sein?

Trotzdem tut dieser Satz weh, obwohl ich mich dagegen gewehrt habe, es so weit kommen zu lassen, eine Zeit lang in die Rolle eines Mädchens zu schlüpfen, das sich Chancen bei einem Jungen ausmalt.

Doch ich könnte jetzt ohnehin keine Beziehung aufbauen. Es wäre nicht fair, denn der Schmerz des Verlassenwerdens sitzt einfach so tief, dass ich nicht sicher bin, einer anderen Person jemals das geben zu können, was eine Partnerschaft braucht: Geborgenheit, Stabilität. Das sind alles keine Begriffe für mich. Und nun klafft ein weiteres Loch in meinem Herzen, dessen Ausmaß ich vehement zu schließen versuche, doch es ist eben ein Prozess. Ich muss erst vollständig mit mir ins

Reine kommen, bevor ich auch nur daran denken kann, jemanden näher an mich heranzulassen. Es hilft leider letzten Endes nichts, den Schmerz immer nur beiseitezuschieben.

Ich bin mir gar nicht sicher, ob ich mich verlieben will, weil ich von niemandem verletzt werden möchte. Das mag eine eigenartige Sichtweise sein, vor allem in meinem Alter, denn alle sagen, wenn man verliebt ist, sei man glücklich, fühle sich stark und unbesiegbar. Aber die Wahrheit ist doch, je weiter man sein Herz öffnet, umso länger dauert es, die Wunden, die dadurch entstehen können, verheilen zu lassen.

Auch Melanie handelt wahrscheinlich so unbeholfen, weil sie verletzt ist. Weil sie Jeremy zurück will, ganz gleich, aus welchen Gründen. Wenn ich mich so umsehe, beginne ich mich zu fragen, ob Liebe den Schmerz und den Kampf, die sie meist mit sich bringt, überhaupt wert ist.

Mom und Dad sind heute Abend bei einer Veranstaltung, bei der ihnen erklärt wird, wie man Kinder und Jugendliche vor Angriffen, Problemen und Straftaten an Halloween schützen kann. Nicht nur die sogenannten Streiche, bei denen Kids mittlerweile Mülltonnen anzünden oder mit Schlüsseln Autos und Fenster zerkratzen, werden immer schlimmer, auch die Übergriffe in dieser Nacht auf Frauen und Mädchen nehmen laufend zu.

Meiner Meinung nach lautet die Antwort auf dieses Problem schlicht, den Kindern an diesem Tag Hausarrest zu geben oder den Tag generell abzuschaffen, doch mich fragt ja keiner. Stattdessen verbringen sie eben fünf Stunden bei diesem Seminar, nur um nachher wahrscheinlich genauso schlau zu sein wie vorher. Dad muss dienstlich hingehen, und weil die meisten seiner Kollegen auch ihre Frauen mitnehmen, war es Dad natürlich ein Anliegen, dass Mom ihn begleitet. Hauptsache, der Schein wird gewahrt. Beide können genauso gut eine

Show abziehen wie ich. Niemand käme jemals auf die Idee, wie gebrochen sie wirklich sind oder was sich hinter verschlossenen Türen bei uns abspielt. In der Öffentlichkeit halten sie Händchen, plaudern nett, reden wohl auch manchmal über mich, als wäre alles ganz normal. Zu Hause schlafen sie gerade noch im gleichen Bett, sprechen miteinander nur das Notwendigste und ignorieren mich die meiste Zeit, was mir von allem anderen, was bei uns passiert, aber noch am liebsten ist.

Ich verbringe meinen Freitagabend jedenfalls wie so oft mit einem Buch und einer heißen Schokolade mit Marshmallows auf meiner Fensterbank. Für andere mag das vielleicht einsam oder armselig klingen, doch für mich ist das die angenehmste Zeit des Tages. Nur für mich zu sein, ohne Geschrei, ohne Gewalt, ohne ignoriert zu werden. Ich blättere bereits zum letzten Kapitel meines Buches, als das Handy in meiner Schultasche zu vibrieren beginnt.

Nachdem Mom schon weg gewesen war, als ich nach Hause kam, konnte sie es mir noch nicht abnehmen. Normalerweise meldet sich jedoch ohnehin kaum jemand bei mir, vor allem nicht am Wochenende. Diejenigen, die meine Nummer haben, wissen von der Einschränkung durch meine Mom, und das sind wiederum nicht viele.

Ich rutsche von der Fensterbank und zippe meine Tasche auf, um das Handy herauszunehmen. Die längere Vibration gerade vorhin stammte von einem Anruf von Gracie. Etwas früher hatte sie mir jedoch schon eine SMS geschickt.

Du musst mich holen! Bitte! Es ist was passiert!

Mein Herz setzt einen Moment aus. Macht sie Witze? Ist das ein Plan, mich doch noch dorthin zu locken, oder ist sie tatsächlich in Schwierigkeiten? Aber welche Schwierigkeiten könnten das auf einer Halloweenfeier der Schule sein? Ich versuche sie anzurufen, werde jedoch sofort weggedrückt. Also tippe ich fieberhaft eine Nachricht ein.

Wo bist du?

Ich muss nicht lange auf eine Antwort warten. Wieso nimmt sie denn nicht einfach ab?

Im Spiegelkabinett ... Bitte komm!!

Wild fahre ich mir durch die Haare. Was ist los mit ihr, dass sie meine Hilfe braucht? Wo ist Maggie? Ist ihr etwas passiert? All die Fragen in meinem Kopf werden von einer großen Frage verdrängt, nämlich der, wie ich dort am schnellsten hinkommen soll. Der nächste Schulbus fährt erst wieder Montagmorgen. Auf einen anderen Bus in diese Richtung müsste ich ewig warten, und zu Fuß bin ich, selbst wenn ich renne, zu langsam. Ich stolpere zum Fenster und spähe hinüber zu Max' Haus. Sie hatten heute ein Spiel, und wenn ich Glück habe, ist er wie sonst auch nach Hause gefahren, um hier zu duschen. Ich muss mich weit aus dem Fenster lehnen, um sein Auto in der Einfahrt sehen zu können, und atme erleichtert auf.

Das Einzige, wonach ich greife, als ich aus dem Haus renne, sind meine Schlüssel. Kurz darauf sprinte ich wie von der Tarantel gestochen die paar Dutzend Meter entlang der Straße in seinen Vorgarten. Ich springe die Stufen seiner Veranda hoch und strecke den Finger bereits nach der Glocke aus. Im selben Moment öffnet er die Haustüre und tritt hinaus, sodass ich genau gegen seine Brust knalle. Der Aufprall lässt mich zurückkippen, woraufhin Max mit verdutztem Gesicht meinen Unterarm ergreift und ein Stück zu sich zieht, sodass ich die Treppe nicht rückwärts hinunterfalle.

„Was ist los?", fragt er besorgt und beugt sich instinktiv ein paar Zentimeter zu mir. Wir wohnen seit Jahren so gut wie nebeneinander, und ich habe noch nie bei ihm angeläutet. Deshalb weiß er, dass es etwas Wichtiges sein muss.

„Max, fährst du zur Schule?"

„Ja, wollte mich gerade ins Auto setzen. Wieso?"

„Könntest du mich bitte mitnehmen? Grace hat mir eine SMS geschrieben, dass sie in Schwierigkeiten steckt und ich sie holen muss. Ich hab keine Ahnung ... ", erkläre ich nervös, dann geht mir die Luft aus, und ich stütze mich auf meinen Oberschenkeln ab.

Er nickt stirnrunzelnd. „Spring rein!"

Auf der Fahrt zur Schule sprechen wir nicht viel miteinander. Worüber sollten wir uns denn auch unterhalten?! Wir haben ja nichts gemein.

„Wie lief das Spiel?", frage ich dann doch, weil mir die Stille langsam unangenehm wird. Er zieht eine Grimasse.

„Mühsam ohne Jer. Fraser bemüht sich zwar, seine Rolle zu übernehmen, aber er hat es eben nicht so drauf. Weil er jetzt den Quarterback macht, geht uns ein guter Wide Receiver ab." Ich gebe einen zustimmenden Laut von mir, obwohl ich das Gesagte natürlich kaum verstehen kann. Er sieht zu mir und zieht einen Mundwinkel hoch, ehe er wieder auf die Straße sieht. „Hast du ihn schon besucht?", fragt er, und ich drehe meinen Kopf unüberlegt schnell zu ihm. Ich beiße mir auf die Lippe, während sein Schmunzeln neben mir zu einem breiten Grinsen wird.

„Wieso sollte ich?", frage ich scheinheilig, woraufhin er eine Augenbraue hochzieht, aber nach wie vor grinst. Dann kräuselt er die Lippen und kratzt sich die Stirn.

„War nur so ein Gedanke." Er zwinkert mir zu, und ich bin nicht sicher, ob ich ihn anschnauzen, schweigen oder mitlachen soll.

„Du musst nichts sagen. Dir sollte nur klar sein, dass O'Mally nicht gerade die Schweigsamkeit in Person ist und der halben Schule schon von seinem Zusammentreffen mit euch erzählt hat."

Bestimmt hat Melanie die Information ebenfalls bloß durch O'Mally erlangt und nicht von Jeremy selbst. Das Ganze war also gelogen – sie fühlt sich wirklich von mir bedroht.

In Wahrheit verwundert es mich jetzt, in den letzten eineinhalb Wochen keinerlei Reaktion anderer Mitschüler diesbezüglich mitbekommen zu haben. Entweder interessiert es die Leute schlichtweg nicht, was ich mir nicht vorstellen kann, oder ich war so mit mir selbst beschäftigt, dass es mir lediglich nicht auffiel.

„Wir sind nur Freunde", erkläre ich heiser. Er lächelt.

„Weißt du was, das glaube ich dir sogar. Auch wenn ich nicht verstehe, warum." Keine Ahnung, wie das gemeint ist. Aber ich frage bestimmt nicht nach. Stattdessen bin ich dankbar, als er das Thema wechselt. „Weißt du, wo du Grace findest?" Ich nicke energisch und erzähle ihm vom Spiegelkabinett.

Max begrüßt einige Jungs der jüngeren Jahrgänge vom Team, als wir zu der Riesenfeier gelangen, während ich eilig weiter durch den Eingang marschiere. Doch ehe ich mich drinnen umsehen kann, zieht mich jemand am Pulli zurück und wirbelt mich herum.

„Hey! Du musst Eintritt bezahlen, und verkleidet bist du auch nicht", belehrt mich ein jüngerer Schüler, der mich missbilligend mustert. Er selbst trägt rote Kontaktlinsen und hat sich einen Reißverschluss mitten ins Gesicht gemalt, der nach unten hin offen ist.

„Ich muss jemanden abholen. Ich habe nicht vor zu bleiben."

„Ich glaube, du verwechselst mich mit jemandem, den das interessiert. Hier tragen alle ein Kostüm."

Mit offenem Mund sehe ich mich um und drehe mich nach links und rechts. „Jeder Dritte trägt hier keines!", rufe ich beinahe lachend aus.

„Schon gut, Chase. Lass sie rein", meldet sich Max hinter mir, woraufhin der Typ namens Chase verwundert aufsieht.

Ein wenig genieße ich diesen Blick sogar, doch ich habe keine Zeit für so was. Die Hand von Chase auf meinem Arm konnte ich immer noch nicht abschütteln und werde langsam sauer.

„Hör mal, wenn du nicht gleich meinen Arm loslässt, dann wirst du einen Suchtrupp brauchen, um deine Finger …"

„Okay, Julia. Ich glaube, du hast etwas zu erledigen", schneidet Max mir das Wort ab, woraufhin Chase seine Hand endlich wegzieht. Chase werfe ich noch einen bösen Blick zu, bevor ich meinen Weg fortsetze. Ehrlich gesagt bin ich tatsächlich beeindruckt, was meine Mitschüler hier aufgebaut haben. Natürlich steckt da ein ganzes Organisationskomitee dahinter, das viel Geld in den Aufbau, in diverse Attraktionen und in Materialien gesteckt hat, doch die Feier ist gut besucht, und ich gehe davon aus, dass die Kosten alleine durch den Eintrittspreis
beinahe wettgemacht werden können.

„Soll ich … mit hineingehen?", bietet Max an, als ich mit finsterer Miene vor dem Eingang zum Spiegelkabinett stehen bleibe. Er sieht sich um, weil ihm ebenso wie mir auffällt, dass wir die Aufmerksamkeit anderer auf uns ziehen. Ich kann mir gut vorstellen, was da gemunkelt wird: *Erst Jeremy und jetzt auch noch sein bester Freund. Dieses Mädchen hat echt kein Schamgefühl. Wie macht sie das bloß, dass gerade die beiden sich von ihr einlullen lassen?* Etwa so in der Art.

Aber für Max spielt das keine Rolle. Hat es noch nie. Er pfeift darauf, was andere denken, und im Moment ist auch mir das Getuschel egal. Für mich zählt jetzt etwas Wichtigeres.

„Nein! Nein, vielen Dank. Du hast mir schon genug geholfen, Max. Hast was gut bei mir." Eigentlich wollte ich ihn wirklich bitten, zu bleiben und am besten ohne mich reinzugehen und Gracie zu finden, denn das Letzte, was ich will, ist, alleine dort drinnen zu sein. Aber das kann ich nicht von ihm verlangen, und ehrlich gesagt wäre es mir auch viel zu unangenehm.

Wenn es nicht um Gracie ginge, hätte ich ihn niemals gebeten, mich überhaupt herzufahren. Nicht nur, weil ich ohnehin schwer Hilfe annehmen beziehungsweise darum bitten kann. Wir kennen uns kaum, reden so gut wie nie miteinander, und er ist nicht meinetwegen hier, also wimmle ich ihn ab.

Auf meine Antwort zuckt Max mit der Schulter und startet in die andere Richtung, wo er gleich herzlich von verschiedensten Leuten begrüßt wird. Während ich vor dem Zelteingang stehe und mir Mut zuspreche, laufen einige Teenager lachend und schreiend aus dem Spiegelkabinett. Unwillkürlich umarme ich meinen Oberkörper, weil mir ein Schauer über den Rücken läuft.

Mit großen Schritten gehe ich durch die breite Öffnung des Zeltes, nur um davor wieder einige Sekunden wie angewurzelt stehen zu bleiben.

Ich kann das. Ich *muss.*

Bis auf ein paar Blitze, die in unregelmäßig kurzen Abständen die Spiegel links, rechts und vor mir beleuchten, ist es stockdunkel hier drinnen. Nebelmaschinen laufen auf Hochtouren und verschleiern das Innere des Zeltes nicht nur mit einem mystischen rötlichen Rauch, sondern auch mit einem süßlich-beißenden chemischen Geruch, der mir den Magen umdreht. Ich nehme einen ganz anderen Geräuschpegel wahr als vorhin draußen im Hof.

Hier hört man leise, schaurige Musik, welche von Windgeräuschen und Donnergrollen ständig übertönt wird. Immer wieder sind Schreie zu vernehmen. Manchmal reale, die mit einem Lachen meiner Mitschüler enden, manchmal schaurige aus den Lautsprechern, die einem durch Mark und Bein gehen. Wie in jedem schlechten Horrorfilm werden ab und zu Kettensägelaute, psychotisches Lachen und kurze Jumpscare-Schockmomentaufnahmen, die aus besagten Filmen geklaut wurden, abgespielt. Ich weiß, dass alles unecht ist, doch während andere darüber lachen können, schlägt mir mein Herz bis zum Hals und pocht bei jedem Schritt wilder gegen meine Brust.

Mein ganzes Leben habe ich die Dunkelheit gefürchtet und Labyrinthe gehasst, weil ich nie alleine rausfinden konnte und Angst hatte, niemand würde mein Fehlen bemerken. Nun schleppe ich mich durch diese Attraktion für Leute, die darauf stehen, viel Adrenalin in ihren Körper zu pumpen.

Langsam frage ich mich, wie ich Grace hier jemals finden soll, wenn doch etliche andere Schüler bisher den gleichen Weg gegangen sind wie ich jetzt. Ich sehe nichts, habe keine Ahnung, wo ich hingehe, und spüre, wie die Panik in mir immer größer wird, während ich die Spiegel fortlaufend mit einer Hand berühre, um mir ein Gefühl von Sicherheit zu verschaffen. Ständig jagt ein Schauer nach dem anderen durch meinen Körper, wenn durch das Aufblitzen des Lichtes Gesichter und Figuren in den Spiegeln neben und vor mir erscheinen, um gleich wieder zu verschwinden. Wer auch immer diese Attraktion hier aufgebaut hat, hat sich wirklich viel Mühe gegeben. Leider bin ich eine der wenigen, die das nicht zu schätzen wissen.

Mein Atem ist flach, und meine Augen drängen mich dazu, sie zu schließen, weil dieses Blitzgewitter mir unerträgliche Kopfschmerzen bereitet. Ich höre meinen hämmernden Herzschlag in den Ohren, meine Hände und Knie zittern.

Ich gelange in einen Bereich, in dem es aussieht, als gäbe es keinen Ausweg mehr, was nun auch noch ein klaustrophobisches Gefühl in mir auslöst. Von fünf Seiten umgeben mich verzerrte Spiegel, die mein Abbild wiederum Hunderte Male spiegeln.

Warum ist außer mir eigentlich keiner mehr hier?

Ich drehe mich verzweifelt im Kreis, verärgert darüber, dass ich Max nicht doch gebeten habe mitzukommen. Er hätte uns hier rausbringen können.

Bleib cool und sei stark!

Ich taste mich Meter für Meter vor, stoße auf eine Sackgasse nach der anderen, doch es muss einen anderen Weg geben als den, durch den ich vorhin gekommen bin. Ich wandere immerhin seit einer gefühlten Ewigkeit in diesem Labyrinth umher.

In dem Augenblick, in dem ich einen Spiegel entdecke, der sich verschieben lässt, greifen aus dem Nichts plötzlich Arme von hinten um meinen Bauch, und ein ohrenbetäubender Schrei ertönt. Die Arme heben mich vom Boden weg. Der Schrei wird lauter, bis sich ein Arm weg von meinem Bauch zu meinem Kopf und über meinen Mund bewegt. Dann wird der Schrei dumpf, und mir wird klar, dass es mein eigener ist. Ich trete heftig mit den Beinen um mich, meine Hände sind in der eisernen Halterung des einzelnen Armes gefesselt, während ich ein paar Schritte nach hinten getragen werde. Weil ich aufgehört habe zu schreien, höre ich hinter meinem Ohr ein tiefes, leises Lachen. Mit dem letzten Widerstand, den ich aufbringen kann, trete ich zweimal gegen das Scheinbein meines Angreifers, bis mich dieser reflexartig freigibt.

„Au!“, lacht er wiehernd.

Ich wollte zwar losgelassen werden, damit ich wegrennen kann, doch nun falle ich auf die Knie, *weil* ich nicht mehr gehalten werde. Keuchend liege ich wie ein schutzloser kleiner Ball zusammengerollt auf dem Boden, unfähig, mich in Sicherheit zu bringen. Schluchzend ringe ich nach Luft.

Gefühle von früher übermannen mich. Ängste, die harmlos begannen, sich immer weiter in mir manifestierten und Macht gewannen, die für mich als beinahe Erwachsene trotz des theoretischen Wissens, dass sie unbegründet sind, unendliche Dimensionen angenommen haben. Sie erzeugten neue Furcht, Gedanken, die sich nicht bändigen ließen, und diverse Horrorszenarien vor meinem inneren Auge, aus denen ich damals wie jetzt nicht fliehen konnte, weil mein Geist zu schwach war und meine Beine mich nicht trugen. Da meine Mutter diese

Ängste, ganz egal, in welchem Alter ich mich befand, für töricht und inakzeptabel hielt, weigerte sie sich, mir dabei zu helfen, diese Lähmung einzudämmen, indem sie sie mit mir aufgearbeitete oder mich in den Arm genommen hatte. Niemand konnte mir einen dauerhaften Lösungsvorschlag oder Ausweg daraus zeigen.

Das erschrockene Gesicht meines Bruders, welches sich mir offenbarte, wenn er bei meinen nächtlichen Schreiattacken und Heulkrämpfen zu mir ins Zimmer kam, taucht vor mir auf, fühlt sich an wie eine Hand, die sich um mein Herz legt und langsam zudrückt. Ich bin nicht sicher, ob es Erinnerung oder Realität ist, als ich etwas auf meinem Rücken spüre, doch die Hand meines Bruders kann es unmöglich sein, und jede andere will ich nicht. Kurz löse ich mich aus meiner Starre und schaffe es, die Hand mit großem Kraftaufwand von mir zu stoßen und mich durch den Schwung so zu drehen, dass ich meinen Angreifer zumindest sehen kann, bevor er mich verletzt, wenn ich es schon nicht schaffe, mich zu wehren. Ich falle auf den Hintern und stütze mich zitternd mit den Händen auf dem Boden ab.

„Julia?“ O’Mally starrt mir mit großen Augen entgegen. Das Lachen aus seinem Mund ist weder zu hören noch zu sehen. „Was ist mit dir? Es sollte nur ein Scherz sein, aber du ... “ Ich kann keinen Ton von mir geben, nicht aufstehen. Ich kann gar nichts, außer meinen Körper mit beiden Armen festzuhalten, als würde er sonst auseinanderbrechen.

Ich will O’Mally auffordern zu gehen, mich in Ruhe zu lassen, damit ich mich fangen und weiter nach Grace suchen kann. Auch weil ich ihn nicht diese Schwäche von mir sehen lassen und auch nicht eine Minute länger mit ihm oder ohne ihn an diesem Ort sein möchte. Aber ich schaffe es nicht einmal, einen einzigen Finger zu heben.

Weil ich nicht antworte, sondern nur zitternd atme, legt er seine Finger unter mein Kinn und hebt meinen Kopf zu seinem Gesicht. Seine Augen blitzen auf, während seine Stirn sich furcht. Offensichtlich sieht er die Tränen, die sich in meinen Augen gebildet haben, und erkennt spätestens jetzt den Ernst der Lage.

„Ich muss hier raus“, bringe ich flüsternd hervor. Sebastian nickt schuldbewusst und lässt sich nicht zweimal bitten. Er schaufelt mich in seine Arme, hält mich ganz fest an seinem Körper, während ich versuche, ihn so wenig wie möglich zu berühren und mich so weit von ihm wegzulehnen, wie es eben geht. Meine Hände zittern unentwegt, ansonsten spüre ich nichts. Mein Körper ist steif, nicht nur vor Angst, sondern auch, weil es mir unangenehm ist.

Ich ertrage diese Berührung kaum und würde sie auch niemals zulassen, wenn ich mich hier selbst rausbringen könnte. Anders als letzte Woche bei Jeremy wird mir an den stellen meines Körpers, die O'Mally berührt, noch kälter, und ein Schauer durchfährt meine Wirbelsäule. Nicht nur das Wissen darüber, dass Sebastian Schuld an dieser Situation hat, macht den Unterschied zu meinem positiven Empfinden Jeremy gegenüber aus. Es waren seine Achtsamkeit und der Respekt, mich nicht an Stellen zu berühren, die mir unangenehm gewesen wären. Es waren seine Selbstlosigkeit und seine Hilfsbereitschaft, die mich ihm vertrauen ließen, weil er sich mit seinem Verhalten im Gegenzug nichts erwartet oder erhofft zu haben schien. Und es war seine Wärme, die er zwar auch real, doch genauso von innen ausstrahlte, mit der er mir Ruhe vermittelte. Ich habe mich in jenem Moment tatsächlich wohlgefühlt.

Während O'Mally durch zwei kurze Gänge und dann rund um einen Spiegel geht, um zum Notausgang zu gelangen, bete ich, dass uns niemand entgegenkommt und sieht. Das wäre das Letzte, was ich jetzt brauchen könnte.

Bevor er schließlich die Türe öffnet, erlange ich meine Stimme wieder. „Bitte setz mich ab." Er sieht zu mir und zieht die Augenbrauen zusammen. Ich muss unbedingt vermeiden, noch mehr Leute auf mich aufmerksam zu machen, wenn ich auf einmal in O'Mallys Armen liege. So viel Tratscherei halte selbst ich nicht durch.

„Bist du sicher?"

„Ja!", erkläre ich bestimmt. Er zögert kurz, neigt dann aber seinen Oberkörper, sodass meine Beine den Boden berühren, und hilft mir mit beiden Händen, mich langsam aufzurichten. Obwohl mir seine Hände auf meinem Körper lauter unangenehme Stiche versetzen, bin ich dankbar, dass er mich noch eine Weile stützt, denn nur langsam finde ich Halt auf dem Boden. Ich wische die letzten verräterischen Tränen aus meinen Augen und verlasse mit seiner an meiner Taille verweilenden Hand das Kabinett. Auf die erste Bank, die ich hinter dem Zelt finde, lasse ich mich niedersinken. Dort vergrabe ich mein Gesicht zwischen meinen Beinen und versuche, wieder völlig zu mir zu kommen.

„Ich muss Grace finden", erkläre ich verzweifelt. Es ist schon fast eine Dreiviertelstunde her, seit sie mir geschrieben hat, und ich konnte noch nichts für sie tun. Bei dieser Erkenntnis schießen mir erneut Tränen in die Augen, weil ich mir schrecklich nutzlos vorkomme und nicht weiß, wie ich dort noch einmal hineingehen soll.

„Die ist da nicht drinnen, Julia."

„Was?", murmle ich.

„Hat das Kabinett schon vor einer Stunde mit einer anderen Mieze verlassen." Ich hebe meinen Kopf nur leicht an, um ihn zu O'Mally drehen zu können. „Woher weißt du das?"

„Julia, es tut mir leid. Ich wusste nicht, dass du so reagieren würdest. Es sollte wirklich nur ein Scherz sein.“

„Was?“, frage ich erneut, diesmal lauter, verständnislos. Er öffnet den Mund, ringt mit den Worten und schluckt dann bloß.

„Julia!“, ruft Gracie einige Meter von uns entfernt und stürmt auf mich zu. Sie sieht ein wenig verheult aus, als sie mir um den Hals fällt. So fest ich kann erwidere ich in spürbarer Erleichterung ihre Umarmung.

„Hab sie beim Infostand stehen sehen und mir gedacht, ich bringe sie besser her, bevor ihr euch wieder verpasst“, erklärt Max, während er mit Maggie im Schlepptau ebenfalls auf uns zukommt. Maggie winkt halb lächelnd, O’Mally hingegen scheint die Situation ziemlich unangenehm zu sein, denn seine Augen verengen sich.

„Jemand hat mein Handy geklaut, deswegen war ich beim Infostand, aber keiner hat es abgegeben. Greg bringt mich um“, sagt sie mit zitternder Oberlippe. O’Mally steht auf und bewegt sich ein paar Schritte von uns weg. Plötzlich dämmert mir, was er mit seiner Entschuldigung gemeint haben könnte, woraufhin sich mein Puls augenblicklich wieder beschleunigt und mir erneut die Tränen kommen. Es sind Tränen der Wut, der Ohnmacht, nicht nur wegen meiner Unfähigkeit, meine Gefühle in Zaum zu halten, sondern auch deshalb, weil ich mich trotz meines Glaubens und trotz der harten Arbeit an mir selbst nach wie vor so von diesen Ängsten bestimmen lasse.

„Du hast diese SMS geschrieben, hab ich recht?“, klage ich ihn an. Alle sehen von mir zu ihm, doch O’Mally schüttelt den Kopf.

„Nein, hab ich nicht. Melanie hat sie geschrieben, und sie ist auch die, die das Handy hat. Ich wollte bloß ein bisschen Spaß haben“, rechtfertigt er sich.

„Spaß?“, wiederhole ich atemlos. „Na hoffentlich hattest du den.“ Das Problem ist, ich bin nicht wirklich sauer auf ihn, nicht einmal auf Melanie. Ich bin sauer auf mich selbst. Will schreien, weinen, weglaufen und gleichzeitig einfach die Zeit zurückdrehen, damit ich mir für das Weinen vor O'Mally und Max nicht so verdammt lächerlich vorkommen muss. Alles, was ich weiß, ist, dass ich nicht mehr hier stehen und zusehen kann, wie mich die anderen bemitleiden. Es macht mich so wütend.

Mit dem Ärmel meines Pullovers wische ich mir über die feuchte Wange und entferne mich mit schnellen Schritten von der Gruppe, bis ich Gracies Stimme, die O'Mally lautstark anschreit, kaum mehr vernehme.

Jeremy

Mir ist dermaßen langweilig, dass ich schon seit vier Stunden völlig planlos von einem Fernsehprogramm zum nächsten zappe. Vor zehn Minuten stieß ich wenigstens auf eine Dokumentation über Pearl Harbour, die tatsächlich interessant ist. Immerhin war das der entscheidende Wendepunkt, der Auslöser für den Kriegseintritt unseres Landes. Vor diesem 7. Dezember 1941 hatte es sich noch um einen Pazifikkrieg gehandelt, zum Zweiten Weltkrieg wurde er erst durch unsere Kriegserklärung an Japan, Nazideutschland und Italien.

Ich liege in meinem Zimmer und nicht auf der Couch, weil ich keine Lust mehr habe, ständig von Claire, Dad oder der Haushälterin gefragt zu werden, wie es mir geht, oder ob ich etwas brauche, als wäre ich ein Invalide.

Die Sehne in meiner Schulter war tatsächlich gerissen, wie sich am nächsten Tag bei der Untersuchung herausgestellt hatte. Deswegen wurde ich gleich in unser lokales Krankenhaus verlegt und am Montag operiert. Selbstverständlich sorgte Dad dafür, dass das beste Ärzteteam die Arthroskopie durchführte. Die OP verlief einwandfrei, und die Ärzte waren sehr zufrieden mit ihrer Arbeit.

Was mir davon bleibt, sind zwei kleine Narben vorne und auf der Seite der Schulter und ein dämliches Kissen in der Bandage, die ich Tag und Nacht für insgesamt fünf Wochen tragen muss.

Nach nur drei Tagen im Krankenhaus wurde ich entlassen, muss nun regelmäßig zur Krankengymnastik in die Klinik und mache auch zu Hause zwanzig Minuten pro Tag meine Übungen, um Verklebungen und spätere Bewegungseinschränkungen zu vermeiden.

In mittlerweile vier bis fünf Wochen, je nach Heilungsverlauf und Beweglichkeit, darf ich dann endlich wieder meine eigenen, intensiveren Kraftübungen machen. Genähte Sehnen brauchen über sechs Wochen, um in das knöcherne Bett einheilen zu können und damit wieder bewegungsfähig zu werden. Eine falsche oder übermütige Bewegung in dieser Zeit, und die Sehne könnte erneut reißen.

Seit der Entlassung sitze ich nun also zu Hause, gefangen in meinen eigenen vier Wänden, weil ich mich und die Schulter schonen muss und nicht in die Schule darf, aber ohnehin nicht mitschreiben könnte. Das stört mich an sich gar nicht, doch Auto fahren darf ich auch erst wieder in zwei Wochen, und das nagt gehörig an mir.

Max hat sich bereit erklärt, mich ab übernächsten Dienstag, wenn ich wieder in die Schule gehe, mitzunehmen und auch nach Hause zu bringen, falls ich mir das Training ansehen will. Dienstag deswegen, weil mir am Montag um acht Uhr früh die Nähte gezogen werden und Dad oder Claire mich danach in die Schule bringen. Das erste Angebot von Max nehme ich jedenfalls dankend an. Beim zweiten bin ich noch nicht sicher. Ich weiß nicht, ob ich es aushalte, nur zusehen zu können, wohl wissend, dass meine Saison zu Ende ist.

„Keine Sorge, Claire, ich kriege den Jungen schon wieder hin", höre ich Max' Stimme im Treppenhaus hinunterrufen, ehe er ohne zu klopfen in mein Zimmer platzt. Einen Moment lang scannt er mich von oben bis unten, bevor er mit den Schultern zuckt, die Türe hinter sich zuwirft und sich über die Breite meines Bettes fallen lässt. Amüsiert darüber, wie selbstverständlich es für ihn ist, sich bei mir wie zu Hause zu fühlen, verdrehe ich die Augen, ziehe mein Bein, auf dem er bisher noch gemütlich gelegen ist, unter seinem Rücken heraus und sehe wieder zum Fernseher.

„Du hast was verpasst", beginnt er mit Blick auf den Bildschirm. „Danny hat sich ein neues Opfer aufgerissen, doch nach der Hälfte des Abends hat sie ihn mit einer saftigen Ohrfeige stehen lassen." Er grunzt vor Lachen.

„Und Grace hat O'Mally beinahe ein blaues Auge verpasst. Das war witzig, sag ich dir." Damit gewinnt er mein Interesse.

„Grace? Weshalb?"

„Weil er mit Julia Scheiß gebaut hat."

Meine Muskeln spannen sich an, sodass meine Schulter zu stechen beginnt. Ich muss mich zurücknehmen und einen Moment warten, um gelassen und nicht allzu interessiert zu wirken. Dabei versuche ich, mich nicht durch meinen Blick zu verraten. „Was hat er gemacht?"

„Deine Alte und ihre Handlanger haben Grace das Handy abgenommen, um Julia zur Schule zu locken und ihr einen Schreck zu verpassen. Der Schuss ging aber nach hinten los, weil Julia wohl eine Art Panikattacke erlitten hat und O'Mally sie dann raustragen musste. Die Weiber haben sich den restlichen Abend in ihrem Loch verkrochen. Feige.“ Mein Magen verkrampft sich bei jedem Wort aus seinem Mund mehr, und meine rechte Hand beginnt zu pochen, weil sie raus aus der Schlinge und in O’Mallys Gesicht will.

„Keine Ahnung, was Mel und ihre hässlichen Entlein auf einmal mit Julia wollen. Oder Grace. Was weiß ich.“ Ich weiß es schon, und einen Augenblick lang bin ich sicher, dass auch Max eine Idee hat.

„Und O’Mally?“, frage ich, obwohl ich nicht genau weiß, wo ich mit dieser Frage hinwill. Er hebt die Arme und faltet sie unter seinem Kopf als Stütze. „Ich habe Grace zwar davon abgehalten, ihm die Augen auszukratzen, aber bei Julias Blick ist sogar mir anders geworden. Sie sah aus, als wäre sie gerade in ihrem eigenen Horrorfilm gefangen gewesen. Das hat O’Mally auch irgendwie mitgenommen. Er war ziemlich kleinlaut, als wir gegangen sind.“

„Hast du sie nach Hause gebracht?“ Er nickt gähnend.

„Erst wollte Julia zu Fuß gehen. Da hab ich ihr den Vogel gezeigt. Mir war sowieso langweilig dort, also bin ich gefahren. Grace ist mit einer anderen irgendwohin gedüst.“ Ich kann mir viel vorstellen, aber die Geschichte, dass Max auf einer Halloweenfeier langweilig war, kaufe ich ihm einfach nicht ab. Julia tat ihm leid, und er wollte sie einfach in Sicherheit wissen. Dafür bin ich ihm dankbar.

„Schau nicht so“, amüsiert sich Max, während ich erst jetzt bemerke, dass er mich anstarrt.

„Wie denn?“

„Na so besorgt, mit all den Falten und so. Als ich sie abgesetzt habe, hatte sie schon wieder Farbe im Gesicht. Sie kommt schon klar. Selbst schuld, dass du’s verpasst hast. Du ziehst es ja vor, dich wie eine Tussi selbst zu bemitleiden.“ Ich ramme ihm meinen Fuß in die Seite.

„Ich bemitleide mich nicht, Max. Ich habe einfach keine Lust, von jedem *deswegen*“ Ich deute auf meinen Arm. „… angesprochen zu werden und mich auf ein Fest zu schleppen, wo ich sowieso nichts machen kann.“

„Ich bin sicher, die Mädels hätten sich darum gerissen, deine Krankenschwester spielen zu dürfen.“ Ich schnaufe. Die interessieren mich aber nicht.

Trotzdem ärgert es mich jetzt, nicht dort gewesen zu sein. Ich hätte Julia helfen können. O'Mally hätte ich auch mit der Linken eine verpasst, weil er so ein mieses Spielchen mit ihr getrieben hat. Immerhin ist es ja auch meine Schuld, dass er sie ins Visier nimmt, nachdem er, speziell seit er uns im Sportraum gesehen hat, Lunte gerochen hat. Natürlich nicht ausschließlich, um mich damit zu reizen, obwohl das bestimmt eine besondere Motivation für ihn ist.

Ich bin außerdem davon überzeugt, dass er Julia für sich gewinnen will, weil sie ihn *nicht* will. Weil sie anders ist als die meisten Mädchen und er sich viel mehr anstrengen muss, um ihre Aufmerksamkeit zu gewinnen. Das regt den Jagdinstinkt in ihm an. So war er schon immer. Kaum hat er das Mädchen dann aber an der Angel, lässt er es eiskalt stehen. Doch ich weiß – oder ich hoffe –, dass Julia sich nicht von ihm täuschen lassen wird.

So, wie Max das beschreibt, war das Ganze jedenfalls mehr als ein harmloser Streich. Julia muss wirklich fertig gewesen sein, wenn sie vor anderen ihre Gefühle gezeigt hat.

„Also, was hast du an deinem Geburtstag vor?“, wechselt Max das Thema.

„Keine Ahnung. Hab noch nicht viel darüber nachgedacht.“

„Alter! Das ist dein achtzehnter Geburtstag, von dem wir hier reden. Der muss gebührend gefeiert werden. Noch dazu fällt er dieses Jahr auf einen Freitag. Wenn das kein Wink mit dem Zaunpfahl ist.“

„Als bräuchten wir einen weiteren Grund, irgendetwas *gebührend* zu feiern."

„Du bist heute aber wieder motiviert", kommentiert er nüchtern, während ich mich zum zehnten Mal an diesem Abend darüber ärgere, meinen Arm momentan zu nichts gebrauchen zu können. Selbst das Liegen wird mittlerweile anstrengend. Frustriert drücke ich mich mit der linken Hand von der Matratze und versuche eine neue, erträglichere Liegeposition zu finden, doch nach zwei Wochen werden die Möglichkeiten schon langsam rar.

„Was meinst du? Ich bin mindestens genauso motiviert, meinen Geburtstag zu planen, wie der Erfinder der japanischen Flagge", scherze ich nüchtern, weil diesmal ich das Thema wechseln will.

Er verdreht übertrieben die Augen und richtet seinen Blick wieder auf den Fernseher, auf den ich zeige, weil der nun über die beiden Atombomben in Hiroshima und Nagasaki berichtet, die am Ende des Zweiten Weltkrieges zum Einsatz gebracht wurden und gravierendere Schäden innerhalb der Zivilbevölkerung nach sich zogen, als den amerikanischen Soldaten damals bewusst war.

„Netter Versuch, aber darüber reden wir noch."

„Das Einzige, was ich feiern werde, ist, aus dieser dämlichen Schlinge herauszukommen", murmle ich vor mich hin, während Max langsam eindöst.

Zehn Minuten später schnarcht er mitten auf meinem Bett so laut, dass ich kaum noch ein Wort aus dem Fernseher verstehe. Spielt aber keine Rolle, denn ich will sowieso nichts mehr sehen. Ich greife mit meiner linken Hand nach dem Handy, das auf dem Nachtkästchen liegt, und tippe eine Nachricht ein.

Alles okay? schreibe ich, nachdem ich dreimal neu begonnen habe, weil mir jedes Wort dämlich vorkommt. Und dann stelle ich erst fest, dass ich Jules' Nummer gar nicht habe. Als ich über mein Handy auf Facebook einsteige und dort mein Glück versuche, muss ich erkennen, dass bei der Eingabe ihres Namens Hunderte Julia Carters auftauchen. Keine von ihnen ist mit irgendjemandem aus meiner Freundesliste verknüpft, und nur zwei davon stammen überhaupt aus Massachusetts. Niedergeschlagen gebe ich die Suche auf und öffne stattdessen mein Mail-Postfach, um die neuen Nachrichten zu lesen. Wie befürchtet und auch langsam genervt, finde ich erneut zwei Nachrichten von dieser ominösen Katherine aus New York. Doch diesmal wurde die Nachricht nicht in den Ordner „Sonstiges" verbannt, den ich nur mehr selten ansehe, sondern befindet sich wieder dort, wo eigentlich nur mehr die Mails meiner Freunde landen dürfen. Sie muss also eine Zahlung geleistet haben, um dorthin zu gelangen.

Ich hoffe echt, du bist die fünfzehn Dollar wert! Anstatt mich ständig abzulehnen, solltest du dich vielleicht mal fragen, weshalb ich –

Mitten im Satz endet die erste Nachricht. Dieses Mädchen hat offenbar echt ein Problem, welches mir langsam, aber sicher zu bizarr wird. Dennoch öffne ich die zweite Mitteilung.

Verdammt! Zu früh abgeschickt. Jetzt sind es schon dreißig Dollar. Du schuldest mir ein Essen! Hör auf, mich ständig zu blockieren! Ich muss mit dir reden! Es ist wichtig!!! Ich schreibe dir jetzt meine Nummer, damit du mich kontaktieren kannst, wenn es schon umgekehrt nicht möglich ist.

Ich überfliege ihre Nummer lediglich, weil ich sowieso nicht vorhabe anzurufen, und schließe das Fenster, da ich ihre Worte nicht mehr lustig, sondern seltsam und ehrlich gesagt auch ein wenig bedenklich finde. Momentan habe ich jedoch wirklich keinen Nerv für weitere problembeladene oder problemerzeugende Mädchen, da ich zurzeit schon mit mir selber nicht klarkomme.

Irritiert werfe ich das Handy aufs Bett und wecke damit Max, der sich verschlafen umsieht. Ich kenne niemanden, der so schnell in einen Tiefschlaf fallen kann wie er.

„Ich mach einen Abgang“, räuspert er sich und rollt sich dann vom Bett, wobei er beinahe auf den Boden fällt.

„Wir sehen uns morgen!“, verabschiedet er sich gähnend und ist bereits zur Tür hinaus.

Kapitel 8

Jeremy

Eineinhalb Wochen später kann ich endlich wieder zur Schule gehen. Hätte zwar nie gedacht, dass ich das jemals sagen würde, aber nach so einem Langzeitkrankenstand ist es eine wirklich angenehme Abwechslung, zurück in die Bildungsanstalt und wieder unter Leute zu kommen. Und ich müsste lügen, würde ich behaupten, die Aufmerksamkeit um mich nicht auch zu genießen. Die Leute freuen sich merklich, mich wiederzusehen, und nicht nur die vom Team, sondern auch die anderen Schüler empfangen mich mit offenen Armen.

Nur Mr. Bernstein ignoriert mich eiskalt, als ich den Raum mit etwas Verspätung betrete.

„So, meine Damen und Herren. Heute brauche ich Ihre Intelligenz“, sagt er, nachdem er mir einen genervten Blick zugeworfen hat. Seine neue Taktik ist wohl, mich zu ignorieren, statt mir Beachtung zu schenken. Natürlich spornt mich das noch mehr an, und ich wäre nicht ich, wenn ich die Chance vorbeiziehen lassen würde.

„Ups!“, grinse ich daher, nachdem ich die Klassentüre hinter meinem Rücken geschlossen habe und Mr. Bernstein freundlich zunicke. Über das Gelächter meiner Mitschüler hinweg sieht Bernstein mich durch seine rot-schwarze Lesebrille streng an. „Mr. Houser. Schön, dass Ihr Arm noch dran ist. Wie ich sehe, haben sich weder Ihr Humor noch Ihre Pünktlichkeit dadurch beeinträchtigen lassen.“

„Was soll ich dazu sagen, Mr. Bernstein? Die Schlinge um meinem Arm macht jeden Toilettenbesuch deutlich schwieriger.“ Die Klasse muss nicht wissen, dass ich gerade vom Nähteziehen komme. So ist es lustiger für sie.

Ich gehe an Julias Tisch vorbei, die mit gestreckten Beinen und rundem Rücken auf der Kante ihres Stuhls lümmelt und einen Bleistift unruhig zwischen ihren Fingern dreht. Sie scheint sich nicht sicher zu sein, ob sie mich ansehen soll oder nicht, denn ihre Lider heben und senken sich im Halbsekundentakt von ihrem Bleistift zurück zu mir. Ich freue mich jedenfalls, sie zu sehen, und zwinkere ihr im Vorbeigehen kurz zu, woraufhin sich ihre Augen ein wenig weiten.

Etliche erstaunte Blicke werden mir von meinen Mitschülern deswegen zugeworfen, doch in den letzten drei Wochen hatte ich viel Zeit zum Nachdenken und habe begriffen, dass ich nur dann ein guter Freund für sie sein kann, wenn ich zu unserer Freundschaft stehe und *immer* für sie da bin, nicht nur, wenn wir alleine sind.

Der Nächste, an dem ich vorbei muss, um zu meinem Tisch zu gelangen, ist O'Mally. Offenbar haben die beiden während meiner Absenz wieder die Plätze getauscht, und so sehe ich für einen Moment seinen genervten Blick, den ich mit meiner Geste Julia gegenüber provoziert haben muss. Augenblicklich spannt sich meine Faust an, und ich zwinge mich, Max anzuschauen, um O'Mally nicht zu zeigen, was ich von seiner Aktion zu Halloween halte. Das würde für uns beide nicht gut ausgehen. Bis ich endlich sitze, schlage ich erst Max' Hand ab und raufe Tommy, der von einem Ohr zum anderen grinst, die Haare.

„Sind Sie dann fertig mit ihrer Begrüßung, Mr. Houser, sodass ich fortfahren kann?“

Ich kräusele die Lippen, um mir ein Lachen zu verkneifen. „Sie haben freie Fahrt, Mr. Bernstein." Ein Kichern geht durch die Reihen, während Bernsteins Kopf rot anläuft.

Julia drückt sich vom Stuhl hoch, bis sie wieder aufrecht sitzt, und dreht ihren Kopf zögerlich ein Stück in meine Richtung. Schließlich überlegt sie es sich noch einmal und stützt sich stattdessen auf ihren Händen auf dem Tisch ab. War es ihr unangenehm, dass ich sie begrüßt habe?

Nach der Stunde kann ich gar nicht schnell genug schauen, hängt sich Julia schon ihre Tasche über die Schulter und verschwindet mit Grace durch der Türe. Eigentlich möchte ich nichts lieber, als mit ihr zu sprechen. Das ist mir in den vergangenen Wochen sehr abgegangen. Ich möchte sie fragen, ob es ihr gut geht, oder ob sie aus irgendeinem Grund sauer auf mich ist.

Bis ich jedoch auch nur ansatzweise dazu komme, sie zu erwischen, muss ich erst noch sieben Mitschülern erklären, wie es um mich und meinen Arm steht, weshalb ich dieses Jahr nicht mehr spielen werde, und gleichzeitig etliche Ausrufe wie *„Oh nein"* und *„Oh mein Gott"* über mich ergehen lassen. Mittlerweile fällt es mir schon leichter, darüber zu sprechen, auch wenn drei Viertel der Leute bestimmt nur fragen, weil sie den Tratsch möglichst als Erste zum Rest der Schülerschaft weitertragen wollen. Max und auch die anderen vom Team, die mich besuchten, als ich zu Hause war, haben versprochen, es mir zu überlassen, was ich wem wann erzähle.

Als ich jetzt jedenfalls endlich den Raum verlassen kann, hängt meine Exfreundin an meinen Fersen.

„Jeremy!", ruft sie und schiebt sich mit ihrem falschen Lächeln vor mich. „Ich bin so froh, dass es dir besser geht. Wenn du irgendetwas brauchst, sollst du wissen, dass ich für dich da bin." Ich nehme ihre Hand, die auf meiner Brust liegt, und platziere sie zurück an ihren Körper. Mit dieser Geste schwindet ihr Lächeln.

„Ehrlich gesagt wäre mir lieber, du würdest aufhören, so zu tun, als wären wir noch Freunde, geschweige denn irgendetwas, das mehr ist als das."

„Was meinst du?", fragt sie scheinheilig, doch ihre Körperhaltung zeigt mir, dass sie versteht. Trotzdem verdeutliche ich es.

„Was ich meine, ist, dass wir seit Monaten nicht mehr zusammen sind, Mel. Und das wird sich auch nicht mehr ändern, egal welche Spielchen du treibst. Damit wirst du dich wohl oder übel abfinden müssen. Und wenn du weiterhin versuchst, Julia in irgendeiner Art und Weise zu schaden, dann werden wir beide ein echtes Problem miteinander bekommen, hast du mich verstanden?"

„Ich weiß nicht, wovon du redest."

„Versuchst du mich zu provozieren?", frage ich kühl und gelassen. Ihr Blick verfinstert sich, und sie geht einen weiteren Schritt auf mich zu.

„Was auch immer sie dir erzählt hat, sie lügt. Merkst du nicht, dass sie versucht, einen Keil zwischen uns zu treiben?"

„Es gibt kein *uns* mehr", erkläre ich sachlich.

Melanie saugt scharf Luft ein und schluckt, bevor sie weiterspricht. „Sie ist eine kleine Schlampe, Jeremy, weißt du das auch? Kaum bist du nicht da, rennt sie mit Max durch die Gegend und liegt in Sebastians Armen. Und bevor du jetzt denkst, er hätte sie gezwungen … sie hat ihn darum *gebeten.* Ich war dabei." Prinzipiell ist mir bewusst, worauf sie anspielt, trotzdem macht mir der zweite Teil ihrer Aussage zu schaffen. Darauf darf ich jetzt jedoch nicht eingehen, das wäre ein Machtgewinn für sie.

„Julia ist nicht wie du, Melanie."

„Du bist so ein Arsch", faucht sie wütend.

„Also, wenn mich die Tatsache, dass ich nicht mit einem Mädchen liiert sein will, das nicht einmal zwei Wochen mit mir zusammen ist, bevor sie mit dem halben Team herumknutscht, zum Arsch macht, dann bin ich einer, ja. Damit kann ich ganz gut leben."

„Als wärst du ein Heiliger. Wie viele Weiber hast du denn schon geküsst?"

„Da war ich aber nicht in einer Beziehung. Und du weißt nichts über Julia. Also glaub bitte nicht, mich mit deinen fantasielosen Geschichten manipulieren zu können."

Ihr Mund bleibt offen stehen, während ich mich langsam zurückziehe, um uns beiden mehr Raum zu geben. Wenn es mir gelingt, ihr meinen Standpunkt deutlich zu machen, kann ich Julia schützen, ohne sie dabei wie die Jungfrau in Nöten aussehen zu lassen. Deshalb setze ich nach und versuche dabei, so authentisch und versöhnlich wie möglich zu wirken.

„Ich versuche nicht, dich zu verletzen, Melanie. Aber du musst verstehen, dass wir keine Zukunft haben. Deswegen braucht der eine dem anderen nicht böse zu sein, aber ich möchte einfach, dass du das respektierst."

Sie lässt ihre Schultern sinken, und ihr harter Gesichtsausdruck weicht einer gewissen Traurigkeit. „Wenn du *ihr* jetzt nachläufst, lässt du mich damit lächerlich aussehen", sagt sie beinahe flüsternd.

„Nein, Melanie. Du bewahrst dein Gesicht, wenn du deinen Weg von jetzt an einfach ohne mich gehst. Nachzugeben beweist Stärke, nicht Schwäche."

Melanie verschränkt die Arme und atmet tief ein. Sie merkt, dass sie im Augenblick niemandem etwas beweisen muss, und kennt mich gut genug, um zu wissen, dass ich ihre Verletzlichkeit nicht ausnutzen werde, indem ich sie damit bloßstelle. Das habe ich auch nach unserer Trennung nicht getan, obwohl sie damals *mich* verletzt hat.

Sie saugt die Unterlippe ein und versinkt in ihre Gedanken. Als sie ihren Kopf wieder hebt, sieht sie an meinen Augen vorbei und nickt schwach, ehe sie ihr Lächeln wieder aufsetzt und zu ihren Freundinnen geht. Ich bin sicher, sie wird ihnen nun eine andere Version dieses Gesprächs unterbreiten, doch das kann sie gerne machen, wenn es dadurch leichter für sie wird.

Es hat schon lange geläutet, und Julia ist immer noch nicht in Sicht. Auch in der Pause nach der Mathematikstunde komme ich nicht dazu, zu ihr zu gehen, denn der Lehrer erklärt mir, was ich alles nachzuholen und welche Möglichkeit ich hätte, meine Note durch mündliche Leistungen zu verbessern, da ich ja länger nicht richtig schreiben kann. Am Ende des Schultages bin ich fix und fertig, weil es doch anstrengender war, als ich vermutet hatte.

Nachdem sich auch meine Teamkollegen zum Training verabschieden, verlasse ich das Schulgebäude, um den Bus nach Hause zu erwischen. Das letzte Mal, dass ich damit gefahren bin, war vor eineinhalb Jahren. Ich schnaube bei dem Gedanken an mit Kaugummi beklebte Sitze, beschmierte Fenster und den Geruch von Schweißfüßen.

Als ich über den Parkplatz gehe, lasse ich meinen Blick etwas wehmütig über den Sportplatz und unsere angrenzenden Spielfelder schweifen. Gerade als ich mich abwenden will, bemerke ich Julia im Gras kauern. Mit angewinkelten Beinen sitzt sie an ihrem gewohnten Platz am Zaun vorm Basketballplatz. Sie hält zwar ein Buch in der Hand, sieht mich jedoch direkt an und lächelt ein wenig. Ich überlege nicht lange und beschließe, einfach den nächsten Bus zu nehmen, der nach dem Training fährt. Eilig habe ich es ja nicht. Durch das Gestrüpp und den Rasen marschiere ich auf sie zu, bis ich dicht neben ihr stehe.

„Hi!“, sage ich unbeholfen.

„Hi“, gibt sie zurück und deutet mir nach einigen Momenten mit der Hand, mich zu ihr zu setzen. Dann sehen wir beide auf mein Team, das gerade aus der Umkleidekabine aufs Feld rennt und mit Aufwärmübungen beginnt.

„Wie kommst du zurecht?“, fragt sie. Damit ist sie die Erste heute, die gleich zum Wesentlichen kommt. Ich zucke mit der Schulter.

„Du weißt schon …“, beginne ich, überfragt, wie ich den Satz vollenden soll. „Es ist nicht einfach.“

Julia nickt und gibt einen tiefen Laut von Verständnis von sich. „Ich wollte dich mal anrufen. Fragen, wie es dir geht und so. Aber ich hatte deine Nummer nicht.“ Sie braucht nicht weiterzusprechen, denn mir ging es die letzten Wochen genauso. Zu gerne wäre ich mit ihr in Verbindung getreten, denn in ihrer Gegenwart fühle ich mich ungewohnt angenommen und verstanden.

„Könnte ich kurz dein Handy haben?“, frage ich, all meinen Mut zusammennehmend. Nachdem sie es mir etwas verwirrt, aber widerstandslos ausgehändigt hat, tippe ich meine Nummer und meinen Namen ein und rufe mich anschließend selbst an, sodass ich auch ihre Nummer speichern kann.

„So, nun steht uns auch dieses Problem nicht mehr im Weg“, lächle ich und rutsche ein Stück näher zu ihr, wobei sich das mit nur einem funktionierenden Arm als schwieriger erweist als gedacht.

„Tut es weh?“, erkundigt sie sich besorgt, weil ich mein Gesicht verziehe.

„Ab und zu. Vor allem nervt es einfach.“ Die Position, in der ich ständig meinen Arm halten muss, ist ungewohnt und unnatürlich. Ich möchte ihn endlich wieder ausstrecken oder heben können. „Ich würde gerade einiges dafür geben, mit den Jungs spielen zu können. Ich habe keine Ahnung, was ich jetzt mit mir anfangen soll.“

Julia streckt ihre Hand aus und führt sie zu meinem Knie, doch auf einmal entscheidet sie sich wieder dagegen und legt sie stattdessen dicht neben mein Bein. „Wir lassen uns etwas einfallen."

Sie sieht mich so aufrichtig an, während sie diese wenigen Worte sagt, die mir unheimlich viel bedeuten, dass ich nicht anders kann, als meine Finger auf ihre zu legen. Kurz zittert ihre kleine Hand unter meiner, doch wider Erwarten zieht sie sie nicht zurück. Stattdessen richtet sie ihren Blick wieder nach vorne. Ich könnte schwören, dass ihr Mundwinkel ein winziges bisschen nach oben gezogen ist.

An den folgenden Tagen verbringen wir jeden Nachmittag miteinander in der Schule oder einem naheliegenden Café, sodass es sich immer ausgeht, dass ich mit Max den Nachhauseweg antreten kann. Wir reden über alles Mögliche, wie meinen Behandlungsweg, welch große mentale Stütze Max mir in den vergangenen Wochen war, über die Tatsache, dass es bei Julia zu Hause momentan wohl verblüffend ruhig läuft, und dass es an Thanksgiving in ihrer Kirche eine Ballettaufführung gibt.

Das, worüber wir jedoch nicht sprechen, steht wie der Elefant im Raum. Nämlich das, was an Halloween passierte, und weshalb sie solch panische Angst hatte. Die Frage, die mir seit Montag auf der Zunge brennt, ist jene danach, was Mel meinte, als sie erzählte, Julia wäre in O'Mallys Armen gelegen. Und doch bin ich zu feige, um selbst auch nur eines dieser Themen anzusprechen.

„Okay, es ist *viel* zu früh am Morgen, um so etwas mitansehen zu müssen“, raune ich Freitag früh, als ich an O’Mally und einer kleinen Brünetten, die ineinander verkeilt mitten im Gang stehen und sich gegenseitig wohl die Mandeln zu entfernen versuchen, vorbeigehen muss, um zu meinem Spind zu gelangen.

„Zu welcher Uhrzeit wäre es dir denn lieber, uns zuzusehen?“ Ich lache humorlos.

„Also, *die* Uhrzeit muss noch erfunden werden. Vielleicht ein paar Minuten, nachdem ich mir die Augen ausgestochen habe. Das würde mir ganz gut passen.“ Er lacht laut auf und rennt mir mit langen Schritten hinterher.

„Hey, warte mal! Ich wollte dich sowieso noch etwas fragen.“

„Oh, oh!“ Mit zusammengekniffenen Augen drehe ich an meinem Kombinationsschloss.

„Wie du vielleicht schon gehört hast, schmeiße ich heute mit ein paar Freunden eine Party.“

„Ihr feiert jedes Wochenende, Sebastian. Das ist kaum mehr eine Neuigkeit.“

Mit schiefem Lächeln kratzt er sich den Nacken. Meinen Kommentar umgeht er einfach. „Jedenfalls fände ich es cool, wenn du kommst.“

„Ja, klar“, schießt es aus mir heraus.

„Das ist mein Ernst!“

Ich lehne mich nach hinten, um an ihm vorbeisehen zu können. Dabei suche ich auffällig nach seinen Freunden, die nur auf die nächste Gelegenheit warten, sich über das dumme Mädchen lustig zu machen, das ernsthaft denkt, sie wäre auf die Party eines Footballspielers eingeladen. Alles, was ich sehe, sind jedoch desinteressierte Leute, die an uns vorbeigehen, und die Brünette, die bis eben noch wie in sein Gesicht geklebt war. Gekränkt, weil er sie plötzlich ignoriert, wischt sie sich mit zwei Fingern über die Lippen und verlagert wiederholt ihr Gewicht von einem Bein zum anderen. Sie scheint zu erwägen, ob es sich lohnt, auf ihn zu warten, oder doch eher ihre Würde zu wahren und zu gehen.

„Wieso? Braucht ihr etwas zum Lachen, weil der Partyclown abgesagt hat?"

„Was? Nein!"

„Weshalb lädst du mich dann ein, Sebastian?" Langsam verliere ich ein wenig die Geduld. Da muss doch mehr dahinterstecken.

„Es ist eine *Party*. Da laden Leute andere Leute ein, sonst funktioniert das Ganze nicht." Die Brünette hat sich für den würdevollen Abgang entschieden und stöckelt an uns vorbei. In Zeitlupe hebe ich eine Augenbraue.

„Es wird lustig. Du kannst dort neue Leute kennenlernen", fährt er fort.

„Ich kenne ausreichend Leute. Danke für deine Besorgnis."

„Komm schon, Julia. Ich möchte mich noch mal für mein Verhalten von letzter Woche entschuldigen."

„Entschuldigung zum hundertsten Mal angenommen. Dafür brauchst du nicht bis heute Abend zu warten."

O'Mally sucht seit Halloween ständig Kontakt zu mir. Es vergeht kaum ein Tag, an dem er nicht ein Gespräch mit mir beginnt, egal ob während der Stunde oder in den Pausen. Direkt und indirekt hat er sich tatsächlich mehrmals für sein kindisches Verhalten entschuldigt und versucht, die Sache durch die Einladung auf diverse Kaffees oder an seinen Mittagstisch wiedergutzumachen. Jedes Mal habe ich abgelehnt. Ich strebe nicht danach, Kontakt mit ihm zu haben, und brauche auch bestimmt nicht seine Wohltätigkeit, mich in die Gruppe der Beliebten einzuschleusen. Nach wie vor fühlt sich seine Nähe für mich unnatürlich an. Das einzig Positive an seiner Hartnäckigkeit ist Gracies Handy, welches Montagmorgen wie durch ein Wunder auf ihrem Tisch im Geschichteunterricht lag, obwohl weit und breit niemand in der Klasse zu sehen war. Wir hatten zwar bereits gewusst, dass Melanie ihr Handy an dem Abend entwendet hatte, doch Melanie hatte wohl gedacht, wir hätten keine Ahnung. Ich bin ziemlich sicher, dass O'Mally seinen Teil dazu beigetragen hat, sie dazu zu bringen, es Gracie zurückzugeben. Dies war wohl sein Weg, zumindest für sein Seelenleben Absolution zu erhalten.

„Wenn du Glück hast, mache ich dir zum Frühstück morgen sogar Pancakes", zwinkert er frech.

Ich schüttle entgeistert den Kopf. „Manchmal habe ich das Gefühl, du redest einfach, um Geräusche zu machen."

„Tja, ab und zu ist das auch so", antwortet er schulterzuckend. Als er dann lacht, steckt er mich ein bisschen damit an, bevor ich mich räuspere und auf den Boden sehe. „Jedenfalls will ich wirklich, dass du kommst. Lass dich einfach mal auf etwas Neues ein, okay?"

„Ah-ha", gebe ich desinteressiert von mir und winke ihm im Weggehen, nachdem ich meinen Spind zugedrückt habe und in die Bibliothek verschwinde.

Am Nachmittag begleite ich Jeremy gemeinsam mit Grace zu dem Heimspiel, welches er nun genauso wie wir von der Tribüne aus beobachten muss. Der Trainer hat ihm zwar angeboten, auf der Spielerbank Platz zu nehmen, um das Geschehen vom gewohnten Platz aus sehen zu können, doch er lehnte dankend ab. Ich denke, dafür ist es noch zu früh.

Ehrlich gesagt wundert es mich, dass er überhaupt gekommen ist. Ich bin nicht sicher, ob ich nach einer Verletzung, wegen der ich nicht mehr tanzen darf, zu den Aufführungen anderer gehen könnte. Mit seiner Anwesenheit beweist er meiner Meinung nach jedoch Größe und zeigt, dass er ein wahrer Teamspieler und Freund für seine Leute ist. Genau das habe ich ihm auch gesagt. So sitzen wir nun zu dritt hier oben und dienen immer wieder als größerer Blickfang für die Leute ringsum als das Spiel selbst.

„Also, das ist … anders“, bemerkt Grace, die sich mit angezogenen Beinen, vergraben in ihrem Mantel, vor der Kälte schützt. Ich denke, selbst ihr ist diese Art der Aufmerksamkeit nun doch ein klein wenig zu viel, da uns vor allem die Mädchen jeglicher Altersgruppen mit Blicken zu erdolchen versuchen.

Jeremy beißt sich mit zusammengezogenen Augenbrauen im Dauerzustand auf die Unterlippe und wippt angespannt abwechselnd mit den Beinen. Der Grund seiner Verkrampfung ist aber ein ganz anderer.

„Alles okay?“, erkundige ich mich nach langem Hin- und Herüberlegen, ob ich ihn nicht besser in Ruhe lassen sollte, statt ihn anzuquatschen. Das war ein Fehler!

„Ich glaube, ich kann das nicht. Ich verschwinde“, gesteht er kopfschüttelnd und zieht sich den Reißverschluss seiner Jacke bis zum Kinn hoch, um sich zum Gehen bereit zu machen.

„Warte!“, töne ich über das Grölen der Zuschauer und greife nach Jeremys Arm. Ich kann nicht zulassen, dass er glaubt, seine Probleme wieder nur mit sich selbst ausmachen zu müssen. Alles in seiner Mimik und Gestik spiegelt sein Gefühl der Nutzlosigkeit und Unbrauchbarkeit wider.

„Wer soll mir bitte das Spiel erklären, wenn du jetzt gehst? Was der Kommentator immer wieder faselt, klingt für mich total unverständlich, und, nicht böse sein, Gracie …“, entschuldige ich mich im Voraus für den nächsten Teil des Satzes bei ihr, „… aber sie hat auch keinen Plan von den Regeln“, flüstere ich, mit dem Finger auf Gracie deutend und kassiere dafür einen Stoß mit dem Ellbogen in meinen Arm. „Au!“, jammere ich und grinse danach Jeremy engelsgleich an, der meine Taktik, ihn zum Bleiben zu bewegen, natürlich durchschaut hat und trotz zusammengekniffener Augen langsam zurückläche lt.

„Im Grunde beachtet sie lediglich das Gruppenverhalten der Lemminge um sich herum und springt dann auf, wenn die das auch tun“, ergänzt Gracie frech. Jeremy kann sein Lachen nicht mehr unterdrücken und zeigt demonstrativ aufs Spielfeld, wo die Teams nach einem Kick der Gegner durch das sogenannte Tor gerade einen Wechsel vornehmen. Unsere Offense bringt sich nun in Position und steht den anderen Spielern wie ein zum Angriff bereites Wolfspack gegenüber.

„Ist das meiste nicht selbsterklärend?“

„Du meinst die Tatsache, dass hier etlichen beinahe erwachsenen Männern für Sisyphusarbeit zugejubelt wird, bei der sie sich ständig von den Kolossen des anderen Teams weiter zurückdrängen lassen, statt nach vorne zu spielen?

Ernsthaft, wie bleibt ihr überhaupt in Form, wenn ihr immer nur an die dreißig Sekunden in Bewegung seid, um euch dann sofort wieder umwerfen und fast zerquetschen zu lassen?“

Jeremy wirft mir einen vernichtenden Blick zu, den ich mit einem unschuldigen Lächeln und klimpernden Wimpern quittiere. Neben mir kichert Gracie in ihren dicken Schal.

Natürlich stelle ich mich nur absichtlich dermaßen blöd an, um ihn einerseits im Spaß zu reizen, andererseits um die Situation aufzulockern und ihn von seiner misslichen Lage abzulenken. Kopfschüttelnd bläst er schließlich amüsiert Luft durch die Nase aus und lehnt sich mit dem Rücken gegen die Wand.

„Du machst mich fertig, Mädchen. Bei so viel Intelligenz und Besserwisserei im Alltag hätte ich wirklich mehr von dir erwartet.“

„Mein umfassendes Wissen beschränkt sich auf die wirklich wichtigen Dinge des Lebens. Alles Weitere erfahre ich durch intensive Beobachtungen."

„Dann beobachte etwas genauer und lerne, Dexter. Aber eines ist sicher: Sobald mein Arm wieder in Form ist, schnappe ich dich und schleppe dich in voller Montur aufs Feld, dann sehen wir mal, wie lange du im Ring bleibst."

Gracie lacht auf, wohingegen ich ein entschlossenes Gesicht mache und meine Arme hebe, um meine Oberarmmuskeln zu präsentieren.

„Jederzeit. Aber nicht böse sein, wenn ich euch alle gleich vom Feld putze." Nun ist es Jeremy, der in Gelächter ausbricht und somit wieder unzählige Blicke auf uns zieht. Ihn hindert dies jedoch nicht daran, mir vor all diesen Leuten den Arm um die Schulter zu legen, als wären wir die besten Freunde oder sogar noch mehr, und mich näher an sich zu ziehen. Trotz der dicken Jacken zwischen uns wird mir augenblicklich wärmer, und ich wehre mich nicht gegen seinen Griff. Dennoch weicht meine Anspannung erst, als die Schaulust beziehungsweise das Entsetzen der anderen langsam, aber sicher abflaut und mir Jeremy tatsächlich das Spiel und sogar die einzelnen Spielzüge zu erklären beginnt.

Obwohl das restliche Wochenende bis auf ein oder zwei Begegnungen mit meinen Eltern relativ ruhig verlaufen ist, bietet die darauffolgende Schulwoche eine dennoch willkommene Abwechslung, da ich morgens wie nachmittags viele Stunden in der Bibliothek verbringe, um zu lernen. O'Mally sprach mich wieder mehrmals an und nervte mich mit seiner Fragerei, weshalb ich nicht auf seiner Party erschienen bin. Dass ich darauf keine Lust hatte oder schlichtweg nicht daran interessiert bin, an solchen Gelagen teilzunehmen, fand er als Grund wohl inakzeptabel. Deswegen erklärte ich ihm letztlich, ohnehin nicht gewusst zu haben, wo er wohnen würde, also wäre es mir unmöglich gewesen zu kommen. Diese Begründung war ihm genehm, und er ließ mich endlich in Ruhe. Ich kann mir aber nicht vorstellen, dass das alles war, was ich dazu von ihm gehört haben werde.

Die Abende dieser Woche verbringe ich mit Balletttraining für die Aufführung zu Thanksgiving und bald auch für Weihnachten. Vor der Weihnachtszeit wollen die Lehrer immer so viele Überprüfungen, Tests und Referate hinter sich bringen, wie sie nur können, daher kommt das meiste in der Woche vor Thanksgiving zusammen. Den Großteil haben wir bis Freitag bereits hinter uns gebracht, doch heute stehen uns noch der Chemietest und eine Überprüfung in Englisch bevor.

Eigentlich wollten Gracie und ich heute Morgen gemeinsam noch einmal den Fragenkatalog für den Test in der ersten Stunde durchgehen und gegebenenfalls in der Bibliothek lernen, doch Grace hat mich versetzt, wie es scheint. Auf meine Nachrichten, in denen ich mich erkundigte, ob sie krank sei oder nur verschlafen habe, bekam ich bisher keine Antwort. Beunruhigt bin ich vor allem von der Tatsache, dass ich seit gestern überhaupt nichts mehr von ihr gehört habe, nachdem sie mit Greg einen Pflichtbesuch beim Jugendamt über sich hatte ergehen lassen müssen. Es war einer der letzten vor ihrem herannahenden und so ersehnten achtzehnten Geburtstag.

Normalerweise schreibt sie mir danach immer, welche schwachsinnigen Geschichten sich Greg wieder einfallen ließ, um sie als glückliche Familie und sich selbst als den großen Märtyrer darzustellen, der dieses arme Mädchen in Not bei sich aufnahm. Gestern hätte sie ja ausreichend Zeit dazu gehabt, bevor ich mein Handy abgeben musste. Heute Morgen war aber immer noch nichts von ihr in meiner Nachrichtenbox.

Besorgt verlasse ich zehn Minuten vor Beginn der Stunde die Bibliothek und marschiere nachdenklich zu meinem

Spind. Mehrmals versuche ich sie noch anzurufen, doch sie hebt nicht ab. Fahrig reibe ich mir mit der Hand über das Gesicht, als ich das Telefon in die hintere Hosentasche stecke. Wenn Gracie krank wäre und dadurch den Test versäumt, hätte sie mir geschrieben. Wenn sie verschlafen hat, wird sie sich lange Zeit in den Hintern beißen, dass sie das Ganze in einer mündlichen Prüfung nachholen muss, denn die hasst sie.

An meinem Spind angekommen, verlade ich die Bücher, die ich heute nicht benötige, ohne jegliche Sorgfalt in meine beinahe übergehenden Regale. Dabei fällt mir ein Zettel entgegen, den jemand wohl in eine Spalte meiner Türe gestopft hat. Ich brauche ihn zwar nicht einmal zu öffnen, um zu wissen, worum es sich dabei handelt, dennoch falte ich ihn auf und betrachte die wenigen Zeilen einen Augenblick lang. Ich überfliege die Adresse, die Namen der beteiligten Gastgeber und die Bitte, etwas „Brauchbares" zum Trinken mitzunehmen, damit ausreichend für alle gesorgt werden kann.

P.S.: Diesmal hast du keine Entschuldigung, nicht zu kommen! hat O'Mally mit der Hand unter den Text geschrieben. Ziemlich hartnäckig und ausdauernd, dieser O'Mally, wenn man bedenkt, wie oft ich ihn mittlerweile abblitzen ließ beziehungsweise seine Einladungen ablehnte. Ich frage mich, wie viele Versuche er noch starten wird, mich zu seinen Partys einzuladen, bis es ihm zu blöd wird.

Ein Schatten legt sich über das Innere meines Spindes, und ich wirble herum, um in Jeremys fragendes Gesicht zu blicken.

„Was ist das?"

„Glaub mir, gar nichts", versichere ich, kopfschüttelnd über Sebastians Beharrlichkeit, und wende mich leicht von Jeremy ab, den Flyer bereits zwischen meinen Fingern zerknüllend.

„O'Mallys Party? Gehst du hin?"

„Äußerst unwahrscheinlich“, lache ich und stopfe den Flyer unachtsam in meine Schultasche, weil kein Mistkübel in Sichtweite ist. Mit Jeremy möchte ich jedoch nicht weiter darauf eingehen, da er nach wie vor nichts von unserem Zusammenstoß zu Halloween zu wissen scheint und ich es ihm bestimmt nicht unter die Nase reiben werde.

„Möchtest du heute wieder zum Spiel gehen?“, frage ich stattdessen. Er mustert mich vielsagend, dreht sich dann ein wenig und lehnt sich mit dem Rücken gegen den Spind.

„Sie spielen heute auswärts, und da wir beide kein Auto haben oder eben nicht einmal fahren können, fällt das wohl flach.“

„Würde mich interessieren, welche der beiden Optionen du mir zuschreibst“, erkundige ich mich mit zusammengekniffenen Augen. Wahrscheinlich denkt er, ich hätte gar keine Fahrberechtigung.

Das freche Grinsen schwindet augenblicklich aus seinem Gesicht, als O’Mally uns lautstark unterbricht. „Hey, Carter! Hast du den Flyer gesehen?“

„Ganz Massachusetts hat deinen Flyer gesehen, O’Mally. War ja nicht gerade zu *über*sehen“, antworte ich trocken, ohne ihn dabei anzusehen.

„Wie letztens schon gesagt, Frühstück gibt’s für dich gratis. Hab vergessen, es dazuzuschreiben.“

In Zeitlupe werfe ich ihm doch einen ungeduldigen Blick zu, woraufhin er mir zuzwinkert und die Zähne triumphierend bleckt, als hätte er Jeremy gerade irgendetwas abgeknöpft. Übertrieben verdrehe ich die Augen, denn so viel Testosteron halte ich um mich herum nicht aus. Ich verschließe die Türe meines Spindes und sehe zu Jeremy auf, dessen Kiefermuskeln förmlich aus der Haut treten. Bei diesem Anblick weiß ich nicht recht, was ich sagen soll, also widme ich meine volle Aufmerksamkeit lieber den verbogenen Eselsohren meiner

Bücher, bis er sagt, was er denkt. „Was läuft da zwischen dir und O'Mally?"

„Wie bitte?" Mit einer solch direkten Frage hatte ich nicht wirklich gerechnet.

„Ich meine, Melanie hat mir erzählt, dass er dich umarmt hätte oder so etwas in der Art", klärt er mich etwas kleinlauter auf.

„So was in der Art, ja", antworte ich kühl, gereizt, verletzt oder wie auch immer man die unzähligen Gefühlsregungen in meiner Brust gerade bezeichnen mag.

„Was hat sie dir denn sonst so berichtet?"

„Julia, ich weiß, was sie sich zu Halloween geleistet hat, und ich habe ihr deswegen auch schon die Meinung gesagt. Sie wird dich von jetzt an in Ruhe lassen."

„Oh, toll!", rufe ich sarkastisch und drehe mich weg, um in die Klasse zu gehen. Da er genau weiß, wie ich auf Berührungen reagiere, streift er nur leicht meinen Arm, um mir zu signalisieren, stehen zu bleiben.

„Weshalb bist *du* jetzt sauer? Ich habe dir doch nur eine Frage gestellt."

„Das nennst du eine Frage? Für mich hörte sich das an wie ein Vorwurf, den du dir dank einer absolut vertrauenswürdigen Person gezimmert hast. Alles, was es mir zeigt, ist, dass du anscheinend immer noch keine Ahnung hast, wer ich bin."

Rabiater als geplant setze ich meinen Weg in den Klassenraum fort, wo auch meine letzte Hoffnung, Gracie könnte sich schon längst hier drinnen aufhalten, verpufft. Grob werfe ich meine Bücher auf den Schreibtisch und beachte keinen der eintretenden Schüler, um nicht noch einmal in Jeremys verletzte und zugleich missbilligende Augen blicken zu müssen. Er ist klug genug, einfach an mir vorbeizugehen und mir etwas Zeit zu geben.

„Der Test fällt heute aus“, verkündet Mr. Scott, unmittelbar nachdem er den Raum betreten hat. Normalerweise würden alle nach solch einer Aussage jubeln und beginnen durcheinanderzureden, doch Mr. Scotts Gesichtsausdruck verrät, dass es keinen Grund zur Freude gibt. Seine Schultern wirken schmäler als sonst, die Mundwinkel sind heruntergezogen und die Lippen zusammengepresst. Er setzt sich auf die Kante eines Schülertisches und sieht besorgt in die Runde. Zu lange ruht sein Blick dabei auf mir. Mein Herzschlag setzt aus, und eine Gänsehaut überläuft mich.

„Ich habe eine traurige Nachricht für euch. Grace ist im Krankenhaus. Sie hatte gestern wohl einen Autounfall.“

Autounfall. Allein dieses eine Wort reicht, um mir den Boden unter den Füßen wegzuziehen. Meine Brust schnürt sich zusammen. Fetzen vergangener Erinnerungen an *seinen* Unfall spielen sich vor meinem inneren Auge ab. Einen Moment lang bin ich mir gar nicht sicher, wo ich eigentlich bin.

„Ist sie verletzt?“, ruft jemand, dessen Stimme ich nicht erkennen kann, weil meine Ohren schrill klingeln.

Bitte nicht auch noch sie, bete ich wiederholt in Gedanken.

„Ihr Onkel ist bei diesem tragischen Unfall ums Leben gekommen. Um Grace steht es momentan auch nicht gut. Sie ist gefahren. Mehr wissen wir leider nicht. Wir müssen hoffen und beten, dass sie die kommenden vierundzwanzig Stunden übersteht.“ Ich glaube das nicht. Es kann nicht sein. Das muss einer dieser Träume sein, in denen man bis zum Schluss überzeugt ist, dass er Realität sei. Wenn man dann aufwacht, schweißgebadet und sogar unter Tränen, ist man trotz der grauenvollen Ängste, die er ausgelöst hat, heilfroh, dass alles nur ein Hirngespinst war. So muss es auch in diesem Fall sein, denn wenn nicht, hat das Leben wahrhaftig einen äußerst perversen Sinn für Humor.

„Julia, vielleicht hast du schon mehr gehört als wir?", fragt mich mein Lehrer vorsichtig.

Gar nichts weiß ich. Ich wusste nicht einmal von dem Unfall. Sie ist ganz alleine. Niemand ist bei ihr, der ihre Hand halten und ihr sagen kann, wie wichtig es ist, dass sie um ihr Leben kämpft. Auch bei Jo… Tief atme ich ein. Ich muss seinen Namen doch endlich einmal zumindest zu Ende *denken* können.

Auch bei *Josh* war damals niemand da. Wir erreichten ihn viel zu spät.

Wie in Trance ergreife ich meine Schultasche, ohne die Bücher, erhebe mich von meinem Platz und gehe in gemäßigtem Tempo quer durch die Klasse zum Ausgang. Durch meinen Tunnelblick werden sowohl die Mitschüler als auch der Lehrer mitsamt den Bemühungen, meinen Namen zu rufen, um mich zum Stehenbleiben zu bewegen, ausgeblendet. Alles, was ich weiß, ist, dass ich dringend hier raus muss. Zu ihr. Auf dem Gang draußen beginne ich zu rennen. Keuchend laufe ich durch zwei Korridore der Schule, bis ich die große Eingangstüre erreiche, sie aufreiße und weiterrenne.

Ich hetze durch die Straßen, während meine Bronchien ihr Bestes geben, die eiskalte Luft zu filtern, nach der ich in unregelmäßigen Abständen schnappe. Meine Beine bewegen sich von selbst immer weiter, und mein Herz schlägt so oft in der Minute, dass ich nicht sicher bin, ob ein Messgerät noch mitkäme.

Endlich erreiche ich das Krankenhaus und stürme die Treppen hinauf in jenes Geschoß, welches mir der Portier nannte, um zu Grace zu gelangen. Völlig atemlos erreiche ich die chirurgische Intensivstation und versuche mich zu beruhigen, ehe ich eine der vorbeigehenden Krankenschwestern aufhalten und ansprechen kann.

„Entschuldigen Sie, bitte. Ich muss zu Grace Souza. Sie hatte gestern einen Autounfall und liegt auf dieser Station.

Können Sie mir sagen, welches ihr Zimmer ist?" Die Krankenschwester fährt sich gestresst durch die Haare, die zu kurz sind, um sie zusammenzubinden. Etwas genervt, dass ich sie bei ihrer Arbeit unterbreche, mustert sie mich.

„Und Sie sind?", erkundigt sie sich scharf, ihren Block zückend, um Gracies Namen in den Unterlagen zu suchen. Einen Augenblick überlege ich zu lügen und der Frau zu erzählen, ich sei Gracies Schwester, weil ich merke, dass sie nicht vorhat, mich zu ihr zu lassen, wenn ich keine Verwandte bin. Resigniert schiebe ich diese Idee jedoch beiseite, denn mit solch einer Lüge fange ich mir großen Ärger ein und darf vielleicht gar nicht mehr zu Gracie.

„Ich bin ihre beste Freundin", antworte ich in einer fremden Stimmlage und höre mich dabei wie ein kleines, verzweifeltes Kind an. Die Krankenschwester blickt stirnrunzelnd auf und klemmt sich den Block wieder unter den Arm.

Ich habe verloren.

„Nur Familienangehörige dürfen momentan zu ihr."

„Sie hat keine Familie mehr! Dann wird niemand bei ihr sein."

„Vorschriften, Miss. Ich kann leider nichts machen", erklärt sie schroff. Sieht nicht so aus, als würde sie das wirklich bedauern.

„Sagen Sie mir wenigstens, wie es ihr geht? Wird sie es schaffen?", bringe ich verzweifelt heraus, ehe sie sich umdrehen und weggehen kann.

„Das sind vertrauliche Informationen, Miss, die nur die behandelnden Ärzte an ihre Fami ...", sie stockt kurzzeitig und bessert sich dann aus, „... ihren Vormund weitergeben darf. Sie müssen also denjenigen fragen, der für das Mädchen zuständig ist."

„Da gibt es niemanden, den ich fragen könnte, verdammt noch mal. Ihr Vormund ist bei dem Unfall gestorben. Und ich bezweifle, dass dessen Frau Grace beistehen wird. Die haben Grace jahrelang wie Dreck behandelt. Denken Sie, dass sie sie nun liebevoll in die Arme schließen wird, nach dem, was geschehen ist?“

„Hören Sie! Es tut mir leid, dass die Dinge so kompliziert sind, doch im Moment kann ich nichts für Sie tun. Sie brauchen auch nicht hier zu warten, denn Grace befindet sich noch in einem künstlichen Tiefschlaf, der in jedem Fall noch bis morgen andauern wird. *Wenn* das Mädchen danach bereit ist aufzuwachen, wird man sehen, ob sie weiteren Besuch empfangen darf. Mehr kann ich Ihnen nicht sagen, also tun Sie uns beiden den Gefallen und verlassen Sie das Krankenhaus, bevor ich ihre Eltern oder den Sicherheitsdienst rufen muss.“

Die Art, wie diese Frau *„wenn"* sagte, hallt in meinen Ohren wider und hindert mich daran, meine Starre zu lösen, während sie sich an mir vorbeizwängt und ihren Weg fortsetzt.

Mit müden Gliedern und brennenden Augen, weil die Tränen einfach nicht fließen wollen, trete ich meinen Nachhauseweg an.

„Souverän in meiner größten Freude. Souverän in meiner tiefsten Trauer. Mit mir in der Dunkelheit, mit mir in der Dämmerung. In deinen ewigen Armen sind alle Teile meines Lebens. Gott, was auch immer kommen mag, ich werde dir vertrauen“, bete ich flüsternd eines jener Lieder vor mich hin, die mir normalerweise eine enorme Hilfe sind, das große Ganze zu sehen und Gott über die Angst zu stellen. Und es stimmt, ich vertraue ihm. Ich weiß, dass er alles in seinen Händen hält und dass ich die Situation durch Sorge nicht besser machen kann. Gott ist kein Flaschengeist, der mir jeden meiner Wünsche erfüllt, wenn ich fromm genug lebe. Tod, Schmerz und Leid gehören eben zum Leben dazu, das ist mir bewusst. Aber manchmal ist es einfach so schwer, an Tiefpunkten wie diesen die Motivation und Kraft zu finden, wieder aufzustehen und nach vorne zu sehen, obwohl ich mich dermaßen erschöpft fühle. Jedes Mal, wenn ich mich gerade vom letzten Schlag erhole, scheint es, als würde mir etwas oder jemand den nächsten Stein in den Weg werfen und mich zum Stürzen bringen.

Manchmal will ich einfach weglaufen; flüchten vor meinem Leben, vor meinem Körper. Ich möchte nicht mehr diese Person sein, die jeden Tag einzeln in Angriff nehmen muss. Die, die ständig einen Schritt vor und dann doch wieder zwei zurücksetzt.

Und dass die Aussage, dass der einzige Weg bergauf ist, wenn man bereits auf dem Boden liegt, nicht der Wahrheit entspricht, erfahre ich einmal mehr am eigenen Leib, als ich durch die Eingangstüre unseres Hauses komme.

„Mach nicht so ein blödes Gesicht, als würdest du kein Wort von dem, was ich sage, verstehen, wenn ich mit dir spreche. Hörst du überhaupt zu?“, lamentiert Mom übellaunig, während sie das Handy aus meiner Schultasche kramt, kaum nachdem ich durch die Tür bekommen bin. Gleichzeitig versucht sie mir meine Aufgaben zu erklären, die ich im Haushalt bis zu ihrer Rückkehr zu bewältigen hätte. Sie und Dad verbringen den Abend heute auf einer Spendengala in Boston, an der je zwei Polizisten jeder Einheit aus ganz Massachusetts teilnehmen sollen. Mom wollte mich ursprünglich nicht einmal wissen lassen, dass sie die Nacht über weg wären, denn wer weiß, was ich mit dieser Information anstellen könnte. Widerwillig entschied sie sich dann doch, mich Bescheid wissen zu lassen, falls irgendetwas zu Hause sein sollte. Wie sähe es aus, wenn die Tochter nicht wüsste, wo ihre Eltern die Nacht verbringen?

„Außerdem will ich gerne wissen, was du jetzt wieder in der Schule angestellt hast, dass mich irgendein Lehrer schon zum dritten Mal mit einem Anruf belästigt. Es interessiert mich nicht mehr, meine Zeit für dein Fehlverhalten verplempern zu müssen."

Ich schließe die Augen und beiße die Zähne so fest zusammen, bis mein Kiefer schmerzhaft pocht. „Grace liegt seit gestern im künstlichen Tiefschlaf, und Greg ist tot", teile ich ihr abwesend in der falschen Hoffnung mit, sie würde mich danach endlich in Ruhe lassen. Ich bin zumindest nicht so naiv, mit einer Umarmung oder freundlichen Worten zu rechnen.

Nur einen Moment lang spiegeln sich kleine Emotionen, die man mit Mitgefühl oder Entsetzen verbinden könnte, in ihrer Mimik, doch sofort winkt sie desinteressiert ab. „Und was, bitte, hat das jetzt mit meiner Frage zu tun? Dein Vater weiß bestimmt schon lange davon, und du kommst erst jetzt mit dieser müden Ausrede daher, um dich vor deinen Pflichten zu drücken. Ich weiß, wie es ist, jemanden zu verlieren, also tu nicht so, als wärst du hier die Arme."

Mit offenem Mund starre ich sie an. „Hast du gehört, was ich gesagt habe? Dieser Dreckskerl ist gestorben. Abgesehen davon, dass sie sich deswegen für immer Vorwürfe machen wird, hängt Graces Leben selbst noch am seidenen Faden. Im Moment habe ich echt andere Probleme, als mich damit auseinanderzusetzen, ob und wann ich die dämliche Küche schrubbe."

Eine dumme, unüberlegte Antwort, doch mir wird alles zu viel. Ich kann das jetzt einfach nicht. Ich weiß genau, was als Nächstes kommt, doch ich fühle nichts. In Zeitlupe sehe ich dabei zu, wie Mom ihre Hand erhebt und mir einen frontalen Hieb in den Bauch versetzt, sodass ich rücklings gegen die Türklinke stoße. Erster Bluterguss des heutigen Abends an meiner Hüfte.

„Was fällt dir schon wieder ein, so mit mir zu sprechen?" Krokodilstränen strömen wie auf Knopfdruck ihre Wangen herab. „Die kleine Schlampe interessiert mich kein bisschen.

Wäre nur gerecht, wenn sie auch abkratzt!" Fassungslos sehe ich dieser fremden Frau in die kalten Augen.

„Wann ist das mit dir passiert, Mom? Was, um Himmels willen, ist mit dir geschehen, dass du so herzlos wurdest? Und schiebe es jetzt nicht auf seinen Tod, denn du warst bereits so, lange bevor Jo …" Scharf sauge ich Luft ein, erstaunt über die Tatsache, wie leicht mir sein Name soeben über die Lippen kommen wollte. Moms Augen weiten sich ebenfalls im Schock, während ihre Lippen zittern.

„Wage es *nicht,* diesen Namen in den Mund zu nehmen", droht sie außer sich und umklammert im nächsten Moment meine Unterarme in einem eisernen Griff, welcher es mir unmöglich macht, meine Arme auch nur das geringste Stück zu bewegen. Sie drückt so zu, dass es sich anfühlt, als schneide sie die Blutzufuhr ab. Ich biege meine Finger, um der Taubheit entgegenzuwirken, doch ich weine nicht. Ich bin leer.

„Wer glaubst du eigentlich, dass du bist, so mit mir zu sprechen, du blödes Balg?" Zornig stößt sie mich mit beiden Händen gegen den Schuhschrank neben mir, was einen hörbaren Knall erzeugt und einige der Schlüssel aus der Halterung löst, sodass diese mit lautem Krach auf dem Boden landen. In meinem Rücken knackst bei diesem Zusammenstoß etwas, sodass ich nicht anders kann, als in die Knie zu gehen. Den Boden erreiche ich nicht, denn Mom hat mich längst am Schopf gepackt und zerrt mich wieder hoch. Sie reißt an meinen Haaren, bis ich bereits auf Zehenspitzen vor ihr stehe, das Gesicht schmerzverzerrt, als sich zwangsläufig Tränen in meinen Augen bilden, während sich ihre Fingernägel in meine Kopfhaut bohren. Mit diesem Griff zwingt sie mich, ihr in die Augen zu sehen. „Du wirst verdammt noch mal lernen, Respekt vor deiner Mutter zu haben!" Mit voller Wucht rammt sie mir ihren Ellbogen in die Brust, als die zurückgehaltenen Tränen bereits in den Augenhöhlen zu brennen beginnen.

„Diane!“, ertönt es aus dem Wohnzimmer, in dem Dad bis eben Nachrichten gesehen hat. „Preston und Amber werden jeden Moment hier sein. Vergiss das Kind, und mach dich endlich fertig!“, befiehlt er. Sein Ton ist gleichgültig und dennoch dominant.

„Ich gehe nirgendwohin, bis diese Göre sich entschuldigt hat. Es ist mir scheißegal, wie lange es dauern wird. Sie *wird* sich entschuldigen“, geifert sie, während sie mich hasserfüllt ansieht. Ich glaube ihr. Ich habe erlebt, wie viel Ausdauer sie hat, aber ich kann nicht nachgeben. Nicht nach dem, was sie über Grace gesagt hat.

Unerwartet erscheint mein Dad nun neben meiner Mutter und umfasst ihren Oberarm fest und bestimmt, bis sie ihren Blick von mir abwendet. „Diane. Du machst dich jetzt abfahrbereit, hast du verstanden? Ich werde diese Veranstaltung nicht verpassen, und du wirst mit mir kommen.“

Da ist sie. Die unheimlich kolossale Autorität, die meinen Vater zu dem respektierten Polizeichef gemacht hat, der er nun ist. Die Autorität, der selbst meine Mutter nicht widersprechen kann. So selten es auch sein mag, dass Dad sich einmischt, wagt es selbst meine Mutter nicht, ihm zu widersprechen, wenn er es tut. Innerlich bricht es mir jedoch jedes Mal auf Neue das Herz, weil er nicht etwa meinetwegen einschreitet, um mich zu beschützen, sondern eben nur seinetwegen. Weil es in dem Augenblick etwas gibt, was ihm wichtiger ist als seine Ruhe. Sei es seine Ehre, sein Renommee, oder sein Wort, welches er zu halten hat.

Mom gibt einen angewiderten Laut von sich, als sie meinen Kopf ein letztes Mal zur Seite reißt, mich dann jedoch endlich freigibt. Ohne ein weiteres Wort stapft sie die Treppe hinauf, während mein Vater wieder ins Wohnzimmer verschwindet. Zitternd und mit pochenden Wunden bleibe ich im Vorzimmer zurück und stütze meinen Körper auf den Schuhschrank, bis ich die Kraft finde, in mein Zimmer zu schleichen.

Obgleich mein Rücken höllisch schmerzt, lehne ich, nach wie vor vibrierend und lautlos weinend, mit angezogenen Beinen an meiner Zimmertüre, als könnte ich Mom damit daran hindern, unerlaubt einzutreten. Wenn sie es will, wird sie es trotzdem tun, doch für heute ist Gott sei Dank Schluss. Ich höre das Haustelefon kurz klingeln, nachdem ein Auto vor unserer Einfahrt gehalten hat. Die Eingangstüre wird geöffnet, kurz darauf wieder geschlossen und von außen versperrt. Autotüren werden zugeknallt, und endlich verschwindet das brummende Geräusch des Wagens, welches meine Eltern mitnimmt und mir zumindest diese eine Nacht Ruhe gewährt. Früh genug werde ich morgen die Folgen meines Ungehorsams zu spüren bekommen. Deswegen brauche ich diese Nacht, dringend.

Aber nicht so ... Nicht mit den neuerlichen Schrammen meines Körpers und den viel tieferen Wunden meines Herzens. Ich brauche etwas, das meinen Schmerz übertüncht und mich dazu bringen kann, alles nur für diese Nacht vergessen zu dürfen.

Auf Knien krabble ich hinüber zu meiner Schultasche und suche mit einer Hand nach dem zerknüllten Zettel, den ich heute Morgen achtlos hineingestopft habe, während ich mit dem Handrücken der anderen grob über meine Wangen wische. Nun bin ich froh darüber, den Flyer nicht gleich weggeworfen zu haben, denn auf keinen Fall will ich hier jetzt alleine sein. Es ist mir egal, wessen Party es ist. Ich muss hier raus.

Nur dieses eine Mal möchte auch ich unvernünftig sein. Möchte die Leichtigkeit fühlen, die andere spüren, wenn sie Alkohol trinken. Ich will erfahren, wie es ist, seine Schmerzen, Ohnmacht und Ängste mit Alkohol zu betäuben, so wie Josh es getan hat, wie Mom es tut und wie so viele meiner Mitschüler es jedes Wochenende tun. Nur ein einziges Mal will ich nicht kämpfen, mich in den Schlaf weinen oder mich von wiederkehrenden Alpträumen quälen lassen müssen. Ich will frei davon sein.

Als ich den schrecklich überhitzten und stickigen Raum betrete, der gefüllt ist mit bekannten wie auch unbekannten Gesichtern meiner und anderer Schulen, dröhnt mir nicht nur das Lied „Born too slow“ von The Crystal Method aus drei enormen Lautsprechern in verschiedenen Ecken des Wohnzimmers entgegen, sondern auch der beißende Geruch von Alkohol, Zigaretten und weiß Gott was benebelt mir die Sinne. Das Licht ist gedämpft, selbst gebastelte Bühnenscheinwerfer tragen zur ausgelassenen Partystimmung der Gäste bei. Einige leicht bekleidete Mädchen laufen mit Spritzpistolen durch den Raum, die, wie ich annehme, mit Alkohol gefüllt sind, da sich vor allem die männliche Spezies darum reißt, ständig etwas abzubekommen. Ich kämpfe mich einige Schritte durch die Masse vor, suche nach jemandem, mit dem ich sprechen kann, denn im Moment fühle ich mich hier noch genauso alleine.

Doch was habe ich erwartet? In der Schule spricht auch kaum jemand mit mir, weil ich es so will und selbst nie Kontakt gesucht habe. Ich habe es immer darauf angelegt, möglichst unsichtbar zu bleiben. Heute bin ich es, doch genau heute kann ich es nicht ertragen, ignoriert zu werden.

Plötzlich ergreift jemand hinter mir mein Handgelenk und zieht mich zu sich. Ohne mich überhaupt umzudrehen, schlage ich die Hand von meiner, denn sie erinnert mich an Moms. Als ich Sebastian vor mir stehen sehe, der jetzt beide Hände abwehrend vor seinen Körper hält und mich seitlich angrinst, atme ich wieder aus.

„Dich hätte ich hier nicht erwartet“, schreit er über die Musik hinweg.

„Du hast mich eingeladen“, antworte ich unsicher.

Er mustert mich, nickend, immer noch grinsend. Das ist mir unangenehm. Das warme Kribbeln in meinem Bauch, welches nach den ersten – zugegebenermaßen widerlichen – Schlucken Kokoslikör in mir aufkam, den ich aus Moms Alkoholvorrat gekostet habe, bevor ich mir die Autoschlüssel holte und losfuhr, beginnt langsam nachzulassen. Man könnte sagen, ich habe mir ein bisschen Mut antrinken müssen, um die Sache überhaupt durchzuziehen. Die Flasche habe ich gleich mitgenommen, für den Fall, das Gefühl könnte auf dem Weg hierher abflauen. Außerdem sollte man ja etwas mitnehmen, stand auf der Einladung. Meinen Führerschein habe ich zwar noch nicht allzu lange, doch gefahren bin ich seither nie. Nicht nur, weil ich kein Auto gehabt hätte, sondern auch, weil die Angst vor dem Fahren einfach zu tief sitzt. Dementsprechend holprig war die Fahrt hierher, und meine eingeschränkte Reaktionsgeschwindigkeit trug auch ihren Teil dazu bei. Nun, da der Mut verflogen ist und ich hier mit O’Mally stehe, *weiß* ich, dass es keine gute Idee war herzukommen. Ich bin hier einfach fehl am Platz.

Als das nächste Lied auf der Playlist ertönt, erstarre ich. Es handelt sich um Lieder einer CD, welche ich nur allzu gut kenne. „Ill Niño“, forme ich mit den Lippen, beinahe erschrocken. O’Mally weitet belustigt und erstaunt die Augen.

„Ja, von Resident Evil. Wundert mich, dass du diese Art von Musik kennst.“

„Wieso hörst du eigentlich immer so aggressive Musik?“, will ich wissen, als ich mit verschränkten Armen in der Türschwelle stehe und mit zusammengezogenen Brauen den Text auf mich wirken lasse.

„Weil sie gut ist und weil ich so nicht selbst Worte finden muss, um meine Gefühle auszudrücken", antwortet er ehrlich, obwohl er sich nicht zu mir dreht, sondern weiterhin auf seinem Schreibtisch in einem Schulbuch blättert.

Du denkst, ich sei der Schuldige

Alles, was ich verliere, ist nur ein Teil dessen, was es zu gewinnen gibt

Du denkst, alles wäre in Ordnung

Doch dies ist der Tag, an dem du bezahlst, meine Zeit ist gekommen

Für dich empfinde ich nichts als Schmerz

Ich bin bereits, was du sein wirst, denn du stirbst in mir

Ich liebe dich …

Ich hasse dich …

Brummend fülle ich meine Wangen mit Luft und blase sie dann laut aus, während ich mich auf seinem Bett niederlasse und die Beine senkrecht zur Decke hebe. Das Cover jener CD, die er sich gerade anhört, hebe ich mit zwei Fingern von der Bettdecke auf und mustere es argwöhnisch, als wäre es giftig.

„Hasst du Mom?"

„Nein, ich hasse sie nicht."

„Ist deine Zeit gekommen? Zu gehen, meine ich? Poetisch gesprochen..."

„Nicht heute. Heute überlegen wir, was wir zu deinem achtzehnten Geburtstag unternehmen werden, nachdem meiner ein Reinfall war." Grinsend zieht er seine Augenbraun hoch und dreht sich, sodass er mich sehen kann. Ich verziehe das Gesicht.

„Es tut mir so leid, Josh, wie das alles wieder vonstattengegangen ist. Ich wollte …"

Was ich wollte, war, dass er wenigstens diesen einen wichtigen Geburtstag in schöner Erinnerung behalten könnte. Stattdessen hatten Mom und er im Restaurant begonnen, darüber zu streiten, ob es nicht besser wäre, mir zu verbieten, sonntags in die Kirche zu gehen, weil mir dadurch bereits wertvolle Lernzeit abgehen würde. Selbstverständlich war Josh auf meiner Seite, nicht zwingend, weil er verstanden hatte, warum es mir so wichtig war, sondern vor allem, weil er es sich zu seiner Pflicht gemacht hatte, für meine Freiheiten zu kämpfen.

„Wir haben nicht besonders viel, was uns außerhalb der Schule guttut, aber ich merke, wie du aufblühst, wenn du dort warst, und das lasse ich dir von Mom nicht wegnehmen", hatte er mir flüsternd auf dem Weg zum Auto erklärt, nachdem Mom und ich in Tränen ausgebrochen waren, denn wie immer war der Streit dermaßen ausgeartet, dass sogar der Geschäftsführer uns bitten musste, unsere Diskussion nach draußen zu verlegen. Mom empörte sich über die Dreistigkeit und die Intervention dieses Mannes und machte eine noch größere Szene. Schließlich war es Dad, der beschämt einige Zehndollarnoten auf den Tisch segeln ließ und uns anwies zu gehen, da er sonst ohne uns fahren würde.

„Ich weiß. Ist schon okay. Wir wissen ja schon lange, dass Geburtstage immer in einem Drama enden. Und Weihnachten."

„Und Thanksgiving, Silvester, Ostern", ergänze ich mit geschlossenen Augen.

„Siehst du?", lacht er herzhaft. „Deswegen höre ich diese Musik. Hilft einfach manchmal, den Frust abzubauen. Aber wer weiß, vielleicht probiere ich einfach mal deine Methode aus und lasse mich bekehren", zwinkert er liebevoll lächelnd und gleichzeitig frech. Irritiert blinzelnd schieße ich ihn mit seinem Polster ab, woraufhin er sich aus seinem Stuhl aufs Bett wirft und mit mir zu ringen beginnt, weil er weiß, dass er mich damit immer zum Lachen bringen kann.

„Diese Gedanken sind es, die mich von zu Hause wegtrieben, doch wenn du mich durch deine Tests gehen lässt, dann werde ich zerbrechen“, murmelt der Leadsänger in diesem schrecklich aggressiven Ton, der mir den Magen verdreht.

„Ich gehe jetzt besser“, stottere ich, doch Sebastian ergreift meine Hand, bevor ich mich umdrehen kann.

„Was? Du bist doch gerade erst gekommen. Bleib!“, wendet er vehement ein und streift seine Finger über meine Wange.

„Komm mit! Du siehst aus, als bräuchtest du etwas zu trinken.“

Ich widerspreche nicht und starre auf seine Hand, die bis eben meine Wange berührte. Dabei bringe ich keinen Ton hervor. Stattdessen lasse ich mich von dieser Hand wie ein willenloses Kind durch die Masse führen, nachdem sie sich – beinahe nur angedeutet – um meine Taille gelegt hat.

Jeremy

Gegenüber von dem Haus, aus dem laute Musik dröhnt, manövriere ich das Auto in eine der wenigen freien Parklücken und stelle den Motor ab. Fester als nötig schlage ich die Autotür hinter mir zu und gehe über die Straße hinauf zur Haustür, vor der ein Gruppe meiner Mitschüler steht und verschiedenste seltsame Dinge tut. Ein Mädchen übergibt sich gerade über der Veranda, während ein anderes ihre Haare hält und kichert. Dieses Bild trägt offensichtlich zur Erheiterung aller Umstehenden bei. Die Jungen grölen vor Lachen und verschütten dabei mehrmals ihr Bier. Einer von ihnen rückt an das Hinterteil des kotzenden Mädchens, ich glaube es ist

Susan, und deutet eine dämliche sexuelle Handlung an, was die anderen Kerle noch lauter brüllen lässt. Die Mädchen quietschen und drehen sich angeekelt weg. Jedenfalls fällt dabei keinem auf, dass ich in das Haus marschiere, in dem ich gar nicht willkommen bin. In Wahrheit will ich ja selbst nicht hier sein.

Vor zehn Minuten erhielt ich jedoch eine SMS, Julia sei auf der Party und ziemlich betrunken und armselig auf der Couch gelegen. Anfangs war ich nicht sicher, ob ich der Absenderin Glauben schenken sollte, denn die Nachricht kam ausgerechnet von Melanie. Doch ich weiß, dass O'Mally Julia eingeladen hat, und nach dem, wie Julia heute aus der Klasse gestürmt ist und seither nicht mehr erreichbar war, nehme ich an, sie sucht tatsächlich einen Weg, den Schmerz zu ersticken. Und wo sollte das besser möglich sein als auf einer Party wie dieser? Ohne Umschweife setzte ich mich ins Auto und fuhr hierher. Mir doch egal, ob ich dabei vielleicht aussehe wie ihr eifersüchtiger Freund. Morgen wird sie die Aktion bereuen, so gut kenne ich sie mittlerweile. Die Schlinge habe ich zu Hause gelassen, weil ich mich gedanklich bereits darauf vorbereitet habe, meinen Arm beziehungsweise meine Hand heute unter Umständen gebrauchen zu müssen.

Als ich mich jetzt durch die Menge betrunkener Jugendlicher verschiedener Jahrgänge schiebe, fällt es mir schwer, mir die Leute, die noch nüchtern genug sind, mich zu erkennen, vom Leib zu halten. Jeder ist überrascht, mich hier zu sehen.

Einige der Cheerleader, die es wohl noch nicht „geschafft" haben, sich seit dem Spiel umzuziehen, stolpern mir regelrecht in die Arme und grinsen von einem Ohr zum anderen, weil ich sie auffange, bevor sie mich mit sich umwerfen.

„Hallo, Captain!", ruft eine lachend und fährt mit ihren Fingernägeln meine Oberarmmuskeln entlang. Es ist Jenny, mit der ich vor knapp zwei Jahren einmal von Mr. Bernstein unter der Tribüne beim Küssen erwischt wurde. Irgendwie, glaube ich, beobachtet er mich seither ganz genau. Mehr wurde aus Jenny und mir jedenfalls nicht, weil ich nicht an einer Beziehung interessiert war. Ich vermute, sie ist es hingegen jetzt noch. „Wenn du mich schon im Arm hältst, könnten wir doch auch ein bisschen tanzen“, lallt sie.

Einige der Typen, die zu O'Mallys Freundeskreis gehören, haben mittlerweile ebenfalls meine Anwesenheit wahrgenommen und beraten sich in sicherem Abstand wohl gerade darüber, ob sie mich rauswerfen, O'Mally vorwarnen oder einfach die Klappe halten sollen. Dann verschwindet einer von ihnen. Ich setze an, um ihm nachzustarten, doch Jenny, die sich nach wie vor an mir anlehnt, zieht meinen Kopf mit ihrer Hand unsanft in ihre Richtung. „Jeremy! Konzentrier dich mal! Ich sagte, ich will mit dir ein Tänzchen machen“, wiederholt sie zwinkernd. Bevor ich den Mund aufmachen oder sie einfach stehen lassen kann, klappt sie ihre Lippen zu und rückt auf einmal selbst von mir ab. Ich drehe meinen Kopf in die Richtung, in die auch sie schaut, und entdecke Melanie neben mir.

„Ich werde Folgendes in Schrittgeschwindigkeit sagen, damit du mitkommst: Hau ab, Mädchen! Der ist nicht deine Kragenweite“, säuselt sie in ihrer honigsüßen Stimmlage, die dennoch bitterernst klingt. Jenny fällt die Kinnlade herunter, entscheidet dann aber, es sich mit ihrer Cheerleader Kapitänin nicht zu verscherzen, und gehorcht. Bei Melanie ist das in der Tat eine gute Entscheidung, denn sie ist es gewohnt, zu bekommen, was sie will.

All das kümmert mich gerade trotzdem nicht. „Weißt du, wo sie ist?“, will ich wissen, ohne Melanie dabei richtig anzusehen, denn auf der Couch finde ich Jules nicht. Dafür lasse ich meine Augen über die dunkelhaarigen Mädchen im

Raum wandern, um Julias Gesicht irgendwo ausmachen zu können.

„Ich wollte dich eigentlich gar nicht kontaktieren. Aber sie hat geheult. Wegen ihres toten Bruders, glaube ich. Oder wegen dieser kleinen Blonden. Ein paar erzählen sich, die wäre auch tot. Da tat sie mir irgendwie leid."

„Wo ist sie jetzt, Mel?", wiederhole ich angespannter, weil jede Minute hier drinnen eine unnötige zu viel ist.

„Sie ist gerade mit O'Mally verschwunden, Jeremy. Er klebt schon den ganzen Abend an ihr." Melanie versucht zwar aufrichtig zu wirken, durch ihren angeheiterten Gesichtsausdruck lässt sich aber leicht feststellen, dass sie in Wirklichkeit nicht minder schadenfroh ist. Im Grunde ist mir auch das egal. Ich sehe ohnehin rot und dränge mich denselben Weg, den ich soeben gekommen bin, wieder ins Treppenhaus zurück.

Tatsächlich muss ich mit nach wie vor viel zu großem Abstand zusehen, wie O'Mally Julia gerade die Treppe hinaufschleppt. Sie geht zwar selbst, langsam, wackelig, doch mit einer Hand klammert sie sich an seinen Rücken. O'Mally stützt sie beim Gehen mit beiden Händen an ihren Hüften. Dieses Bild brennt sich schmerzhaft in meine Netzhaut ein und macht mich rasend.

Aus dem Augenwinkel sehe ich Zach, unseren Kick Returner, auf mich zukommen, von dem ich weiß, dass er mich trotz O'Mallys Hass mir gegenüber respektiert. Er war vorhin auch derjenige, der nach dem Gruppengespräch in der Menge verschwunden war, wahrscheinlich um O'Mally vor mir zu finden. An seinem Gesichtsausdruck kann ich ablesen, dass er sich meine Gedankengänge und Gefühlsregungen ungefähr vorstellen kann.

Deswegen geht er mir mit erhobenen Händen entgegen, um mich davon abzuhalten, eine Dummheit zu begehen. „Nicht hier, Mann! Meine Eltern bringen mich um, wenn die

Bullen kommen.“ Gleichzeitig macht sich auch Michael, einer aus dem Basketballteam, neben ihm breit, um, wenn nötig, einzuschreiten. Ohne dabei meinen Blick noch mal von O’Mally und Julia zu nehmen, strecke ich im Vorbeigehen meinen Arm in seine Richtung und zeige warnend mit dem Finger auf ihn.

„Versuch’s erst gar nicht!“, sage ich lediglich in einem ruhigen Ton. Ich habe nicht vor, mich zu prügeln. Zumindest jetzt noch nicht. Ich bin nicht einmal sicher, ob das möglich wäre, ohne mir dabei die Schulter erneut auszukugeln, und das möchte ich, so gut es geht, vermeiden. Damit wäre weder Julia noch mir geholfen.

Beim Treppenabsatz bleibe ich stehen, denn auch meine Vernunft sagt mir, dass ich wirklich nicht weitergehen sollte.

„Nimm deine Hände von ihr, O’Mally“, befehle ich mit kräftiger Stimme, damit er mich trotz der Distanz über die Musik hinweg hören kann. Julia dreht sich als Erste sehr wackelig um und blickt mir mit leicht verengten Pupillen und geröteten Augen entgegen. O’Mally zögert, bevor auch er kehrtmacht und sich Julia dabei bewusst leicht entzieht, sodass sie gezwungenermaßen einen Schritt vorsetzen und sich nun auch mit der zweiten Hand, die bis eben noch an der Wand haftete, an ihm festhalten muss.

„Entschuldige. Wusste nicht, dass sie dein Eigentum ist.“

Er macht sich ganz offensichtlich über mich lustig, als er auf ihre beiden Hände zeigt, die nun seinen Arm umschließen.

„Sie hält *mich* fest, Houser.“

Es ist wahr, das tut sie, und zwar ziemlich entschieden. Im Treppenhaus ist glücklicherweise nicht besonders viel los, doch es würde mich nicht wundern, wenn bald bis ins Wohnzimmer duechgedrungen wäre, dass es hier draußen demnächst wegen dieses unscheinbaren, bisher doch so unbeliebten Mädchens zu Handgreiflichkeiten kommen wird.

Das möchte ich mir gerne ersparen, doch ohne sie gehe ich auf keinen Fall von hier weg, selbst wenn mein Stolz dabei unfassbar auf die Probe gestellt wird, weil ich um sie kämpfen muss.

„Verschwinde, bevor ich dich dazu bringe." Mein Ton ist erschreckend beherrscht und kühl, ebenso wie mein Gesichtsausdruck. All dies scheint den bedrohlichen Eindruck zu verstärken, denn O'Mallys Augenbrauen zucken.

In mir sieht es natürlich ganz anders aus, doch das jahrelange Footballspielen, vor allem als Quarterback, hat mich gelehrt, wertvolle Einschüchterungstechniken anzuwenden und mich von Provokationen nicht aus der Ruhe bringen zu lassen. Einen Moment lang scheint O'Mally zu überlegen, ob es das wert wäre, mich so richtig herauszufordern. Er hat zwar ein paar seiner Freunde bei sich, aber jeder von ihnen ist betrunken. Ich bin es nicht, und er hat in den vergangenen Jahren festgestellt, dass selbst Verletzungen mich nicht daran hindern, Dinge, die ich in die Hand nehme, richtig zu machen. Außerdem verrät meine eiskalte Mimik, wie unwahrscheinlich es ist, dass ich mich von selbst geschlagen geben werde.

Deswegen verdreht er die Augen, als wäre alles hier ohnehin nur ein Scherz für ihn gewesen, und hebt lachend seine Hände in Abwehrhaltung. Als er Julia loslässt, taumelt sie einen Schritt zur Seite und fängt sich an der Wand ab, die nun statt ihm ihr Gewicht stützen soll.

„Viel Spaß mit ihr, Mann! Die ist sowieso hinüber."

Ich rühre mich nicht vom Fleck und lasse ihn auch nicht aus den Augen, bis er aus meinem Blickfeld verschwunden ist. Natürlich kann er es im Vorbeigehen nicht lassen, mich absichtlich an meiner Schulter anzurempeln, doch ich stehe sicher und lasse mir den Schmerz, den der Stoß selbst auf der gesunden Seite auslöst, in keiner Weise anmerken. Erst als O'Mally sich lauthals lachend praktisch in die Arme seiner

Freunde wirft und mitsamt dem Publikum, welches mit uns im Vorraum steht, wieder ins Wohnzimmer verschwindet, sehe ich erneut zu Julia auf.

Sie sieht mir missbilligend entgegen und setzt sich auf eine der Stufen. „Jeremy …“, seufzt sie, und meine Sorge um ihr Wohlbefinden wird zum wiederholten Mal von Wut überdeckt.

„Habe ich bei etwas gestört?“, erkundige ich mich mit angekratztem Ego. Sofort bereue ich, so etwas Dämliches gesagt zu haben, denn sie hat es nicht verdient. Vor allem nicht heute.

„Ich wollte doch nur schlafen“, erklärt sie mit dieser kleinen Furche zwischen ihren Augen, als wäre die Antwort völlig offensichtlich.

„Mit ihm?“, frage ich unbedacht, aus dem Schock heraus.

Verständnislos starrt sie mich an. *„Nein!* Um Gottes willen ... *Ich* wollte einfach schlafen. Alleine. Er hat gesagt, er borgt mir sein Bett. Nach Hause fahren sollte ich ja besser nicht mehr.“

Ich schließe die Augen und hole kurz Luft, um sie langsam wieder herauszulassen und mich somit zu beruhigen. Dieses Mädchen raubt mir noch den letzten Nerv. Trotzdem ist der Großteil von mir auf einmal erleichtert, weil ich weiß, dass sie die Wahrheit sagt.

„Mann, Julia! Und du glaubst so einen Müll? Das ist noch nicht einmal *sein* Haus.“ Ihre großen Augen verschwinden ein wenig unter ihren zusammengezogenen Brauen. Offensichtlich hat sie keinen Plan, worauf ich hinauswill. „Ach, vergiss es!“, lache ich trocken und drücke mit geschlossenen Augen Daumen und Zeigefinger auf meinen Nasenrücken. Es hat gerade ohnehin keinen Sinn, in diesem Zustand mit ihr darüber zu sprechen.

„Was soll das Ganze, Jules? Ich habe dich an die hundertmal angerufen, seit du heute aus der Klasse gerannt bist.“

„Mein Akku ist leer“, nuschelt sie, sieht mich dabei jedoch nicht an, wodurch ich weiß, dass sie lügt.

„Und jetzt bist du hier und säufst dich ins Koma, oder wie genau lautet dein Plan?“

„Ursprünglich war es gar nicht meine Absicht, *so* viel zu trinken“, meint sie langsam.

„Hat er dir etwas untergemischt?“, frage ich, während die Rage erneut in mir hochkommt. Vielleicht komme ich doch nicht drum herum, eine Schlägerei zu beginnen. Mein erster Treffer müsste einfach sitzen.

„Glaub nicht. Und selbst wenn, ist es nicht seine Schuld. Ich hätte es nicht trinken müssen“, gesteht sie und schlingt schützend ihre Arme um sich.

„Ich hätte dich wirklich für klüger gehalten, Jules. Oder bist du tatsächlich dermaßen naiv?“ Ich weiß, dass ich ihr gegenüber gerade zu hart bin, doch sie hat sich wohl wissend, dass O'Mally nicht gerade der aufrichtigste Typ ist, auf dieser Party in Gefahr begeben und wäre leichtsinnig mit ihm im Zimmer verschwunden, wo sie in ihrem Zustand leichte Beute für ihn gewesen wäre. Allein der Gedanke daran bringt mich um den Verstand.

„Das muss ich mir nicht anhören. Was weißt du denn schon?“, kontert Julia verletzt und legt ihr Gesicht in ihre Hände. Sie sieht extrem blass aus, und ich frage mich, wie lange es dauert, bis sie entweder im Sitzen einschläft oder sich übergibt.

„Eines weiß ich sicher: nämlich, dass ich dich jetzt nach Hause fahre.“

„Es geht mir gut“, erklärt sie streng. Dann steht sie ruckartig auf und hebt einen Fuß zur nächsthöheren Stufe – was dazu führt, dass sie endgültig das Gleichgewicht verliert und drei Stufen in meine Richtung fällt. Ich fange sie zwar auf, berühre sie mit meinen Händen jedoch ungünstig im höchstwahrscheinlich verletzten Bauchbereich, was einen kurzen Aufschrei ihrerseits zur Folge hat. Die Musik und die restlichen Freudenschreie aus dem Wohnzimmer sind laut genug, um diesen Schrei mehr oder minder zu übertönen, sodass keiner darauf aufmerksam wird. Doch sobald sie wieder sicher steht, ziehe ich meine Hände von ihr weg und weiche einen Schritt zurück. Ich ertrage es nicht, ihr wehzutun. Weder körperlich noch seelisch, doch ihr Gesichtsausdruck verrät mir, dass ich binnen weniger Minuten beides auf meine Kappe nehmen muss. Sie beißt sich auf die Unterlippe, als sie mich verärgert ansieht und anschließend die restlichen Stufen hinab vorsichtig in Angriff nimmt, bis sie buchstäblich aus der Haustüre ins Freie stürzt. Gerade noch schafft sie es, sich am Türrahmen festzuhalten, bevor sie neben Susan liegt, die mittlerweile auf dem Schoß ihrer Freundin eingeschlafen ist.

„Hey, pass mal auf, Kleine“, ruft einer der Kerle Julia entgegen, als sie versucht, über seine Beine zu steigen.

„Wie wär’s, wenn du einfach deine Spinnenbeine einziehst, damit ich vorbeikann?“, lallt sie.

„Was willst du, Knackarsch?“, lacht ein anderer sie aus und steht auf, um ihr erst recht den Weg zu versperren. Für mich ist für den heutigen Abend das Fass beinahe übergelaufen. Bald bringe ich keine Geduld mehr auf. Diese Partys sind echt der Horror, wenn man selbst stocknüchtern ist.

„Okay, das reicht!“, mische ich mich daher frustriert ein, drücke den Kerl, der zu langsam war, um es ins Team zu schaffen, bestimmt von ihr weg und greife dann selbst nach ihrem Handgelenk, um sie außer Reichweite zu bringen.

„Wie gesagt, du brauchst mich nicht zu fahren“, zetert Julia, während sie versucht sich aus meinem Griff zu lösen, während ich sie nach wie vor hinter mir herschleppe. „Die Luft hat mich ausgenüchtert.“

Endlich gelingt es ihr, sich von mir loszureißen, woraufhin sie stolpert, mir die Zunge entgegenstreckt und dann in die andere Richtung abbiegt, um ihr eigenes Auto zu erreichen. Wäre der Rest des Abends nicht dermaßen humorlos, würde ich bei dieser Geste loslachen.

Eigentlich ist es das Auto ihrer Eltern, mit dem ich Julia selbst noch nie habe fahren sehen. Es wundert mich, dass sie das heute darf. Entnervt laufe ich ihr hinterher.

„Oh nein, vergiss es! *Du* fährst nirgendwo hin“, bestimme ich und nehme ihr die Schlüssel aus der Hand, die sie zuvor aus ihrer Tasche gezogen hatte. Mit schwerem Atem und fassungslosem Blick bleibt sie stehen. „Hör auf, mich zu bevormunden, und gib mir die Schlüssel.“

„Hast du überhaupt einen Führerschein?“

„Natürlich habe ich den.“

„Willst du ihn behalten?“

„Gib mir die verdammten Schlüssel!“, wiederholt sie lauter und versucht vergeblich, an meinem Arm hochzuspringen, um die Schlüssel zu erreichen. Schmollend und gleichzeitig wütend, weil ihr klar ist, dass sie nicht gewinnen kann, versetzt sie mir mit ihren Händen einen Stoß.

„Was wird das, Jules? Versuchst du dich umzubringen?“

„Vielleicht!“, schreit sie. „Ist mir egal!“

Jetzt bin ich es, der fassungslos dreinschaut. Hat sie das eben tatsächlich gesagt?

„Ich will manchmal nicht mehr, Jeremy. Ich kann einfach nicht mehr“, gesteht sie plötzlich atemlos.

„Rede nicht so einen Müll!“

„Ich wusste es ... “, beginnt sie, bricht dann aber ab, nachdem sie die Hand auf ihre Stirn gelegt hat.

„Was wusstest du?“

„Ich weiß seit Jahren, dass er sie belästigt, und ich habe nichts dagegen getan. Sie hat es vielleicht nie ausgesprochen, aber ich war mir immer sicher, dass er sie … Ich habe nichts gesagt, weil sie mich darum gebeten hat. Ich lege meine Hand dafür ins Feuer, dass er der Grund des Unfalls war. Wenn sie jetzt stirbt, dann ist es auch meine Schuld. Und selbst wenn nicht, werde ich immer Mitschuld an dieser Sache haben."

Grace lebt also noch, Mel hat sich geirrt, Gott sei Dank. Während ich auf Julia hinuntersehe und versuche, das, was sie mir da gerade erzählt hat, vollständig zu erfassen, dreht sie sich haareraufend um und tritt gegen ihr Auto. Einmal reicht ihr offenbar nicht, denn sie wirft ihre Tasche auf den Boden und tritt noch einmal hin, diesmal fester. Glücklicherweise trifft sie nur den Reifen.

Endlich erwache ich aus meiner Geistesabwesenheit und greife nach ihrem Arm, um sie von dem Auto wegzuziehen. Erneut reißt sie sich jedoch gewaltsam los und holt mit dem Bein aus, um ein weiteres Mal gegen das Blech zu treten. Bevor sie sich ernsthaft verletzt, lege ich meine Arme von hinten um ihren Oberkörper, hebe sie an und trage sie so ein paar Meter vom Auto weg. Dabei schmerzt meine Schulter ungemein, doch dem schenke ich keine Beachtung. So gut ich kann, trage ich den Großteil ihres Gewichts mit meinem linken Arm, ohne ihr dabei die Gelegenheit zu geben, sich aus meinem Halt zu lösen. Natürlich tritt und schlägt sie weiterhin um sich, als hätte sie jetzt vollkommen den Verstand verloren.

Ich bin mir sicher, dass ich ihr gerade wehtue, doch sie lässt mir im Moment keine andere Wahl. Einige neugierige Gesichter der Partygäste sehen bereits zu uns auf die Straße, manche besorgt, andere amüsiert. Um uns beide vor weiterer übler Nachrede zu bewahren, setze ich sie ab, halte sie dabei jedoch trotzdem mit dem Rücken zu Zachs Haus fest umschlungen. Mit meinem Körper schirme ich sie außerdem noch vor den anderen ab.

„Atme!“, befehle ich ihr in einem bemüht weichen Ton. Immer wieder stößt sie heftige Schluchzer aus. Ich kann mir vorstellen, dass dieses Weinen gerade nicht das Geringste mit ihrem physischen Schmerz zu tun hat. Ich lege meinen Mund an ihr Ohr und versuche sie zu besänftigen. „Schhh! Schon gut, ich bin hier. Und ich lasse dich nicht allein“, flüstere ich ihr zu.

„Atme, Jules!“, wiederhole ich mit sanfter Stimme.

„Ich kann nicht“, flüstert sie abgehackt. Unter meiner Hand zuckt ihr Bauch krampfartig, und tatsächlich gelingt ihr kein einziger vollständiger Atemzug. Ich lege meine Hand auf ihre Stirn und streichle sanft ihren Haaransatz, während ich weiter gut auf sie einrede.

„Okay! Dann bleiben wir einfach stehen, okay? Zusammen. Bis du wieder atmen kannst.“

Nach ein paar Minuten spüre ich, wie sich die Anspannung in ihren Muskeln langsam zu lösen beginnt und ihre Schluchzer leiser werden, während ihre Knie etwas nachgeben und sie schwerer wird. Immerhin ist sie nach wie vor betrunken, und diese Aufregung war für ihren Kreislauf natürlich kontraproduktiv. Entkräftet lässt sie ihren Kopf auf meine Schulter sinken.

„Tut mir leid“, flüstert sie. „Bitte … bring mich hier weg.“

Ich habe Angst, dass sie fällt, wenn ich sie jetzt loslasse. Deshalb drücke ich nur leicht ihre Hüften von meinem Körper weg, um ihr zu helfen, sich von mir zu lösen, achte jedoch darauf, sie dabei weiterhin zu stützen.

„Leg deinen Arm um mich“, biete ich an und helfe ihr dabei, weil sie zu müde wirkt, um es alleine zu tun. Mit meiner freien Hand öffne ich die Beifahrertür und passe auf, dass sie sich beim Einsteigen nicht den Kopf stößt. Bevor ich zur Fahrerseite gehe, inspiziere ich jene Stellen im Kotflügel, auf die Jules eingetreten hat, und stelle erleichtert fest, dass sie keine Delle hinterlassen hat. Ich kann mir allzu lebhaft vorstellen, wie ihre Mutter darauf reagieren würde. Das muss auf jeden Fall vermieden werden.

Die ersten Minuten der Autofahrt verbringen wir beide im Stillen. Julia sitzt mit angezogenen Beinen, um die sie die Arme geschlungen hält, ganz nah an der Beifahrertüre, ihren Kopf ans kühle Glas gelehnt, und sieht starr auf die Straße.

„Soll ich Musik anmachen?“, frage ich, weil mir die fünf Minuten Fahrt bereits wie eine halbe Stunde vorkommen. Sie zuckt mit den Schultern, also schließe ich mein Handy an die USB-Schnittstelle an, woraufhin sogleich M83 an jener Stelle weitersingt, an der ich vor einigen Stunden in meinem Zimmer auf Pause gedrückt habe.

„Hast du ‚Graveyard Girl‘ drauf?“, fragt sie plötzlich mit gedämpfter Stimme.

„Möchtest du wirklich …?“ Bevor ich die Frage zu Ende stellen kann, nickt sie energisch. Zögernd suche ich dieses Lied für sie heraus und beobachte aus dem Augenwinkel ihre Reaktion, als sie die ersten Takte hört. Sie hat mir ja bereits erzählt, dass dies eines der Lieblingslieder ihres Bruders war. Für den Rest der Fahrt schließt sie ihre Augen und öffnet sie lediglich, um nach vier Minuten und zwanzig Sekunden die Wiederholungsfunktion auf meinem Handy zu betätigen.

„Ich bin fünfzehn Jahre alt und habe das Gefühl, es sei schon zu spät, um zu leben“, zitiert sie aus dem Lied, während sie sich die Augen reibt.

„Manchmal frage ich mich, wie es sein muss, weißt du?“, flüstert sie, als ich vor ihrem Haus stehen bleibe.

„Den einfachsten Weg hinaus zu wählen, so wie er es getan hat, meine ich.“

Ich gebe mir Mühe, sie nicht sofort zur Vernunft zu bringen, weil sie über so etwas nachdenkt, sondern mich stattdessen, soweit das möglich ist, in sie hineinzuversetzen. „Denkst du wirklich, dass er es absichtlich getan hat?“

„Was ich denke, spielt keine Rolle. Er ist mit 1,8 Promille gefahren. Er wusste, dass er nicht ins Auto steigen dürfte, wenn er getrunken hatte, und dennoch tat er es. Er ist vielleicht nicht mit der Absicht weggefahren, sich umzubringen, doch ich weiß, dass er diesem Gedanken nicht abgeneigt war. Ihm lag wenig an seinem Leben, während er *mein* Leben war.“

Sie hält inne und sieht müde aus dem Fenster. Nicht nur müde vom Alkohol, der langsam, aber sicher abgebaut sein sollte, sondern müde vom Leben.

„Kurz vor seinem Tod habe ich begonnen, regelmäßig in den Gottesdienst zu gehen. Es tat so gut, für ein paar Stunden von zu Hause flüchten zu können. Die Kirche konnten mir meine Eltern ja wohl kaum verbieten. Ich bin davon überzeugt, dass mein Glaube an Gott immer der einzige Grund war, weshalb ich ihm damals nicht in den Tod gefolgt bin.“ Ihre Worte bestürzen mich, doch gleichzeitig bin ich verwirrt.

„Wie?“, beginne ich vorsichtig. „Wie kann man seinen Glauben denn gerade in so einer Zeit nicht verlieren?“

Müde lächelt sie einen Moment, bevor sie nickt. „Weil man erkennt, dass Gott der Einzige ist, der beständig ist. Weil ich weiß, dass Gott nicht will, dass ich gefangen bin, weder von meinen Eltern noch davon, wie mein Bruder gehandelt hat, noch von meiner Vergangenheit. Er will, dass ich frei bin und gute Entscheidungen für meine Zukunft treffe. Nie hätte ich es geschafft weiterzumachen, wenn ich nicht gewusst hätte, dass ich das nicht alleine durchstehen muss. Ich darf mich an ihn lehnen und mich auf seine Kraft verlassen, anstatt mich auf meine Schwachheit zu konzentrieren. Er ist mein Anker.“

Zittrig holt sie tief Luft und verstärkt den Griff um ihre Beine. „Das Schlimmste ist einfach, nie wieder mit meinem

Bruder über meine Gedanken, Gefühle, Hoffnungen, Ängste sprechen zu können. Er war mein bester Freund. Der einzige Mensch, der wirklich nachvollziehen konnte, wie es in mir aussah. Im Moment fühle ich mich allein, hilflos und schutzlos. Dabei habe ich mir nach seinem Tod *versprochen,* diese Gefühle nie mehr zuzulassen und auch nicht mehr in diese Opferrolle zu schlüpfen."

Weil ich keine Ahnung habe, was ich sagen könnte, um dabei nicht absolut ahnungslos und einfältig zu wirken, beobachte ich, wie sie ihre Augen schließt, und tue es ihr gleich. Ich denke darüber nach, wie es ihr die letzten Jahre ergangen sein muss, erinnere mich an all die Geschichten, die sie mir schon erzählt hat, rufe mir die wenigen Begegnungen, die ich mit Joshua hatte, ins Gedächtnis und überlege, ob man ihm damals je angemerkt hätte, dass es ihm in Wahrheit sehr schlecht ging – ebenso wie Julia jetzt. Mein Beschützerinstinkt, den ich bereits vor vielen Wochen für sie entwickelt habe, lodert auf wie eine Flamme, als ich beginne, sie mit Joshua und seinem Tod zu vergleichen.

Ich will endlich etwas Aufmunterndes sagen können, sie in den Arm nehmen oder sonst etwas, doch als ich die Augen wieder öffne, haben sich Julias Gesichtszüge gelockert. Ihre Hände liegen nun schlaff an ihren Seiten, und sie atmet ruhig und regelmäßig ein und aus. Sie ist eingeschlafen. Sie sieht so klein und verletzlich aus, und ich will sie eine Zeit lang lediglich betrachten, um mir jedes Detail ihres Gesichtes einzuprägen.

Nachdem wir bereits seit einer halben Stunde vor ihrem Haus gesessen sind und sie nicht den Eindruck auf mich macht, als wäre sie wieder fähig, alleine in ihr Zimmer zu gelangen, beschließe ich, sie dort selbst hinzubringen. Im Haus brennt kein Licht, und da Julia mit dem Auto unterwegs war, nehme ich an, dass ihre Eltern nicht zu Hause sind. Bevor ich aussteige, stelle ich sicher, niemanden mehr auf der Straße zu sehen. Dann gehe ich ums Auto, öffne vorsichtig ihre Tür und schiebe meinen Arm in den Wagen, sodass sie nicht hinausfällt. Leider kann ich sie nicht einfach anheben und tragen, wie ich es gern täte. Das ist trotz ihres leichten Gewichtes mit meiner Schulter noch unmöglich.

„Jules, du musst mir ein wenig helfen, okay?“, flüstere ich ihr ins Ohr, während ich neben ihr in die Hocke gehe, mit meiner Hand ihren Kopf hochhalte und dabei ihre Wange streichle. Aufgrund der Kälte schüttelt sie sich kurz und dreht sich entkräftet in meine Richtung, unfähig, dabei die Augen zu öffnen.

„Leg deine Arme um meinen Hals“, bitte ich sie, während ich ihre Knie zu mir ziehe. Dann lege ich meinen linken Arm unter ihre Oberschenkel und hebe sie vorsichtig aus dem Sitz. Die Beine lässt sie lediglich links und rechts neben meinen Hüften baumeln, da sie sich nach wie vor im Halbschlaf befindet. Das stört mich jedoch keineswegs. Mit der rechten Hand verschließe ich den Wagen und platziere sie anschließend auf Julias Rücken, um sie näher an mich zu drücken.

„Alles okay?“, frage ich, als sie erneut erschaudert.

Julia lächelt und gibt ein leises Geräusch von sich, welches sich anhört wie ein Schnurren. „Du bist immer so warm.“

Dann kichert sie unterdrückt und schmiegt ihr Gesicht an meinen Hals. Mein Herz macht einen Sprung, und unwillkürlich drehe ich meinen Kopf, bis meine Lippen auf ihrer Stirn landen, während ich sie die Treppe hinauftrage.

„Kennst du dieses kribbelige Gefühl, wenn man sich in eine heiße Badewanne legt? So fühlst du dich an.“

Julia

Ich habe die beste und gleichzeitig schlimmste Nacht meines Lebens hinter mir. Die beste, weil ich zum ersten Mal seit endlos langer Zeit wieder durchschlafen konnte. Ich glaube, ich habe mich nicht einmal umgedreht, nichts geträumt und stattdessen einfach wirklich tief und fest ruhen können, ohne dass mein Geist in beklemmend-düsteren Gedanken wühlte.

Die schlimmste Nacht war es deshalb, weil ich nur noch sicher weiß, dass ich betrunken war, und mich an sonst nicht viel mehr vom gestrigen Abend erinnern kann. Wer jedenfalls auch immer jemals behauptet hat, dass Alkohol irgendetwas besser machen kann, lügt. Ganz im Gegenteil, das schwere und bedrückende Gefühl von gestern ist heute Morgen nur noch stärker.

Nun, da ich wach bin, werde ich gleich für meine Dummheit bestraft. Mein Kopf pocht wie verrückt, mir ist irgendwie heiß, vor allem im Bauchraum. Mein Puls geht viel zu schnell, und mir ist schlecht. Ich ächze, weil es mir in meinem Zustand bei Weitem zu hell im Zimmer ist, und schlage die Arme über meinem Kopf zusammen, sodass meine Augen verdeckt sind.

„Nie wieder!“, knurre ich und gebe leise Heulgeräusche von mir.

„Guten Morgen, Sonnenschein!“, ertönt eine tiefe, erheiterte Stimme von meinem Fenster. Ich schrecke wie von der Tarantel gestochen hoch, drehe meinen Kopf in seine Richtung und muss mir die Hand vor den Mund halten, bevor ich zu schreien beginne. Jeremy sitzt gemütlich auf meiner Fensterbank, ein Bein angewinkelt, das andere locker auf den Boden gestellt. Er deutet mir mit dem Zeigefinger vor seinen Lippen, dass ich leise sein soll. Dabei lächelt er. Immer noch schockiert, sehe ich an mir herunter, um festzustellen, ob ich dasselbe Gewand trage, welches ich gestern anhatte, und ich atme erleichtert auf. Lediglich meine Schuhe stehen neben meinem Bett.

Mit den Lippen forme ich auf meinem Mund ein W, finde aber keine passende Frage, um all die Antworten zu bekommen, die ich im Moment benötige.

„Du bist in eurem Auto eingeschlafen und warst von da an wie ein Stein. Nicht mehr zu bewegen. Ich konnte ja schwer die ganze Nacht mit dir in deinem Auto vor der Tür sitzen bleiben, also hab ich dich raufgetragen“, hilft mir Jeremy.

Ich brauche einen Augenblick, bis das Gesagte mein Gehirn erreicht. „Du hast …“, schreie ich, woraufhin ich wieder ein „Schh!“ kassiere.

„Du hast *was?“,* wiederhole ich leiser und drücke mir mit Zeige- und Mittelfinger an die Schläfe, die zu platzen droht.

„Was, wenn meine Eltern schon zu Hause waren? Oder sind?“ Auf einmal bekomme ich Schweißausbrüche und stoße die Decke von mir, unentschlossen, was ich als Nächstes tun soll, um die herannahende Katastrophe abzuwenden.

„Keine Panik, ich habe zuerst nachgesehen, ob sie in ihrem Zimmer sind, bevor ich dich ins Bett gelegt habe. Waren sie nicht. Sie sind auch bis jetzt noch nicht nach Hause gekommen. Oder schon wieder weg. Keine Ahnung.“

Er spricht, als wäre das alles hier das Normalste auf der Welt, was es in seinen vier Wänden wahrscheinlich auch wäre. Wenn seine Eltern ihn betrunken erwischt hätten, hätte er vielleicht Hausarrest bekommen oder Handyverbot. Wenn ein Mädchen ihm ins Bett geholfen hätte, hätten sie unter Umständen gelacht oder allenfalls auch ein wenig geschimpft. Je nachdem, wie locker sie Besuche sonst nehmen. Ich hingegen bekomme bei seinen Worten ein enges Gefühl in der Brust. Ich will mir gar nicht ausmalen, was los gewesen wäre, hätten sie uns letzte Nacht erwischt.

„Warum sagst du mir dann die ganze Zeit, dass ich leise sein soll?“, frage ich zerstreut.

„Weil du dir selbst zu laut bist. Du hast einen Kater“, lacht er. Ich steige nicht darauf ein, sondern sehe mich unbeholfen um.

„Hast du hier geschlafen?“ Ihn musternd, versuche ich mich daran zu erinnern, was er gestern Abend anhatte, doch ich kann mich nur mit Mühe erinnern, ihn überhaupt gesehen zu haben. Er hebt eine Augenbraue und lacht auf.

„Nein, du Traumtänzerin. Ich bin nicht lebensmüde.“

„Auto?“, schießt es mir ein, und ich sehe ihn panisch an.

„Steht seit gestern Nacht in eurer Garage. Ich habe mich von Max noch mal zur Party fahren lassen, um dann mein eigenes zu holen. Hab ihm erklärt, dass ich ein betrunkenes Mädchen nach Hause fahren musste“, grinst er.

„Oh mein Gott!“, seufze ich und schlage erneut meine Hände vors Gesicht. Er lacht leise.

„Keine Sorge. Er hat keine Fragen gestellt. Max ist da nicht so neugierig. Er war eher perplex, weshalb ich überhaupt bei dieser Feier war.“

„Danke, Jeremy!“, flüstere ich, meine Augen mit den Handballen reibend. Ich hasse den Gedanken völliger Wehrlosigkeit und könnte kotzen bei der Vorstellung, gestern das Paradebeispiel eines leichten Opfers gewesen zu sein. Dafür schäme ich mich.

„Ich habe beschlossen, heute zum Training zu fahren. Zusehen, vielleicht mit links ein paar Bälle werfen, sonst werde ich irgendwann noch wahnsinnig. Darum dachte ich mir, ich sehe vorher noch schnell nach dir, nachdem du auf meine Nachrichten nicht geantwortet hast.“

„Du hast mir geschrieben?“ Wieder weicht das Blut aus meinem Gesicht, denn ich verwalte mein Handy nicht. Nicht außerhalb der Schule, und Mom hat es gestern, bevor sie gefahren sind, aus meinem Rucksack genommen und in ihre Reisetasche gesteckt. Wenn es etwas Wichtiges gäbe, hätte ich noch das Haustelefon, meinte sie. Das bedeutet, sie hat seine Nachricht bekommen. Normalerweise lösche ich ja all meine Nachrichten, nachdem ich sie gelesen habe, damit Mom sie nicht sieht, doch in diesem Fall war das nicht möglich. Unüberlegt springe ich aus dem Bett.

„Was *genau* hast du geschrieben?", will ich wissen, während mein Kreislauf, der wohl noch lange nicht bereit zum Aufstehen war, wieder nachgibt und meine Knie weich werden. Bevor ich tatsächlich umkippe, schwingt Jeremy sein zweites Bein von der Bank auf den Boden und stützt mich mit seinen Händen unter meinen Ellbogen. Mein Kopf pocht, als würde jemand mit einem Vorschlaghammer dagegen schlagen.

„Stehen ist noch keine so gute Idee, denke ich." Er führt mich zurück zum Bett, auf das ich mich mit meinem brummenden Schädel nur allzu gerne wieder setze.

Trotz all meiner derzeitigen Sorgen, die ironischerweise mitunter er unwissentlich ausgelöst hat, gefällt es mir, wie er sich um mich kümmert, ohne mich dabei etwa auszulachen, obwohl ich einzig mir selbst diese Situation zuzuschreiben habe.

„Wieso bist du so nervös? Deine Eltern haben nichts mitbekommen." Er meint es gut, trotzdem hat er leicht reden. Ihn betrifft das alles auch nicht. Er weiß zwar ein kleines bisschen Bescheid über die schwierigen Verhältnisse bei mir zu Hause, doch er kann unmöglich das volle Ausmaß all dessen verstehen.

Mein Hals ist trocken, weil ich das kommende Erdbeben bereits fühlen kann. Während ich nach Worten suche, streift er mir ein paar Haarsträhnen aus meinem verklebten Gesicht und mustert mich.

„Du siehst ein bisschen kränklich aus, vielleicht solltest du dich wieder hinlegen." Erst jetzt schießt es mir ein, dass ich bestimmt grauenhaft nach Alkohol stinken muss und sehr wahrscheinlich auch noch Mundgeruch habe, weil ich weder gestern noch heute Zähne geputzt habe.

Befangen und beschämt löse ich mich aus seinem Griff und rutsche, so weit ich kann, von ihm weg zur Wand. Sein Blick wirkt augenblicklich verletzt, während er sich zurückzieht, weil er wahrscheinlich denkt, ich reagiere wegen seiner Berührung auf diese Weise. Doch ich kann ihm wohl kaum erklären, dass ich mich nicht unbedingt dermaßen hässlich und ungepflegt vor ihm zeigen will.

„Vielleicht sollte ich gehen", meint er geknickt, während er sich langsam rückwärts zur Tür bewegt. „Wenn du etwas brauchen solltest, kannst du dich ja melden."

Ich möchte protestieren, weil ich eigentlich nichts gegen seine Gegenwart einzuwenden hätte, aber er muss tatsächlich unbedingt gehen. Am besten schon vor zehn Minuten, bevor Mom oder Dad nach Hause kommen.

So weit komme ich jedoch überhaupt nicht mehr. Beim Geräusch der zufallenden Tür im Vorhaus gefriert mir das Blut in den Adern.

„Julia! Wo zur Hölle ist der Autoschlüssel?", schreit Mom durchs Treppenhaus. Als könnte Jeremy mich irgendwie vor dem retten, was mich erwartet, blicke ich schwer atmend und hilfesuchend zu ihm auf.

„Ich hab ihn zu den anderen Schlüsseln gehängt. War das falsch?", fragt er verwirrt und verunsichert. Er kann nicht wissen, dass Mom den Schlüssel vor mir versteckt. Sie denkt, ich wüsste nicht, wo sie ihn aufbewahrt, aber bisher kannte ich jeden einzelnen Versteckplatz, den sie für solche Dinge verwendete, zu denen ich keinen Zugang bekommen sollte. Mein Handy liegt meist in ihrer Unterwäscheschublade oder auf einem der Küchenkästchen. Den Autoschlüssel hängt sie oft ganz hinten in den Geschirrspüler, wenn sie nicht da sind und das Auto in der Garage stehen lassen oder mit Dads Dienstwagen irgendwo hinfahren.

Bisher habe ich die Regeln und Verbote auch immer befolgt. Unter anderem tat ich es, weil es mir egal war, dass ich diese Dinge nicht hatte, und auch, weil ich wusste, dass eine Diskussion darüber keinen Zweck hätte. Gestern habe ich mein Wissen zum ersten Mal ausgenutzt.

Erneut ignoriere ich jetzt meinen nach Ruhe schreienden Körper und springe auf. Mit meinen Händen auf seiner Brust schiebe ich Jeremy hinter meine Zimmertüre, die Mom in wenigen Sekunden aufreißen wird.

Ich fahre mir mit den Fingern hektisch durch die Haare, um sie vergeblich ein wenig zu ordnen, als ich beschließe, Mom entgegenzugehen. Ich bete, damit verhindern zu können, dass sie mein Zimmer betritt.

Jeremy

Nutzlos stehe ich hinter Julias Zimmertüre, versteckt wie ein Feigling, während Julia selbst im Treppenhaus auf ihre unbeherrschte Mutter trifft und den Ärger, den ich ausgelöst habe, alleine ausbaden muss. Obwohl ihre Mutter sie kaum zu Wort kommen lässt, indem sie Jules ständig mit neuen Beleidigungen übertönt, gibt sich Julia große Mühe, ihr in Ruhe zu erklären, dass sie das Auto letzte Nacht dringend gebraucht hat.

Ihr zu schildern, weshalb dies der Fall war, ist Julia nicht mehr möglich, denn plötzlich hört ihre Mutter auf zu schreien, und ein dumpfer Schlag ertönt, ehe eine der beiden scharf Luft einsaugt. Mein Magen dreht sich um. Verdammt! Ihre Mom hat den Alkohol in ihrem Atem gerochen. Deshalb hat sie nichts mehr gesagt.

„Was hast du getan, du kleine Lügnerin? Hast du etwa Alkohol gesoffen? Kaum sind deine Eltern nicht da, wirst du zur Säuferin, hm?“, beschimpft sie ihre Tochter derb.

„Wie Alkohol riecht, müsstest du doch genau wissen, Mom“, gibt Julia kleinlaut zurück, woraufhin sie einen zweiten Schlag abbekommt und Julias Lippen ein Aufschrei entfährt.

„Halt dein blödes Maul! Und hör endlich auf, den Namen dieser Familie in den Schmutz zu ziehen, indem du mit deinen frechen Lügen für weiteres Gerede sorgst. Wer weiß, was du dir im Rausch alles hast einfallen lassen, um mir wieder eins auszuwischen. Wer ist überhaupt dieser Jeremy, und welche Geschichte hast du jetzt wieder erfunden, dass er dich fragt, ob alles in Ordnung ist? Du tust wohl alles für ein bisschen Aufmerksamkeit, hab ich recht?“

Bei der Nennung meines Namens bleibt mir das Herz fast stehen. Wieso weiß ihre Mutter von der SMS, die ich Jules geschrieben habe? Sie ist doch gerade erst gekommen.

Julia antwortet nicht. Sie wehrt sich nicht, kämpft nicht dagegen an, nimmt die Beschuldigungen, Vorwürfe und die wiederholten Schläge einfach hin. Dabei bekomme ich den Eindruck, dass sie innerlich Widerstand leistet, was ihr als Schutzmechanismus dient. So muss es sein, denn in der Schule ließ sie bisher kein einziges Mal zu, dass jemandem Unrecht widerfährt – jedes Mal war sie es, die sich für andere einsetzte oder laut wurde, wenn sie sich selbst in so einer Situation befand.

Hier ist sie wie ausgewechselt. Ich merke, welche Enttäuschungen und Verletzungen durch ihr Verhalten zum Vorschein kommen.

Ihre Mutter kann es trotz Julias Resignation nicht lassen, weiter auf ihr herumzuhacken. „Ich habe alles für euch aufgegeben, und das ist der Dank. Einer ist zu blöd zum Leben, die andere ist zu blöd zum Sterben. Er hurte zumindest nicht so herum wie du und deine Freundinnen, obwohl du ja immer behauptest, so *christlich* zu sein. Wenn du schwanger wirst, bringe ich dich eigenhändig um, klar?“

Mein Herz schlägt mir mittlerweile bis zum Hals, meine Augen brennen, und ich bin innerlich unglaublich aufgewühlt, denn alleine mitzuhören, wie diese „Mutter“ mit ihrem eigenen Kind spricht und sich selbst in Rage bringt, schmerzt ungemein. Nicht einmal im Traum kann ich mir ausmalen, wie es sich anfühlen muss, in Julias Situation zu sein.

„Jetzt beschuldigt diese undankbare Göre auch noch ihren armen Onkel, der so großzügig war, sie bei sich aufzunehmen“, schreit sie. Offensichtlich spielt sie damit auf Grace an.

„Und was hat er jetzt davon? Tot ist er. Erst beseitigt sie ihn und zieht ihn dann anschließend zusätzlich noch in den Dreck. Sauerei! Ihr habt einfach alle keinen Respekt mehr vor euren Eltern, doch dir werde ich ihn auch noch beibringen, selbst wenn es mich umbringt.“

„Mom, rede bitte nicht über Dinge, von denen du nichts weißt!“ Jetzt hält sich Jules nicht mehr zurück und kontert in der Art, wie ich sie von ihr kenne. Ungerechtigkeit jemand anderem gegenüber toleriert sie selbst in ihrer Lage nicht.

Wieder ein dumpfer Schlag, einhergehend mit einem Ächzen. Dann schreit ihre Mutter sie weiter an. „Vielleicht sollte ich es ihr nachmachen, hm? Es auch wie einen Unfall aussehen lassen, wenn du abkratzt. Dann habe ich wenigstens keine Sorgen mehr.“ Kurzes Schweigen.

Das hat sie doch bereits versucht … daran wird Julias Narbe ewig erinnern.

„Wieso konntest es nicht du sein? Ich wollte dich sowieso nie haben. Dein Vater hat mich praktisch dazu gezwungen, dich zu zeugen, und dann ist so etwas aus dir geworden."

Jules hat bereits mehrmals angedeutet, wie ihre Mutter mit ihr spricht und umgeht. Sie hat mir von zahlreichen Auseinandersetzungen erzählt, und ich habe mehr als einmal ihre Verletzungen gesehen. Trotzdem habe ich gehofft, oder schlimmer: bin davon ausgegangen, dass sie übertreibt. Sie *muss* übertreiben. Unmöglich konnte ihre Mutter so sein.

Vielleicht hat Julia eben einen sehr seltsamen Humor. Ich wünschte mir, dass die blauen Flecken unter Umständen ein einmaliger oder wenigstens seltener Ausrutscher waren. Denn damit hätte ich irgendwie umgehen können.

Doch wie auch immer ich mir ihr Leben vorgestellt habe … das hier ist schlimmer. Es ist das *Schlimmste,* was man sich vorstellen kann, und ein erschreckender Fall von emotionalem und körperlichem Missbrauch.

In meinem Leben mag ich bereits viele dämliche Dinge getan haben, doch nie bin ich einer Frau gegenüber handgreiflich geworden. Ich habe nicht ein einziges Mädchen geschlagen, nicht einmal im Spaß. Selbst als Mariah Grant mich in der Grundschule auf dem Hof verprügelte, weil ich aus Jux in ihren zweistöckigen Geburtstagskuchen gegriffen hatte, habe ich mich nicht gewehrt.

Doch in diesem Moment ist die Wut in mir so überwältigend, dass ich dieser Frau am liebsten die Zähne ausschlagen möchte. Ich weiß, dass ich nicht tun darf, was ich will. Was ich aber nicht kann, ist hier zu stehen und so zu tun, als wäre ich nicht da, wenn Jules in unmittelbarer Hörweite gerade verprügelt wird.

Zitternd vor Wut und zugegebenermaßen auch ein wenig vor Angst vor dem, was ich gleich sehen könnte, trete ich aus dem Zimmer hinaus ins Treppenhaus. Zuerst sehe ich Mrs.

Carter, die mit einer Hand an Julias Scheitel zerrt, während der Zeigefinger der anderen drohend auf ihre Brust gerichtet ist. Julia hält sich, den Kopf zur Seite geneigt, mit beiden Händen hinter ihrem Rücken an der Mauer zum Treppenhaus fest, als müsse sie sich so davon abhalten, sich zu wehren.

„Ich warne dich! Wenn du jetzt anfängst zu weinen, dann vergesse ich mich“, zischt Mrs. Carter und holt mit der freien Hand ein weiteres Mal aus.

„Wenn Sie sie noch einmal berühren, kann ich nicht garantieren, dass ich nicht selbst zuschlage.“ Als Julia meine Stimme hört, reißt sie ihren Kopf in die Höhe und gibt einen erstickten Laut von sich. Ihr Blick verrät mir, dass sie meine Anwesenheit bis jetzt vergessen oder ausgeblendet haben muss. Mrs. Carter entfährt ein hoher Schrei, ehe sie vor Schreck von Julia ablässt und einige Schritte zurücktaumelt. Dies nutze ich als Gelegenheit, um zwischen sie und Julia zu treten und mich schützend vor dem Mädchen, welches dringend Verteidigung braucht, aufzubauen.

„Wer zum Teufel ist das?“ Obwohl ich ihre Sicht auf Jules verdecke, schreit Mrs. Carter uns nun beide an, nachdem sie die Fassung wiedererlangt hat und sich vor mir groß zu machen versucht.

„Jemand, der nicht einfach wegsehen wird, während eine sogenannte Mutter ihre Tochter zerstört.“

Völlig unerwartet stößt Mrs. Carter lautes Gelächter aus, bevor sie nach Julias Dad ruft. Dann tritt sie näher an mich heran. Sie muss sehr überzeugt von sich sein, wenn sie denkt, mich einschüchtern oder mir etwas anhaben zu können.

„Jung und dumm“, grinst sie widerwärtig. *„Eine* Nacht mit einem *erbärmlichen* Weib, und schon spielst du ihren Prinzen in strahlender Rüstung. Du wirst noch bald genug sehen, dass sie den Ärger, den du dir gerade einhandelst, nicht einmal annähernd wert ist.“

Ihre Worte lassen mich kalt, da sie erstens keine Ahnung hat, wer Julia ist, und zweitens nichts weiter als eine Aneinanderreihung von Annahmen und Lügen von sich gibt. Ich kann nur beten, dass Julia sich nichts davon zu Herzen nimmt, doch wird sie das wohl sicher tun. Wäre es umgekehrt denn nicht genauso?

Mrs. Carters Lächeln schwindet allmählich aus ihrem Gesicht, ebenso wie ihre Geduld langsam ein Ende hat, weil sie mich nicht verunsichern kann. „Wenn du klug bist, hältst du dich jetzt aus unseren Familienangelegenheiten, von denen du nichts verstehst, raus und verschwindest, solange ich dich noch lasse“, droht sie und ballt ihre Fäuste.

„Na los, versuchen Sie’s ruhig. Ich werde mich jedoch wehren, und dann sieht es schlecht für *Sie* aus“, reize ich die Frau, weil ich zu gerne in Notwehr zumindest einen kleinen Schlag abgeben möchte.

„Du bist nichts weiter als ein dummer *Junge …*“ Das letzte Wort spuckt sie mir regelrecht entgegen, während Mr. Carter bereits aus dem Untergeschoß die Treppe herauflauft. „… der versucht, sich selbst zu beweisen, ein Mann sein zu können.“

Ein großer, gut gebauter Mann mit ebenso breiten Schultern wie einige Jungs meiner Defense erscheint hinter seiner Frau. Mit einem kurzen Blick auf alle Beteiligten scheint er sich sein Bild von der Situation zusammengereimt zu haben und kommt auf mich zu. Ich wappne mich zur Verteidigung und überlege gleichzeitig, wie ich Jules hier am schnellsten rausbringe. Mrs. Carter tritt vergnügt und siegessicher zur Seite und lässt ihrem Mann den Vortritt, der im selben Moment, in dem ich mich zum Kampf bereit mache, seine Dienstmarke aus der Hosentasche zieht. Verdammter Mist! Gewalt gegen einen Polizisten ist reiner Selbstmord.

„Jeremy …“, flüstert Julia alarmiert hinter meinem Rücken.

„Wenn du weißt, was gut für dich ist, lässt du das Gehabe bleiben“, warnt er mich mit eisigem Blick. Versteinert senke ich einen Augenblick die Hände, als ich die Handschellen in seiner linken Hand entdecke, doch mir bleibt keine Zeit zu reagieren, ehe er mich in einer schnellen Bewegung umdreht und gegen die Wand drückt. Das Klicken der Handschellen wird nur von Julias entsetztem Aufschrei übertönt.

„Du bist festgenommen. Wegen Hausfriedensbruchs und versuchter Vergewaltigung. Der Eintrag in deiner Jugendakte wird sich gut auf deine Berufswahl auswirken“, erklärt er blasiert.

„Dad!“ mischt Julia sich lautstark ein und umschließt den Arm ihres Vaters im Versuch, seine Aufmerksamkeit auf sie zu ziehen. Er schenkt ihr jedoch keine Beachtung, sondern drückt das Metall enger um meine Gelenke. Ich hätte nie gedacht, dass das tatsächlich so wehtut und dass man sich so machtlos in solch einer Situation fühlt.

„Das können Sie nicht machen. Ich habe nichts getan, und Sie haben nichts gegen mich in der Hand.“

„Ich bin Polizist, du Bengel. Ich kann. Und ich habe.“ Er zückt sein Mobiltelefon, um der Wache die Festnahme zu melden, wie ich annehme.

„Stopp!“, brüllt Julia fassungslos und schlägt ihrem Vater mutig das Telefon aus der Hand. „Hört auf damit! Nimm ihm sofort die Handschellen wieder ab und lass ihn in Ruhe, sonst gehe ich auf der Stelle zum Jugendamt und zeige denen meine neuesten Verletzungen.“ Zur Untermauerung des Gesagten zieht sie ihr Shirt hinauf und präsentiert die frischen roten Faustabdrücke seitlich ihrer Rippen. Es wird nicht mehr lange dauern, bis sich an diesen Stellen die entstandenen Blutergüsse abzeichnen, die dann mit den bereits vorhandenen ineinanderlaufen. Dieser Anblick fährt mir zum wiederholten Male direkt ins Herz.

„Das tust du nicht“, meldet sich ihre Mutter erneut zu Wort, die lässig und selbstgefällig an der Wand lehnt.

„Du und dein Bruder haben bereits genügend Schande über diese Familie gebracht.“

Nur eine Sekunde lang sehe ich ein verletztes Funkeln in Jules’ Augen aufblitzen, ehe sie ihre undurchdringliche Miene wieder aufsetzt. „Du hast mir lange genug gesagt, was ich nicht zu tun habe. Diesmal gebe ich den Ton an. Lasst ihn gehen, oder ich verspreche euch, dass ihr morgen eine Vorladung im Postkasten habt.“

Kerzengerade und mit erhobenem Kinn blickt Julia zwischen ihren Elternteilen hin und her. Während ich den Gesichtsausdruck ihres Vaters hinter mir nicht sehen kann, erkenne ich nur erschreckende Gleichgültigkeit und pure Abneigung Julia gegenüber in den Augen ihrer Mutter.

„Weißt du was? Verschwindet! Alle beide. Ich will keinen von euch hier länger sehen“, winkt sie schließlich ab und wendet sich zum Gehen um.

„Mom …!“, beginnt Julia entsetzt.

Ich kann mir nicht vorstellen, dass sie gerne hierbleiben möchte, doch es ist ja ihr Zuhause. Wo sollte sie denn hingehen? In mir spüre ich den Frust, dass ich alles verbockt habe und sie meinetwegen aus ihrem eigenen Haus geworfen wird, während ich nach wie vor von ihrem Polizistenvater gegen die Wand gedrückt werde. Völlig nutzlos muss ich den Schmerz ertragen, der momentan in meiner rebellierenden Schulter sitzt. Mr. Carter gehorcht den Worten seiner Frau und entsperrt ruckartig die zu eng sitzenden Handschellen. Verärgert drücke ich ihn von mir weg, sobald ich frei bin, um mich umzudrehen, und sehe ihn noch einmal hasserfüllt an, bevor ich Julia und ihrer Mutter nachlaufe. Meine Handgelenke pochen, doch Julias Eltern werde ich die Genugtuung nicht gönnen, mich diese reiben zu sehen.

„Jemanden wie dich werde ich nicht mehr meine Tochter nennen. Sieh zu, wie du zurechtkommst, wenn du denkst, alleine besser dran zu sein. Aber eines merk dir: Solltest du mich hintergehen und deine Lügen vor irgendjemandem ausbreiten, so Gnade dir dein Gott, denn dann wirst du uns wirklich kennenlernen." Mrs. Carter bleibt im Vorhaus stehen und reißt demonstrativ die Türe auf. Als Jules weiterhin wie angewurzelt mit offenem Mund dasteht, packt Mrs. Carter ihr Shirt und wirft sie buchstäblich aus der Türe.

„Fassen Sie sie nicht an!", greife ich innerlich bebend ein. Stolpernd kommt Julia vor den Außenstufen zum Stehen.

„Schieb deinen Arsch aus meinem Haus. Sonst rufe ich wirklich Verstärkung", wendet sich Mr. Carter an mich und schubst mich unsanft in Julias Richtung. Meine zu Fäusten geballten Hände jucken, doch die Vernunft zwingt mich, mich lediglich an Julias Seite zu stellen, wie ich es von Anfang an vorhatte.

„Aber ich brauche meine Sachen. Ich muss …", stottert Jules.

„Schau selbst, wo du die hernimmst, wenn du so erwachsen bist, wie du tust. Ich habe lange genug dein schreckliches Verhalten ertragen. Du wirst zurückgekrochen kommen, weil du merkst, wie gut du es bei mir hattest", schließt Mrs. Carter, wirft uns unsere Schuhe entgegen und schlägt anschließend die Türe vor uns zu.

Erschüttert macht Jules einen Schritt zurück, um sich am Geländer festzuhalten. Langsam beruhigt sich mein Atem wieder, und ich suche Jules' Augen.

„Was passiert jetzt?", frage ich dümmlich, überfordert mit dem Ausgang dieser Situation. Inständig wünsche ich mir, zu erfahren, dass etwas dieser Art bereits in der Vergangenheit einmal geschehen ist. Dass es nur ein kurzzeitiges, wenn auch unverzeihliches Ausrasten ihrer Eltern war, welches sie zu dieser momentanen Entscheidung trieb, die jedoch bestimmt nicht endgültig ist. Ihrer verzweifelten Mimik, ihren Augen, die eine schreckliche Leere ausstrahlen, und der niedergeschlagenen Körperhaltung zufolge muss ich mir aber eingestehen, dass es allein bei der Hoffnung bleiben wird.

„Ich …“ Ihr Mund steht offen, doch es kommt nichts mehr heraus. Sie sieht aus, als würde sie jeden Moment zusammenbrechen. Ich will ihr sagen, dass alles gut wird. Will sie trösten und irgendetwas von mir geben, was die Situation besser macht. Doch es gibt nichts zu sagen. Nichts, um irgendetwas besser zu machen. Ich weiß nicht einmal, *ob* es wieder gut wird. Ob so etwas jemals gut werden kann.

In Wahrheit plagt mich mein enorm schlechtes Gewissen, denn all das wäre in dieser Form nie passiert, wäre ich nicht aufgetaucht. Andererseits weiß niemand, *was* passiert wäre, wäre ich nicht aufgetaucht.

Ich strecke meine Hand nach ihr aus. Mit feuchten Augen blickt sie auf und verunsichert mich damit unheimlich, weil ich mir unsagbar dumm vorkomme. Kurzzeitig ringe ich damit, meine offene Hand wieder zurückzuziehen, weil es mir peinlich wird.

Aber diesmal sind meine Gefühle egal.

Sie braucht jetzt Sicherheit. Die ich ihr geben will.

Sonst ist keiner da.

Zögernd und heftig blinzelnd legt sie endlich ihre Hand in meine.

Ich habe schon viele Mädchen geküsst, habe etliche Hände gehalten und einige Menschen innig umarmt. Trotz all dem ist dies gerade der intimste Moment, den ich je mit jemandem geteilt habe. Denn er hat eine große Bedeutung. Ermutigt von ihrer Reaktion, ziehe ich leicht an ihrer Hand, sodass sie aufsieht. Gleichzeitig gehe ich einige kleine Schritte weiter auf sie zu. Mit Angst in ihren Augen starrt sie mich an.

Ich will ihr nicht wehtun, in keiner Weise. Ich will nur für sie da sein. Ganz sanft lasse ich die Finger meiner linken Hand über ihre geschwollene Wange streifen, woraufhin sie kurz zusammenzuckt. Dann lege ich meine Hand an ihren Hinterkopf und drücke sie so zärtlich, wie es mir möglich ist, an meine Brust. Mit der anderen Hand halte ich immer noch ihre. Ihre Muskeln sind verspannt, und ich bin nicht sicher, ob sie diese Berührung im Moment überhaupt möchte. Daher halte ich sie nur so leicht fest, dass sie sich jederzeit aus dieser Umarmung lösen kann. Nach der heutigen Szene bei ihr zu Hause kann ich mir aber vorstellen, dass sie außer von Grace und diesem Sam schon lange von keinem mehr umarmt worden ist. Deswegen lasse ich ihr mehr Zeit zu reagieren.

Tatsächlich löst sie einige Sekunden später endlich ihre Hand aus meiner und legt beide Hände fest um meinen Rücken. Ich verstärke die Umarmung und drücke ihren zitternden, zerbrechlichen Körper an meinen, während ich mit einer Hand wiederholt ihren Rücken auf und ab streichle. Etliche Minuten lässt Julia sich von mir auf ihrer Veranda halten, ehe wir in unsere Schuhe schlüpfen, wortlos zu meinem Auto gehen und ich sie mit zu mir nach Hause nehme.

„Wir haben so gut wie nie Gäste, deswegen musste Claire die Sachen erst aus den unendlichen Weiten ihres Schrankraumes herausfischen“, informiere ich Julia etliche Stunden später, nachdem wir ihr Haus verlassen haben, und meine damit das zusätzliche Bettzeug, welches ich nun auf das französische Bett im Gästezimmer neben Julias Beinen platziere.

„Ich kann dir das Laken gerne …“, biete ich gedankenverloren an. Julia kam wohl gerade aus der Dusche und trägt endlich ihre langen, dunklen Haare offen. Ihre nackten Füße hat sie unter ihren Körper gezogen. Schlafgewand hat sie sich von Claire geliehen, die jedoch nie in etwas anderem als einem Nachtkleid zu Bett geht. Als ich sah, was Claire ihr bereitgelegt hatte, fügte ich sicherheitshalber noch einen Pullover von mir hinzu, weil ich ahnte, dass Jules das Trägerkleidchen nicht reichen würde. Wie erwartet trägt sie nun den riesigen Pullover über dem Kleid, beides über die Knie gezogen, wodurch nur mehr ein kleines Stückchen Stoff unter dem Patriots-Pullover erkennbar ist.

„Nein! Das mache ich schon selber. Vielen Dank", wendet sie verlegen ein und zieht das Leintuch an sich, damit ich es nicht doch für sie überziehe.

„Ich hoffe, es macht keine Umstände, dass ich hier bin."

Bevor ich etwas entgegnen kann, steht Claire auf der Türschwelle und zwinkert Jules lächelnd zu. „Macht es nicht! Du bist hier sehr willkommen." Sich an mich wendend, tippt sie mir streng auf die gesunde Schulter. „Du hast fünf Minuten, Jeremy! Dann lässt du Julia in Ruhe."

„Zu Befehl, Claire!"

Jules senkt ihren Blick, um ein kleines Lächeln zu verbergen, während sie eine feuchte Haarsträhne hinters Ohr streicht. Als Claire die Türe hinter sich schließt und deutlich hörbar die Treppe hinuntergeht, atmet Julia ein. „Deine Mom ist sehr nett. Tut mir leid, dass du sie meinetwegen anlügen musstest."

Selbstverständlich konnte ich Claire nicht den wahren Grund für Julias geschwollene Wange und die geröteten Augen nennen, als wir zur Türe hereinkamen. Also erfand ich als Notlüge, dass Julia eine Weisheitszahnoperation hinter sich habe, ihre Eltern dieses Wochenende jedoch unterwegs wären und sie für den Fall der Fälle nicht alleine zu Hause bleiben wollte. Mit hundertprozentiger Sicherheit kann ich sagen, dass Claire mich sofort durchschaute und mir kein einziges Wort glaubte, doch wie üblich hinterfragte sie meine Geschichte vorerst nicht, sondern spielte einfach mit und nahm Julia herzlich in Empfang. Die Weisheitszahngeschichte war auch ein guter Vorwand für Julia, nicht allzu viel reden zu müssen, sondern lediglich mit mir und hin und wieder auch Claire, wenn sie kurz Zeit hatte, auf der Couch zu sitzen und einen Film nach dem anderen zu schauen. Ab und an versuchte ich unauffällig zu Jules hinüberzuschielen, ob sie vielleicht weinte oder schlief, doch ihr Gesichtsausdruck war leer. Ich bezweifle, dass sie auch nur das Geringste von den Filmen mitbekommen hat.

„Claire ist ziemlich cool, ja. Aber sie ist nicht wirklich meine Mom. Ich hab meine leibliche Mutter nie kennengelernt."

„Entschuldige, das wusste ich nicht", gesteht Julia und führt die Hand zu ihrer Wange.

„Sie ist nicht tot oder so, keine Panik. Sie ist einfach abgehauen, nachdem ich auf die Welt gekommen war. Zu früh für ihren Geschmack wurde sie schwanger und trug mich, brutal ausgedrückt, nur deswegen aus, weil Dad meinte, er würde sich nach der Geburt um alles kümmern."

„Tut mir leid."

„Das muss es nicht, ehrlich. Mir geht es deswegen nicht in irgendeiner Art und Weise schlechter. Ganz im Gegenteil …" Ich verstumme langsam, weil es mir unangenehm ist, mit Jules über meine Familie zu sprechen, die zwar genau wie jede andere ihre Fehler hat, im Vergleich zu ihrer Familie, in deren Verhältnisse ich zuvor einen winzigen Einblick erlangt habe, jedoch wie ein einziger Segen erscheint.

„Hast du schon mal drüber nachgedacht, sie zu suchen?", erkundigt sich Julia, weil ich nachdenklich auf den Boden sehe.

Ihre Stirn ist gefurcht, und sie schlingt ihre Arme um den Oberkörper. Dabei sieht sie dermaßen verletzlich aus, dass ich ein paar Schritte zurückgehen muss, weil ich Angst habe, ihr im Moment zu nahe zu sein. Zu groß ist die Versuchung, sie immer wieder in meine Arme zu ziehen. Als ich mit dem

Rücken an die Türe stoße, gleite ich daran hinab und stütze meine Ellbogen auf den angezogenen Beinen ab.

„Ich weiß, dass sie Joanne heißt und nach Europa gegangen ist. Vielleicht wohnt sie aber mittlerweile auch in Afrika oder sonst wo, was weiß ich. Dad hat erzählt, dass sie nie wirklich sesshaft war. Selbst wenn ich wüsste, wo sie ist, würde ich sie nicht aufspüren wollen. Sie weiß, wo ich bin und wie sie mich finden könnte, aber sie hat anscheinend kein Verlangen danach, und das muss ich akzeptieren, auch wenn ich es manchmal nicht verstehen kann. Joanne will nichts von uns wissen. Claire hingegen kann keine Kinder bekommen, deswegen sieht sie mich, glaube ich, umso mehr wie ihren eigenen Sohn."

Es ist echt nicht fair, dass manche Leute Kinder bekommen, obwohl sie eigentlich keine wollen, nur um sie dann wie Dreck zu behandeln oder sogar noch während der Schwangerschaft abzutreiben, während andere wie Claire für ihre Kinder bis ans Ende der Welt gehen würden, aber keine eigenen haben können.

„Zion sagt: ‚Der Herr hat mich verlassen, der Herr hat mich vergessen.' Kann eine Mutter etwa ihren Säugling vergessen? Fühlt sie etwa nicht mit dem Kind, das sie geboren hat? Selbst wenn sie es vergessen würde, vergesse ich dich nicht! Sieh, ich habe dich in meine Handflächen gezeichnet", zitiert Jules mit gesenktem Kopf aus einer mir unbekannten Bibelstelle.

Sie muss mir nicht erklären, dass in dieser Stelle Gott persönlich spricht oder dass diese Zusage genauso für mich wie für Zion, also Israel, gilt. Die tiefe Bedeutung dieser Verse berührt mich tatsächlich und bewegt mich, mir dessen bewusst zu werden, dass Glaube mehr heißen muss, als ein paarmal in die Kirche zu gehen. Warum sonst könnte Jules in ihrer Situation so viel Hoffnung aus ihrem Glauben schöpfen und so frei und unbefangen von Gott sprechen?

Warum sollte mich wohl dieser Gott, von dem ich die meiste Zeit nichts wissen will, und an den ich mich nur dann wende, wenn ich Hilfe brauche, in seine Handflächen zeichnen wollen, als wäre ich so kostbar für ihn? Die einzige Antwort, die mir dazu einfällt, ist: weil dieser Gott mich lieben muss.

„Jeremy!", ruft Claire nach exakt fünf vergangenen Minuten und reißt mich damit aus meinem Gedankengang.

„Ja! Ich gehe ja schon!" Dramatisch fasse ich mir an die Stirn und verziehe das Gesicht zu einer Grimasse. Während ich aufstehe, lacht Jules. Ein Geräusch, das mir unheimlich gut tut. Ich habe keine Ahnung, wie ich mich von ihr verabschieden soll, deswegen salutiere ich scherzhaft mit Zeige- und Mittelfinger an der Schläfe und drehe mich dann zur Türe.

„Jeremy?", beginnt sie ganz leise. Ich mache auf dem Absatz kehrt und sehe in ihr verunsichertes Gesicht. Sie kratzt sich den Kopf und sieht verlegen auf den Boden. „Mann, das ist gerade wirklich ziemlich peinlich." In diesem Moment könnte ich mir selbst in den Allerwertesten treten, weil ich mit meinem oftmals blöden Getue und den Sprüchen schuld daran bin, dass sie sich in meiner Gegenwart so fühlen muss.

„Vergiss bitte, welch ein Idiot ich meistens bin, und spuck's einfach aus!", bitte ich, wobei meine Stimme beinahe einem Flehen gleicht.

„Ich … ich hab's nicht so mit der Dunkelheit. Und damit meine ich *gar* nicht. Das war auch der Grund, weshalb Sebastian mich aus diesem Raum schleppen musste. Ich …"

Gedankenverloren kaut Jules an ihrer Unterlippe, ehe sie einige Male blinzelt und mich kurz direkt ansieht. Dabei spielt sie nervös mit ihren Händen. „Denkst du, ihr hättet unter Umständen irgendwo eine Nachttischlampe oder so für mich?"

Wieder verbuche ich eine Blödheit auf meiner Rechnung, weil ich nicht schon gestern bei unserem Streit in der Schule verstanden habe, dass tatsächlich mehr hinter der Geschichte stecken musste, als Melanie mir preisgeben wollte.

„Klar, ich gebe dir meine. Warte kurz."

In dem Moment, als ich das Zimmer verlasse, bin ich dankbar, weil mich Gefühle übermannen, die ich nicht wirklich kenne. Da ist das Gefühl, dass ich sie unbedingt in den Arm nehmen und beschützen will. Nicht nur vor der Dunkelheit, sondern wegen all dem, was sie in den letzten Tagen durchmachen musste und was noch auf sie zukommt. Und dann ist da das Gefühl, dass ich mit ihr zusammen sein will. Trotzdem muss ich mich unbedingt zurückhalten. Zerbrechlich und labil, wie sie gerade ist, wäre ihre Entscheidung für oder gegen eine Beziehung mit mir wohl situationsbedingt. Erst wenn ich sicher bin, dass sie bereit ist für meine Gefühle, werde ich sie damit konfrontieren. Bis dahin ist das Thema tabu.

„Jeremy! Kommst du bitte herunter?", ruft Claire unten aus der Küche.

„Gleich!", antworte ich, stecke die Lampe von meinem Schreibtisch aus und bringe sie ins Gästezimmer.

„Danke. Es ist nur … ich habe bis jetzt noch nie in einem anderen Bett geschlafen als in meinem eigenen", rechtfertigt sie sich, doch ich winke ab. „Wenn irgendetwas sein sollte, ruf mich einfach an, okay? Ich stelle mein Handy auf Vibration ein."

Plötzlich fällt mir wieder ein, wie Jules Mutter sie vorhin wegen meiner Nachricht anschrie. „Hast du deines denn mit?", frage ich vorsichtshalber. Erneut legt sich eine Falte zwischen ihre Brauen, und sie zieht die Nase kraus. Dann schüttelt sie den Kopf.

„Mom nimmt es mir nach der Schule immer ab. Sie sagt, es genüge als Kommunikationsmittel innerhalb der Familie, daher benötige ich es zu Hause auch nicht. Jegliche andere Kontakte oder Aktivitäten damit missbilligt sie, denn das ist Zeitverschwendung für sie.“

Deswegen hat Julia also vorhin so seltsam reagiert, als ich sagte, ich hätte ihr geschrieben. Ich räuspere mich und setze beim Gedanken, der mir gerade kommt, ein schiefes Grinsen auf.

„Ich mache dir einen Vorschlag. Wenn du nicht schlafen kannst, Angst haben solltest oder was auch immer, dann klopf einfach die Melodie von der Gummibärenbande an diese Wand hier, und ich eile zu deiner Rettung, okay?“ Unsicher, wie sie den letzten Teil meines Satzes auffassen wird, bin ich erleichtert, als sie leise kichert und sich eine Haarsträhne hinters Ohr streift. „Ich weiß leider nicht, wie die Melodie geht. Wir hatten früher nie einen Fernseher.“

Ich beiße mir auf die Lippe und gehe ein paar Schritte auf sie zu. „Darf ich?“, frage ich aufs Bett deutend, woraufhin sie ein wenig von der Bettkante wegrutscht und dezent nickt. Ich setze mich an den äußersten Rand des Doppelbettes und lehne mich weit genug Richtung Wand, um diese berühren zu können. Mit meinen Knöcheln klopfe ich sachte das Titellied meiner alten Lieblingssendung, während ich den Text gedanklich mitsinge und laut summe. Als ich fertig bin, lächelt Julia zum Glück wieder. Die Unsicherheit ist verflogen, und das neckische Grinsen, welches mich zum Schmunzeln und gleichzeitig zum Schmelzen bringt, ehe sie etwas sagt, ist zurück.

„Wundert mich, dass du dir so etwas Schwieriges merken kannst.“

„Du musst wirklich denken, mein IQ liegt unter der Raumtemperatur.“ Ihre Mundwinkel heben sich kurz, doch plötzlich wirkt sie befangen.

„Ich halte dich nicht wirklich für dumm, weißt du? Das war nur, na ja …“

„Ein Mittel zum Gegenangriff, ich weiß." Ich beuge mich vor und glätte sanft die Falten an ihrer Stirn, woraufhin sie erst erschrocken, dann müde aufblickt.

„Ich muss jetzt los, sonst holt Claire mich persönlich ab. Du solltest schlafen. Morgen reden wir weiter."

Wie auf Kommando gähnt Jules herzhaft.

„Und wehe, du meldest dich nicht, sollte etwas sein", füge ich streng hinzu und blicke sie seitlich an, als ich die Türe erreicht habe.

Scherzhaft macht Jules meinen vermeintlich schmollenden Blick nach und nickt übertrieben energisch. „Danke für alles, Jer."

So leise ich kann, schnappe ich nach Luft, als ich das Zimmer verlasse und mich einen Moment außen an die Türe lehne, um meine Gedanken zu ordnen.

Auch mich haben die letzten Tage sehr mitgenommen, wenn auch auf eine ganz andere Art und Weise. Mein Arm schmerzt glücklicherweise nur mehr leicht von der unsanften Festnahme heute Mittag, trotzdem werde ich Eis darauf legen.

Mit der Absicht, mich für die Nacht zu verabschieden, marschiere ich die Treppe hinunter in die Küche, wo Claire gerade eine Einkaufsliste der benötigten Lebensmittel für die kommende Woche zusammenstellt. Ich gehe an ihr vorbei und nehme aus der Tiefkühltruhe einen Eisbeutel heraus. Noch ehe ich dazu komme, ihr eine gute Nacht zu wünschen, dreht Claire sich um und sieht mich ebenso wissend wie durchdringend an.

„Du und ich, wir wissen doch beide, dass das nicht von Zahnschmerzen kommt."

„Hmm?", frage ich scheinheilig, während ich den Beutel mit einem Geschirrtuch umwickle und so tue, als hätte ich sie nicht gehört.

„Jeremy, ich arbeite in einem Krankenhaus. Ich kenne den Unterschied zwischen einer von innen geschwollenen Wange und einer Schwellung durch Fremdeinwirkung. Sie ist diese *Person,* von der du mir vor einiger Zeit erzählt hast, habe ich recht?"

Die Augen verdrehend, weil ich wusste, dass es nicht lange dauern würde, bevor ich mich ihr stellen müsste, stemme ich mich mit beiden Händen gegen den Küchentresen.

„Claire, lass mich das bitte auf meine Art regeln, okay? Ich bin an der Sache dran, glaub mir. Sie vertraut mir endlich, und das kann ich gerade nicht aufs Spiel setzen. Sie braucht noch ein bisschen Zeit, also tu mir bitte den Gefallen und sag vorerst nichts. Keinem, okay?"

Ernste, unnachgiebige Blicke werden zwischen uns ausgetauscht, als wir Dads Schlüssel in der Türe hören.

„Claire! Gib mir die Chance, das Problem mit Julia selbst zu lösen", wiederhole ich eindringlich, weil ich eine Antwort brauche, um sicher sein zu können, dass sie vor allem meinem Vater nichts erzählt.

„Ja, okay, Jeremy. Aber warte nicht zu lange. So etwas endet nie gut, und vor allem löst es sich entgegen der oftmals fälschlichen Annahme nicht von selbst."

Julia

„Was hast du denn dieses Mal wieder Absurdes geträumt?", gähnt Joshua leicht gereizt, während er die Jalousien in meinem Zimmer weiter aufmacht, sodass mehr Licht hereinströmen kann, und sich dann in mein Bett legt.

„Du sagst es, als wäre das alles ein Witz, Josh. Ist es aber nicht", schimpfe ich, weil Spott im Moment das Letzte ist, was ich brauche.

„Nein, ich weiß, Kleine. Tut mir leid. Erzähl!" Er wischt mir liebevoll mit der Hand über das tränenüberströmte Gesicht und küsst mich auf die Stirn.

„Du und ich, wir saßen auf der Ladefläche eines offenen Lkw oder so. Auf jeden Fall waren wir mitten auf dem Freeway, als wir auf einmal wegen irgendetwas einen heftigen Streit anfingen. Es war richtig schlimm, und du hast mir schreckliche Sachen an den Kopf geworfen. Du hast gesagt, du hättest mich ohnehin nie lieb gehabt, und ich wäre sowieso mein ganzes Leben schon eine Bürde für dich und so weiter. Du hast sogar gesagt, du wünschtest, ich wäre tot."

„Spätestens dann hättest du doch wissen müssen, dass es nur ein Traum ist, denn so etwas Dämliches könnte ich niemals zu dir sagen", unterbricht er mich lächelnd.

„Warte, es geht weiter", schniefe ich. „Du machst mich da also gerade komplett fertig, während Mom uns von vorne anschreit, wir sollen endlich die Klappe halten, sonst käme sie nach hinten und würde uns beide rauswerfen. Plötzlich siehst du mich mit absolut hasserfüllten Augen an, packst mich an den Armen und zerrst mich zur geöffneten Türe. Ich flehe dich an, dass du mir nicht wehtun sollst, während du mir erklärst, ich würde dein Leben ruinieren, und dass das jetzt ein Ende hätte. Wir liefern uns einen erbitterten Kampf, während ich um mein Leben fürchte und mich am Lkw festklammere. Du gibst nicht auf, und ich muss dich von mir wegschieben. Mit meiner freien Hand schlage ich auf dich ein, trete dir gegen die Schienbeine, bis du auf einmal stolperst und rückwärts auf den Freeway fällst."

Mittlerweile wimmere ich nur mehr in sein Shirt. „Ich habe dich getötet, und Mom fährt einfach weiter, während alle anderen Autos hinter uns deinen leblosen Körper immer wieder erfassen und überfahren."

„Okay, aber ich bin nicht tot. Ich bin hier bei dir, und ich gehe nirgendwohin. Als ob du mich ernsthaft verletzen könntest", lacht er und streichelt meine Haare.

„Was, wenn du stirbst, Josh? Was passiert dann mit mir?"

„Darüber reden wir dann, wenn es so weit ist", zwinkert er, weil er denkt, dass er die Stimmung damit lockern kann. Ich boxe ihm jedoch in den Bauch, damit er wieder ernst wird.

„Hör auf, Witze zu machen. Ich kann nicht einmal atmen, wenn ich daran denke."

„Dann lernst du eben wieder zu atmen, okay? So wie immer!" Josh streichelt mein Kinn, doch mir schießen neue Tränen in die Augen. Das war nicht die Antwort, die ich hören wollte.

„Ich sterbe nicht! Zumindest nicht heute, klar? Aber wir können uns eines ausmachen: Du musst einfach vor mir abkratzen. Dann wäre dieses Problem gelöst. Abgemacht?", fragt er und bietet mir seine Hand zur Abmachung an, die ich nach kurzem Zögern ergreife und fest schüttle. Jetzt kichere auch ich, zwar leicht hysterisch und ein wenig gezwungen, doch so bizarr und grotesk dieser Satz auch klingen mag, beruhigt er mich doch ein bisschen, denn ich glaube meinem Bruder, wenn er sagt, dass er mich nicht im Stich lassen wird.

Derselbe Traum, den ich zum ersten Mal mit neun Jahren hatte, weckt auch in dieser Nacht nicht nur mich, sondern auch unbeschreiblich horrende Gefühle in mir, die mich erschaudern und erzittern lassen. Ich erinnere mich daran, wie real es mir erschien, Schuld am Tod meines Bruders zu tragen, dabei zusehen zu müssen, wie derjenige, den ich am meisten liebte, für immer aus meinem Leben verschwand. Die existenziellen Ängste, die ich seither mit mir trage, überwältigen mich mit einer selten dagewesenen Intensität. Erneut muss ich feststellen, dass sich jede einzelne Vorahnung bewahrheitet hat.

Er ist gestorben. Viel zu früh. Er hat all seine Versprechen, alles, worauf ich mich verlassen habe, mitgenommen und mich zurückgelassen. Er hat mich bei Eltern zurückgelassen, die mich nicht haben wollen und sogar so weit gehen, mich tatsächlich auf die Straße zu werfen.

Ich habe keine Ahnung, wie spät es ist, weil es in diesem Zimmer keine Uhr gibt und ich mein Handy nicht bei mir habe. Vielleicht ist das aber auch gut so, denn das ewige Herumwälzen in den Laken ist wie Folter, wenn man eigentlich schlafen will, jedoch viel zu aufgewühlt und durcheinander ist. Wenn man dann auch noch ständig auf die Uhr blickt, um zu sehen, wie wenig Stunden Schlaf einem nur mehr bis zum Aufstehen bleiben, ist man endgültig verloren. Das Licht von Jeremys Nachttischlampe brennt zwar noch, gibt aber nur ein sehr kaltes Licht. Die Rollläden kann ich nicht öffnen, denn das wäre zu laut. Dafür bläst der Wind draußen wie verrückt durch die Bäume und lässt die Rollläden wiederholt gegen die Fenster klappern und klopfen. Irgendwo im Haus muss ein Fenster offen sein, denn der Luftzug aus dem Flur tritt durch den Türspalt auch in mein Zimmer und erzeugt dieses unangenehm hohe, heulende Geräusch des Windes, welches mich gedanklich zurück in das Spiegelkabinett zu Halloween katapultiert.

Hinzu kommt, dass ich in meinem ganzen Leben wirklich noch niemals an einem anderen Ort geschlafen habe als zu Hause. Auf mehrtägige Ausflüge oder Schulwochen durfte ich nie mitfahren, bei Freunden zu übernachten war ebenfalls verboten, und auf Urlaub fuhren wir nie.

Die altbekannte, in meiner Brust heraufkriechende Panik und das Beklemmungsgefühl, welches durch die abwechselnden Hitzewallungen und Kälteschauer unterstrichen wird, breiten sich in meinem Körper aus. Ich steige aus dem Bett und marschiere mit nackten Füßen im Zimmer auf und ab, um mich auf andere Gedanken zu bringen und vorm Wiedereinschlafen zu hindern. Noch einmal ertrage ich diesen Traum heute nicht. Zu viel hat sich in den letzten beiden Tagen abgespielt, um das wie üblich wegstecken zu können. Die besten Nächte erlebte ich, wenn mein Bruder nach einem Albtraum neben mir einschlief und unsere Eltern bis in die Morgenstunden nichts mitbekamen. Sein Atem und sein Herzschlag waren dermaßen beruhigend, dass ich die Angst vor dem Einschlafen beiseitelegen und meine Augen in seiner Gegenwart einfach zufallen lassen konnte.

Jetzt bin ich zwar todmüde, zögere den Schlaf und den nächsten Albtraum jedoch hinaus, solange ich kann, denn ich möchte hier nicht die Kontrolle verlieren und ausflippen.

Etwa eine Stunde muss vergangen sein, seit ich wach wurde. In dieser Zeit habe ich jeden Schlupfwinkel dieses Zimmers genau betrachtet, mir jeden einzelnen Gegenstand eingeprägt und das Muster der Vorhänge wiederholt mit den Fingern auf meine Hand gezeichnet. Dabei habe ich beinahe den Text aller Lieder, die wir an den Sonntagen in der Gemeinde singen, geflüstert. Ich habe sogar Schäfchen gezählt, bis mir bei eintausendsiebenundfünfzig langweilig wurde und ich mich wieder ins Bett setzte.

Das Klopfen ans Fenster ist leider intensiver geworden, und das heulende Geräusch treibt mich langsam in den Wahnsinn. Ich fühle mich unglaublich geschwächt, weil mein Herz seit über einer Stunde unregelmäßig schnell schlägt und die Enge in meiner Brust nicht so einfach weichen will.

Als ich anfange zu beten, dass Gott mir einen Weg zeigen soll, mit der Angst umzugehen, wird mir bewusst, dass mir genau zwei Möglichkeiten zur Verfügung stehen: Entweder ich verschwinde auf der Stelle von hier und suche mir irgendwo einen ruhigeren Schlafplatz, oder ich nehme die Hilfe in

Anspruch, die mir angeboten wurde. Ersteres wird sich jedoch als schwierig erweisen, denn ich habe niemanden. Ich schlucke also meinen Stolz hinunter und nehme stattdessen all meinen Mut zusammen, um tatsächlich an Jeremys Wand zu klopfen. Dabei gebe ich mir wirklich Mühe, mich daran zu erinnern, wie er es mir zuvor gezeigt hat, doch heraus kommt etwas ganz anderes. Nach der Hälfte gebe ich auf, lasse mich leise stöhnend wieder in den Kopfpolster fallen und ziehe mir die Decke über den Kopf.

Erst glaube ich, mich verhört zu haben, als das Heulen des Windes plötzlich aufhört und nach dem leisen Knarren der sich schließenden Türe wieder beginnt, lauter zu werden. Noch während ich unter der Decke bin, versuche ich mein Gesicht und mein Herz wieder etwas unter Kontrolle zu bringen. Er muss nicht sehen, *wie* verängstigt ich bin. Dann luge ich unter der Decke hervor, stelle sicher, dass er es ist, der sich im Zimmer befindet, und richte mich auf. Die Decke halte ich fest an meine Brust gedrückt, weil es mir unangenehm ist, dass er mich ohne BH sehen könnte. Jeremy tritt nur in Boxershorts und einem grauen T-Shirt an mein Bett und sieht mich mit zerzausten Haaren und niedlichen Schlaffalten auf seiner Wange an. Innerlich bringt mich das zum Lächeln.

„Okay, *was* … sollte das eben sein?“, betont er gespielt schockiert. Erleichtert und froh, dass er da ist und mich auf andere Gedanken bringt, kichere ich und entkrampfe ein wenig meine Muskeln.

„Tut mir leid, ich habe vergessen, wie genau diese Klopfzeichen gingen.“

„Aber Hauptsache vorher noch große Sprüche klopfen, von wegen *ich* könne mir nichts merken und so.“

„Niemand könnte sich so eine lange Melodie merken, wenn er sie erst *einmal* gehört hat.“ Er verdreht grinsend die Augen.

„Wie auch immer. Du kannst froh sein, dass ich *davon* überhaupt aufgewacht bin", erklärt er, während er mir leicht ins Kinn zwickt und sich dann neben dem Bett auf den Boden fallen lässt.

Ich bin dankbar, dass er offensichtlich vorhat zu bleiben, ohne dass ich ihn darum bitten muss.

„Wieso eigentlich ausgerechnet dieses Lied?", frage ich, um ihn zum Reden zu bringen. Seine Augen wandern zu mir, ehe er seitlich lächelnd in einer peinlich berührten Geste seinen Nacken kratzt.

„Im Endeffekt war die Gummibärenbande meine absolute Lieblingsserie als Kind. Claire fand es irgendwie süß, wie ich mich immer hineingesteigert habe, wenn ich sie sehen durfte und beim Lied richtig abrockte. Sie meinte, ich wäre die reale Version dieser Gummibären, denn im Originaltext werden sie als tapfer, kühn, heldenhaft und warmherzig beschrieben. Und sie kämpfen immer für das, was richtig ist."

„So wie du", schlussfolgere ich und gebe Claire dabei gedanklich absolut recht.

„Wie es scheint", antwortet er verlegen.

Und dann reden wir. Endlos, über alles Mögliche. Und mit jedem Wort nimmt er ein paar der dunklen Gedanken, die ich in mir trage, von mir weg. Wir sprechen über Claire und welch guten Ausgleich sie zwischen Jeremy und seinem Vater darstellt. Er erzählt mir, dass sein Dad viel ehrgeiziger sei als er selbst und dass er ihn dafür bewundert, auch wenn er es nicht zeigen kann.

Sein Vater wusste demnach bereits mit zehn Jahren, als er der Jugendfeuerwehr beitrat, dass er später einmal Leben retten wollte, und genau das zog er auch durch. Er verfolgte mit großer Vehemenz seinen Traum und brachte es dadurch in seinem Beruf sehr weit. Genau das schüchtert Jeremy ein, weil er denkt, diese Eigenschaft nicht zu besitzen.

Er erzählt mir auch, dass er überlegt, der Army beizutreten, da er sich damit für einen guten Zweck einsetzen könnte, anstatt sich so nutzlos zu fühlen wie seit dem Unfall am Spielfeld. Immerhin hat er nun nicht einmal mehr Football, was ihn bisher wenigstens ein bisschen besonders gemacht hat.

„Hast du schon einmal vom Halleyschen Kometen gehört?", frage ich ihn.

„Der, der nur alle paar Jahrzehnte wiederkommt?" Ich nicke.

„Im Leben eines Menschen ist er absolut einzigartig. Im Durchschnitt kehrt er alle sechsundsiebzig Jahre zurück. Das heißt, bis auf wenige Ausnahmen wird ein Mensch ihn sein Leben lang höchstens einmal zu Gesicht bekommen. Mark Twain wurde zum Beispiel ein paar Tage vor dessen Erscheinen geboren und starb einen Tag, nachdem der Komet im Jahr 1910 zurückgekehrt war. Man muss jedoch anmerken, dass er beim ersten Mal nicht so viel mitbekommen hat." Ich räuspere mich und schüttle den Kopf, als Jeremy grinst, weil ich abdrifte.

„Der Punkt ist, du bist noch einzigartiger als der Komet, denn dich wird es nie wieder geben. Nur du bringst etwas in diese Welt ein, was sonst niemand einbringen könnte. Selbst wenn es vielleicht bloß in deinem eigenen kleinen Umfeld geschieht. Wenn du es nicht tust, ist es nicht da. Es gibt keinen Plan B, keinen Ersatzmann für das, was du machen wirst. Du wirst gebraucht und bist ein Schatz für Gott, denn er hat einen Plan mit dir." Das Lächeln liegt nicht mehr auf seinen Lippen, stattdessen hat sich eine tiefe Furche auf seiner Stirn gebildet.

„Du solltest nicht deswegen zur Army gehen, weil dir nichts Besseres einfällt, Jeremy. Selbstverständlich kannst du es in Erwägung ziehen, aber wenn du nur halbherzig bei der Sache bist, kommst du vielleicht nie mehr zurück. Wenn du hingehst, dann nur aus tiefer Überzeugung, dass du das Richtige tust."

Etwa eine halbe Minute lang studiert Jeremy mein Gesicht mit einem weichen, verletzlichen Ausdruck in seinen Augen, ehe er seines in seinen Armen vergräbt. Ich unterdrücke den Instinkt, ihm durchs Haar zu streichen, um ihn zu trösten. Ich denke nämlich nicht, dass er das wollen würde.

„Was willst du cigentlich nach der Schule machen?", fragt er, um die Aufmerksamkeit von sich zu nehmen. Ich spiele mit, obwohl ich selbst nicht gern darüber sprechen möchte.

„Nichts", antworte ich zögerlich. „Ich weiß es noch nicht", lüge ich. Er hebt seinen Kopf und sieht mich prüfend an.

„Klar weißt du es. Ich bin sicher, du wusstest es schon, bevor du überhaupt mit der Highschool begonnen hast."

Ich lache, weil er mich überführt hat. „Sag schon!", befiehlt er lächelnd.

„Mein Traum wäre gewesen, auf die Juilliard School in New York zu gehen", gestehe ich schulterzuckend. „Du weißt schon, das Musikkonservatorium. Aber daraus wird wohl nichts."

„Wieso?"

„Jeremy, sieh mich an!" Das tut er. Eindringlich. Verständnislos. Als wäre es absolut unersichtlich, worauf ich hinauswill.

„Ich bin viel zu wenig trainiert, um mich dort zu bewerben. Ich war die letzten zwei Jahre immer wieder wochenlang nicht im Training. Es würde Monate dauern, bis ich in Form käme, um annähernd eine Chance zu haben."

„Bis wann musst du dich bewerben?"

„Dezember. Das ist in weniger als einem Monat."

„Musst du dann schon vortanzen?"

„Nein, das kommt erst ein wenig später."

„Wann?"

„Januar bis März, wieso?"

Er zieht die Augenbrauen zusammen und nimmt seinen Blick von mir, um Richtung Fenster zu sehen.

„Dann müssen wir dich eben bis dahin von zu Hause wegbringen. Wenn das jemand schaffen kann, dann doch wohl du.“

Ich blinzle einige Male, bevor ich mich hinlege und meinen Kopf auf meinem ausgestreckten Arm abstütze. „Ich will nicht, dass du glaubst, dich meiner annehmen zu müssen wie um ein Projekt, okay?“ Es ist mir unangenehm, dass er versucht, eine Lösung für meine Probleme zu finden, die ihn überhaupt nicht betreffen müssten. Und doch habe ich ihn ungewollt in all das mit hineingezogen, weshalb er nun denkt, mich retten zu müssen.

Jeremy schnipst mir mit seinem Mittelfinger gegen die Stirn und sieht mich streng an. „Rede nicht so einen Müll. Wir sind Freunde. Freunde sorgen sich um ihre Freunde.“ Er kratzt sich den Kopf.

„Du könntest dich emanzipieren lassen. Sasha lebt auch seit diesem Jahr alleine, und sie ist erst sechzehn.“ Sasha ist eine Klasse unter uns. Ihre Eltern haben sich vor einem Jahr scheiden lassen und einen unendlichen Rosenkrieg geführt, den sie mitunter sogar in unserer Schule ausgetragen haben. Es ging um das Sorgerecht, welches in Wahrheit keiner von ihnen haben wollte, weil beide mehr an ihren neuen Partnern interessiert waren als an ihrer Tochter. Gemeinsam beschlossen sie dann, Sashas Emanzipation zu unterschreiben und finanziell für ihre neue Wohnsituation und alles, was sie sonst so braucht, aufzukommen. Sasha posaunt überall herum, wie glücklich sie seither sei, weil sie tun und lassen kann, was immer sie möchte, und ständig Geld überwiesen bekommt, damit die Eltern ihre Ruhe haben; doch ich kann mir nicht vorstellen, dass es irgendeinem Kind gut gehen könnte mit dem Wissen, nun nicht mehr als eine Belastung für ihre Eltern angesehen zu werden. Für mich kommt es jedenfalls ohnehin nicht infrage.

„Das geht nur mit dem Einverständnis der Eltern. Du kannst dir vielleicht vorstellen, wie hoch die Wahrscheinlichkeit ist, dass die einverstanden sind. Glaub mir, ich habe mir all diese Möglichkeiten schon hunderte Male überlegt."

Seine noch bis eben vorhandene Entschiedenheit weicht einer gewissen Traurigkeit, die sich in seinen Augen ausbreitet.

„Ich bewundere dich, Julia. Was ich heute gesehen habe, war …" Er ringt mit Worten, und in meinem Hals bildet sich ein Kloß. Ich atme tief ein und schließe die Augen.

„Sag es bitte nicht. Auch wenn es absolut falsch ist, wie sie mit mir umgehen, ertrage ich die Vorstellung nicht, dass jemand meine Familie verurteilen könnte. Die beiden haben so viel durchmachen müssen." Ich höre, wie er den Mund öffnet, um zu protestieren, doch erneut unterbreche ich ihn.

„Weißt du, das Problem ist nicht, dass ich ihr oder den beiden nicht vergeben will. Ich habe es bereits unzählige Male getan. Das, was es schwierig für mich macht, ist, dass es so einseitig ist, verstehst du? Ich vergebe ihnen für etwas, was ihnen vielleicht nicht einmal leidtut, und deswegen ändert sich einfach nichts. Und das ist menschlich gesehen eben hart.

Ich bin aber dabei zu lernen, meinen Blick von denjenigen, die mich verletzen, wegzulenken und stattdessen auf denjenigen zu richten, der mich aus diesen Fesseln meiner Vergangenheit befreien will. Das ist eben, wie gesagt, ein langer Prozess."

Bevor ich unter Umständen noch zu weinen beginne, weil das Thema viel zu sehr an mir nagt, ringe ich mir ein Lächeln ab und ergänze: „Gut, dass ich so stur bin."

Jeremy

Schon seit über einer Stunde sitze ich hier neben Julia auf dem Boden. Sie hat mir einen Teil ihrer Decke abgegeben, weil der Parkettboden um diese Uhrzeit natürlich nicht mehr beheizt wird und eiskalt ist. Sie selbst liegt zusammengerollt wie ein kleiner Ball im Gästebett, die Augen mittlerweile geschlossen. Die Beine hat sie angezogen und überkreuzt, als würde sie sich schützen. Keine Ahnung, ob vor der Kälte oder etwas anderem. Ich bin nicht sicher, ob sie schon schläft, weil sich in ihrem Gesicht nichts verändert hat, seit sie die Augen zugemacht hat. Ihren Gesichtsausdruck würde ich nicht unbedingt als friedlich bezeichnen, doch zumindest ist er nicht mehr so hart und verletzt wie heute Vormittag. So leise ich kann, flüstere ich ihren Namen, um festzustellen, ob sie schläft, bevor ich sie für die Nacht alleine lasse. Sie antwortet nicht. Langsam und vorsichtig stehe ich auf. Meine kalten Glieder rebellieren ein bisschen, als ich mich strecke, um die Decke aufzuheben und sie behutsam über Julias Körper zu legen. Bei dem kalten Luftzug, den die Bewegung erzeugt, zuckt sie kurz zusammen und greift nach meinem ausgestreckten Arm. Ich erschrecke, weil ich denke, sie geweckt zu haben, doch ihre Augen sind nach wie vor geschlossen.

„Bitte bleib, Joshua! Nur so lange, bis ich wirklich schlafe, okay?“, murmelt sie schlaftrunken, mit zusammengezogenen Augenbrauen. Seit wir vor einigen Monaten begonnen haben, wirklich miteinander zu sprechen, ist dies das erste Mal, dass ich sie den Namen ihres Bruders aussprechen höre. Er war wohl wirklich ihr Held, ihre Bezugsperson. Der Einzige, der immer für sie da war, wenn es drauf ankam.

Und jetzt ist er weg.

Ich will und kann seine Rolle zwar nicht einnehmen, aber ich werde verdammt noch mal dafür sorgen, dass Julia nichts mehr zustößt; dass sie lernen kann, auch anderen Menschen als Josh zu vertrauen, und dass sie weiß, dass sie nicht alles alleine durchstehen muss.

Selbstverständlich setze ich mich also erneut neben sie und ziehe meinen Arm so weit zurück, bis ihre Hand in meine fällt. Dann umschließe ich sie fest und flüstere ihr ins Ohr: „Ich werde für dich da sein, solange du mich brauchst."

Zur Antwort gibt sie ein zufriedenes Brummen von sich und drückt ebenfalls meine Hand, bevor sie ihre Beine noch enger an sich zieht.

Eine halbe Stunde später liegen ihre Finger nur mehr schlapp in meiner Hand, und ich starte einen neuen Versuch aufzustehen, da ich hier unmöglich schlafen kann. Julia atmet tief und fest weiter, ungeachtet dessen, dass ich ihre Hand zur Matratze bewege. Bevor ich stehe, führe ich meinen Kopf zu ihrer weichen Hand und berühre mit meinen Lippen flüchtig ihre Knöchel, um einen Kuss darauf zu hauchen.

Es fällt mir schwer, meine Augen von ihr zu nehmen, weil sie auch schlafend bildschön ist. Ihre dunklen, offenen Haare liegen weit über den Kopfpolster und ihr Gesicht ausgebreitet. Ihre dichten Wimpern sehen bei geschlossenen Augen noch länger aus als sonst. Ihr Mund ist nur leicht geöffnet, und leise Atemgeräusche verlassen ihren Mund.

Nach einem letzten Blick drehe ich mich um und verlasse auf Zehenspitzen das Zimmer.

In meinem eigenen angelangt, kann ich endlich wieder aufatmen, ohne Angst haben zu müssen, Jules oder meine Eltern zu wecken, doch an Schlaf ist für mich im Moment nicht mehr zu denken. Zu flattrig ist mein Herz, zu aufgekratzt bin ich nach unserem langen Gespräch.

Ich liebe es, mit ihr zu sprechen. Sie hat diese realitätsnahe, reife Sichtweise auf Dinge, die ich noch wie ein verwöhnter Teenager sehe. Ihr unerschütterlicher Glaube, den sie nicht versucht, mir aufzudrängen, sondern der einfach eine offensichtlich wichtige Rolle in ihrem Leben spielt, fasziniert mich irgendwie. Bereits das, was sie gestern im Auto über ihren Glauben erklärt hat, hat mich beeindruckt. Sie ist vollständig überzeugt von dem, was sie sagt, und erweckt bei mir nie den Eindruck, dass sie nur ein paar Floskeln aneinanderreiht, von denen sie nicht einmal selbst überzeugt ist.

Ich steige mit dem Handy auf Facebook ein, um mich damit auf banalere Gedanken zu bringen, sodass ich vielleicht doch bald müde werde. Immerhin ist es fast vier Uhr morgens. Ein Großteil der neuen, belanglosen Statusmeldungen meiner Freunde, welche ich mir durchlese, ist in Wahrheit absolut uninteressant. Oft muss ich darüber schmunzeln, welchen Mitteilungszwang manche Leute haben, die Facebook als eine Art Tagebuch missbrauchen. Am wenigsten verstehe ich diesen Zwang, der momentan herrscht, ständig sein Essen posten zu müssen. Anstatt etliche Fotos von den Gerichten zu machen, um anschließend das perfekte Bild hochladen zu können, sollten sie ihre Speisen lieber essen, bevor sie kalt sind.

Wie üblich erhalte ich auch die Meldung darüber, dass ich einige neue Nachrichten im Postfach habe. Als ich die Namen der Absender überfliege, verdrehe ich lediglich die Augen, weil dieses Mädchen aus New York zum wiederholten Mal geschrieben hat. Wahrscheinlich, um sich zu beschweren, dass ich sie noch immer nicht angerufen habe.

Weil mich die Müdigkeit nun doch langsam übermannt, beschließe ich, die Mails erst morgen zu öffnen, um mich jetzt nicht wieder aufzuregen. Kurz nachdem ich das Telefon weggelegt habe, fallen mir auch schon die Augen zu, und ich döse weg.

Am nächsten Tag werde ich erst kurz nach Mittag munter und brauche ein paar Sekunden, um ins Diesseits zurückzufinden. Nachdem ich endlich eingeschlafen war, hatte ich einige seltsame Träume, die etliche Leute wie Julia, O'Mally, diese Katherine, Dad und meine leibliche Mutter inkludierten, aber niemanden davon in einer guten Weise. Ich fahre mir durch die Haare und das Gesicht und versuche, auch die restlichen Gedanken daran abzuschütteln. Draußen glitzert noch immer der Tau von letzter Nacht an den Ästen. Die Sonne strahlt in mein Zimmer und wirft das Licht auf wirbelnde Staubkörnchen in der Luft. Ich öffne das Fenster und lasse die eiskalte Luft hereinströmen, um mich munter zu machen, bevor ich nach Julia sehe. Ich entledige mich meines Schlafshirts und ziehe einen weißen Pullover über, ehe ich zur Türe marschiere. Ein zusammengefalteter Zettel liegt dicht davor, als hätte ihn jemand durch den Türschlitz geschoben.

Hey Jeremy!
Du schläfst noch wie ein Baby, deswegen möchte ich mich auf diesem Weg bei dir bedanken, bevor ich gehe.
Bei deinen Eltern habe ich mich auch schon für die Beherbergung bedankt. Habe sogar ein extrem gutes Frühstück und den besten Kaffee meines Lebens serviert bekommen.
Welch ein Luxus! ☺
Werde Gracie heute im Krankenhaus besuchen. Mal sehen, ob ich schon zu ihr kann. Und danach …
weiß ich noch nicht, was ich mache, aber irgendwann muss ich wenigstens meine Schulsachen von zu Hause
holen. Dann wird sich zeigen, wie sich die Sache entwickelt hat. Wünsch mir Glück!
Also danke jedenfalls für ALLES – und das meine ich ernst!
Ich nehme zwar gar nicht gerne Hilfe an, aber wenn ich

mal wieder wen brauche, stehst du ganz oben auf meiner Liste. ☺

Bis …

Julia

Ich lasse mich zurück ins Bett fallen, während ich über die vorletzte Zeile nachdenke. Schade, dass sie schon weg ist. Ich hätte es wirklich schön gefunden, mit ihr zu frühstücken und ihr zu helfen, einen Plan auszuhecken, wie es nun weitergeht.

Gähnend greife nach meinem Handy und ärgere mich darüber, ihr nicht einmal eine Nachricht schreiben zu können. Dabei fällt mir einer der Gründe für meine miesen Träume wieder ein.

Ich habe die Mail von dieser eigenartigen Katherine noch nicht gelesen. Kurzzeitig habe ich sogar überlegt, sie gar nicht zu öffnen, sondern direkt zu löschen, doch wie ich gemerkt habe, lässt sie sich ohnehin nicht abwimmeln, und außerdem bin ich zu neugierig dafür, die Sache ruhen zu lassen. Also öffne ich mein Postfach und lasse meine Augen über die Zeilen wandern. Als ich fertig bin, lese ich das Ganze noch einmal, weil ich mich auf jeden Fall verlesen haben muss.

Doch auch beim zweiten Mal verändern sich die Worte nicht.

Hör mal, ich weiß, du kennst mich nicht und glaubst, ich wäre eine Stalkerin oder so etwas. So ist es aber nicht. Ich will nichts von dir. Ich habe aber ***wirklich*** *wichtige Informationen, die deine Familie betreffen und* ***nicht mehr*** *warten können. Weil du mich ständig ignorierst, komme ich nächstes Wochenende nach Massachusetts. Sag mir also, wo wir uns treffen können, und ich werde dort sein!*

Julia

Gracie ist Gott sei Dank mit Ende des künstlichen Tiefschlafs aufgewacht, schläft nun aber wieder tief und fest, nachdem die Ärzte ihr eine große Portion Morphium gegen die schlimmen Schmerzen verabreicht haben. Diesmal hat mir die Krankenschwester aber doch erlaubt, im Zimmer zu warten, bis Gracie wach wird. Den anfänglichen Schock über ihr äußeres Erscheinungsbild habe ich langsam überwunden. Immerhin kann ich mich schon seit zwei langen Stunden daran gewöhnen.

Sie hat sich beim Unfall die Nase gebrochen und den Wangenknochen angeknackst. Ihre Augen sind blauviolett umrahmt. Sie trägt eine Halskrause und einen Verband um ihre Stirn. Außerdem hat sie eine Beinquetschung erlitten, und ihr linker Arm ist gebrochen. Die Krankenschwester erzählte mir, dass der Arm ein solches Trauma erlitten hätte, dass sie durch eine dreistündige Operation gerade noch verhindern konnten, ihn ihr abnehmen zu müssen. Sie wurde danach auch in den Tiefschlaf versetzt, weil ihr Körper extrem in Mitleidenschaft gezogen war und sich so besser erholen konnte. Heute Morgen haben sie sie dann aufgeweckt.

Seit ich hier bin, habe ich eine geschlagene Stunde nur Gracies Gesicht und den Monitor, der ihre Organe überwacht, betrachtet und mir selbst immer wieder zugesprochen, dass dies nicht die gleiche Situation ist wie damals und dass sie nicht sterben wird.

Mittlerweile sehe ich mit angewinkelten Beinen zu, wie die Sonne über den Häusern untergeht, und denke dabei immer wieder an Jeremy und das lange Gespräch von gestern Nacht. Es tat so gut, meine Ängste endlich mal wieder nicht alleine durchstehen zu müssen.

„Wer lächelt denn da?“, meldet sich Gracie auf einmal mit rauer Stimme. Sie wirkt müde und benommen, doch sie lächelt tapfer.

„Grace!“, rufe ich aus und rutsche näher an ihr Bett.

„Du siehst glücklich aus. Das ist schön“, meint sie.

Ich schäme mich, denn eigentlich gibt es wirklich nichts zu lachen. Kopfschüttelnd senke ich meine Lider. „Tut mir leid, Gracie.“

„Wieso entschuldigst du dich, du Dummie, das ist doch gut!“, weist sie mich zurecht.

Die letzten Tage waren ziemlich schräg. Obwohl eigentlich hauptsächlich schreckliche Dinge passiert sind, fühle ich mich zum Teil besser denn je zuvor. Ich glaube auch den Grund dafür zu kennen. Schon länger erwische ich mich selbst dabei, wie ich lächle oder grinse, wenn ich an ihn denke, oder wie ruhig und glücklich ich in seiner Gegenwart bin. Meistens unterbinde ich dieses Lächeln dann aber sofort. Es fühlt sich zwar schön und meistens sogar irgendwie richtig an, gleichzeitig macht es mir jedoch auch Angst, weil ich nicht will, dass *er* der Grund dafür ist.

Ich weiß nicht, ob ich ihn reinlassen will, ihn reinziehen will in meinen Müll, ob ich mich von ihm glücklich machen lassen möchte, nur um dann unter Umständen feststellen zu müssen, dass es gar nicht richtig war oder er mich fallen lässt. Für den Moment bin ich also einfach dankbar, dass er für mich da ist und mich stützt, doch ich werde mein Herz nicht allzu weit öffnen. Dann kann ich auch nicht verletzt werden.

Gracie weiß natürlich bereits, dass Greg bei dem Unfall gestorben ist, doch ich bin nicht sicher, ob sie es schon realisiert hat. Immerhin wurde sie, seit sie aufgewacht ist, ständig unter heftige Schmerz- und Beruhigungsmittel gesetzt. Erschreckend sachlich spricht sie von dem Unfall. Erzählt, wie er sie anschrie, während sie versuchte, sich trotz seiner Berührungen und des Lärms auf die Straße zu konzentrieren. Wie er ihr provokant in den Schritt fasste und sie damit massiv beim Fahren behinderte. Kurz vor dem Zusammenstoß mit dem Gegenverkehr riss sie das Lenkrad herum, und dabei überschlug sich das Auto.

Kopfüber schlitterten sie eine Schlucht hinab, bis das Auto nach einigen Metern endlich zum Stehen kam. Sie berichtet mir auch von dem Gespräch mit der Jugendfürsorge. Dass sie für die letzten zwei Monate vor ihrem achtzehnten Geburtstag eine neue Lösung finden müssten, da Mary sie nicht mehr zu sich nehmen wollte. Und dass sie versuchen würde, Maggie oder deren Mom zu kontaktieren, sobald sie wieder etwas klarer denken konnte. Vielleicht könnte sie für die letzten zwei Monate noch einmal zu ihnen ziehen.

Dann betrachtet sie mich einfach nur eine Zeit lang, bevor sich ihr bildhübsches Gesicht, das durch die unnatürlichen Farben und Schwellungen verborgen ist, verzieht und sie schwer atmet.

„Geht es? Soll ich die Schwester rufen?“, frage ich unbeholfen und nervös.

„Das ist es nicht, J. Ich muss dir jetzt etwas erzählen, was ich bisher vor dir zu verheimlichen versuchte, weil ich wusste, dass es dich kaputt machen könnte. Leider habe ich jetzt keine andere Wahl mehr.“

Sie presst die Lippen zusammen und greift nach meiner Hand. „Greg hat mich all die Jahre nicht nur berührt oder dazu gezwungen, ihm einen ‚Dienst‘ zu erweisen. Er hat mich nicht nur einmal zu mehr gezwungen.“ Ich schlage meine freie Hand über meinen Mund, um den Japser zu dämpfen, der mir entfährt. Gracie drückt meine Hand fester, als müsse sie mich trösten, während sie mir das Schrecklichste erzählt.

„Ich werde dir jetzt die Einzelheiten ersparen, und ich kann sie auch selbst nicht mehr hören, denn ich musste bereits alles vor der Polizei und der Jugendfürsorge ausbreiten. Der Punkt ist aber: Sie fragten mich, weshalb ich zuvor nie auf die Idee gekommen war, die Übergriffe zu melden, denn nachdem ich den Unfall verschuldet habe, gehen sie natürlich davon aus, dass ich mir diese Sachen nur aus den Fingern gesaugt habe.

Ich habe ihnen erklärt, dass ich das einmal versucht hätte. Greg versuchte damals gerade, meine verschlossene Türe aufzubrechen, nachdem ich vor ihm hatte flüchten können. Die Zeit nutzte ich, um den Notruf zu kontaktieren und ihnen zu sagen, dass sich ein Einbrecher im Haus einer Minderjährigen befand. Bei häuslicher Gewalt lassen die sich nämlich meist viel mehr Zeit und bemühen sich mehr, keinem auf die Füße zu treten. Wer weiß denn schon, ob sich das Mädchen die Sache nur einfallen ließ, um sich zu rächen?!" Sie driftet ab, und ich merke, dass sie aus Erfahrung spricht. Oft erwähnte sie am Rande, dass kaum jemand Heimkindern glaubt.

„Jedenfalls tauchten zwei Polizisten bei uns auf und brachen die Türe unten ein. Sie überraschten Greg buchstäblich in flagranti in meinem Zimmer, doch sie nahmen ihn nicht fest, sondern ließen sich von ihm bestechen. Da ich schon sechzehn Jahre alt war, war der Akt selbst nicht strafbar, und Greg ist ja nicht blutsverwandt mit mir.

Deshalb drehte er die Geschichte so, als hätten wir schlicht und ergreifend ein Verhältnis miteinander und zuvor nur gestritten, sodass ich in meiner jugendlichen Rebellion die Polizei gerufen und gelogen hätte. Er bot ihnen dann eine ziemlich große Summe Geld an, als ‚Entschädigung für den Fehlalarm und ihre vergeudete Zeit'. In Wirklichkeit war es natürlich Korruption. Ich konnte in den Augen der Polizisten deutlich sehen, dass sie ihm die Geschichte nicht glaubten, doch das Geld war wie immer interessanter als die Wahrheit. Deswegen protestierte ich auch nicht länger.

Alles, was ich zu hören bekam, war, dass ich dankbar sein sollte, wenn die Dienststelle nichts von diesem Falschalarmeinsatz erfuhr, denn das könnte auch für mich eine Freiheitsstrafe bedeuten. Greg fühlte sich ab diesem Zeitpunkt natürlich stark, weil er wusste, dass ich nie gegen diese Polizisten aussagen würde."

Sie wartet und studiert mich intensiv, bis ich begreife, worauf sie hinauswill. „Nein!", hauche ich. Tränen, die schon lange an die Oberfläche wollen, schießen mir in die Augen und lassen mich Gracie nur mehr verschwommen erkennen.

„Nein …", wiederhole ich flüsternd, nur mehr flehend, dass sie nicht ausspricht, was ich bereits weiß.

„J … Dein Dad war einer dieser Polizisten. Es war kurz nach dem Unfall deines Bruders, und ihr hattet große Geldprobleme. Das ist natürlich keine Entschuldigung, doch diese Sache auffliegen zu lassen und damit auch den Rest deiner Familie zu zerstören, erschien mir einfach falsch. Das konnte ich dir nicht antun. Als du mir dann sagtest, dass deine Mutter dich misshandelt, konnte ich erst recht nichts mehr sagen, denn dann wärst du bestimmt ins Heim abgeschoben worden." Nun beginnt auch Grace zu weinen, wischt sich jedoch schnell über die Augen. Ich schluchze.

„Wenn die Polizisten meiner Aussage Glauben schenken und sie prüfen, werden sie gegen deinen Vater vorgehen. Deswegen musstest du es von mir erfahren."

Ich bin so wütend und gleichzeitig so leer. Doch alles, was ich im Moment tun kann, ist gegen einen Zusammenbruch anzukämpfen, der sich in mir ankündigt, denn Gracies Augen werden plötzlich dunkel, als hätte sie gerade eine Erkenntnis.

„Hier geht es um die Frage, ob ich mit der Absicht, ihn umzubringen, in die Schlucht gefahren bin. Sie glauben, ich bin eine Mörderin."

„Das bist du nicht!", widerspreche ich vehement.

„Aber er ist tot, Julia. Ein Mensch ist *tot,* und ich muss weg von diesem Ort. Ich kann hier nicht bleiben.“

Ich habe keine Worte mehr übrig. In solch einer Situation gibt es auch nichts zu sagen, denn was nützen Worte?!

Unser beider Leben ist ein Scherbenhaufen. Ihres noch so viel mehr als meines. Ich werde meine beste Freundin verlieren, und sie wird nie mehr dieselbe sein. Kopfschüttelnd setze ich mich vorsichtig zu ihr aufs Bett und achte dabei darauf, dass ich keine Nadel, keinen Schlauch und keinen Verband berühre. So behutsam ich nur kann, lege ich meine Hände um ihren Rücken und vergrabe meinen Kopf unterhalb ihrer Halskrause. Und dann weinen wir, beide. Lautlos. Wir weinen um die Vergangenheit und um die Zukunft. Um unsere Entscheidungen und wohin sie geführt haben. Und wir weinen um all diejenigen, die wir bereits verloren haben, und jene, die wir noch verlieren werden.

Gewaltsam reiße ich die Türe zum Wohnzimmer auf, in dem Dad gerade die Nachrichten schaut und Mom bei ihrer neuesten Beschäftigungstherapie, dem Kerzengießen, sitzt. Alle paar Wochen findet sie für sich eine neue. Vor einem Monat war es das Herstellen von Marmelade.

„Wusste ich’s doch, dass du wiederkommst. Du bist doch so nutzlos, dass du nicht einmal eine Woche ohne uns auskommen könntest. Aber ich bin noch nicht fertig mit dir. Du hast uns betrogen.“

Ihre Bemerkung beachte ich nicht, sondern stapfe an der Couch vorbei, um vor dem Fernseher stehen zu bleiben. Mit unglaublicher Wut in mir funkle ich meinen Vater an. „Wie konntest du nur? Weißt du, was du Grace damit angetan hast?“

Seine Augenbrauen zittern kurz, doch er gewinnt seine Fassung zurück und blickt kalt zurück.

„Du weißt überhaupt nicht, wovon du redest."

„Weiß ich nicht? Ich rede davon, dass du korrupt bist. Dass du dich *bestechen* hast lassen und deine Familie, deine Ehre, deine Existenz aufs Spiel gesetzt hast, um dreckiges Geld in die Hände zu bekommen. Ganz egal, welche Gründe du dafür hattest. An diesem Geld klebt nun Blut, und es ist deine Schuld."

„Du kleines Biest! Hör sofort auf, so mit deinem Vater zu sprechen", brüllt Mom, während sie ihre Hände trocknet und mein Vater sich langsam vom Sofa erhebt. Zum ersten Mal in meinem Leben ist er es, der daraufhin zuschlägt. Mit der Faust versetzt er mir einen Schlag gegen meinen Unterkiefer, sodass ich rücklings auf den Fernseher pralle und diesen mit mir zu Boden reiße. Meine Mutter springt von ihrem Stuhl und schreit auf. Als ich durch meine ins Gesicht gefallenen Haarsträhnen schmerzverzogen und tief bestürzt zu meinem Vater aufsehe, reibt er sich die Hand und blickt entsetzt auf mich herunter.

„Schau, was du gemacht hast, du dämliches Kind. Den wirst du bezahlen!"

Ihr Schrei galt demnach dem Fall des Fernsehers, nicht meinem. Warum verletzt mich das auch noch? Ich stemme mich vom Boden ab und stehe zitternd auf. Mein Vater schaut mich bedrohlich und zugleich erschüttert an.

„Ich musste meine Familie vor dem finanziellen Ruin schützen. Was ich getan habe, habe ich für euch getan. Für dich. Und das soll der Dank dafür sein?"

„Ich soll dir danken? Wofür? Dass du einen krummen Weg gewählt hast, damit wir das dämliche Haus behalten können? Wenn einer von euch beiden einmal die Rolle eines Elternteils übernommen hätte, wie es sein sollte, hättet ihr vielleicht verstanden, dass ich kein Haus, kein Studium, einfach gar nichts brauche, sondern einfach nur meine Mutter und meinen

Vater. Alles, was ein Kind braucht, ist Liebe, aber zu der seid ihr
offenbar nicht fähig. Also nein. Ich bin dir nicht dankbar. Ich bin bestürzt, dass ihr euch Eltern nennt."

Gerade als ich den Satz beende, fällt mich Mom an. Sie packt mich beim Shirt und an den Haaren und zerrt mich weg von Dad.

„Raus aus meinem Haus!", brüllt sie mir ins Ohr, während sie mir ihr Knie in den Bauch stößt. Geschwächt durch Dads Schlag von gerade vorhin breche ich sofort zusammen und rolle mich auf dem Boden ein, weil ich weiß, dass sie nicht aufhören wird. Verschwommen sehe ich auf die Beine meines Vaters, die noch einen Moment stehen bleiben, während ich verprügelt werde. Dann dreht er sich um und verlässt den Raum und lässt Mom wie immer alles mit mir machen, was ihr einfällt.

„Du bist für mich gestorben! Hast du gehört? Du bist das Letzte!", kreischt sie und beugt sich zu mir herunter, um weiter an meinen Haaren zu reißen. Ich bin nicht sicher, woher ich im nächsten Augenblick die Energie nehme, doch etwas in mir hat sich verändert. Ich bin nicht mehr bereit, ohnmächtig und kampflos unterzugehen. Ich darf mich wehren! Ich muss. Ich bin jemand anderem wichtig, das weiß ich. Er würde mich beschützen, doch er ist nicht da. Also muss ich es selbst tun.

Mit aller Kraft, die ich aufbringen kann, greife ich nach ihrem Arm und vergrabe meine Nägel in ihrer Haut, bis sie aufschreit. Mit der anderen Hand schiebe ich ihren Körper seitlich von meinem und stehe schwankend auf. Dabei halte ich mich am Esstisch fest. Ich schmecke Blut in meinem Mund und kann meinen Kiefer kaum bewegen.

„Raus hier!", tobt Mom hinter meinem Rücken. Gerade als ich mich umdrehe, um meiner Gegnerin ein letztes Mal in die Augen zu sehen, bevor ich tatsächlich für immer verschwinden will, bemerke ich aus dem Augenwinkel ihren Schatten, der einen der Stühle aufhebt und ihn seitlich in meinen Oberkörper rammt. Eines der Metallbeine trifft auf meine Rippen, und ich bin sicher, dass ich sie knacken höre. Der Schmerz benebelt kurzzeitig meine Sinne, und ich kann weder sehen noch hören, wie der Stuhl vor meinen Füßen zu Boden fällt. Als ich wieder nach Luft ringe, blicke ich direkt ins aggressive Gesicht meiner Mutter, die gerade einen weiteren Nervenzusammenbruch zu haben scheint, ähnlich wie damals im Auto. Sie wendet sich von mir ab, tritt aber zuerst den Stuhl vor mir noch einmal gegen meine Beine, dieses Mal jedoch unbeabsichtigt, bevor sie die Kante des Tisches ergreift und mit voller Wucht umwirft. Diese Chance ergreife ich zur Flucht und renne zur Tür, so schnell mich meine zittrigen Beine tragen können. Geistesgegenwärtig greife ich im Vorbeigehen nach Moms Handtasche und grabe mit bebenden Händen mein Handy hervor.

„Nimm deine dreckigen Hände da weg!“, brüllt Mom aus voller Lunge, als sie meine Absicht erkennt, und bewegt sich beinahe laufend mit einem Stück einer zerbrochenen Vase vom Esstisch, auf mich zu. Mit meinem Telefon in der Hand lasse ich die Tasche fallen und stolpere aus der Türe die Stufen der Veranda hinunter. Dabei muss ich mich mit meiner freien Hand immer wieder am Geländer festhalten, weil ich zu stürzen drohe. Mit der anderen Hand drücke ich gegen meine schmerzende Seite. Es fühlt sich an, als hätte ich einen spitzen Stab in meiner Brust, der bei jedem Schritt permanent gegen meine Haut und sämtliche Nerven sticht. Es ist unerträglich, doch ich muss hier weg. Nicht eine Sekunde länger darf ich bei ihr bleiben.

Das letzte Mal, als sie dermaßen außer sich war, verbrachte ich die nächsten Tage im Krankenhaus, weil sie mit mir gegen einen Baum gefahren war. Sie ist wieder einmal vollkommen außer Kontrolle, und Dad kümmert es nicht, genau wie damals.

Ich höre sie drinnen mit Gegenständen werfen, während sie mir bei offener Türe weitere Beschimpfungen hinterherruft.

Schon oft habe ich mich gefragt, ob unsere Nachbarn tatsächlich nicht hören, was sich bei uns zu Hause abspielt, oder ob sie es einfach nicht hören wollen.

Ich denke, es ist Letzteres. Das andere kann ich mir nämlich beim besten Willen nicht vorstellen. Auf jeden Fall macht es mich wütend.

Wie oft habe ich mir gewünscht, dass endlich jemand vorbeikommt und mich rettet. Stattdessen sehen die Nachbarn immer nur rasch auf den Boden, wenn einer von uns in Sichtweite ist, oder drehen sich um, als hätten sie etwas im Haus oder im Auto vergessen. Das tun sie bestimmt aus Angst, mit unseren Problemen konfrontiert zu werden.

Denken sie, ich wäre so eine schlimme Tochter und hätte es verdient, dass meine Eltern so mit mir umgehen? Oder dass das normale familiäre Streitereien sind? Glauben sie, dass Mom einfach arm dran ist, weil sie nach dem Tod ihres Sohnes eine lang anhaltende Krise hatte und seither an unkontrollierbaren Wutanfällen leidet?

Was geht in ihren Köpfen vor, denn *irgendetwas* müssen sie doch denken?!

Selbst wenn sie tatsächlich nicht wissen, dass ich geschlagen werde, kann mir niemand erklären, dass sie diese Art Schreianfälle meiner Mutter als normal betrachten. Die Wände unserer Häuser bestehen ja praktisch nur aus Pappe.

Es ist extrem kalt und windig, und ich trage keine Jacke, doch das macht mir zurzeit am wenigsten aus. Die heißen Tränen brennen eher auf meinen geschwollenen und schmerzempfindlichen Wangen. Der beißend kalte Wind, der ständig in meine Augen bläst, bewirkt eine weitere schmerzhafte Tränenbildung. Jedes Mal, wenn ein Windstoß kommt, habe ich das Gefühl zu ersticken, weil ich dann umso schwerer einatmen kann.

Ich weiß ganz genau, wohin ich gehe, denn im Moment gibt es nur einen einzigen Menschen, zu dem ich flüchten kann, ohne ihm etwas erklären zu müssen.

Als ich meiner Ansicht nach weit genug weg von zu Hause bin, um einen Moment in Sicherheit zu verschnaufen, nehme ich mein Handy aus der Hosentasche und überlege, was ich denn überhaupt schreiben soll. Ich kann nicht einfach dort auftauchen, ganz ohne Voranmeldung. Ich weiß nicht einmal, ob er zu Hause ist. Und selbst wenn er daheim ist, dürfen seine Eltern nichts von all dem mitbekommen. Mit gefrorenem Finger tippe ich lediglich: *Jeremy?*

Mehr kann ich durch meine verschwommenen Augen sowieso nicht sehen. Dann stecke ich mein Handy wieder ein und marschiere weiter, während ich auf seine Antwort warte.

Es ist ziemlich weit bis zu seinem Haus, und jeder Schritt ist eine Qual. Meine Beine fühlen sich an wie Blei, und der Schmerz in meiner Seite bringt mich fast um den Verstand.

Ich hätte von vornherein nie mehr nach Hause gehen dürfen und werde mit Sicherheit auch nie wieder dorthin gehen.

Nie wieder, flüstere ich mir selbst unentwegt zu, um bei Sinnen zu bleiben und mich vom Schmerz abzulenken.

Nach einer halben Ewigkeit erreiche ich seine Straße und sehe sein Auto in der Einfahrt stehen. *Danke, Jesus*, bete ich gedanklich.

Ein paar wenige Lichter brennen im Haus, und ich hoffe, seine Eltern sind nicht mehr wach. Erst als ich schon im Vorgarten stehe, bereit, mich die Treppe zur Türe hinaufzuschleppen, erkenne ich ein weiteres Auto, welches zu meiner Rechten parkt, nämlich jenes von Max. Erstarrt bleibe ich stehen und mahne mich zur Selbstdisziplin, um nicht vor Verzweiflung in Tränen auszubrechen.

Was soll ich denn jetzt machen?

Das Atmen wird immer schwerer, während ich mit dem Gedanken spiele, wieder umzudrehen. Doch wohin sollte ich gehen?

Zu allem Überfluss beginnt meine Lunge nun gegen die kalte Luft zu rebellieren. Jeder Atemzug, den ich zwischen den krampfartigen Hustenanfällen einsauge, brennt in mir. Jedes röchelnde Ausstoßen der Luft drückt wiederum diesen spitzen Stab weiter in mein Fleisch. Die Eingangstüre des gegenüberliegenden Hauses wird geöffnet, und eine Gruppe lachender Leute kommt heraus. Ein Mann, der plötzlich nicht mehr lacht, macht die anderen auf mich aufmerksam, bis mich sieben Augenpaare mustern und überlegen, ob sie mir zu Hilfe kommen sollen, weil ich mitten im Winter, nur mit einem Shirt bekleidet, keuchend und mit schmerzverzerrtem Gesicht in einem fremden Vorgarten stehe.

Eilig drehe ich mich von ihnen weg und verschwinde, so aufrecht ich kann, aus dem Licht, an der Hausmauer entlang, in den Garten. Dort beuge ich die Knie und stütze mich auf ihnen ab, um meine Atemwege freizulegen, doch diesmal hilft nicht einmal das. Ich sinke ein und versuche unter höllischen Schmerzen eine Sitzposition einzunehmen, in der ich auf seine Antwort warten kann. Nach wenigen Sekunden muss ich mich wieder aufrichten, da mein Puls zu rasen beginnt und ich mich benebelter und benommener fühle als zuvor. Mein Herzschlag hämmert sowohl in meiner Brust als auch in meinem Kopf und in den Ohren, während ich etwas Erleichterung verspüre, als ich mich der Länge nach gegen die Hausmauer lehne, obwohl ich mich in Wahrheit dringend hinlegen müsste.

Mein vibrierendes Telefon in der Hosentasche lässt mich erneut hochschrecken. Jeremy ruft mich an. Wie es scheint, hatte er mir vorhin bereits zwei Nachrichten zurückgeschrieben, doch das habe ich im Gehen nicht bemerkt.

„Hallo?“, krächze ich und räuspere mich gleich darauf, während ein Windstoß mich einen Schritt mitreißt.

„Julia?“ Da ist sie. Die Stimme, die mir in dem Moment unglaublich guttut, als ich sie höre. Sie ist mir in den vergangenen Wochen sehr vertraut geworden. Unheimlich und gleichzeitig beruhigend ist das Wissen, dass ich mich nun ein bisschen an ihn lehnen darf, wenn ich selbst keine Antworten mehr habe.

Das Phänomen des sich selbst herunterfahrenden Körpersystems, sobald man sich in Sicherheit fühlt, setzt langsam ein. Die Menge an Adrenalin, welche mich weitergetrieben hat, um der Gefahr zu entkommen, ist verbraucht, und alles in mir scheint nach Ruhe zu schreien. Genau dieses Gefühl spiegelt sich auch in meiner Stimme wider, als ich auf seinen besorgten Ton antworte. Sie ist müde und matt, und meine Lippenbewegungen sind durch meinen anschwellenden Kiefer und die Kälte eingeschränkt.

„Es tut mir leid, ich wusste nicht, wo ich sonst hingehen sollte.“

„Was ist passiert?“

„Ich glaube, ich habe mir etwas gebrochen“, murmle ich und drücke meinen Kopf gegen die eiskalte Mauer. Mein Körper zittert unaufhaltsam, sodass bereits meine Zähne klappern.

„Wo bist du gerade? Ich hole dich ab.“

Ich zögere einen Moment. „Draußen in deinem Garten. Mir ist ziemlich schwindelig.“

„Ich komme“, schließt er und beendet das Telefonat. Die darauffolgenden Sekunden kommen mir vor wie Stunden. Ich bin sicher, dass er gleich da sein wird, aber mein Kreislauf droht zu versagen, und meine Beine sind weich wie Pudding. Meine Haut kribbelt, und ein heftiges Zucken durchfährt meinen

Körper. Der peitschende Wind verschluckt mich. Alles wirkt unscharf und viel weiter weg, als es tatsächlich ist. Ich will mich einfach hinlegen und schlafen. Ich muss. Ich kann nicht mehr stehen.

Mit allen Reserven, die ich habe, versuche ich zumindest so lange auszuharren, bis er da ist, um ihn daran zu hindern, mich ins Krankenhaus zu bringen. Dort stellen sie zu viele Fragen. Ich brauche nur einen Ort, an dem ich eine Nacht lang sicher bin, bis ich mir etwas überlegt habe. Und ich brauche Schlaf.

Ich höre die Balkontüre aufgehen und seine Stimme, die in einer seltsam dumpfen Weise meinen Namen ruft, doch er ist viel zu weit weg, als dass ich ihm antworten könnte. Sehen kann ich außer weißen Blitzen vor meinen Augen nichts mehr.

Dann geben meine Beine nach, und alles um mich herum wird schwarz und still.

8281652R00247

Printed in Germany
by Amazon Distribution
GmbH, Leipzig